LA SORCIÈRE DE DARSHIVA

ŒUVRES DE DAVID EDDINGS
CHEZ POCKET

LA BELGARIADE

1. LE PION BLANC DES PRÉSAGES
2. LA REINE DES SORTILÈGES
3. LE GAMBIT DU MAGICIEN
4. LA TOUR DES MALÉFICES
5. LA FIN DE PARTIE DE L'ENCHANTEUR

II. LA MALLORÉE

1. LES GARDIENS DU PONANT
2. LE ROI DES MURGOS
3. LE DÉMON MAJEUR DE KARANDA

PROLOGUE

Où l'on trouvera une brève histoire de l'empire du Levant.

D'après les Empereurs de Melcénie et de Mallorée, *Editions de l'Université de Melcénie.*

Les origines de la Melcénie se perdent dans la nuit des temps. D'après certaines légendes, les ancêtres des Melcènes seraient venus, dans des embarcations rudimentaires, depuis l'autre côté du vaste océan qui s'étendait à l'est de la Mallorée ; selon d'autres, ils descendraient de l'étrange culture établie en Dalasie. Quoi qu'il en soit, la civilisation melcène est indéniablement la plus ancienne du monde.

Les Melcènes ont toujours été un peuple de marins. On situe leur berceau originel dans le chapelet d'îles qui bordent la côte orientale du continent malloréen. Melcène, la capitale, était une ville de lumière, une oasis de culture, quand Tol Honeth n'était qu'un misérable village et Mal Zeth une nébuleuse de tentes pouilleuses. Seule Kell, dont les habitants ont toujours voué leur vie à la contemplation des cieux, soutenait la comparaison avec le foyer ancestral des Melcènes.

La Melcénie sortit de son splendide isolement à la suite d'un cataclysme. Il y a cinq mille ans environ se produisit, loin à l'ouest, une catastrophe naturelle que les Angaraks et les Aloriens attribuent à une controverse divine. Cette explication fantaisiste donne une idée de la vision que se faisaient les esprits primitifs des forces de la nature.

Quelle qu'en soit la cause, une faille gigantesque s'ouvrit

dans le protocontinent, provoquant un raz-de-marée colossal. Les eaux commencèrent par descendre puis remontèrent et se stabilisèrent plus ou moins à leur niveau actuel, déterminant le tracé des côtes tel qu'on peut l'observer aujourd'hui. Pour la Melcénie, ce fut un désastre. La moitié des terres habitables furent englouties sous les flots, mais l'essentiel de la population en réchappa et se réfugia, dans un dénuement absolu, sur les parties encore émergées. Melcène, la capitale, qui était jadis une belle ville de montagne épargnée par le climat tropical débilitant des basses terres, fut gravement éprouvée par ce bouleversement. D'abord détruite par le séisme puis submergée lors de l'élévation du niveau de la mer, elle se retrouva à moins d'une lieue de la nouvelle côte.

Sitôt la période de reconstruction passée, il apparut que le territoire restreint ne subviendrait jamais aux besoins de la population, et les Melcènes se tournèrent vers le continent. Le sud-est de la Mallorée était à la fois le plus proche et peuplé par des hommes de la même souche ethnique, qui parlaient une langue voisine, quoiqu'abâtardie. Les Melcènes émigrèrent vers cette région, constituée de cinq royaumes primitifs — Gandahar, Darshiva, Celanta, Peldane et Rengel — et grâce à leur technologie supérieure, ils ne tardèrent pas à les absorber dans leur empire en expansion.

L'un des atouts majeurs de l'empire melcène était l'administration. Pour n'être pas dénuée d'inconvénients, la bureaucratie présente l'avantage de la continuité, du pragmatisme et de la lucidité et se consacre plus à la recherche du meilleur moyen d'atteindre ses objectifs qu'aux caprices, aux préjugés et à l'égocentrisme qui animent si souvent les autres formes de gouvernement. L'esprit pratique de l'administration melcène frisait la caricature. La pensée melcène était dominée par le concept de « méritocratie ». Si un individu de talent était ignoré par un Département, il pouvait être assuré qu'un autre viendrait le débaucher.

Les différents services du gouvernement melcène se ruèrent dans les provinces nouvellement annexées sur le continent et passèrent la population au crible, à la recherche d'éléments de valeur. C'est ainsi que les peuples conquis furent directement assimilés par les instances vitales de l'empire. Par souci d'efficacité toujours, les Melcènes laissèrent en place les maisons royales des cinq provinces du continent, préférant gouverner par le truchement des autorités établies plutôt que d'en instaurer de nouvelles.

Pendant les quatorze cents années suivantes, l'empire melcène prospéra, loin des querelles théologiques et politiques qui agitaient le continent occidental. La culture melcène était laïque, civilisée et d'un grand raffinement. L'esclavage était inconnu et le commerce avec les Angaraks et leurs peuples assujettis de Karanda et de Dalasie, très profitable. Melcène, la vieille capitale impériale, devint un centre majeur de culture et d'éducation. Il est regrettable que certains érudits melcènes se soient tournés vers l'occultisme. Ils s'intéressaient surtout à l'alchimie mais se livraient aussi à des recherches approfondies sur la sorcellerie et la nécromancie. Ils acquirent dans l'invocation des esprits maléfiques une maîtrise qui surpassait de loin les balbutiements des Morindiens ou des Karandaques et s'adonnèrent à des pratiques plus noires encore et autrement redoutables.

Le premier affrontement avec les Angaraks eut lieu à cette époque. Bien que victorieux, les Melcènes comprirent que les Angaraks leur étaient tellement supérieurs en nombre qu'ils finiraient inévitablement par l'emporter.

Tout en consolidant leur position dans les Protectorats de Dalasie, les Angaraks établirent avec les Melcènes des relations pacifiques empreintes de circonspection. Ces échanges commerciaux amenèrent peu à peu les deux peuples à mieux se comprendre, ce qui n'empêchait pas les Melcènes de s'amuser du fanatisme religieux des Angaraks même les plus cultivés. Au cours des dix-huit siècles suivants, les deux nations se livrèrent de petites guerres qui duraient rarement plus d'un ou deux ans, comme si les belligérants, peu désireux, au fond, d'engager une confrontation décisive, évitaient soigneusement de mener toutes leurs forces au combat.

Pour apprendre à mieux se connaître, les chefs des deux nations prirent l'habitude d'échanger leurs enfants pendant quelques années. Les hauts fonctionnaires melcènes envoyaient leurs garçons à Mal Zeth chez des généraux angaraks dont les fils venaient parfaire leur éducation dans la capitale impériale. Il en résulta une jeunesse cosmopolite qui forma, avec le temps, la classe dirigeante de l'empire de Mallorée.

L'un de ces échanges aboutit à l'unification des deux peuples. Vers la fin du quatrième millénaire, un commandant en chef angarak confia son fils Kallath, alors âgé d'une douzaine d'années, au ministre des Affaires étrangères de Melcénie afin qu'il assurât son éducation. Le ministre entretenait des contacts amicaux aussi bien qu'officiels avec la famille impériale, et Kallath reçut un excellent accueil au palais impérial. L'empereur Molvan était un vieil homme qui n'avait plus qu'une enfant, une fille nommée Danera, d'un an plus jeune peut-être que Kallath. Les choses évoluèrent comme on pouvait s'y attendre entre les deux jeunes gens, mais le jour de son dix-huitième anniversaire, Kallath fut rappelé à Mal Zeth afin de débuter dans la carrière des armes. Kallath gravit les échelons de la hiérarchie à la vitesse d'un météore, et à vingt-huit ans il était nommé gouverneur général de la région militaire de Rakuth, devenant ainsi le plus jeune commandant en chef de l'histoire angarake. Un an plus tard, il revenait en Melcénie épouser la princesse Danera.

Pendant plusieurs années, Kallath partagea son temps entre la Melcénie et Mal Zeth, établissant un centre de gouvernement dans chacun des deux pays. A la mort de l'empereur Molvan, en 3829, il était prêt. Les autres prétendants au trône avaient presque tous trouvé la mort, souvent dans des circonstances troublantes, et Kallath fut déclaré empereur de Melcénie en 3830, malgré les violentes objections d'une bonne partie de la noblesse melcène que ses cohortes réduisirent au silence avec une brutale efficacité. Danera lui donna sept beaux enfants pour assurer sa descendance.

En regagnant Mal Zeth, l'année suivante, Kallath mena l'armée melcène à la frontière de Delchin, où elle resta sur le pied de guerre, puis il lança un ultimatum à l'état-major. Il était à la tête des troupes de Rakuth, sa propre région militaire, et des principautés orientales de Karanda, les gouverneurs militaires angaraks lui ayant prêté serment d'allégeance. Ces forces ajoutées aux hommes massés sur la frontière de Delchin lui donnaient la suprématie militaire absolue. Il exigea alors d'être nommé généralissime des armées angarakes. Il y avait des précédents. Si, d'ordinaire, les états-majors gouvernaient conjointement, il était jadis arrivé à certains généraux de se voir décerner ce titre. Mais la requête de Kallath constituait un fait nouveau. La dignité d'empereur étant héréditaire, il insista pour que le titre de généralissime des Angaraks le fût également. Kallath était désormais le chef suprême du continent comme empereur de Melcénie et commandant en chef des Angaraks.

L'intégration des Melcènes et des Angaraks fut tumultueuse, mais la patience melcène finit par l'emporter sur la violence angarake, et la bureaucratie melcène se révéla, au fil des années, infiniment plus efficace que le gouvernement militaire angarak. L'administration commença par se consacrer à des problèmes aussi triviaux que la normalisation des unités et de la monnaie. L'étape consistant à instaurer un Département continental des routes fut vite franchie, et, quelques siècles plus tard, l'administration régissait pratiquement tous les aspects de la vie sur le continent. Comme toujours, elle s'attacha des hommes et des femmes de talent venus des quatre coins de la Mallorée, sans distinction de race, et les services publics furent bientôt composés de Melcènes, de Karandaques, de Dals et d'Angaraks. A l'aube du 44e siècle, l'ascendant de l'administration était complet. Entre-temps, le titre de généralissime était tombé en désuétude, peut-être parce que les fonctionnaires avaient l'habitude d'adresser leurs rapports à l'empereur. On ne sait pas avec précision à quelle date l'empereur de Melcénie devint empereur de Mallorée, et cet usage ne fut formellement entériné qu'après la désastreuse campagne du Ponant qui s'acheva devant Vo Mimbre.

Les Melcènes n'avaient jamais rendu à Torak qu'un culte de pure forme. Ce peuple pragmatique sauvait les apparences en feignant d'adopter la liturgie angarake, mais les Grolims ne parvinrent jamais à en obtenir la soumission abjecte au Dieu-Dragon à laquelle ils avaient réduit les Angaraks.

En 4850, Torak émergea soudain de sa réclusion millénaire à Ashaba. Une onde de choc ébranla la Mallorée lorsque le Dieu vivant se dressa devant les portes de Mal Zeth, un masque d'acier poli dissimulant son visage calciné. L'empereur fut déposé sans ménagements et Torak prit les pleins pouvoirs sous le nom de « Kal Torak », c'est-à-dire Dieu et Roi. Des messagers furent envoyés au Cthol Murgos, au Mishrak ac Thull et au Gar og Nadrak, et un conseil de guerre se réunit à Mal Zeth en 4852. Les Dalasiens, les Karandaques et les Melcènes furent abasourdis par l'apparition de cette figure qu'ils avaient toujours considérée comme mythique, et les Disciples de Torak surent profiter de leur trouble.

Torak était un Dieu et ne s'exprimait que pour faire connaître ses ordres. Mais ses Disciples, Ctuchik, Zedar et Urvon, étaient des hommes qui sondaient et pesaient toute chose avec une sorte de dédain glacial. Ils constatèrent aussitôt que la société malloréenne avait sombré dans l'athéisme et prirent les mesures nécessaires pour y remédier. Tirant un trait sur des millénaires de gouvernement militaire et administratif, les Disciples de Torak restituèrent le pouvoir absolu aux Grolims. Un règne de terreur s'abattit sur la Mallorée. Les Grolims étaient partout et la laïcité constituait pour eux une forme d'hérésie. Ils recommencèrent avec un enthousiasme proche de la frénésie à pratiquer les sacrifices, qui avaient longtemps été virtuellement inconnus. Il n'y eut bientôt plus un seul village de Mallorée qui n'eût ses autels et ses brasiers immondes, plus une seule facette de la vie malloréenne qui ne fût ignoblement assujettie à la volonté de Torak.

Le continent malloréen fut virtuellement dépeuplé par la mobilisation contre le Ponant. Le désastre de Vo Mimbre balaya une génération entière et la mort apparente de Torak, vaincu par le Gardien de Riva, acheva de démoraliser la Mallorée. Le vieil empereur égrotant sortit de sa retraite et entreprit de reconstituer l'administration démantelée. Sans Torak, les Grolims avaient perdu toute influence, et leurs efforts pour conserver le pouvoir se heurtèrent à l'hostilité générale. L'empereur avait perdu tous ses fils à Vo Mimbre, sauf un, Korzeth, alors âgé de sept ans. Il consacra les dernières années de sa vie à son éducation et à le préparer à exercer le pouvoir. Quand l'empereur fut trop diminué pour régner, Korzeth, qui venait d'avoir quatorze ans, le poussa à bas du trône et lui succéda.

Après la guerre, l'empire de Mallorée se désintégra et retrouva à peu près sa configuration préhistorique, les royaumes qui avaient précédé les Angaraks sur le continent — la Melcénie, Karanda, la Dalasie et la Mallorée antique — ayant exprimé des velléités de sécession. Ce mouvement fut particulièrement sensible à Gandahar, principauté du sud de la Melcénie, à Zamad et Voresebo, deux royaumes de Karanda, et à Perivor, l'un des protectorats de Dalasie. Abusés par la jeunesse de Korzeth, ces territoires déclarèrent hâtivement leur indépendance vis-à-vis du trône impérial sis à Mal Zeth, et d'autres principautés entrèrent bientôt en dissidence à leur tour. L'empereur-enfant passa son existence à cheval et plongea la Mallorée dans le plus grand bain de sang de son histoire, mais à sa mort, son successeur hérita d'un empire réunifié.

Les descendants de Korzeth instituèrent sur le continent un nouveau mode de gouvernement. Avant le désastre de Vo Mimbre, l'essentiel du pouvoir était aux mains de l'administration et l'empereur de Mallorée n'était souvent qu'une figure emblématique. Il régnait désormais en monarque absolu. De Melcène, le centre de décision se déplaça à Mal Zeth, qui se prêtait mieux aux visées militaires de Korzeth et de ses continuateurs. Comme chaque fois qu'un chef suprême détient l'autorité absolue, les intrigues allèrent bon train. Les complots et les machinations se multiplièrent, de nombreux fonctionnaires conspirant pour discréditer leurs rivaux et gagner la faveur impériale. Au lieu de déjouer ces menées, les héritiers de Korzeth les encouragèrent en partant du principe que des hommes qui se défient les uns des autres ne risquent pas de se liguer contre le trône impérial.

Zakath, l'actuel empereur, ceignit la couronne au cours de sa dix-huitième année. C'était un jeune homme intelligent, sensible et capable, qui amorça son règne d'une façon très prometteuse. De ce monarque éclairé, une tragédie personnelle fit, il y a maintenant deux décennies, un autocrate redouté par la moitié du monde, assoiffé de puissance et obsédé par l'idée de devenir roi des rois de tous les Angaraks. L'histoire dira si le destin de Zakath était d'établir son empire sur les royaumes angaraks du Ponant, mais s'il y parvenait, la face du monde pourrait en être profondément changée.

PREMIÈRE PARTIE

MELCÉNIE

Cercle Polaire Arctique
ZAMAD
GANESIE
Aduma
Lac Aduma
La Faldesca
Vordal
Keldesca
Les Monts de Zamad
La Vorda
Lac de Voresebo
VORESEBO
Lac Pannor
Luxal
Le Luxal
Bakan
Pannor
Lac d'Altork
Altork
Kaduz
La Kallahar
RENGEL
Maga Renn
Anden
ÎLES DE MELCÉNIE
Fallesca
Kallahar
Jarot
Ludera
CELANTA
Molva
La Taresca
Taresca
Melcène
Gule
Gordanka
Équateur
Kort
DARSHIVA
La Grande Magan
Ferra
PELDANE
Hemil
Selda
La Velluta
Velluta
MELCÉNIE
Banthul
Crol Tibu
GANDAHAR
Bashad

CHAPITRE PREMIER

Sa Majesté la reine Porenn de Drasnie était d'humeur bien songeuse en ce beau matin de printemps. Elle regardait par la fenêtre de son boudoir rose son fils Kheva qui jouait dans les jardins du palais de Boktor avec Unrak, le rejeton de Barak, comte de Trellheim. Les deux garçons étaient à cet âge où ils donnent l'impression de grandir à vue d'œil et où leur voix hésite entre un soprano enfantin et un baryton viril.

— O Rhodar, mon tant aimé, comme tu serais fier de lui, murmura-t-elle en lissant le devant de sa robe noire.

Car la reine de Drasnie portait le deuil depuis la mort de son mari.

On frappa discrètement à la porte.

— Oui ? répondit-elle sans se retourner.

— Quelqu'un demande à voir Sa Majesté, annonça un vieux majordome. Un Nadrak. Il prétend que Sa Majesté le connaît et dit s'appeler Yarblek.

— Ah oui, l'associé du prince Kheldar. Faites-le entrer, je vous prie.

— Il y a une femme avec lui, ajouta le domestique avec une nuance réprobatrice. Elle s'exprime dans un langage qui risque de heurter les oreilles de Sa Majesté.

— Ce doit être Vella, subodora Porenn avec un bon sourire. J'ai déjà eu l'occasion de l'entendre jurer. Je ne crois pas qu'elle pense vraiment tout ce qu'elle dit. Vous pouvez les faire entrer tous les deux.

— Tout de suite, Majesté.

Yarblek était toujours aussi mal attifé. L'épaule de son long manteau de feutre s'étant décousue, il l'avait réparée, à sa manière, avec un lacet de cuir. Sa barbe et ses cheveux noirs n'auraient pas volé un bon coup de peigne et il inspirait l'envie instinctive de retenir sa respiration.

— Majesté, commença-t-il avec emphase.

Il se fendit d'une révérence dont l'effet fut quelque peu gâché par une embardée significative.

— Déjà pompette, Maître Yarblek ? remarqua Porenn, l'œil étincelant de malice.

— Erreur, Porenn, répondit-il sans se démonter. Juste une petite séquelle d'hier soir.

La reine ne songea même pas à s'offusquer de sa familiarité. Yarblek n'avait jamais été très à cheval sur le protocole.

La femme qui était entrée avec lui était une Nadrake d'une beauté stupéfiante, aux cheveux aile-de-corbeau et aux yeux de braise. Elle était moulée dans un pantalon et une veste de cuir noir. De chacune de ses bottes dépassait la poignée d'argent d'une dague, et deux autres étaient glissées sous la large ceinture de cuir qui lui ceignait la taille.

— Vous avez l'air fatiguée, Porenn, observa-t-elle en s'inclinant avec grâce. Vous ne dormez sûrement pas assez.

— Dites ça à tous les gens qui ne peuvent s'empêcher de m'apporter des piles de parchemins, répondit la reine avec un petit rire.

— Je me suis fixé pour règle, il y a des années, de ne jamais rien mettre par écrit, lâcha Yarblek en se laissant tomber dans un fauteuil sans attendre qu'on l'y invite. Ça fait gagner du temps et ça évite bien des ennuis.

— Il me semble avoir entendu Kheldar dire la même chose.

— Silk a une saine vision des choses, approuva le Nadrak en haussant les épaules.

— Il y a un moment que je n'avais eu le plaisir de vous voir, tous les deux, nota Porenn en s'asseyant à son tour.

— Nous étions en Mallorée, expliqua laconiquement Vella.

Elle faisait le tour de la pièce en examinant les meubles et la décoration d'un œil appréciateur.

— N'est-ce pas dangereux ? J'ai entendu dire qu'il y avait la peste, là-bas.

— L'épidémie est restée plus ou moins circonscrite à Mal

Zeth, la rassura Yarblek. Polgara a réussi à convaincre l'empereur de barricader les portes de la ville.

— Polgara ! s'exclama la reine en se levant d'un bond. Que fait-elle en Mallorée ?

— La dernière fois que nous l'avons vue, elle allait vers un sale endroit appelé Ashaba avec Belgarath et les autres.

— Comment sont-ils arrivés en Mallorée ?

— En bateau, je suppose. Ça fait loin, à la nage.

— Allez-vous parler, Yarblek, ou faudra-t-il que je vous arrache les mots de la bouche, un à un ? maugréa la petite reine de Drasnie, exaspérée.

— Ça vient, Porenn, ça vient, reprit-il, l'air quelque peu offensé. Vous préférez que je vous raconte l'histoire tout de suite ou que je vous transmette d'abord les messages ? J'en ai des tas, et Vella en a encore quelques uns dont elle ne veut rien dire — pas à moi, en tout cas.

— Commencez pas le commencement.

— Comme vous voudrez. Si j'ai bien compris, amorça-t-il en se grattant la barbe, Silk, Belgarath et leurs amis étaient au Cthol Murgos quand ils ont été capturés par les Malloréens, et leur empereur les a emmenés à Mal Zeth. Le jeune gars à la grande épée — Belgarion, c'est ça —, eh bien, figurez-vous qu'il a fait ami-ami avec ce satané Malloréen.

— Garion, pactiser avec Zakath ? répéta Porenn, incrédule. Mais comment... ?

— Ça, je n'en sais rien. Je n'étais pas là quand ça les a pris. Bref, pour vous résumer l'histoire en deux mots, ils étaient cul et chemise quand la peste a éclaté à Mal Zeth. J'ai réussi à faire sortir Silk et les autres de la ville et nous avons filé vers le nord. Nous nous sommes séparés avant d'entrer à Venna. Ils mettaient le cap sur cette affreuseté d'Ashaba et je conduisais une caravane de marchandises à Yar Marak. Je dois dire que je me suis fait un joli paquet en...

— Qu'allaient-ils faire à Ashaba ?

— Ils couraient après une femme appelée Zandramas — celle qui a enlevé le fils de Belgarion.

— *Une femme* ! Zandramas est une femme ?

— C'est ce qu'il paraît. Belgarath m'a donné une lettre

pour vous. Tout y est expliqué. Je lui ai dit qu'il avait tort de mettre ça par écrit, mais il n'a pas voulu m'écouter.

Yarblek s'extirpa de son fauteuil, pêcha un parchemin froissé et pas très propre dans les profondeurs de son vaste manteau, le tendit à la reine, puis s'approcha de la fenêtre et regarda au dehors.

— Hé, mais on dirait le gamin de Trellheim, là, en bas ! Le petit costaud à la tignasse rouge, ce n'est pas lui ?

— Si, si, répondit-elle distraitement, absorbée par la lecture du message.

— Il est là ? Trellheim, je veux dire ?

— Oui. Mais je ne suis pas sûre qu'il soit déjà sur pied. Il s'est couché tard, cette nuit. Il a eu du mal à trouver son lit parce qu'il n'y voyait plus très clair.

— Ça, c'est du Barak tout craché ! s'esclaffa le Nadrak. Il vous a amené sa femme et ses filles ?

— Non. Elles sont restées au Val d'Alorie pour préparer les noces de l'aînée.

— Quoi, elle est déjà en âge de prendre époux ?

— Les Cheresques se marient jeunes. Leurs parents ont l'air de penser que c'est le meilleur moyen de leur éviter toutes sortes d'ennuis. Barak et son fils se sont réfugiés ici pour échapper à la tourmente.

Yarblek partit à nouveau d'un gros rire et réprima une grimace.

— Je crois que je vais le réveiller et voir s'il n'a rien à boire, fit-il d'un ton douloureux en portant la main à ses sinus. Je ne suis pas très en forme, ce matin, et Barak est un homme qui sait vivre. Je reviendrai vous voir quand ça ira mieux. Et puis vous avez du courrier à lire. Oh — un peu plus et j'oubliais. On m'a donné des tas de choses pour vous, continua-t-il en fouillant dans ses poches insondables. Ça, de la part de Polgara, dit-il en jetant négligemment un parchemin sur la table. Ça, ça vient de Belgarion. Ça, de Silk, et ça, de la petite blonde aux fossettes, celle qu'ils appellent Velvet. Le serpent n'a rien envoyé. Vous savez comment sont ces bêtes-là. Maintenant, si vous voulez bien m'excuser, je ne suis vraiment pas dans mon assiette.

Il repartit vers la porte d'une démarche chancelante.

— C'est l'homme le plus exaspérant du monde, lança Porenn.

— Il le fait exprès, commenta Vella avec une moue désabusée. Il se croit drôle.

— Il paraît que vous avez aussi des messages pour moi. Il vaudrait peut-être mieux que je les lise avec les autres. Autant encaisser tous les chocs à la fois.

— Je n'en ai qu'un, Porenn, et ce n'est pas un message écrit. Liselle — enfin, Velvet — m'a demandé de vous dire quelque chose à l'abri des oreilles indiscrètes.

— Je vous écoute, fit la petite reine en reposant la missive de Belgarath.

— J'ignore comment ils l'ont appris, reprit la Nadrake, mais il semblerait que le roi du Cthol Murgos ne soit pas le fils de Taur Urgas.

— Que dites-vous, Vella ?

— Urgit n'a aucun lien de parenté avec ce fou furieux. Il y a plusieurs années, un certain homme d'affaires drasnien aurait été reçu au palais, à Rak Goska, et se serait lié d'amitié avec la seconde femme de Taur Urgas. D'amitié très intime, insista-t-elle avec un sourire, en haussant légèrement un sourcil. J'ai toujours pensé que ces femmes murgos cachaient leur jeu. Enfin, Urgit serait le fruit de cette amitié.

La reine Porenn fut tout à coup effleurée par un terrible soupçon. Que Vella confirma d'un grand sourire.

— Nous savions tous que Silk était de sang royal. Ce que nous ne savions pas, c'est à combien de familles royales il était apparenté.

— Non ! hoqueta Porenn.

— Eh si ! gloussa Vella. Liselle a fait part de ses conjectures à la mère d'Urgit, et la noble dame a tout avoué. Votre blonde amie a pensé qu'elle se devait d'en informer quelqu'un et m'a demandé de vous mettre au courant, ajouta-t-elle en retrouvant sa gravité, mais elle a bien précisé que Silk n'aimerait pas que ce grand échalas de Javelin apprenne son petit secret. Cela dit, c'est à vous de voir si vous souhaitez qu'il le sache ou non, bien sûr.

— Elle est vraiment trop bonne, commenta sèchement Porenn. Il faudrait maintenant que je fasse des cachotteries au chef de mes propres services secrets !

— Écoutez, Porenn, fit Vella avec un sourire complice, Liselle est dans une situation assez délicate. Je sais que je bois trop et que je jure comme un charretier, si bien que les gens me croient stupide, mais ils se trompent lourdement. Je ne suis pas une Nadrake pour rien ; je connais la vie et j'ai des yeux pour voir. Je ne les ai pas vraiment pris la main dans le sac, mais je serais prête à parier la moitié de la somme qui me reviendra quand Yarblek me vendra que Silk et Liselle se... disons qu'ils sont dans les meilleurs termes.

— *Vella !*

— Je ne pourrais pas le prouver, mais je sais ce que je sais. A présent, Porenn, si ça ne vous ennuie pas, j'aimerais prendre un bain, soupira la Nadrake en humant le revers de sa veste avec une grimace. Il y a des semaines que je suis en selle. Je n'ai rien contre les chevaux, mais je n'ambitionne pas spécialement de sentir comme eux.

Est-ce cette dernière réplique qui lui donna matière à réflexion ? La petite reine de Drasnie se leva, pensive, et s'approcha de la farouche Nadrake.

— Avez-vous jamais porté du satin, Vella ? Une robe, peut-être ?

— Moi, du satin ! se gaussa l'intéressée. Les Nadrakes ne portent pas de satin, voyons !

— Eh bien, vous pourriez lancer la mode.

La petite reine prit la chevelure de la jeune femme entre ses blanches mains et la releva sur sa tête en une souple masse d'ébène.

— Je vendrais mon âme pour avoir une crinière pareille, murmura-t-elle.

— Je vous propose un échange ! Vous savez combien je vaudrais si j'étais blonde ?

— Chut, Vella, fit distraitement Porenn. Je réfléchis...

Elle torsada les cheveux de la fille entre ses mains, s'émerveillant de leur vitalité presque animale, puis elle releva le menton de Vella et plongea le regard dans ses grands yeux. Ce fut comme si quelque chose passait entre elles, et la reine de Drasnie connut tout à coup le destin de la sauvage enfant assise devant elle.

— Eh bien, ma chère ! fit-elle avec un petit rire. Si vous saviez quel avenir stupéfiant s'ouvre devant vous... Vous vous élèverez jusqu'aux nues, Vella, jusqu'aux nues !

— Je ne comprends rien à ce que vous racontez.

— Ça viendra, lui assura Porenn en contemplant le visage parfait levé vers elle. Oui, du satin... lavande, je dirais.

— J'aime mieux le rouge.

— Non, mon petit. Sûrement pas. C'est du lavande qu'il vous faut. Et des améthystes, ici et là, ajouta-t-elle en lui effleurant le lobe des oreilles.

— Que mijotez-vous ?

— C'est un jeu, mon enfant. Les Drasniens adorent jouer. Et quand j'en aurai fini, vous vaudrez deux fois plus cher, conclut-elle d'un petit ton suffisant. Mais allez prendre votre bain. Nous verrons ensuite ce que nous pouvons faire de vous.

— Tant que vous ne m'enlevez pas mes dagues, rétorqua Vella avec un haussement d'épaules.

— Nous trouverons bien un moyen de vous les laisser.

— Vous croyez vraiment que vous arriverez à tirer quelque chose d'une mocheté comme moi ? insista la Nadrake d'un ton presque plaintif.

— Faites-moi confiance, répondit la petite reine blonde en souriant. Maintenant, allez vous rafraîchir, mon enfant. J'ai du courrier à lire et certaines décisions à prendre.

Quand la reine de Drasnie eut pris connaissance des différentes dépêches, elle convoqua son chambellan et lui fit connaître ses ordres.

— Je voudrais parler au comte de Trellheim. Avant qu'il ne soit ivre mort. Et dites à Javelin que j'aimerais m'entretenir avec lui le plus vite possible.

Une dizaine de minutes plus tard, Barak se présentait à la porte de ses appartements. Il avait les yeux un peu larmoyants et sa grande barbe rouge pointait dans tous les sens. Yarblek était avec lui.

— Messieurs, je vous serais reconnaissante de poser vos chopes, commença fraîchement Porenn. Nous avons des affaires importantes à discuter. Barak, l'*Aigle des mers* est-il prêt à lever l'ancre ?

— Il est toujours prêt, répondit le géant à la barbe rouge, un peu froissé.

— Parfait. Eh bien, faites dessoûler vos matelots. Vous partez en voyage. J'ai l'intention de convoquer une réunion du Conseil d'Alorie. Vous en informerez Anheg, Fulrach et le nouveau Gardien de Riva : Kail, le fils de Brand. Vous irez quérir Mandorallen et Lelldorin en Arendie. Inutile de passer par Vo Mimbre, ajouta-t-elle en fronçant le sourcil. Korodullin n'est pas assez remis pour prendre la mer. S'il savait ce qui se prépare, il serait capable de sortir de la tombe. Allez plutôt à Tol Honeth et ramenez Varana. Je m'occupe personnellement de prévenir Cho-Hag et Hettar. Yarblek, vous allez à Yar Nadrak chercher Drosta. Vella restera avec moi.

— Mais...

— Il n'y a pas de mais, Yarblek. Faites ce que je vous dis, un point c'est tout.

— Enfin, Porenn, je croyais vous avoir entendu parler d'une réunion du Conseil d'Alorie, objecta Barak. Pourquoi y inviterions-nous les Arendais, les Tolnedrains — *et les Nadraks* ?

— L'affaire est grave, Barak, et elle concerne tout le monde. Allons, Messieurs, et que ça saute ! s'exclama la petite reine en frappant dans ses mains, comme ils restaient plantés là à la regarder stupidement. Il n'y a pas de temps à perdre !

Urgit, le roi du Cthol Murgos, était assis, une jambe négligemment passée sur le bras de son trône monstrueux, dans la grande salle du Drojim — le palais royal. Il portait son éternel pourpoint violet sur des chausses mauves et il jouait machinalement avec sa couronne en écoutant palabrer Agachak, le cadavérique grand prêtre de Rak Urga.

— Eh bien, Agachak, ça attendra, déclara-t-il enfin. Je me marie le mois prochain.

— C'est un commandement de l'Eglise, Urgit !

— C'est ça. Vous ferez mes amitiés à l'Eglise.

— Vous ne croyez plus à rien, maintenant, n'est-ce pas, Majesté ? remarqua Agachak, quelque peu interloqué.

— Je ne crois plus à grand-chose, en tout cas. Ce monde malade où nous vivons sera-t-il jamais prêt à accepter l'athéisme ? soupira Urgit, et pour la première fois de sa vie, un air de doute effleura la face du grand prêtre. L'athéisme est un monde propre, Agachak, un endroit vide, lisse et gris où l'homme est l'architecte de son destin et où les Dieux peuvent aller se faire foutre. Ce n'est pas moi qui les ai inventés ; ils ne m'ont pas créé non plus, alors j'aimerais que nous en restions là. Notez que je ne leur veux pas de mal...

— Urgit, je ne vous reconnais pas.

— Non, hein ? Figurez-vous que j'en avais assez de faire le gugusse.

Il lança sa couronne sur son pied comme un cerceau, l'envoya en l'air d'une détente de la jambe et la rattrapa au vol.

— Ah, mon pauvre Agachak, vous n'y comprenez pas grand-chose, on dirait ? fit-il en recommençant ce petit jeu.

— Ce n'est pas une requête, Urgit, grinça le grand prêtre de Rak Urga en se redressant de toute sa hauteur. Je ne vous demande rien.

— Ça tombe bien, parce que je n'y serais pas allé de toute façon.

— Je ne vous le demande pas, je vous l'ordonne.

— Là, vous allez au devant d'une grosse déception.

— Vous oubliez à qui vous parlez !

— Oh non, hélas ! Vous êtes le vieux Grolim déplumé qui me barbifie à hurler depuis que j'ai succédé sur le trône au fou qui mâchonnait les tapis, à Rak Goska. Ecoutez-moi attentivement, Agachak : je vais faire des phrases courtes et utiliser des mots simples pour que vous compreniez bien. Je n'irai pas en Mallorée. Je n'ai jamais eu l'intention d'y aller. Je n'ai rien à voir ou à faire là-bas et je n'ai surtout pas envie de me fourrer dans les pattes de Kal Zakath — qui est retourné à Mal Zeth, au cas où vous l'auriez oublié. Et ce n'est pas tout, Agachak : en Mallorée, il y a des démons. Vous avez déjà vu un démon, Agachak ?

— Une ou deux fois, répondit le grand prêtre entre ses dents.

— Et vous voulez aller dans ce sale pays pourri ? Ça ne peut vouloir dire qu'une chose, Agachak, c'est que vous êtes aussi fou que Taur Urgas.

— Je pourrais faire de vous le roi de tous les Angaraks.

— Je n'ai aucun désir d'être le roi de tous les Angaraks. Je ne tiens même pas tant que ça à rester roi des Murgos.

Tout ce que je voudrais, c'est qu'on me laisse contempler en paix l'abomination qui me pend au nez.

— Vous voulez parler de votre mariage ? reprit Agachak avec un sourire rusé. Vous pourriez y échapper en m'accompagnant en Mallorée.

— J'ai dû aller trop vite pour vous, Agachak. Les femmes ne sont déjà pas commodes, mais les démons sont encore pires. Personne ne vous a donc raconté ce que cette horreur a fait à Chabat ?

— Je pourrais vous protéger.

— Vous, Agachak ? rétorqua le roi des Murgos avec un rire méprisant. Vous n'arriveriez pas à sauver votre propre carcasse. Polgara elle-même a eu besoin de l'aide d'un Dieu pour venir à bout de cette abomination. Mais peut-être avez-vous l'intention de ressusciter Torak pour vous épauler ? A moins que vous ne fassiez appel à Aldur. C'est Lui qui est venu prêter main forte à Polgara. Mais je doute fort qu'Il ait beaucoup de sympathie pour vous. Regardez comme je vous déteste, et je ne vous connais que depuis ma naissance.

— Vous allez trop loin, Urgit.

— Non, Agachak, pas assez loin au contraire. Pendant des siècles, je devrais dire des millénaires, les Grolims de votre acabit ont eu la haute main sur le Cthol Murgos, mais c'était du vivant de Ctuchik, et Ctuchik est mort, maintenant. Vous êtes au courant, tout de même, espèce de vieux vautour ? Il a défié Belgarath et l'Homme Eternel l'a pulvérisé. Je suis peut-être le seul Murgo vivant à l'avoir jamais rencontré et à être encore là pour le dire. J'irai jusqu'à dire que nous sommes en assez bons termes. Aimeriez-vous le rencontrer ? Je devrais arriver à vous ménager une entrevue, si ça peut vous faire plaisir. Voilà qui est mieux, Agachak, continua suavement Urgit en voyant le vieillard rentrer la tête dans les épaules. Je suis content que vous compreniez bien la situation. Allons, je sais que vous pourriez lever la main et agiter les doigts vers moi, mais maintenant, ce genre de chose ne m'échapperait plus. J'ai bien observé Belgarion pendant que nous traversions Cthaka à cheval, l'hiver dernier. Si votre bras se déplace ne fût-ce que d'un cheveu, vous vous retrouverez métamorphosé en porc-épic par mes archers qui sont déjà en position, l'arc bandé. Songez-y bien, Agachak — tout en regagnant vos pénates.

— Je ne vous reconnais plus, Urgit, répéta Agachak, blême de fureur et les narines pincées.

— Ça, ça ne m'étonne pas. Mais si vous saviez ce que c'est jouissif ! Enfin, je ne voudrais pas vous retenir, Agachak. Vous pouvez vous retirer.

Le grand prêtre pivota sur ses talons et repartit vers la porte.

— Au fait, vieux coyote ! reprit Urgit. J'ai entendu dire que le roi Gethel, notre bien-aimé frère, était mort — sans doute quelque chose qui lui est resté sur l'estomac ; ces Thulls ne devraient pas manger tout ce qui vole, nage, rampe ou grouille sur la viande pourrie. Il va me manquer. C'était l'un des seuls hommes au monde que j'osais mettre en boîte. Enfin, c'est son débile de fils, Nathel, qui lui succède. J'ai eu l'occasion d'apprécier ses grandes qualités. Il a peut-être la mentalité d'un ver de terre, mais c'est un vrai roi angarak. Pourquoi n'iriez-vous pas lui demander de vous accompagner ? Il vous faudra sans doute un moment pour lui expliquer où est la Mallorée — si je suis bien informé, il est persuadé que le monde est plat — mais je vous fais confiance. Bon, et maintenant, filez ! conclut Urgit en congédiant le grand prêtre fulminant d'un geste insolent. Retournez à votre temple étriper encore quelques-uns de vos Grolims. Ce n'est sûrement pas ça qui rallumera les feux de votre sanctuaire mais ça vous calmera toujours un peu les nerfs.

Agachak sortit comme un vent de tempête, en claquant la porte derrière lui.

Urgit se plia en deux et bourra les accoudoirs de son trône de coups de poing en poussant des hurlements de joie.

— Tu ne crains pas d'en avoir un peu trop fait, mon fils ? demanda dame Tamazin depuis le coin sombre d'où elle avait suivi la scène.

— C'est possible, Mère, acquiesça-t-il en riant toujours, mais c'était tellement drôle !

Elle s'approcha de lui en traînant la jambe.

— Oui, Urgit, acquiesça-t-elle avec un sourire affectueux. C'était très drôle. Mais ne pousse pas Agachak trop loin. Ce pourrait être un ennemi redoutable.

— J'ai déjà tellement d'ennemis, rétorqua Urgit en tiraillant machinalement son long nez pointu. La plupart des habitants de ce monde me haïssent, mais j'ai appris à faire avec. Ce n'est pas comme si j'étais candidat à ma propre réélection, vous comprenez.

Un grand gaillard au visage long comme un jour sans pain sortit à son tour de l'alcôve et s'avança dans la lumière.

— Qu'allons-nous faire de vous, Urgit ? demanda le sénéchal Oskatat avec un sourire mi-figue mi-raisin. Je paierais cher pour savoir ce que Belgarion a bien pu vous raconter.

— Il m'a expliqué comment faire le roi, Oskatat. Ça ne durera peut-être pas longtemps, mais par les Dieux, tant que je serai en vie, je vivrai en roi. Je finirai par y laisser la peau, de toute façon, alors autant m'amuser un peu avant de perdre le goût du pain !

— Il n'y a pas moyen de lui faire entendre raison quand il est comme ça, soupira sa mère en levant les bras au ciel dans un geste théâtral.

— Et il est souvent comme ça, hélas, ma Dame, renchérit le sénéchal.

— Urgit, la princesse Prala veut te parler, reprit Tamazin.

— Je suis à sa disposition immédiate, répondit l'intéressé. Et non seulement immédiate, mais perpétuelle, si j'ai bien compris les termes du contrat de mariage.

— Allons, Urgit, pas d'ironie, je te prie.

— Bien, Mère.

La princesse Prala de la Maison des Cthan se glissa par une porte de côté et s'approcha du trône en brandissant un rouleau de parchemin. Elle portait une tenue d'amazone, une ample jupe noire qui lui arrivait au mollet, un corsage de satin blanc et des bottes de cuir glacé, ses longs cheveux noirs frémissaient houleusement sur son dos et ses talons frappaient les dalles de marbre tels de petits marteaux.

— Aidez-moi, Messire Oskatat, demanda dame Tamazin en tendant la main.

— Avec plaisir, ma Dame, répondit le sénéchal en penchant sa grande carcasse sur elle.

Il lui offrit son bras avec une affectueuse sollicitude et ils se retirèrent.

— Qu'y a-t-il encore ? soupira Urgit d'un air las.

— Importunerais-je Sa Majesté ? rétorqua Prala sans daigner s'incliner, l'œil brillant d'une lueur inquiétante.

Sa future épouse avait bien changé. Elle n'était plus docile et soumise, comme toute femelle murgo qui se respecte. Elle avait été irrémédiablement pervertie par la reine Ce'Nedra et la margravine Liselle, songeait Urgit, et l'influence irrésistible de Polgara la sorcière se faisait sentir dans chacun de ses gestes et de ses expressions. N'empêche qu'elle était absolument adorable. Ses yeux noirs lançaient des éclairs, sa peau claire, si fine qu'elle en était presque translucide, semblait trahir ses états d'âme, et la masse somptueuse de ses cheveux d'ébène coulait sur son dos telle une créature douée d'une vie autonome. Urgit se rendit compte avec étonnement qu'il était très épris d'elle.

— Vous m'importunez toujours, ma tant aimée, répondit-il en écartant les bras dans une attitude extravagante.

— Faites-moi grâce de ces outrances, je vous en prie, lança-t-elle. Vous ressemblez à votre frère, comme ça.

— Nous avons ça dans le sang.

— C'est vous qui avez mis ça là ? demanda-t-elle en lui agitant le parchemin sous le nez comme un gourdin.

— Quoi donc, ma chère ?

— Ça, fit-elle en déroulant le parchemin. « Il est convenu que la princesse Prala de la Maison des Cthan sera l'épouse favorite de sa Majesté », lut-elle. « L'épouse favorite », répéta-t-elle en grinçant des dents.

— Quel est le problème ? demanda-t-il, un peu surpris par la véhémence de la jeune fille.

— Le problème, c'est que ça veut dire qu'il y en aura d'autres.

— C'est l'usage, Prala. Et ce n'est pas moi qui fais les usages.

— Eh bien, vous êtes le roi ; vous n'avez qu'à les défaire.

— Moi ? balbutia-t-il en déglutissant péniblement.

— Il n'y aura pas d'autres épouses, Urgit, scanda-t-elle, et sa voix si douce d'ordinaire semblait charrier des glaçons. Pas d'autres épouses et pas de concubines royales non plus. Vous êtes à moi, et je ne vous partagerai avec personne.

— C'est ainsi que vous voyez les choses ? demanda-t-il, un peu interloqué.

— Oui, c'est comme ça, décréta-t-elle en relevant fièrement le menton.

— C'est la première fois que j'inspire des dispositions de ce genre.

— Il faudra vous y faire, riposta-t-elle d'un ton sans réplique.

— Eh bien, nous modifierons ce passage, acquiesça-t-il promptement. Je n'ai pas besoin de prendre d'autres femmes, de toute façon.

— Aucun besoin, en effet, Messire. C'est une sage décision.

— Absolument. Les décisions royales sont toujours sages. C'est ce que disent tous les livres d'histoire.

Elle tenta vaillamment de réprimer un sourire, puis elle y renonça et se jeta dans ses bras en riant.

— Oh, Urgit, gloussa-t-elle en enfouissant son visage au creux de son épaule, je vous aime tant !

— Vous m'aimez ? Quelle chose stupéfiante !

C'est alors qu'une idée germa dans son esprit. Une idée tellement lumineuse qu'il en fut presque aveuglé.

— Que diriez-vous, ma tant aimée, d'un double mariage ?

— Je ne vous suis pas tout à fait, admit-elle en cessant de lui mordiller le cou pour le regarder.

— Je suis le roi, n'est-ce pas ?

— Sensiblement plus qu'avant votre rencontre avec Belgarion, ajouta-t-elle d'un ton fruité.

Il s'abstint de relever.

— Je songeais à une mienne parente. Je risque d'être très occupé à faire le mari.

— Très, très occupé, amour de ma vie.

— Bien, reprit-il très vite avec un toussotement nerveux. J'aurai donc moins de temps à consacrer à cette parente. Ne vous semble-t-il pas que je devrais accorder sa main à un individu méritant qui l'a toujours tenue en grande estime ?

— Je ne comprends pas, Urgit. J'ignorais que vous aviez des parents.

— Une parente, ma princesse, rectifia-t-il, hilare. Une seule et unique parente.

Elle le regarda fixement.

— Urgit !

Il lui jeta un drôle de petit sourire qui le fit ressembler à une fouine.

— Je suis le roi, dit-il avec majesté, et le roi peut faire tout ce qu'il veut. Je trouve que ma mère a suffisamment porté le deuil. Oskatat l'aime depuis qu'elle est haute comme trois pommes, et je sais qu'elle lui est aussi très attachée — pour ne pas dire plus. Si je leur ordonnais de se marier, ils seraient bien obligés d'obtempérer, non ?

— C'est purement génial, Urgit, décréta-t-elle, émerveillée.

— Ça doit venir de mon hérédité drasnienne, convint-il modestement. Kheldar lui-même n'aurait ourdi un meilleur plan.

— Sublime, confirma-t-elle d'une voix presque stridente. Comme ça, je n'aurai pas de belle-mère dans les pattes quand j'entreprendrai de changer la chenille en papillon.

— Quelle chenille ?

— Ce n'est rien, amour de ma vie, lui assura-t-elle suavement. Vous avez quelques petits défauts et des goûts vestimentaires effroyables. Par exemple, je me demande d'où vous vient cette passion pour le violet.

— C'est tout ?

— La prochaine fois, je pourrai vous apporter la liste.

Urgit commença à se poser certaines questions.

Sa Majesté Impériale Kal Zakath, empereur de l'infinie Mallorée, connut un début de journée mouvementé. Il le passa pour l'essentiel claquemuré avec Brador, le chef du Département de l'Intérieur, dans un petit cabinet tendu de bleu au premier étage du palais.

— L'épidémie recule, Majesté, c'est indéniable, annonça Brador lorsque la question vint sur le tapis. On n'a pas signalé un seul nouveau cas de peste depuis une semaine, et un nombre important de gens s'en remettent à présent. Le plan consistant à murer les différents quartiers de la ville a porté ses fruits.

— Parfait, acquiesça Zakath, puis il passa à un autre su-jet. A-t-on des nouvelles fraîches de Karanda ?

— Il y a plusieurs semaines que personne n'a vu Mengha, répondit le Melcène en consultant ses notes. Cette peste d'un genre particulier semble sur le point d'être vaincue, elle aussi, ajouta-t-il avec un petit sourire. On dirait que les démons sont partis pour de bon. En tout cas, les fanatiques ont l'air assez démoralisés. Cela dit, toutes les communications sont coupées avec Voresebo et Rengel et je n'ai pas la possibilité d'infiltrer des agents dans la région, de sorte que j'en suis réduit aux conjectures, continua le chef du Département de l'Intérieur en se tapotant pensivement le menton avec un rouleau de parchemin, mais le problème semble s'être déplacé vers la côte est. Peu après la disparition de Mengha, on a signalé dans les Monts de Zamad d'importants mouvements de troupes irrégulières karandaques, de Gardes du Temple et de Chandims d'Urvon.

— Urvon ?

— En effet, Majesté. Tout se passe comme si le Disciple s'apprêtait à une confrontation finale avec Zandramas. Je serais tenté de les laisser vider leur querelle. Je doute fort qu'on les regrette beaucoup, l'un comme l'autre.

Un sourire sans joie effleura les lèvres de l'empereur.

— Je voudrais bien pouvoir penser comme vous, Brador, mais je crois que nous n'avons pas intérêt à encourager ce genre de menées — simple question de principe. Ces principautés font partie de l'empire, ce qui leur donne titre à la protection impériale. De vilaines rumeurs auraient tôt fait de courir si nous restions les bras croisés pendant qu'Urvon et Zandramas mettent la contrée à feu et à sang. Si quelqu'un a le droit de prendre la tête d'une armée dans ce pays, c'est moi, et moi seul. Nous avons intérêt à régler le problème en vitesse, conclut-il en compulsant la pile de parchemins posée devant lui. Qu'avez-vous fait du baron Vasca ? poursuivit-il en regardant un document, les sourcils froncés.

— Je l'ai fait mettre dans une cellule avec une jolie vue sur le billot du bourreau. Les vertus hautement éducatives de ce spectacle sont bien connues.

C'est alors que Zakath se rappela certaine conversation.

— Rétrogradez-le, dit-il.

— Voilà une façon originale de désigner l'antique coutume du... raccourcissement, murmura Brador.

— Vous ne m'avez pas compris, reprit l'empereur de

Mallorée avec un de ses petits sourires à donner la chair de poule. Faites-lui avouer où il a caché tout l'argent qu'il a extorqué à ses victimes, et que les fonds réintègrent le Trésor impérial au plus vite. Voyons voir..., murmura-t-il d'un ton méditatif en examinant l'immense carte qui ornait le mur du cabinet bleu. C'est très bien, ça : Ebal, le sud du Sud...

— Pardon, Majesté ? fit le Malloréen, perplexe.

— Bombardez-le chef du Département du commerce et de l'artisanat du protectorat d'Ebal.

— Il n'y a pas de commerce à Ebal, Majesté. Il n'y a pas d'artisanat, et la seule chose qu'on ait jamais vu sortir des marais de Temba, c'est des moustiques gros comme le poing.

— Vasca est un garçon imaginatif, il l'a prouvé. Il trouvera bien quelque chose, faites-lui confiance.

— Alors vous ne voulez pas le faire..., reprit Brador en passant le tranchant de sa main sur sa gorge dans un geste évocateur.

— Non. Je vais tenter une expérience que m'a suggérée Belgarion. Imaginez que nous ayons à nouveau besoin de Vasca, un jour : je doute que vous ayez envie de le déterrer par petits morceaux, pas vrai ? Vous avez des nouvelles de lui ? ajouta-t-il d'un air quelque peu attristé.

— De Vasca ? Je viens de...

— Non, de Belgarion.

— Ah, pardon, Majesté ! On l'a vu, ainsi que ses amis, peu après leur départ de Mal Zeth. Ils étaient avec ce Yarblek, l'associé nadrak du prince Kheldar. Yarblek est ensuite parti pour le Gar og Nadrak.

— Ce n'était donc qu'une ruse, soupira mélancoliquement l'empereur. J'aurais dû m'en douter. Tout ce que voulait Belgarion, c'était retourner chez lui et cette histoire ébouriffante n'était qu'un tissu de mensonges. J'aimais vraiment ce jeune homme, Brador, conclut-il en passant une main sur ses yeux las.

— Belgarion n'est pas reparti pour le Ponant, rectifia le Melcène. Pas avec Yarblek, en tout cas. Nous avons systématiquement fouillé ses vaisseaux. Belgarion n'a pas quitté la Mallorée à notre connaissance.

— Eh bien, je ne sais pas pourquoi, mais je suis un peu soulagé, fit Zakath en s'appuyant au dossier de son fauteuil avec un vrai sourire. L'idée qu'il m'avait trahi m'était assez pénible. Vous avez une idée de l'endroit où il a pu aller ?

— Il y a eu du tintouin à Katakor, Majesté. Des manifestations insolites dans les parages d'Ashaba : d'étranges lumières dans le ciel, des explosions, le genre de choses que l'on est tenté d'associer avec Belgarion.

L'empereur de Mallorée éclata de rire, un rire extatique.

— Il peut être très démonstratif quand il est en colère, n'est-ce pas ? Une fois, à Rak Hagga, il a fait sauter le mur de ma chambre.

— Vraiment, Majesté ?

— Il voulait m'expliquer quelque chose.

On frappa timidement à la porte.

— Entrez ! ordonna sèchement Zakath.

— Le général Atesca est arrivé, Majesté, annonça l'un des hommes en tunique rouge qui montaient la garde à la porte.

— Parfait. Faites-le entrer.

— Majesté, fit le général au nez cassé en claquant les talons.

Son uniforme rouge était taché de boue et couvert de la poussière des grands chemins.

— Content de vous revoir, Atesca. Vous avez fait vite.

— Merci, Majesté. La mer était calme et le vent favorable.

— Combien d'hommes avez-vous ramenés avec vous ?

— Près de cinquante mille.

— A combien en sommes-nous à présent ?

— Un peu plus d'un million, Majesté, répondit Brador.

— C'est déjà un nombre conséquent. Organisons le mouvement des troupes et prenons les dispositions nécessaires pour leur déplacement.

L'empereur de Mallorée se leva et regarda par la fenêtre. Les feuilles avaient commencé à roussir, éclaboussant de jaune et de rouge le jardin, en dessous.

— Je veux mettre fin à la sédition sur la côte orientale, annonça-t-il, et nous allons vers l'automne. Nous avons intérêt à faire marcher les troupes avant que le temps ne se gâte. Nous allons descendre vers Maga Renn et envoyer des éclaireurs à partir de là. Si les circonstances s'y prêtent, nous avancerons. Dans le cas contraire, nous attendrons sur place que le reste des troupes reviennent du Cthol Murgos.

— Je m'en occupe tout de suite, Majesté.

Sur ces mots, le chef du Département de l'Intérieur s'inclina et s'éclipsa discrètement.

— Asseyez-vous, Atesca, ordonna l'empereur. Comment se présente la situation au Cthol Murgos ?

— Eh bien, Majesté, nous nous efforçons de conserver les positions que nous avons prises, répondit-il en approchant un fauteuil. Nous avons regroupé nos forces près de Rak Cthan. Nous attendons les transports de troupe qui les rapatrieront en Mallorée.

— Aucun risque de contre-attaque de la part d'Urgit ?

— Je doute fort, Majesté, qu'il envoie ses hommes en terrain découvert. Cela dit, bien sûr, on ne peut jamais savoir ce qui se passe dans la tête d'un Murgo.

— Ça, je vous l'accorde, acquiesça Zakath d'un air entendu.

Il garda pour lui l'information selon laquelle Urgit n'était pas vraiment murgo et se cala au dossier de son fauteuil.

— Dites-moi, Atesca, vous avez mis le grappin sur Belgarion, il n'y a pas si longtemps ?

— Oui, Majesté.

— Eh bien, je vais vous demander de recommencer. Figurez-vous qu'il a réussi à me filer entre les doigts. Je suis prêt à reconnaître que je me suis montré négligent, mais j'avais d'autres soucis en tête sur le moment.

— Pas de problème, Majesté. Nous allons vous le retrouver.

Cette année-là, le Conseil d'Alorie se réunit au palais de Boktor — chose assez insolite en vérité — et sous la présidence de la reine Porenn — seconde incongruité. La petite souveraine blonde, toute de noir vêtue, selon son habitude, alla posément s'asseoir au bout de la table, dans le fauteuil normalement réservé au roi de Riva.

— Messieurs, commença-t-elle sans détour en réponse aux regards offusqués, je vous accorde que j'enfreins tous les usages mais l'heure n'est pas aux salamalecs. J'ai reçu certaines informations que je crois utile de vous communiquer. Nous avons des décisions à prendre et guère de temps pour ça.

— A ce stade, murmura l'empereur Varana avec un petit sourire, je demande une brève interruption de séance afin de permettre à ces Messieurs les rois d'Alorie de piquer leur crise.

Le roi Anheg de Cherek le foudroya d'abord du regard, puis il éclata de rire.

— Je crains, Varana, que vous ne soyez déçu, annonça-t-il en grimaçant un sourire. Nous avons tous évacué ce tropisme lorsque Rhodar nous a persuadés de suivre Ce'Nedra au Mishrak ac Thull. Nous sommes chez Porenn ; laissons-la faire les choses à sa façon.

— Merci, Anheg, répondit la reine de Drasnie, un peu surprise, puis elle se recueillit un instant comme si elle préparait son discours. Vous constatez que j'ai invité, cette année, à notre réunion, des rois qui n'y auraient pas assisté en temps ordinaire. C'est que le problème auquel nous sommes confrontés concerne tout le monde. J'ai récemment reçu des nouvelles de Belgarath, Belgarion et leurs compagnons.

Un murmure parcourut l'assistance. Porenn leva la main et reprit la parole.

— Ils sont en Mallorée, sur la piste de ceux qui ont enlevé le fils de Belgarion.

— Ce jeune homme va plus vite que le vent, observa Fulrach.

Le roi de Sendarie avait pris de la bedaine, avec les années, et sa barbe brune était striée de fils d'argent.

— Comment sont-ils entrés en Mallorée ? demanda le roi Cho-Hag de sa voix pondérée.

— Je me suis laissé dire qu'ils avaient été capturés par Kal Zakath, répondit Porenn. Garion se serait lié d'amitié avec l'empereur de Mallorée, lequel les aurait emmenés dans ses bagages en repartant pour Mal Zeth.

— Zakath, se faire un ami ? s'exclama avec incrédulité le roi Drosta du Gar og Nadrak. C'est impensable !

— Sacré Garion, quand même..., murmura rêveusement Hettar.

— Il se pourrait toutefois que cette belle amitié ne soit plus qu'un souvenir, continua Porenn. Garion et ses amis lui ont brûlé la politesse.

— L'armée impériale au grand complet sur les talons, j'imagine, hasarda Varana.

— Eh non. Zakath ne peut partir de la capitale en ce moment. Expliquez-leur, Yarblek.

Le rugueux associé de Silk se leva.

— Il y a la peste à Mal Zeth, déclara-t-il. Zakath a fait boucler les portes de la ville. Personne ne peut ni entrer ni sortir de ce guêpier.

— Grand pardon, intervint Mandorallen, mais comment, en ce cas, nos amis ont-ils réussi à s'en évader ?

— J'avais ramassé un comédien ambulant, répondit amèrement Yarblek. Il ne me disait pas grand-chose, mais Vella le trouvait drôle. Elle raffole des histoires grivoises.

— Attention, Yarblek. Si tu en as marre de la vie, je peux t'arranger ça, lança la Nadrake d'un ton menaçant en portant la main à la poignée d'une de ses dagues dans une attitude sans équivoque.

Elle était stupéfiante dans une robe lavande qui consentait tout de même certains sacrifices aux coutumes vestimentaires nadrakes : elle avait, en effet, gardé ses bottes de cheval et sa large ceinture de cuir d'où dépassaient ses éternelles dagues. Même ainsi affublée, elle attirait irrésistiblement tous les regards et les hommes ne pouvaient s'empêcher de lui jeter des coups d'œil en douce depuis qu'elle était entrée dans la pièce.

— Enfin, reprit précipitamment Yarblek, ce petit drôle connaissait un passage secret qui partait du palais et menait à une carrière abandonnée, hors des murailles de la ville. Il nous a fait quitter Mal Zeth ni vu ni connu je t'embrouille.

— Zakath n'a pas du apprécier de voir ses proies lui filer entre les doigts, commenta Drosta de sa voix criarde.

— Il y a eu une sorte de soulèvement dans les Sept Royaumes de Karanda, au nord de la Mallorée, poursuivit Porenn. J'ai entendu dire que les démons seraient à l'origine du problème.

— Des démons ? releva le sceptique Varana d'un ton railleur. Voyons, Porenn !

— C'est ce qu'affirme Belgarath.

— Belgarath a parfois un sens de l'humour particulier, reprit le Tolnedrain. Il a dit ça pour rire. Les démons, ça n'existe pas.

— Là, Varana, vous vous trompez, intervint le roi Drosta avec une gravité inaccoutumée. J'en ai vu un, chez les Morindiens, quand j'étais tout petit.

— Et à quoi ressemblait-il ? insista Varana, l'air peu convaincu.

— Je crois préférable de vous laisser dans l'ignorance, étorqua le Nadrak en haussant les épaules.

— Quoi qu'il en soit, continua Porenn, Zakath a fait revenir le gros de son armée du Cthol Murgos afin d'écraser la révolte. Le Karanda devrait bientôt grouiller de troupes, et nos amis sont dans la région. Voilà pourquoi j'ai provoqué cette réunion. Que pouvons-nous faire pour eux ?

— Hettar, il nous faudra des chevaux rapides ! s'exclama Lelldorin de Wildantor en se levant d'un bond.

— Pour quoi faire ? riposta Hettar.

— Pour aller à leur aide, évidemment, répondit le jeune Asturien, les yeux brillants d'exaltation.

— Euh, Lelldorin, commença gentiment Barak, entre la Mallorée et nous, il y a la mer du Levant...

— Oh, fit le jeune homme, un peu désarçonné. Je ne savais pas. Ça veut dire qu'il nous faudra aussi un bateau, alors ?

Barak et Hettar échangèrent un coup d'œil appuyé.

— Un vaisseau, rectifia machinalement le géant à la barbe rouge.

— Pardon ?

— Oh, rien, soupira Barak.

— Nous ne pouvons pas intervenir, trancha le roi Anheg. En les rejoignant — si nous y parvenions — nous ôterions à Garion toute chance de remporter le combat contre l'Enfant des Ténèbres. C'est ce que la sibylle nous a dit à Rhéon, je vous le rappelle.

— Mais ce n'est pas la même chose, protesta Lelldorin, les larmes aux yeux.

— Si, rétorqua le roi des Cheresques. C'est exactement la même chose. Nous sommes prévenus : nous ne devons pas approcher d'eux avant que tout ça soit terminé.

— Mais...

— Ecoutez, Lelldorin, reprit patiemment Anheg, moi aussi, j'ai envie de les aider, mais ce n'est pas possible. Vous croyez que Garion serait content si son fils mourait par notre faute ?

Mandorallen se leva et se mit à arpenter la vaste salle tendue de rouge, son armure faisant un bruit de ferraille à chaque pas.

— M'est avis que Sa Majesté raisonne juste, déclara-t-il. Or donc, point ne pouvons rejoindre nos amis, de crainte de mettre leur quête en péril par notre seule présence, ce que pour éviter chacun de nous donnerait sa vie. Nous pouvons toutefois faire voile vers la Mallorée et, sans les approcher, nous interposer entre les hordes de Kal Zakath et eux. Fassent les Dieux que nous endiguions ainsi l'avance hostile des Malloréens, permettant de la sorte à Garion de prendre du champ.

Le grand chevalier était rayonnant. Il était l'image même du fanatisme et de l'inconscience. Barak le regarda un instant, puis il enfouit son visage dans ses mains en gémissant.

— Allons, allons, murmura Hettar en lui tapotant l'épaule avec compassion.

— C'est drôle, fit le roi Fulrach en se grattouillant la barbe, mais j'ai l'impression d'avoir déjà vécu tout ça. C'est comme si l'histoire se répétait : nous devons à nouveau faire diversion pour aider nos amis à s'en tirer... Bon, quelqu'un a une idée ?

— Envahissons la Mallorée, suggéra vivement Drosta.

— Mettons la côte de Zakath à sac, proposa Anheg avec une égale avidité.

Porenn poussa un soupir.

— Nous pourrions envahir le Cthol Murgos, murmura pensivement Cho-Hag.

— Excellente idée ! approuva farouchement Hettar.

— En apparence seulement, mon fils, s'empressa de préciser Cho-Hag, une main levée dans un geste d'apaisement. Zakath a engagé des forces dans la conquête du Cthol Murgos. Si les armées du Ponant investissaient la région, il ne pourrait faire autrement que de riposter, tu ne crois pas ?

— Ça offre des perspectives intéressantes, évidemment, convint Varana en se calant au dossier de son fauteuil, mais nous sommes déjà en automne et les montagnes du Cthol Murgos sont particulièrement hostiles, en hiver. Le moment est mal choisi pour faire manœuvrer une armée dans la région. Un homme de troupe ne va pas très vite, les pieds gelés. Je pense que nous pourrions arriver au même résultat par la diplomatie, sans y laisser un seul orteil.

— Ça, on peut faire confiance aux Tolnedrains pour avoir des idées tordues, grommela Anheg.

— Vous aimez peler de froid, vous ?

— Ben, c'est ce qu'on fait d'habitude en hiver, rétorqua le Cheresque en haussant les épaules.

— Ah, ces Aloriens ! soupira l'empereur de Tolnedrie en levant les yeux au ciel.

— Mais non, je disais ça pour rire, lâcha Anheg en guise d'excuse. Allez, quel brillant stratagème votre excellente cervelle juteuse a-t-elle encore concocté ?

— Pourriez-vous, Margrave Khendon, nous dire si les services secrets malloréens sont performants ? contra Varana.

Javelin, qui était assis à l'autre bout de la table, se leva en tirant sur son pourpoint gris perle comme s'il voulait l'allonger.

— Leur chef, Brador, est un homme redoutable, Majesté. Ses agents se montrent parfois maladroits et aussi discrets que des bœufs dans une cristallerie, mais il en a beaucoup. Et il dispose de fonds illimités, ajouta-t-il en jetant à la reine Porenn un regard lourd de sous-entendus.

— Je vous en prie, Khendon, murmura la souveraine. Vous savez que je m'efforce de réduire le déficit budgétaire.

— Certes, ma Dame, fit-il d'un ton conciliant en s'inclinant avec raideur, puis il reprit son exposé avec la concision et sa gravité coutumières. Les services de renseignements malloréens sont assez rudimentaires selon nos critères, mais Brador peut s'offrir le luxe de mettre autant d'agents qu'il veut sur le terrain, ce que nous ne pouvons nous permettre — pas plus que les services secrets tolnedrains. Il lui est arrivé de perdre une centaine d'hommes au cours d'une opération, mais il parvient généralement à ses fins. Personnellement, ajouta-t-il avec un reniflement dédaigneux, je réprouve ces méthodes de travail.

— Ce Brador aurait-il des agents à Rak Urga ? insista Varana.

— C'est à peu près sûr, acquiesça Javelin. Nous en avons personnellement quatre au Drojim, en ce moment même, et les services de Votre Majesté en ont deux, à ma connaissance.

— Première nouvelle, riposta le Tolnedrain en ouvrant de grands yeux innocents.

— Vraiment ?

— Très bien, poursuivit Varana en riant, que ferait Zakath s'il apprenait que les royaumes du Ponant sont sur le point de conclure une alliance militaire avec le roi des Murgos ?

Le chef des services secrets drasniens commença à faire les cent pas dans la pièce.

— Nul ne peut anticiper avec précision la réaction de Zakath à une situation donnée, répondit-il avec une moue songeuse. Ça dépendrait évidemment beaucoup de la situation intérieure de la Mallorée à ce moment-là, mais une alliance entre les Murgos et le Ponant constituerait une menace sérieuse pour la Mallorée. Il est probable qu'il rebrousserait aussitôt chemin et mettrait tout en œuvre pour écraser les Murgos avant que nos troupes ne viennent à leur rescousse.

— Nous acoquiner avec les Murgos ? tempêta Hettar. Ça, jamais !

— Il ne s'agirait pas d'une véritable alliance, Messire Hettar, assura Kail, le fils du Gardien de Riva, mais seulement de distraire Zakath le temps que Belgarion lui fausse compagnie. Les négociations pourraient s'éterniser pour finalement capoter.

— Oh, fit Hettar, un peu désarçonné. Dans ce cas, évidemment...

— Poursuivons, coupa sèchement Varana. En nous y prenant bien, nous devrions arriver à convaincre Zakath que nous sommes sur le point de conclure un traité avec Urgit. Javelin, dites à vos hommes d'éliminer quelques-uns des agents malloréens infiltrés au Drojim — pas tous, attention, juste assez pour que l'on se dise à Mal Zeth qu'une manœuvre diplomatique sérieuse est en cours.

— Je vous suis parfaitement, Majesté, répondit Javelin avec un sourire inquiétant. Je viens justement de recruter l'homme de la situation : un assassin nyissien appelé Issus.

— Parfait. Cette alliance illusoire devrait nous permettre d'arriver au même but qu'une vraie — distraire Zakath — et ce, sans perdre un seul homme. En dehors de cet Issus, certes.

— Ne vous en faites pas pour lui, Majesté, reprit le margrave d'un ton rassurant. Il a la peau dure.

— J'ai l'impression de laisser échapper quelque chose, maugréa Anheg. Quelque chose d'important... Si seulement Rhodar était encore parmi nous...

— A qui le dites-vous ! acquiesça Porenn, des larmes dans la voix.

— Pardon, Porenn, fit le roi de Cherek en prenant la petite main de la reine entre ses grosses pattes où elle disparut complètement. Vous comprenez ce que je veux dire.

— J'ai un diplomate à Rak Urga, continua Varana. Il pourrait approcher le roi Urgit et entamer les pourparlers. Avons-nous des informations utiles sur le roi des Murgos ?

— Oui, déclara fermement Porenn. Il accueillera favorablement nos ouvertures de paix.

— Sur quoi Votre Majesté se fonde-t-elle pour l'affirmer ?

— Je préfère ne pas vous le dire pour le moment, répondit-elle après une brève hésitation. Croyez-moi sur parole, c'est tout.

— Certainement, acquiesça le Tolnedrain.

Vella se leva et s'approcha de la fenêtre, accompagnée par le frôlement soyeux de sa robe de satin.

— C'est fou comme vous aimez compliquer les choses, dans le Ponant, lâcha-t-elle d'un ton critique. Vous avez un problème avec Zakath ? Eh bien, envoyez quelqu'un à Mal Zeth avec une dague bien affûtée.

— Ah, Vella ! Vous auriez fait un sacré bonhomme ! s'esclaffa Anheg.

— Vous croyez vraiment ? gronda-t-elle en braquant sur lui ses yeux de braise.

— Eh bien, c'est-à-dire que... Hem, je ne sais pas trop, bredouilla-t-il.

— Comme je regrette ce petit acrobate qui me faisait tant rire, soupira-t-elle mélancoliquement en s'appuyant au montant de la fenêtre. La politique me donne la migraine. Je voudrais bien savoir où il est passé...

Porenn la regarda avec un drôle de sourire en songeant à la révélation fulgurante qu'elle avait eue le jour de son arrivée à Boktor.

— J'espère ne pas trop vous décevoir en vous apprenant que votre bateleur n'était pas celui qu'il semblait être. Belgarath parle de lui dans son message. Pas étonnant qu'il le connaisse, poursuivit la petite reine en réponse au regard acéré de la Nadrake. C'était Beldin.

— Le sorcier bossu ? s'exclama Vella en ouvrant de grands yeux. Le petit sorcier bossu qui vole ?

Porenn acquiesça d'un hochement de tête.

Vella exprima alors son opinion dans un langage qu'une dame digne de ce nom n'eût assurément point employé et qui fit quelque peu blêmir le roi Anheg lui-même, puis elle dégaina une dague et se jeta sur Yarblek en crachant entre ses dents comme une chatte. Mandorallen s'interposa vaillamment tandis que Barak et Hettar la prenaient à revers et la désarmaient.

— Triple buse ! Crétin invétéré ! hurla-t-elle à la face du Nadrak qui donnait l'impression de vouloir rentrer sous terre. Quand je pense que tu aurais pu me vendre à lui !

Puis elle s'effondra en sanglotant sur la poitrine du grand Cheresque vêtu de peaux de bêtes tandis que Hettar lui confisquait, par prudence, ses trois autres dagues.

Zandramas, l'Enfant des Ténèbres, regardait, debout sur un promontoire, une vallée désolée où des villages embrasés achevaient de se consumer sous un ciel de plomb. Ses yeux étaient perdus dans l'ombre de son capuchon et nul n'aurait su dire si elle voyait vraiment la plaine dévastée qui s'étendait devant elle. Un vagissement impérieux se fit entendre dans son dos. Elle serra les dents.

— Donne-lui à manger, dit-elle sèchement.

— J'écoute et j'obéis, ô Maîtresse, répondit avec empressement l'homme aux yeux blancs.

— Epargne-moi ces simagrées, Naradas ! Fais en sorte que ce marmot se taise, c'est tout. J'essaie de réfléchir.

Il y avait si longtemps... Elle avait tout prévu dans les moindres détails. Elle était au bout du monde et voilà que, malgré tous ses efforts, le Tueur de Dieu et sa redoutable épée n'étaient plus qu'à quelques jours d'elle.

L'épée. L'épée embrasée. Elle hantait son sommeil. Mais le visage illuminé de l'Enfant de Lumière était un cauchemar plus effroyable encore.

— Comment se fait-il qu'il se rapproche sans cesse ? explosa-t-elle. Rien ne l'arrêtera donc ?

Elle tendit les mains devant elle, les paumes tournées vers le ciel. Une myriade de petits points lumineux semblait tournoyer sous sa peau, des petits points brillants animés d'un mouvement irrésistible, inlassable, tel un amas d'étoiles minuscules grouillant dans sa propre chair. Combien de temps faudrait-il à ces constellations pour envahir tout son corps et qu'elle cesse irrémédiablement d'être humaine ? Quand le terrible esprit des Ténèbres achèverait-il sa possession ? L'enfant se remit à geindre.

Elle serra les dents pour ne pas hurler.

— Je t'ai dit de le faire taire ! grinça-t-elle.

— Tout de suite, Maîtresse, répondit Naradas.

L'Enfant des Ténèbres se replongea dans la contemplation de l'univers étoilé qui gravitait en elle.

Essaïon et Cheval sortirent dès les premières lueurs de l'aube, avant que les autres ne s'éveillent, et s'élancèrent au grand galop dans une prairie de montagne baignée par la lumière argentée de l'aurore. Qu'il était bon de s'abandonner au vent de la course, de sentir le flux et le reflux des muscles de Cheval sous ses cuisses sans être obligé de parler à quiconque !

Le jeune homme retint son étalon au sommet d'une butte verdoyante et regarda se lever le soleil. Ça aussi, c'était bon. Il se tourna alors vers les Monts de Zamad que doraient les rayons du soleil et contempla, ivre de beauté et de solitude, la splendeur des champs et des forêts. La vie était belle, ici. Le monde était plein de beauté et de gens qu'il aimait.

Comment Aldur avait-Il pu se résoudre à le quitter ?

Aldur devait l'aimer plus qu'aucun autre Dieu, Lui qui avait refusé de choisir un peuple pour L'adorer afin de pouvoir consacrer tout son temps à en étudier les merveilles. Et voilà qu'Il ne pouvait plus y revenir que fugitivement, et en esprit seulement.

D'un autre côté, Aldur avait accepté ce sacrifice. Essaïon se dit en soupirant qu'aucun sacrifice ne devait être véritablement insupportable s'il était fait par amour. Il trouva un certain réconfort dans cette pensée.

Puis il poussa un nouveau soupir et redescendit lentement vers le petit lac et le groupe de tentes qui abritaient ses amis encore assoupis.

CHAPITRE 2

Ils se levèrent tard, ce matin-là. Garion se sentait vidé, comme s'il payait d'un seul coup l'agitation des semaines passées. Il voyait bien, à la lumière filtrant par le rabat de la tente, qu'il faisait déjà grand jour, et il entendait le cliquetis de la batterie de cuisine de Polgara qui ponctuait un conciliabule à voix basse, mais il n'avait vraiment pas envie de bouger. Il envisagea un instant de se rendormir pour rattraper un peu de son sommeil en retard et se ravisa. Il allait bien falloir qu'il se remue, tôt ou tard, alors... Il se glissa doucement hors des couvertures, pour ne pas réveiller Ce'Nedra, se pencha sur elle et embrassa tendrement ses boucles cuivrées, puis il enfila sa tunique brune, prit ses bottes, son épée, et sortit de la tente.

Polgara était debout près du feu. Elle avait revêtu une robe de voyage grise et préparait le petit déjeuner en fredonnant doucement, selon son habitude. Silk et Belgarath parlaient tout bas, non loin de là. Le vieux sorcier portait son éternelle tunique de couleur rouille, son pantalon rapiécé et ses bottes dépareillées, mais le petit Drasnien avait cru bon de changer d'atours et revêtu son pourpoint gris perle de Riche Homme d'Affaires. Essaïon bouchonnait son alezan à la robe luisante. Durnik et Toth s'adonnaient à leur sport favori au bord du petit lac de montagne, leurs lignes traçant une dentelle évanescente sur le miroir d'un bleu profond. Les autres membres du groupe faisaient manifestement la grasse matinée.

— Ah, nous nous demandions si tu allais roupiller toute la journée ! commenta Belgarath alors que Garion s'asseyait sur un arbre abattu pour enfiler ses bottes.

— J'y ai songé un moment, admit-il en se relevant.

Un bouquet de trembles dressés de l'autre côté du lac étincelant retint un moment son regard. Les troncs étaient d'une blancheur de neige et les frondaisons qui avaient commencé à roussir palpitaient au moindre souffle d'air, telles des feuilles d'or dans le soleil matinal. L'air était agréablement frais et humide. Il se prit soudain à rêver de pouvoir passer quelques jours ici. Il poussa un soupir et rejoignit Belgarath et Silk près du feu.

— Pourquoi cette somptueuse tenue ? demanda-t-il à son ami au museau de fouine.

— Nous allons traverser une région où je suis assez connu, répondit celui-ci d'un petit ton désinvolte. Ça pourrait se révéler utile, mais pour ça, il faut qu'on me reconnaisse. Tu es absolument sûr que la piste descend vers le sud-est ?

Garion opina du chef avec assurance.

— Ce n'était pas très net au début, mais j'y ai mis bon ordre.

— Comment ça, pas très net ? releva Belgarath.

— Le Sardion est passé par là, lui aussi, il y a longtemps. L'Orbe a fait mine, au départ, de vouloir suivre les deux pistes en même temps. J'ai dû lui dire ce que j'en pensais, assez fermement.

Il passa son bras dans le baudrier, le boucla et roula les épaules afin que son immense épée trouve sa place dans son dos. De l'Orbe enchâssée sur le pommeau émanait une vilaine lueur rouge.

— Pourquoi fait-elle ça ? demanda Silk, étonné.

— A cause du Sardion. Arrête un peu, tu veux ! lança fermement Garion en tournant la tête par-dessus son épaule, vers la pierre ardente.

— Prends garde à ne pas la vexer. Nous serions dans de beaux draps si elle se mettait à bouder !

— Qu'y a-t-il au sud-est ? coupa Belgarath.

— Voresebo, répondit le petit Drasnien. C'est-à-dire pas grand-chose en dehors de quelques pistes de caravanes et deux ou trois mines dans les montagnes. Il y a un port de mer, Pannor. J'y suis passé une ou deux fois en revenant de Melcénie.

— Les habitants sont-ils des Karandaques ?

— Hon-hon. Et des Karandaques encore plus raffinés que ceux des royaumes centraux, ce qui n'est pas peu dire.

Le faucon à bande bleue descendit en spirale du ciel sans nuage, battit des ailes et reprit forme humaine dès que ses ergots touchèrent terre. Beldin portait ses sempiternels haillons attachés avec des bouts de ficelle et des lacets de cuir. Ses cheveux et sa barbe feutrés étaient, comme toujours, hérissés de fétus de paille et de brindilles.

— J'ai horreur de voler quand il fait froid comme ça, dit-il en claquant des dents. J'ai les ailes tout endolories.

— Il ne fait pas froid, objecta Silk.

— Allez voir ça à quelques milliers de pieds de hauteur, rétorqua le petit sorcier bossu en indiquant le ciel d'un mouvement de menton, puis il se détourna et recracha quelques plumes grises, trempées de salive.

— Alors, mon Oncle, on a encore pâturé les prairies célestes ? ironisa Polgara en touillant avec une cuillère à long manche le contenu d'un chaudron posé sur le feu.

— Mon estomac réclamait, rétorqua Beldin. Je connais un pigeon qui s'est levé trop tôt, ce matin.

— Et ça ne pouvait pas attendre ? grinça la sorcière en indiquant sa marmite du bout de sa cuillère.

— Allez, Pol, le monde n'arrêtera pas de tourner pour un crétin de pigeon de rien du tout !

— Je ne comprends pas que vous puissiez les manger tout crus, comme ça, fit Garion en réprimant un frisson de dégoût.

— Question d'habitude. Et puis je ne me vois pas faire du feu avec mes serres. Bon, Belgarath, il y a de la bagarre en perspective. Beaucoup de fumée et des tas de gens qui tournent en rond, l'arme au poing.

— Tu as pu voir de qui il s'agissait ?

— Je me suis bien gardé d'approcher. Dans tous les attroupements de ce genre, il y a forcément des archers désœuvrés, et je ne tenais pas à prendre une flèche dans le gouvernail de queue pour le simple plaisir de procurer à un abruti l'occasion de faire étalage de son adresse.

— Ça vous est déjà arrivé ? s'informa Silk, toujours intéressé.

— Une fois. Il y a longtemps. Depuis, j'ai mal à la hanche aux changements de temps.

— Vous n'avez rien pu faire pour y remédier ?

— Eh bien, j'ai eu une petite conversation avec l'archer. Je lui ai défendu de recommencer. Quand je suis parti, il cassait son arc sur son genou. Dis donc, Belgarath, tu es sûr que la piste redescend vers la plaine ?

— Moi, non, mais l'Orbe, oui.

— Alors, il va bien falloir que nous tentions le coup, conclut le petit sorcier bossu en parcourant le campement du regard. Hé, les tentes devraient être défaites depuis longtemps, à l'heure qu'il est !

— Je me suis dit que ça ferait du bien à tout le monde de faire un peu la grasse matinée. Nous en avons vu de dures, ces temps derniers, et nous ne sommes sûrement pas au bout de nos peines.

— Tu t'arranges toujours pour faire halte dans des coins idylliques, aussi. Au fond, tu dois être un romantique qui s'ignore.

— Nul n'est parfait, fit Belgarath en haussant les épaules.

— Garion ! appela Polgara. Tu veux bien réveiller les autres, s'il te plaît ? Le petit déjeuner est prêt.

— Tout de suite, Tante Pol.

Après manger, il fallut démonter le campement et la matinée était déjà bien avancée lorsqu'ils reprirent la piste qui serpentait entre les pins. Il faisait bon et l'air embaumait. Beldin reprit la voie des airs afin de les avertir des dangers éventuels. Ce'Nedra avançait à côté de Garion, emmitouflée dans sa cape grise et étrangement silencieuse.

— Qu'y a-t-il, mon petit chou ? demanda-t-il au bout d'un moment.

— Geran n'était pas avec elle, murmura tristement la petite reine.

— Avec Zandramas, tu veux dire ? Non, en effet. Elle ne l'avait pas emmené.

— Etait-elle réellement-là, Garion ?

— D'une certaine façon, oui, et en même temps pas vraiment. C'est comme Cyradis : elle est à la fois là et ailleurs.

— Je ne comprendrai jamais.

— C'était plus qu'une projection sans être une véritable présence. Nous en avons parlé, hier soir, avec Beldin. Il nous a tout expliqué, mais je n'ai pas compris grand-chose. Ses explications sont parfois un peu absconses.

— Il est très intelligent, hein ?

Garion opina du chef.

— Ça oui, mais pas très pédagogue. Il s'énerve après ceux qui n'arrivent pas à le suivre. Enfin, le fait que Zandramas puisse projeter d'elle une image à moitié matérielle la rend très dangereuse. Elle peut nous atteindre, alors que nous ne pouvons rien contre elle. Elle a bien failli te tuer, hier, tu sais. Si Poledra ne l'avait pas arrêtée... Elle a affreusement peur de Poledra.

— C'était la première fois que je voyais ta grand-mère.

— Mais non, souviens-toi : elle était au mariage de tante Pol, et elle est venue à notre aide, en Ulgolande, le jour où nous avons été attaqués par l'eldrak.

— La première fois, elle s'était changée en chouette, et l'autre fois en louve.

— Ça ne change rien, pour elle.

Tout à coup, Ce'Nedra éclata de rire.

— Qu'y a-t-il de si drôle ?

— Quand tout sera fini et que nous rentrerons chez nous avec notre bébé, tu ne pourrais pas te changer un peu en loup, de temps en temps ? suggéra-t-elle.

— Pourquoi ?

— J'aimerais bien avoir un grand loup gris couché devant le feu. Et puis, par les froides nuits d'hiver, je pourrais me réchauffer les pieds dans ta fourrure.

Il lui jeta un regard noir.

— Je te gratterais les oreilles, Garion, susurra-t-elle pour l'allécher. Et j'irais te chercher de beaux os à ronger, aux cuisines.

— Trop aimable, lâcha-t-il platement.

— J'ai toujours si froid aux pieds...

— Ça, j'avais remarqué.

Ils arrivaient au sommet d'un col ombragé lorsqu'une vive discussion éclata entre Silk et Sadi, juste devant eux.

— Il n'en est pas question, disait le petit Drasnien avec véhémence.

— Permettez-moi, Kheldar, de vous dire que vous vous formalisez pour pas grand-chose, se récria l'eunuque.

Il avait troqué sa robe de soie irisée contre une tunique à la mode du Ponant, des chausses et de solides bottes de cavalier.

— Vous avez le réseau de distribution et moi j'ai libre accès à une source d'approvisionnement inépuisable. Nous pourrions nous remplir les poches sans lever le petit doigt.

— Sadi, c'est non. Jamais je ne tremperai dans le trafic de drogue.

— Vous faites commerce de tant de choses, Kheldar. Nous avons sous la main une vache à lait qui n'attend que d'être traite. Pourquoi laisser des préjugés moraux l'emporter sur des considérations purement commerciales ?

— Vous êtes un Nyissien, Sadi. Les drogues font partie de votre culture. Vous ne pouvez pas comprendre.

— Dame Polgara en utilise bien pour soigner les malades, argumenta Sadi.

— Ce n'est pas la même chose.

— Je me demande vraiment en quoi c'est différent.

— Vous ne comprendrez jamais, Sadi. Quand bien même je m'escrimerais à vous expliquer jusqu'à en avoir la langue toute bleue, vous ne comprendriez pas.

— Vous me décevez beaucoup, Kheldar, reprit l'eunuque avec un soupir à fendre l'âme. Vous êtes un espion, un assassin, un faux-monnayeur et un voleur. Vous trichez au jeu et vous bafouez l'honneur des femmes mariées. Vous flouez impudemment vos clients et vous vous imbibez de bière comme une éponge. Vous êtes l'homme le plus corrompu que j'aie rencontré de ma vie et vous refusez de transporter de petits composés anodins qui feraient de vos clients les plus heureux des hommes.

— Il y a des choses avec lesquelles on ne transige pas, décréta hautement Silk.

Velvet se tourna sur sa selle pour les regarder.

— Mes compliments, Messieurs, ironisa-t-elle, et un sourire plein de fossettes ensoleilla son visage. C'est l'une des conversations les plus fascinantes qu'il m'ait été donné d'entendre. Cette plongée stupéfiante dans le domaine de la morale comparée me laisse pantelante.

— Hem... Margravine Liselle, bredouilla Sadi, Zith serait-elle avec vous, par hasard ?

— En effet, Sadi, acquiesça la fille aux cheveux de miel. Mais cette fois, ajouta-t-elle en levant la main pour prévenir ses objections, ce n'est pas moi qui suis allée la chercher. Elle a rampé sous ma tente au milieu de la nuit et s'est glissée toute seule dans sa cachette favorite. La pauvre petite bête était littéralement transie. Vous voulez la reprendre ?

— Non, soupira-t-il en caressant son crâne rasé tandis que Silk devenait d'un joli vert. Qu'elle reste où elle est. Si elle est heureuse comme ça, après tout...

— Elle est très contente. Je peux même vous dire qu'elle ronronne de plaisir. Cela dit, je pense que vous feriez mieux de surveiller un peu son régime, reprit-elle en fronçant le sourcil. Son petit ventre s'arrondit à vue d'œil. Nous n'aimerions pas que notre serpent préféré devienne obèse, n'est-ce pas ? conclut-elle avec un sourire.

— Ça non, alors ! se récria le Nyissien, outré.

Le faucon à bande bleue se percha sur un gros arbre mort, en haut du col, et se lissa les plumes avec son bec crochu. En les voyant approcher, il vint à leur rencontre d'un coup d'aile et l'instant d'après Beldin se dressait sur la piste, devant eux, en marmonnant des imprécations.

— Un problème, mon Oncle ? s'enquit Polgara.

— J'ai été pris dans un tourbillon, grommela-t-il, et j'ai les plumes tout ébouriffées. Tu sais quel effet ça fait.

— A qui le dites-vous, mon Oncle ! Ça m'arrive sans arrêt. Les brises nocturnes sont tellement imprévisibles.

— Tes plumes sont trop souples, aussi.

— Ce n'est pas moi qui ai conçu la chouette, mon Oncle ; ne me faites pas grief de son plumage.

— Il y a une taverne un peu plus loin, à une croisée des chemins, reprit le petit sorcier bossu. Que dirais-tu de nous y arrêter, Belgarath ? Ça nous permettrait peut-être de savoir ce qui nous attend dans la plaine.

— Pas bête. Autant éviter de tomber tête baissée dans un traquenard si nous pouvons faire autrement.

— Nous nous retrouverons à l'intérieur.

Beldin reprit son essor et s'éloigna à tire-d'aile.

— Pourquoi, non, mais *pourquoi* faut-il toujours que ça se termine dans un bouge ? soupira Polgara, désespérée.

— Parce que les gens qui ont bu aiment parler, Pol, lui expliqua Belgarath comme s'il parlait à une enfant. On en apprend plus en cinq minutes dans une taverne qu'en une heure dans un salon de thé.

— J'aurais dû me douter que tu trouverais une bonne raison.

— Naturellement.

Ils franchirent la passe et descendirent la piste tavelée par le soleil qui menait à la taverne. C'était une baraque au plafond bas, faite de rondins dont les interstices avaient été grossièrement comblés avec de la boue. Le passage des ans, les intempéries, avaient tordu et soulevé les tuiles de bois. Des poules rousses grattaient la poussière dans l'arrière-cour. Une grosse truie tachetée était vautrée dans une flaque de boue, où elle donnait la tétée à une tripotée de porcelets qui poussaient des grognements d'extase. De pauvres rosses cagneuses étaient attachées à une rambarde, sur le devant, et un Karandaque vêtu de peaux de bêtes mangées aux mites ronflait en travers de la porte.

En approchant de la taverne, Polgara se mit à jouer ostensiblement des narines et retint sa monture.

— Je crois, Mesdames, que nous ferions mieux d'attendre là-bas, à l'ombre.

— Il faut dire que d'étranges effluves émanent de ces lieux, acquiesça Velvet.

— Essaïon, tu restes avec nous, décréta fermement la sorcière. Tu es encore un peu jeune pour prendre de mauvaises habitudes.

Elle mena ses protégés vers un bois de pins, à quelque distance de la cabane. Durnik et Toth échangèrent un rapide coup d'œil et les suivirent.

Assailli par la puanteur ambiante, Sadi, qui s'apprêtait à mettre pied à terre devant la gargote, se ravisa et se plaqua un mouchoir sur la bouche.

— Je crains, Messieurs, que cet endroit ne soit pas fait pour moi, déclara-t-il entre deux haut-le-cœur. Je vais vous attendre dehors, avec les autres. Et puis, Zith doit avoir faim ; il faut que je lui donne à manger.

— Comme vous voudrez, fit Belgarath en haussant les épaules.

Il descendit de cheval et entra délibérément dans la taverne, enjambant le Karandaque qui ronflait comme un sonneur.

— Ne restons pas ensemble, chuchota-t-il. Tâchez de parler avec le plus grand nombre de gens possible. Et je vous rappelle que ce n'est pas une tournée théâtrale, ajouta-t-il en regardant Silk d'un air significatif.

— Faites-moi confiance, promit le petit Drasnien en s'éloignant.

Garion resta à l'entrée de la salle le temps que ses yeux s'habituent à l'obscurité. L'endroit n'avait pas dû recevoir un coup de balai depuis la pendaison de crémaillère. Le sol était couvert de paille moisie qui puait la vieille bière et des restes de nourriture pourrissaient le long des plinthes. Une cheminée improvisée avec trois blocs de pierre fumait à un des bouts, ajoutant ses miasmes à l'atmosphère déjà difficilement respirable. Les tables étaient faites de planches grossièrement équarries, posées sur des tréteaux, et les bancs à partir de troncs d'arbres fendus par le milieu, dans lesquels on avait enfoncé des pieux en guise de pieds. Garion repéra Beldin en grande conversation avec plusieurs Karandaques dans un coin. Il s'approcha comme si de rien n'était.

En passant à côté d'une table, il mit le pied sur quelque chose de mou, s'attirant un grognement indigné suivi d'un bruit précipité de sabots raclant le sol.

— Faites attenchion à ma chourette, protesta hargneusement le vieux Karandaque aux yeux chassieux assis à la table. J'vous marche pas d'chus, moi, ch'pas ?

Garion mit un moment à comprendre qu'il voulait sans doute parler de sa truie.

— Votre sourette ?

— Ma chourette. Faites attenchion à vot' fatalité, bredouilla l'homme.

— Ma fatalité ? répéta Garion avec un frisson involontaire.

— Faites attenchion où vous foutez les pieds, répéta l'homme en articulant soigneusement, un peu agacé. Ches deux trucs qui pendent au bout d'vos jambes, chi vous voulez chavoir.

— Oh, mes pieds !

— Ch'est ch'que j'me tue à vous dire : faites attenchion à vot' fatalité.

— Pardon, s'excusa Garion. J'avais mal entendu.

— Ch'est cha qu'est ennuyeux avec vous j'aut' les étrangers. On a beau prononcher choigneujement, vous comprenez rein à ch'qu'on vous dit.

— Que diriez-vous d'une chope de bière ? suggéra Garion en s'asseyant devant lui. Je ferai mes excuses à votre truie dès qu'elle reviendra.

Le Karandaque le regarda par en dessous. C'était un vieil homme d'une saleté repoussante. Sa barbe hirsute grouillait de vermine. Il était vêtu de fourrures mal tannées, comme tous ses congénères, et coiffé d'un bonnet fait d'une peau de blaireau à laquelle tenaient encore les pattes et la queue.

— C'est moi qui paye, ajouta Garion.

Ce fut magique.

Il vida quelques chopes de bière avec le propriétaire de la truie. Il trouva au breuvage un goût suret, comme s'il avait été tiré une ou deux semaines trop tôt, mais son hôte fit claquer sa langue et roula des yeux comme s'il n'avait jamais bu pareil nectar. Quelque chose de froid et humide effleura la main de Garion. Il eut un mouvement de recul et croisa un regard bleu, grave, encadré par des cils blancs, tout raides. La bête sortait manifestement de sa soue et exhalait une puanteur renversante.

— Ch'est qu'ma chourette, fit le vieux Karandaque en ricanant. Ch't'une bonne bête de chourette chans rancune, chi vous voulez chavoir. L'est orpheline, vous comprenez, ajouta-t-il en ponctuant sa remarque d'un clin d'œil qui lui valut, l'espace d'un instant, une ressemblance stupéfiante avec un vieux hibou.

— Oh ?

— Enfin, cha mère a fait d'chacrément bonnes côtelettes, renifla le vieux en s'essuyant le nez sur le dos de sa main. Y a des fois où qu'a' m'manque bougrement. Dites-donc, fit-il en lorgnant Garion sous le nez, ch'est un rudement grand couteau qu'vous trimbalez là.

— Oui, acquiesça Garion en grattouillant distraitement les oreilles de la bête qui ferma les yeux, ravie, et posa sa tête sur ses cuisses en poussant des couinements extatiques.

En descendant de la montagne, nous avons vu de la fumée dans la plaine, reprit-il. Qu'est-ce qui se passe, en bas ?

— Ch'qu'on peut imaginer d'pire, mon gars, répondit gravement le vieil homme en regardant Garion entre ses paupières fripées. Vous j'êtes pas un d'ches Malloriens, j'echpère ?

— Non, le rassura Garion. Je ne suis pas malloréen. Je viens de beaucoup plus loin, à l'ouest.

— J'chavais pas qu'y avait quèque choge à l'ouecht d'la Mallorie. Enfin, y a toutes chortes d'gens en bas, dans la plaine, qui ch'bagarrent pour des quechtions d'religion.

— De religion ?

— J'chuis pas très porté chur la quechtion, perchonnellement, admit le Karandaque. Y a cheux qui croivent et cheux qui croivent pas, et j'cherais plutôt d'cheux qui croivent pas, moi. Qu'les Dieux ch'occupent d'leurs j'oignons, comme j'dis toujours. Moi j'm'occupe des miens, et on est quittes.

— Ça paraît raisonnable, approuva Garion sans se mouiller.

— Chuis content qu'vous penchiez comme moi. Enfin, y a ch'te Grolime, Jandramach, comme y l'appellent à Dachey-va. Ch'te Jandramach, donc, al' est entrée à Vorechebo et l'a commenché à baratiner tout l'monde avec ches chalades : Torak qu'était mort, l'Nouveau Dieu des j'Angaraks et tout ch'qui ch'enchuit. Autant d'chojes qui m'intérechent pas pus qu'ma chourette, chi vous voulez chavoir. Ch't'une p'tite futée, ma chourette, a' r'connaît ben les gens qui dijent des bêtijes.

Garion tapota le flanc rebondi de l'animal qui se mit à grogner béatement.

— Bonne petite sourette... enfin, chourette.

— J'l'aime beaucoup. Al' est ben chaude et ch'est un vrai plaijir d'che blottir tout cont'la nuit, quand y fait froid — chans compter qu'a' n'ronfle pour ainchi dire pas. Enfin, mon gars, ch'te Jandramach, al' est v'nue ichi et a' ch'est mije à prêcher, à brailler et chi et cha, et les Grolims y ch'chont touch' laiché tomber à plat vent' en gémichant. Et pis, y a un chertain temps, d'nouveaux Grolims tout neufs chont v'nus d'l'aut' côté des montagnes et y j'ont dit comme cha qu'l'aut' Jandramach a' ch'fourrait complèt'ment l'doigt dans l'œil. Y j'ont dit qu'y aurait un Nouveau Dieu des j'Angaraks, d'accord, mais que ch'te Jandramach al' y connaichait rein. Ch'est d'là qu'viennent les fumées dans la plaine, en bas : les j'adverchaires arrêtent pas d'tout brûler, d'tuer tout le monde et d'polémiquer chur ch'Nouveau Dieu. Moi, j'veux rein chavoir d'toutes ches j'hichtoires. On va r'monter dans les montagnes, ma chourette et moi, et laicher ches gens-là ch'entre-tuer tranquillement. On r'viendra quand y j'auront réglé leurs comptes et on ch'inclin'ra ben poliment d'vant les j'autels d'cheux qu'auront eu l'dechus chaqu'fois qu'on pach'ra d'vant.

— Vous dites que Zandramas serait une femme ? nota Garion.

— Ch't'un monde, hein, tout d'même ! acquiesça le Karandaque en reniflant. J'ai jamais rein entendu d'plus chtupide. Pour moi, les femmes devraient jamais ch'mêler des j'affaires des j'hommes, chi vous voulez chavoir.

— Vous l'avez déjà vue ?

— J'vous j'ai dit qu'je m'mêlais pas d'religion. Là-d'chus, ma chourette et moi, on rechte ben tranquilles dans notre coin, tous les deux.

— C'est la chageche, euh, sagesse même, affirma Garion avec conviction. Mes amis et moi, nous devons traverser la plaine, là, en bas. Vous voyez d'autres dangers à redouter, à part les Grolims ?

— On voit bien qu'vous j'êtes pas d'ichi, nota le vieux en lorgnant sa chope vide d'un air suggestif.

— Si on en prenait un autre ? suggéra Garion.

Il pêcha une nouvelle pièce dans la bourse qu'il avait à sa ceinture et fit signe au serveur.

— Tout l'problème, chi vous voulez chavoir, reprit le propriétaire loquace du cochon, ch'est qu'les Grolims ch'richquent pas dans ch'te partie du pays chans ch'faire echcorter par des troupes. Les partijans d'l'aut Jandramach, là, ont l'armée du roi d'Vorechebo avec eux. Le vieux roi ch'fiche pas mal d'ches querelles de r'ligion, mais y ch'est fait j'ter à bas du trône. Choi-dijant qu'chon fich a déchidé qu'il était trop gâteux pour diriger l'pays, bref, y lui a piqué la plache. Ch't'un drôle de gaillard au r'gard pas franc qui ch'est acoquiné avec l'aut' Jandramach, là, dans l'echpoir d'êt' du bon côté du manche, mais v'là-t'y pas qu'Urvon est arrivé à la tête des j'armées d'Jenno et d'Ganéjie, avec des types en armure et d'vilains chiens noirs — chans compter tous ches Grolims, et j'vous jure qu'ch'est pas joli-joli, là, en bas. Cha tue et cha brûle à tour de bras, et les prisonniers qui chont pas chacrifiés chur un autel finichent chur l'aut'. A vot'plache, chi vous voulez chavoir, moi, j'f'rais un grand détour pour pas m'retrouver dans ch'te panique.

— Ça, mon, brave, je voudrais bien, répondit sincèrement Garion. Il paraît qu'il y avait des démons à Jenno, vers Calida. Il ne se sont pas montrés par ici, au moins ?

— Des démons ? Pas qu'je chache, répondit le Karandaque en esquissant le signe cabalistique censé éloigner le mauvais œil. Chi j'en avais vu, on ch'rait d'jà chi loin dans les montagnes, ma chourette et moi, qu'y faudrait nous j'envoyer la lumière par caravane.

Garion ne pouvait s'empêcher d'éprouver une certaine sympathie pour ce vieux bavard inculte et sa vision lucide, assez percutante en fin de compte, du pandémonium qui se déchaînait autour de lui. Il aimait bien son phrasé chuintant, presque musical, cette espèce de familiarité chaleureuse, indifférente aux distinctions sociales, et c'est avec une pointe de regret qu'il hocha discrètement la tête en réponse à Silk qui désignait la porte d'un mouvement de menton impératif. Il repoussa doucement la tête de la truie collée sur sa cuisse, et la bête émit un petit grognement réprobateur.

— Désolé, ma vieille, mais il faut que j'y aille, dit-il en se levant. Merci de votre compagnie, ajouta-t-il à l'intention de son propriétaire, et merci de m'avoir prêté votre sourette.

— Ma chourette, rectifia le Karandaque.

— Votre chourette, pardon.

Il arrêta le serveur au passage.

— Donnez ce qu'ils veulent à mon ami et à sa chourette, ordonna-t-il en lui donnant une pièce.

— Cha, ch'est gentil, mon gars, commenta le vieux avec un sourire qui lui faisait le tour de la figure.

— Tout le plaisir est pour moi, rétorqua Garion. Bonne journée, ma vieille, dit-il à la truie.

Laquelle répondit d'un *oink-oink* plutôt réservé et rejoignit son maître, de l'autre côté de la table.

Ils retrouvèrent leurs compagnons à l'ombre du bosquet de pins. Ce'Nedra les accueillit en fronçant le nez.

— Enfin, Garion, où es-tu encore allé te fourrer ? s'exclama-t-elle. Tu sens épouvantablement mauvais.

— Je suis copain comme cochon avec un autochtone et sa chourette. Enfin, sa truie.

— Une truie ! Qu'est-ce que c'est que cette histoire ?

— Pour comprendre, il aurait fallu que tu sois là.

Ils reprirent leur chemin en comparant les informations qu'ils avaient glanées. Le propriétaire du cochon avait manifestement fourni à Garion un aperçu étonnamment complet et succinct de la situation à Voresebo, que celui-ci leur rapporta fidèlement, et avec l'accent du vieux Karandaque.

— Il ne parlait sûrement pas comme ça tout de même ! gloussa Velvet, incrédule.

— Prechque, ma bonne dame, prechque, répondit Garion en forçant encore un peu le trait. Y f'jait rein qu'à dire « ch'te Jandramach », « les j'aut'Grolims » et « chi vous voulez chavoir » d'une fachon que j'pourrai jamais imiter. Mais j'crois qu'j'ai tapé dans l'œil à cha chourette.

— Dis, Garion, tu ne pourrais pas reculer un tout petit peu ? fit Polgara comme on suce un citron. De quelques centaines de toises, par exemple, ajouta-t-elle avec un geste vague vers l'arrière de la colonne.

— Ch'est chûr, fit-il, conciliant, en retenant Chrestien.

Il remarqua que son grand étalon gris paraissait perturbé, depuis un moment, comme si quelque chose de désagréable planait dans l'air.

A la demande générale, Garion se baigna, ce soir-là, dans un torrent de montagne d'un froid glacial. Il s'approchait du feu en grelottant et en claquant des dents lorsque Belgarath leva les yeux sur lui et dit :

— Je pense que tu serais bien inspiré de remettre ton armure. Si la moitié de ce que ton copain au cochon t'a dit est vrai, ça vaudrait peut-être mieux.

— Sa chourette, rectifia Garion.

— Pardon ?

— Non, rien.

Le lendemain matin, le soleil se leva dans un ciel parfaitement dégagé et il faisait frisquet. Garion était transi. Même avec la tunique molletonnée qu'il portait toujours dessous, sa cotte de mailles lui paraissait humide. D'ailleurs, il ne l'avait jamais trouvée aussi lourde et inconfortable. Durnik lui coupa une lance dans un bosquet voisin et l'appuya contre un arbre, non loin des chevaux.

Belgarath redescendit de la butte d'où il était allé jeter un coup d'œil sur la plaine, en contrebas.

— On dirait que c'est la panique générale à Voresebo. Je ne vois donc pas l'intérêt d'essayer d'éviter qui que ce soit. Plus vite nous en sortirons, mieux ça vaudra, alors nous ferions aussi bien de foncer droit devant nous. En cas de problème, nous essaierons de nous en tirer par de belles paroles, et si ça ne marche pas, il sera toujours temps d'avoir recours à l'autre moyen.

— J'en déduis que j'ai intérêt à me procurer un nouveau gourdin, soupira Sadi.

Ils repartirent, Garion menant la marche dans un bruit de batterie de cuisine, son casque sur la tête, son bouclier passé à son bras gauche et le bout de sa lance coincé dans son étrier, à côté de son pied. Il lorgnait les environs avec de grands airs de matamore. Son épée exerçait une traction régulière dans son dos, lui confirmant qu'ils étaient toujours sur la piste de Zandramas. Au pied des collines, la piste de montagne tortueuse devint une route étroite, caillouteuse et pleine de nids-de-poule, mais qui allait droit vers le sud-est. Ils talonnèrent leur monture et s'engagèrent dans la plaine à vive allure.

Quelques lieues plus loin, la route passait le long d'un village aux ruines encore fumantes. Ils ne s'arrêtèrent pas pour voir ce qui avait pu se passer.

Vers midi, ils rencontrèrent un détachement d'une quinzaine d'hommes à pieds, armés, dont la tenue évoquait vaguement des uniformes.

— Eh bien ? demanda Garion en se retournant vers ses amis, la main tellement crispée sur sa lance qu'il en avait les jointures toutes blanches.

— Je vais leur parler, proposa Silk. Et toi, essaie d'avoir l'air un peu plus dangereux.

Il s'éloigna et, dès qu'il fut à portée de voix des étrangers, leur lança, d'un ton rien moins qu'amène :

— Vous bloquez la route ! Ecartez-vous !

— Nous avons pour ordre de contrôler tous les voyageurs, déclara l'un des hommes en regardant Garion avec défiance.

— Très bien. Vous nous avez contrôlés. Maintenant, laissez-nous passer.

— Dans quel camp êtes-vous ?

— Ça, mon vieux, c'est une question stupide, rétorqua le petit Drasnien. Dans quel camp êtes-vous vous-même ?

— Je n'ai pas à vous répondre.

— Eh bien, moi non plus. Servez-vous de vos yeux, enfin : est-ce que j'ai l'air d'un Karandaque, d'un Garde du Temple ou d'un Grolim ?

— Vous êtes du côté d'Urvon ou de Zandramas ?

— Ni l'un ni l'autre. Je suis dans le camp de l'argent, et il n'y a pas d'argent à se faire dans la religion.

— Il faut que je dise à mon capitaine dans quel camp vous êtes, insista le soldat d'une voix mal assurée.

— Pour ça, il faudrait que vous m'ayez vu, insinua Silk en jonglant avec sa bourse d'un air suggestif. Je suis pressé, mon vieux. Je n'ai que faire de vos querelles théologiques. Ayez la courtoisie de me rendre la pareille.

Le soldat regardait avec une convoitise non déguisée la bourse que le petit homme faisait sauter dans sa main.

— Le temps c'est de l'argent, et je serais prêt à dédommager quiconque m'en ferait gagner, suggéra finement Silk. Il commence à faire chaud, je trouve, ajouta-t-il en s'épongeant le front dans un grand geste théâtral. Vous devriez aller vous mettre à l'ombre, vos hommes et vous. Je laisserais fortuitement tomber cette bourse ici, où vous la retrouveriez dans un petit moment. Vous vous feriez un joli pécule, moi je pourrais poursuivre ma route sans perdre de temps et je ne vois pas pourquoi les autorités devraient savoir que je suis passé par ici.

— Il fait vraiment de plus en plus chaud sur cette route, confirma le chef du détachement.

— J'étais sûr que vous seriez d'accord.

Ses acolytes souriaient de toutes leurs dents.

— Vous n'oublierez pas de laisser tomber votre bourse ?

— Comptez sur moi, promit l'homme au museau de fouine.

Les soldats s'éloignèrent à travers champ vers un bosquet. Silk lança négligemment sa bourse dans le fossé, le long de la route, et fit signe à ses compagnons d'avancer.

— Je vous suggère de ne pas trop traîner par ici, susurra-t-il.

— Encore une bourse pleine de gravier ? subodora Durnik avec un grand sourire.

— Non, non, de vraies pièces de monnaie. Bon, on ne peut pas s'offrir grand-chose avec une poignée de demi-sols malloréens, mais ce sont tout de même des espèces sonnantes et trébuchantes.

— Et s'il avait demandé à voir ce qu'il y avait dedans ?

Silk lui tendit sa main en coupe. Des pièces d'argent étaient retenues entre les plis de sa paume.

— Ce n'est pas à un vieux singe qu'on apprend à faire la grimace, fit-il avec un grand sourire. Maintenant, si vous voulez un bon conseil, ajouta-t-il après avoir jeté un coup d'œil par-dessus son épaule, je vous propose de prendre la poudre d'escampette. Les soldats reviennent sur la route.

La rencontre suivante fut un peu plus sérieuse. Trois Gardes du Temple barraient la route, abrités derrière leurs boucliers, la lance pointée vers l'avant et le regard dénué de toute pensée.

— Là, c'est à moi de jouer, fit Garion en rajustant son casque sur sa tête et en levant le bras portant son bouclier.

Il abaissa la pointe de sa lance et talonna Chrestien. Il entendit un martèlement de sabots, derrière lui, mais son grand étalon gris chargeait et il n'eut pas le temps de se retourner. Toute cette affaire était ridicule, et en même temps il sentait à nouveau bouillonner son sang dans ses veines.

— C'est complètement absurde, marmonna-t-il.

Il fit aisément vider les étriers au Garde du milieu. Il remarqua que Durnik lui avait coupé une hampe plus longue de deux pieds, peut-être, que la normale. D'un revers de son bouclier, il dévia les lances des deux autres Gardes et fonça entre eux. Les sabots de Chrestien s'enfoncèrent dans le corps de sa première victime tombée à terre. Garion tira brutalement sur les rênes, faisant volter son énorme étalon qui se jeta sur les deux hommes encore sur place. Il aurait pu s'en dispenser : le cavalier qui l'avait suivi à fond de train était Toth, et il leur avait fait mordre la poussière.

— Si vous cherchez du boulot, Toth, j'aurais quelque chose à vous proposer en Arendie. Il serait bon que quelqu'un démontre un jour à ces écervelés qu'ils ne sont pas invincibles.

Le colosse muet éclata d'un rire silencieux qui dévoila toutes ses dents.

Dans le centre de Voresebo, c'était le chaos absolu. Des colonnes de fumée montaient des villages et des fermes incendiées. Les récoltes avaient été brûlées et des bandes d'hommes armés se livraient un combat sans merci. Deux de ces factions rivales s'affrontaient dans un champ en feu et les hommes étaient tellement absorbés par leur frénésie meurtrière qu'ils ne faisaient même pas attention au rideau de flammes qui se refermait sur eux.

L'horreur était partout. Garion ne put épargner à Ce'Nedra le terrible spectacle des cadavres sauvagement mutilés qui gisaient dans les fossés et jusqu'au milieu de la route.

Ils poursuivirent leur chemin à bride abattue.

Comme le crépuscule tombait lentement sur la contrée dévastée, Durnik et Toth s'écartèrent de la route à la recherche d'un abri pour la nuit. Ils revinrent peu après et annoncèrent à leurs compagnons qu'ils avaient trouvé un bosquet dans une crevasse, à une demi-lieue de la route.

— Nous ne pourrons pas faire de feu, ajouta Durnik, mais si nous nous tenons tranquilles, je pense que personne ne viendra nous y chercher.

La nuit ne fut pas agréable. Ils avalèrent un repas froid et firent de leur mieux pour se réchauffer, car ils ne pouvaient dresser leurs tentes dans les épaisses broussailles. L'automne approchait, et le froid leur tomba dessus dès le coucher du soleil. Ils se levèrent avec le jour, mangèrent un morceau et repartirent très vite.

Cette nuit inconfortable, glaciale, le massacre insensé qui faisait rage autour d'eux mettaient Garion en rage, et sa mauvaise humeur empirait à chaque lieue. Vers le milieu de la matinée, il vit un Grolim en robe noire debout devant un autel en plein air, à quelques centaines de toises sur le côté de la route. Une bande de soldats en tenues disparates avaient passé la corde au cou de trois villageois épouvantés et les traînaient vers le lieu du sacrifice. Garion ne prit même pas le temps de réfléchir. Il flanqua sa lance par terre, dégaina l'épée de Poing-de-Fer, avertit l'Orbe de se tenir tranquille et chargea.

Le Grolim devait être plongé dans une sorte de transe mystique car il n'entendit pas approcher Garion et ne le vit que trop tard. Il poussa un cri rauque lorsque Chrestien le renversa et lui passa sur le corps. Les soldats lui jetèrent un coup d'œil surpris, lâchèrent leurs armes et filèrent ventre à terre. Garion n'était pas encore calmé. Il les poursuivit implacablement mais il n'était tout de même pas aveuglé par la rage au point de sacrifier des hommes désarmés. Il se contenta de les faire rouler à terre l'un après l'autre. Lorsque le dernier fut tombé sous les sabots du grand cheval gris, il tourna bride, libéra les prisonniers et regagna la route à vive allure.

— Tu ne penses pas que tu en fais un peu trop, là ? tempêta Belgarath, furieux.

— Compte tenu des circonstances, non, je ne trouve pas, riposta Garion. Comme ça, au moins, je sais qu'une douzaine de soldats de ce sale pays puant ne traîneront personne au sacrifice — pas avant que leur carcasse se soit ressoudée, en tout cas.

Le vieux sorcier émit un reniflement de dégoût et lui tourna le dos.

— Eh bien ? lança rageusement Garion en foudroyant Polgara du regard.

— Je n'ai rien dit, mon chou, répondit-elle d'un ton suave. Seulement, la prochaine fois, je pense que tu devrais mettre ton grand-père au courant de tes petits projets. Ce genre de surprise le fait parfois grincer des dents.

Beldin revint à tire-d'aile et reprit forme humaine.

— Que s'est-il passé ? demanda-t-il en regardant les soldats qui geignaient dans le champ, le long de la route.

— Mon cheval avait besoin de se dégourdir les pattes, lâcha Garion qui ne décolérait pas. Et ces soldats étaient en travers de son chemin.

— Eh bien, tu es encore de bon poil, ce matin !

— Je trouve tout ça tellement grotesque.

— Là, je suis bien d'accord avec toi, mais tu n'es pas au bout de tes peines. La frontière de Rengel est droit devant, et la conjoncture n'est pas meilleure de l'autre côté.

CHAPITRE 3

Ils s'arrêtèrent à la frontière pour faire le point de la situation. La ligne de démarcation n'était pas gardée, mais des colonnes de fumée noire montaient des villages embrasés et de vastes masses humaines se déplaçaient au loin, telles des colonnes de fourmis.

— Les manœuvres semblent un peu mieux organisées par ici, commenta Beldin. Nous n'avons vu à Voresebo que de petites bandes plus occupées à piller qu'à se battre. Les troupes qui s'affrontent dans le coin ont l'air plus importantes et présentent au moins un semblant de discipline. Je doute qu'elles se laissent avoir par de belles paroles.

Toth esquissa une série de gestes énigmatiques.

— Il nous conseille de voyager de nuit, traduisit le forgeron en réponse au coup d'œil interrogateur de Belgarath.

— C'est absurde, protesta Sadi. Si la région est dangereuse de jour, elle le sera dix fois plus la nuit.

Les mains du colosse muet s'agitèrent à nouveau et Garion eut tout à coup l'impression curieuse de comprendre où il voulait en venir.

— Il dit que vous rejetez trop vite sa suggestion, Sadi, reprit Durnik. Nous avons certains atouts. Comment l'avez-vous appris ? s'exclama-t-il tout à coup en se tournant vers son ami, le front plissé par la perplexité.

Toth se remit à gesticuler.

— Oh, acquiesça le forgeron. Pas de doute, *elle* est vraiment au courant de tout... Il dit que Belgarath, Pol et Garion pourraient mener la marche sous leur autre forme, poursuivit-il en regardant ses compagnons. L'obscurité ne devrait pas poser de problème à deux loups et une chouette.

— Ça offre certaines perspectives, en effet, répondit pensivement Belgarath. Nous devrions éviter à peu près tout le monde, de cette façon. D'autant que les soldats n'aiment pas beaucoup sortir la nuit.

— Ça ne les empêche pas de poster des sentinelles, releva Beldin.

— Nous n'aurions aucun mal à les repérer, Garion, Pol et moi, et nous vous indiquerions comment les contourner.

— Nous ne pourrons pas mettre nos chevaux au galop et si nous devons esquiver toutes les sentinelles du pays, nous risquons de perdre beaucoup de temps, objecta Velvet.

— Vous savez, intervint Silk, plus j'y songe et plus cette idée me plaît. Je dirais même qu'elle me plaît beaucoup.

— Ah, Kheldar, vous avez toujours aimé rôder sournoisement dans le noir, ironisa la fille aux cheveux de miel.

— Pas toi, peut-être ?

— Eh bien..., oui, j'en conviens, avoua-t-elle avec un sourire. Je ne suis pas drasnienne pour rien.

— Ça nous ralentirait trop, protesta Ce'Nedra. Nous ne sommes qu'à quelques jours de Zandramas. En louvoyant ainsi, nous serions vite distancés.

— Tu sais, Ce'Nedra, je ne pense pas que nous ayons vraiment le choix, répondit doucement Garion. Si nous fonçons tête baissée à travers Rengel, nous sommes sûrs de tomber, tôt ou tard, sur un groupe de soldats trop nombreux pour que nous en réchappions.

— Enfin, Garion, tu es sorcier, reprit-elle d'un ton accusateur. Tu n'aurais qu'à agiter la main pour les faire disparaître.

— Il y a des limites à ce que nous pouvons faire, souligna Polgara. Zandramas et Urvon ont l'un comme l'autre des Grolims dans la région. Si nous tentions la moindre chose, tout le monde à Rengel saurait avec précision où nous sommes.

Les yeux de Ce'Nedra s'emplirent de larmes et sa lèvre inférieure se mit à trembler. Elle fit volte-face et s'enfuit dans les champs en sanglotant.

— Va la chercher, Garion, soupira Polgara. Essaie de la calmer un peu.

Ils passèrent le restant de la journée tapis dans un bosquet de hêtres, à une demi-lieue environ de la route. Garion essaya de dormir, sachant qu'une longue nuit les attendait, mais il finit par y renoncer et se mit à arpenter fébrilement le campement. Il partageait l'impatience de Ce'Nedra. Ils étaient sur les talons de Zandramas et en se bornant à voyager de nuit ils avanceraient à une allure de tortue. L'ennui, c'est qu'il avait beau se creuser la tête, il ne voyait pas d'autre solution.

Au coucher du soleil, ils défirent les tentes et attendirent la nuit à la lisière du bosquet.

— Je crains d'avoir détecté une faille dans notre plan, déclara Silk.

— Ah bon ? rétorqua Belgarath.

— Nous avons besoin de l'Orbe pour suivre la piste de Zandramas, et si Garion se change en loup, elle ne pourra plus lui indiquer le chemin. A moins que je ne me trompe... ?

Belgarath et Beldin échangèrent un regard appuyé.

— Je n'en ai pas idée, admit le grand-père de Garion. Et toi ?

— Moi non plus, avoua le petit sorcier bossu.

— Allons, il n'y a qu'un moyen d'en avoir le cœur net, fit Garion.

Il tendit les rênes de Chrestien à Durnik et s'éloigna de quelques pas, pour ne pas effrayer les chevaux. Il se forgea minutieusement une image mentale de loup et concentra son Vouloir dessus. Il eut, comme chaque fois, l'étrange impression de fondre, mais un instant plus tard, ça y était. Il s'assit sur son derrière pour passer les différentes parties de son corps en revue, afin de s'assurer qu'il ne lui manquait rien.

Il flaira aussitôt une odeur familière. Il tourna la tête. Ce'Nedra était debout derrière lui, les yeux exorbités, une main levée, le bout des doigts pressés sur les lèvres.

— C'est... c'est vraiment toi, Garion ? balbutia-t-elle.

Il se releva et s'ébroua, incapable de lui répondre. La gueule du loup n'était pas faite pour articuler des paroles humaines. Alors il s'approcha doucement d'elle et lui lécha la main. Elle se laissa tomber à genoux, lui passa les bras autour du cou et colla sa joue sur son museau.

— Oh, Garion, souffla-t-elle, émerveillée.

Il ne put résister à la tentation perverse de la débarbouiller, de la pointe du menton à la racine des cheveux. Il avait une langue interminable — et ruisselante de bave. Elle se débattit.

— Arrête ! fit-elle en s'étouffant de rire.

Il lui fourra sa truffe humide et froide dans le cou, lui arrachant un petit cri, puis se détourna et repartit en souplesse vers la chaussée où se poursuivait la piste de Zandramas. Il resta un moment tapi dans les fourrés, le long de la route, et scruta soigneusement les environs, les oreilles et les narines frémissantes, à l'affût de toute présence humaine. Enfin rassuré, il sortit des taillis, le ventre à ras de terre, et se redressa au milieu de la route.

Ce n'était pas pareil, bien sûr ; la sensation de traction était subtilement différente, mais elle persistait. Il éprouva une sensation enivrante et dut lutter contre l'envie de lever le museau au ciel et de pousser un hurlement de triomphe. Il se retourna alors et rejoignit de sa démarche élastique, ses griffes s'enfonçant dans l'humus humide, l'endroit où ses compagnons étaient dissimulés. Il était envahi par un sentiment farouche d'exaltation et de liberté, et c'est presque avec regret qu'il reprit forme humaine.

— Alors ? demanda Belgarath comme il se rapprochait dans les ténèbres qui s'épaississaient.

— Aucun problème, répondit Garion avec une désinvolture affectée.

Il devait se mordre les joues pour ne pas éclater de rire, mais il savait que ce petit air blasé exaspérait son grand-père.

— Écoute, Pol, tu es vraiment sûre que nous sommes obligés de l'emmener avec nous ? grinça-t-il, en effet.

— Je crains fort, Père, que nous ne puissions nous passer de lui, soupira la sorcière.

— Je ne sais pas pourquoi, mais j'étais sûr que tu dirais ça. Très bien, reprit-il en parcourant les autres du regard, voilà comment nous allons procéder : Durnik a le pouvoir de communiquer avec Pol, même à distance ; il vous avertira si nous rencontrons des soldats ou si la piste s'éloigne de la route. Vous avancerez au pas afin de faire le moins de bruit possible et d'être prêts à vous mettre à l'abri au moindre signe de danger. Garion, tu resteras en contact mental avec Pol. N'oublie pas que tu as un nez en plus de tes yeux, et pense à retourner sur la route de temps en temps afin de vérifier que nous sommes toujours sur la piste. Des questions ?

Ils secouèrent la tête avec ensemble.

— Bon. Allons-y.

— Tu veux que je t'accompagne, Pol ? proposa Beldin.

— Non merci, mon Oncle. Les faucons n'y voient pas très bien dans le noir et vous ne me serviriez pas à grand-chose après vous être fracassé le crâne sur un arbre.

C'était étonnamment facile. Le premier mouvement d'un groupe de soldats qui s'arrêtait pour la nuit était de faire du feu et le second, de l'entretenir jusqu'au lever du jour. Garion et Belgarath n'eurent qu'à se guider sur ces brasiers pour repérer les campements de toutes les bandes armées de la région, en se fiant à leur flair pour localiser les sentinelles isolées. Et comme, dans la plupart des cas, les troupes bivouaquaient à l'écart de la route, le groupe n'eut même pas besoin de s'en écarter pour les éviter.

Au beau milieu de la nuit, Garion s'aventura au sommet d'une colline pour jeter un coup d'œil dans la vallée suivante. Il repéra un certain nombre de feux de camp pareils à des yeux jaunes clignotant dans les ténèbres.

— Garion ? fit la petite voix de Ce'Nedra, juste au-dessus de lui, à ce qu'il lui sembla.

Il fit un bond en étouffant un jappement de surprise, et il lui fallut un moment pour apaiser les battements de son cœur.

— Ce'Nedra, gémit-il plaintivement. Ne fais plus jamais ça, je t'en prie. Tu as failli me faire jaillir de ma fourrure.

— Je voulais juste m'assurer que tu allais bien, reprit-elle, toute déconfite. Après tout, si je ne peux pas ôter cette amulette, autant qu'elle me serve à quelque chose.

— Je vais très bien, Ce'Nedra, répondit-il avec une patience exagérée. Mais ne me fais pas des frayeurs pareilles. Les loups sont des animaux impressionnables.

— Écoutez, les enfants, coupa fermement la voix de Polgara, vous vous amuserez plus tard. J'essaie d'entendre ce que dit Durnik et vous couvrez ses paroles avec vos bavardages.

— Oui, Tante Pol, répondit machinalement Garion.

— Je t'aime, Garion ! murmura Ce'Nedra en guise d'adieu.

Pendant les jours suivants, ils avancèrent de nuit et se mirent à couvert dès que l'aube commençait à poindre. Garion éprouvait une telle impression de facilité, à présent, qu'il relâcha sa vigilance et c'est ainsi qu'il commit une imprudence. En traversant un bosquet, pendant la quatrième nuit, il marcha accidentellement sur un rameau de bois mort.

— Qui est là ? s'exclama une voix.

L'homme était sous le vent par rapport à lui, et il ne l'avait pas senti.

Le gaillard s'aventura dans le bosquet en faisant un bruit d'enfer. Il dardait une lance devant lui dans une attitude menaçante. Plus furieux contre lui-même que contre cet empoté, Garion écarta la lance d'une poussée du garrot, se dressa sur ses pattes arrière, posa celles de devant sur les épaules de la sentinelle et débita un chapelet d'imprécations, c'est-à-dire qu'il retroussa ses babines sur un épouvantable grognement.

L'homme terrorisé regarda, les yeux exorbités, claquer les redoutables mâchoires du loup à quelques pouces de son visage, puis il poussa un hurlement strident et prit la fuite au galop. Garion se faufila piteusement hors du bosquet et s'éloigna la queue entre les jambes.

— Que s'est-il passé ? fit la voix de Polgara.

— Rien de grave, répondit-il, pas fier de lui. Dis à Durnik et aux autres de prendre un peu vers l'ouest ; il y a un groupe de soldats assez près de la route.

Peu avant l'aube, le lendemain, la brise nocturne apporta une odeur de lard frit aux narines de Garion. Il rampait dans les hautes herbes afin de voir qui faisait la cuisine quand il tomba sur son grand-père.

— Qui est-ce ? demanda-t-il à la manière des loups.

— Quelques centaines de soldats, répondit Belgarath, de la même façon. Et tout un troupeau de mules de bât.

— Ils seraient donc au beau milieu de la route ?

— Ça ne devrait pas poser de problème. J'en ai entendu quelques-uns parler entre eux ; il semblerait qu'ils soient au service de Silk.

— Silk aurait une armée ? s'exclama Garion, sidéré.

— Apparemment. J'aimerais bien que ce petit voleur cesse de me faire des cachotteries. Pol, continua-t-il, et Garion sentit qu'il entrait en contact mental avec sa fille, demande à Durnik de m'envoyer Silk. Allez, Garion, rejoignons les autres. J'ai deux mots à dire au plus beau fleuron de la Drasnie.

Ils regagnèrent la route au petit trot, reprirent forme humaine et interceptèrent Silk.

— Il y a un important détachement de soldats vêtus de

tuniques bleues un peu plus loin, sur la route, commença Belgarath d'un ton égal, et Garion ne put s'empêcher d'admirer le sang-froid de son grand-père. Je me demandais si vous ne sauriez pas, par hasard, de qui il pourrait bien s'agir ?

— Que font-ils là ? se récria le petit homme au museau de fouine en fronçant les sourcils d'un air intrigué. Ils avaient pour ordre d'éviter les zones de trouble.

— Ils n'ont pas dû entendre, rétorqua le vieux sorcier d'un ton sardonique.

— C'est une règle immuable. Il faut absolument que je voie leur capitaine.

— Tu as une armée privée ? demanda Garion.

— Pas vraiment. J'ai dit à Yarblek d'engager des mercenaires pour escorter nos caravanes, c'est tout.

— Ça doit coûter une fortune, non ?

— Ça nous revient toujours moins cher que si nos caravanes étaient rançonnées en cours de route. Karanda grouille de bandits des grands chemins. Allons leur parler.

— C'est ça, allons leur parler, fit Belgarath avec une obligeance de mauvais augure.

— Arrêtez-moi si je dis une bêtise, vieille branche, mais j'ai l'impression que vous n'êtes pas de bon poil ?

— A votre place, Silk, je la mettrais en sourdine. Voilà cinq nuits d'affilée que je rampe dans l'herbe humide, j'ai le pelage plein de teignes, tellement de nœuds dans la queue qu'il me faudra une semaine pour la démêler, et pendant ce temps-là, vous aviez tout une armée à portée de flèche.

— Je l'ignorais, je vous assure ! Ils n'auraient jamais dû venir par ici.

Belgarath s'éloigna à grands pas en vilipendant la Drasnie, les Drasniens et plus particulièrement l'un d'entre eux.

Les muletiers avaient commencé à charger leurs bêtes lorsque Silk entra dans le campement à cheval, étroitement encadré par Belgarath et Garion. Leur capitaine, un gaillard à l'air pas commode, au visage grêlé et aux poings énormes, vint à leur rencontre.

— Votre Altesse, commença-t-il en s'inclinant. Nous ignorions que vous étiez dans cette partie de la Mallorée.

— Je ne tiens pas en place, répondit Silk. Je gage, capitaine Rakos, que vous ne verrez pas d'inconvénient à ce que nous nous joignions à vous ?

— Aucun, Votre Altesse.

— Bien. Le reste du groupe ne devrait pas tarder à nous rejoindre. Qu'avez-vous préparé pour le petit déjeuner ?

— Comme d'habitude, Votre Altesse : du lard frit, des œufs, des côtelettes, du pain chaud et de la confiture.

— Pas de bouillie d'avoine ?

— Je peux demander au cuistot d'en faire, si Votre Altesse y tient absolument.

— Non, non, merci, capitaine. Je devrais arriver à m'en passer, pour cette fois.

— Votre Altesse aimerait-elle inspecter la troupe ?

— Les hommes s'attendent à ce que je les passe en revue, j'imagine ? répondit Son Altesse en faisant la grimace.

— C'est bon pour le moral. Un homme de troupe qu'on ne passe jamais en revue finit par avoir l'impression de ne pas être apprécié à sa juste valeur.

— Vous avez raison, capitaine, soupira Silk. Dites-leur de former les rangs, je vais vous les gonfler à bloc, moi.

Le capitaine se détourna et aboya un ordre.

— Pardonnez-moi, mes amis, fit le petit Drasnien en mettant pied à terre. La rançon du pouvoir, que voulez-vous...

Il se recoiffa avec ses doigts, rajusta soigneusement sa mise et suivit le capitaine Rakos vers les hommes au garde à vous le long de la route. Il parcourut le front des troupes avec une certaine grandeur, il faut bien le reconnaître. Il n'omit pas un bouton manquant, une tenue froissée ou un visage mal rasé. Les autres arrivèrent alors qu'il achevait son inspection. Belgarath leur expliquait la situation lorsque le petit homme au museau de fouine les rejoignit enfin, un sourire satisfait accroché à la face.

— Cette comédie était-elle bien nécessaire ? susurra Velvet.

— Nécessaire, non, mais escomptée, certainement. Ils ont fière allure, hein ? reprit-il en regardant ses hommes avec orgueil. Mon armée n'est peut-être pas la plus grande de Mallorée, mais c'est une armée d'élite. Bien, que diriez-vous de manger un morceau, maintenant ?

— Les rations de soldat, je connais, grommela Beldin. Je vais plutôt me chercher un petit pigeon bien dodu.

— Allons, Beldin, ne tirez pas de conclusions hâtives, fit

plaisamment le petit homme au museau de fouine. Le rata est la première source de mécontentement dans une armée. Nous prenons grand soin, Yarblek et moi, d'engager de bons cuistots et de leur fournir les meilleures denrées du marché. Les hommes de Zakath se contentent peut-être de pain de munition, mais je puis vous assurer que les miens sont mieux traités.

Le capitaine Rakos se joignit à eux pour le petit déjeuner. C'était manifestement un baroudeur plus entraîné au maniement des armes que des couverts.

— Où emmenez-vous cette caravane ? s'informa Silk.

— A Jarot, votre Altesse.

— Que transportez-vous ?

— Des haricots.

— Des haricots ?

— Conformément aux ordres de Votre Altesse, acquiesça Rakos. Votre agent à Mal Zeth nous a informés, avant l'épidémie de peste, que vous vouliez faire main basse sur la récolte de haricots. Vos entrepôts de Maga Renn en étant pleins à craquer, nous avons dû nous rabattre sur Jarot.

— C'est moi qui vous ai donné ces instructions ? fit le petit Drasnien, déconcerté. Mais qu'est-ce qui m'a pris ?

— Zakath rapatriait ses troupes du Cthol Murgos, lui rappela Garion. Il se préparait à faire campagne à Karanda. Tu espérais blouser l'Intendance militaire en raflant tous les haricots de Mallorée.

— Blouser ! Quel vilain mot, Garion ! se récria le petit Drasnien, offusqué. Mais je croyais être revenu sur ces directives, maugréa-t-il, le sourcil froncé.

— Pas à ma connaissance, Votre Altesse, reprit Rakos. Des caravanes entières chargées de haricots arrivent à Maga Renn de tous les coins de Delchin et du sud de la Ganésie.

— Il faut absolument arrêter ça ! A combien de jours sommes-nous de Jarot ? s'enquit Silk d'une voix mourante.

— Une bonne semaine, Votre Altesse.

— Et les haricots vont continuer à s'accumuler pendant tout ce temps-là ?

— Ça, Votre Altesse, c'est probable.

Le petit Drasnien poussa un gémissement à fendre l'âme.

Ils traversèrent Rengel sans autre incident. Les mercenaires de Silk jouissaient manifestement d'une réputation flatteuse, et les hommes mal entraînés des diverses factions en lutte dans la contrée se gardèrent bien de leur chercher noise. Kheldar ouvrait la marche comme s'il avait mené les armées impériales et promenait un regard hautain sur les alentours.

— Vous allez le laisser s'en tirer comme ça ? souffla Ce'Nedra à l'oreille de Velvet au bout d'un jour ou deux de ce petit manège.

— Sûrement pas, répondit la fille aux cheveux de miel. Et il a intérêt à en profiter, parce que les dures réalités de la vie risquent de se rappeler assez vite à lui.

— Vous êtes terrible, gloussa Ce'Nedra.

— C'est une experte qui nous parle ! N'avez-vous pas fait suivre le même traitement à notre héros ici présent ? susurra Velvet en braquant sur Garion un regard lourd de sous-entendus.

— Allons, Liselle ! coupa sévèrement Polgara. Voilà que je vous reprends à dévoiler des secrets professionnels !

— Pardon, Dame Polgara, murmura Velvet, la mine contrite.

La piste d'un vilain rouge terne du Sardion rejoignit bientôt celle de Zandramas. Elles descendaient toutes deux vers la Kallahar et Jarot, à la limite de Rengel et de Celanta.

— Pourquoi va-t-elle vers la mer ? maugréa Garion, troublé.

— Ça, mystère, répondit laconiquement Belgarath. Elle a lu les Oracles ashabènes, et moi pas. Elle sait peut-être où elle va, alors que je suis à la remorque derrière elle.

— Mais... Et si...

— Fais moi grâce de tes *mais* et de tes *si*, Garion. J'ai déjà assez de soucis comme ça.

Ils traversèrent la Kallahar à bord d'une armada de bacs qui semblaient appartenir à Silk et arrivèrent dans la cité portuaire de Jarot, du côté de Celanta. Ils parcoururent les rues pavées sous les acclamations du peuple. Le petit Drasnien caracolait en tête en agitant gracieusement la main pour remercier la foule de ses admirateurs.

— Là, il y a quelque chose qui m'échappe, marmonna Durnik.

— Son peuple l'aime beaucoup, expliqua Essaïon.

— Comment ça, *son peuple* ?

— A qui sont les hommes, Durnik ? demanda mélancoliquement le jeune homme blond. A celui qui les dirige ou à celui qui les paye ?

Les bureaux de Silk à Jarot étaient d'un faste qui frisait l'ostentation. Les pieds s'enfonçaient dans d'épais tapis malloréens, les murs étaient lambrissés de bois précieux, polis comme des miroirs, et les serviteurs qui grouillaient dans les couloirs arboraient des livrées somptueuses.

— Question de standing, commenta le petit homme d'un air d'excuse alors qu'ils entraient dans le bâtiment. Les indigènes se laissent facilement bluffer par les apparences.

— Bien sûr, lâcha sèchement Belgarath.

— J'espère que vous n'allez pas penser que...

— Ça va, Silk.

— Oh, et puis c'est tellement amusant, reprit le Drasnien avec un sourire d'une oreille à l'autre.

Garion vit alors son grand-père faire une chose qu'il n'aurait jamais imaginée. Il leva les bras au ciel dans un geste implorant, afficha un masque tragique et dit :

— Pourquoi moi ?

Beldin étouffa un ricanement.

— Oui ? lança hargneusement Belgarath.

— Oh rien, répondit le petit sorcier bossu.

L'agent de Silk à Jarot était un Melcène nommé Kasvor qui avait des valises sous les yeux et marchait en soupirant comme s'il portait tout le poids du monde sur ses épaules. Il entra avec accablement dans le bureau où Silk trônait derrière un immense bureau tandis que ses compagnons étaient confortablement installés dans des fauteuils disposés le long des murs.

— Prince Kheldar, commença Kasvor en s'inclinant.

— Ah, Kasvor !

— Je me suis occupé des appartements requis par Votre Altesse, continua le Melcène dans un râle d'agonie. Vous êtes logés à l'auberge du Lion, à deux rues d'ici. Je vous ai retenu tout l'étage du haut.

— L'auberge où nous étions descendus à Camaar, lorsque Brendig nous a arrêtés, ne s'appelait-elle pas, elle aussi, l'auberge du Lion ? souffla Durnik à l'oreille de Garion.

— Il doit y avoir une auberge du Lion dans toutes les villes du monde, tu sais.

— Parfait, Kasvor, répondit Silk. Et comment vont les affaires ? ajouta-t-il comme l'autre esquissait un sourire.

— Nous dégageons une jolie marge, Votre Altesse.

— Jolie comment ?

— Près de quarante-cinq pour cent.

— Pas mal. J'avais autre chose à voir avec vous. Arrêtez d'acheter des haricots.

— Là, Votre Altesse, je crains qu'il ne soit un peu trop tard. Il n'y a plus en Mallorée un seul haricot à vendre.

Silk enfouit son visage dans ses mains en gémissant.

— Mais le cours a monté de dix points, Votre Altesse.

— Dix points ? répéta Silk, surpris, et ses yeux se mirent à jeter des éclairs. Comment est-ce possible ?

— Des tas de rumeurs ont circulé et l'Intendance militaire a procédé à quelques demandes exploratoires. En moins de deux, tout le monde se démenait pour acquérir des haricots, mais nous avions tout acheté.

— Vous avez bien dit dix points ?

— Oui, Votre Altesse.

— Vendez, ordonna sèchement Silk. Nous avons monopolisé la récolte de haricots en prévision d'une campagne militaire à Karanda et il n'y aura pas de campagne militaire à Karanda, soupira-t-il en réponse au regard éberlué de son agent.

— Votre Altesse en est sûre ?

— Disons que j'ai accès à des sources d'informations privilégiées. Dès que ça se saura, le cours des haricots tombera en chute libre et je n'ai pas envie de me retrouver avec des milliers d'entrepôts bourrés de haricots sur les bras. Vous non plus, j'imagine ? Alors, vous avez eu des offres ?

— Le Consortium melcène serait prêt à traiter à deux points au-dessus du cours du marché.

— Faites-les un peu grimper au cocotier, Kasvor. Quand ils seront à trois points au-dessus de la cote, vendez. Je n'aimerais pas être obligé de bouffer des fayots jusqu'à la fin de mes jours.

— Je comprends Votre Altesse.

Belgarath s'éclaircit impérieusement la gorge. Silk opina pensivement du chef.

— Nous venons de traverser Voresebo et Rengel. La situation est un peu chaotique, là-bas.

— C'est ce qu'on dit, Votre Altesse, confirma le Melcène.

— Y a-t-il d'autres zones de trouble dans le coin ? Nous avons des choses à faire dans cette partie du monde, et je préférerais éviter de traverser des contrées en guerre à moins d'y être absolument obligé.

— Il y a eu un soulèvement à Darshiva, mais ce n'est pas nouveau, soupira Kasvor avec un haussement d'épaules. Il y a douze ans que Darshiva est au bord de la révolte. Je me suis tout de même permis de faire revenir les gens que nous avions là-bas. Il n'y a plus rien dans la région qui vaille que l'on risque sa peau. Puissent mille furoncles éclater sur le nez de Zandramas ! fit-il en levant les yeux au ciel dans un accès de piété assez comique.

— Amen, acquiesça Silk avec ferveur. Y a-t-il d'autres endroits à éviter ?

— J'ai entendu dire que la situation était tendue au nord de Gandahar, mais c'est sans conséquence pour nous puisque nous ne sommes pas dans le commerce des éléphants.

— Ça, je m'en félicite à chaque instant, commenta Silk en prenant Belgarath à témoin. Vous savez ce que ça mange, un éléphant ?

— On dit, Votre Altesse, que la sédition aurait aussi gagné Peldane, reprit le Melcène. Zandramas contamine tous les endroits où elle passe, et elle se déplace beaucoup.

— Vous l'avez déjà vue ?

— Elle n'est pas encore venue jusqu'ici. Je suppose qu'elle cherche à consolider sa position avant de s'aventurer dans l'est. L'empereur ne devrait pas beaucoup regretter Darshiva, Rengel et Voresebo ; Peldane et Gandahar ne valent pas tripette, mais Celanta et la Melcénie, c'est une autre paire de manches.

— Ça, c'est sûr, approuva le petit Drasnien.

— Encore une chose, Votre Altesse, reprit Kasvor en fronçant les sourcils. On dit, sur le front de mer, que l'acolyte de Zandramas, Naradas, aurait loué un bateau pour la Melcénie, il y a déjà quelques jours.

— Naradas ?

— Si Votre Altesse ne l'a jamais vu, il est assez facile à

repérer : il a les yeux tout blancs, poursuivit le Melcène avec un rictus de dégoût. C'est un personnage assez inquiétant. On dit qu'il est avec Zandramas depuis le début, en tout cas, aujourd'hui, c'est son bras droit. On raconte bien d'autres choses encore, mais je préférerais m'abstenir de les répéter en présence des dames, fit-il avec un regard d'excuse à Polgara et ses compagnes.

— Naradas est donc allé en Melcénie, murmura Silk en se tapotant pensivement le menton. J'aimerais bien en savoir un peu plus sur cette affaire.

— Je vais faire envoyer des hommes sur les quais. Nous ne devrions pas avoir grand mal à trouver des gens susceptibles de nous apporter des précisions.

— Excellente idée. Si vous dénichez quelqu'un, envoyez-le moi à l'auberge du Lion. Dites-lui que je saurai me montrer généreux, conclut le petit homme en se levant.

— Votre Altesse peut compter sur moi.

— J'aurais besoin de munitions, nota Son Altesse en soupesant la bourse attachée à sa ceinture.

— Je m'en occupe tout de suite.

Ils quittaient le bâtiment et descendaient l'escalier de marbre qui menait aux écuries lorsque Beldin fit un bruit indélicat.

— C'est répugnant, marmonna-t-il.

— Quoi donc ? demanda Belgarath.

— La chance que tu as. Tu ne trouves pas remarquable que ce type se souvienne justement de la seule chose que tu avais vraiment besoin savoir ? ajouta-t-il en réponse au regard intrigué de son vieux complice. Et il te lâche ça comme si ça lui revenait tout d'un coup.

— J'ai toujours été aimé des Dieux, répondit le vieux sorcier d'un petit ton suffisant.

— Tu compares la chance à un Dieu ? Notre Maître te mettrait au pain sec et à l'eau pendant mille ans s'il t'entendait parler comme ça !

— Ce n'est peut-être pas simplement de la chance, intervint pensivement Durnik. Il est arrivé que notre Prophétie donne un petit coup de pouce par-ci, par-là aux événements. Je pense à ce jour, en Arendie, où Ce'Nedra devait faire un discours. Elle était malade de peur et n'aurait pu articuler un mot si un jeune noble un peu ivre ne l'avait insultée. Elle s'est mise en colère et son discours a galvanisé la foule. Pol a dit que c'était peut-être la Prophétie qui avait amené le jeune noble à s'enivrer et à injurier Ce'Nedra afin qu'elle soit assez énervée pour prendre la parole. Peut-être est-ce encore une manifestation du destin et non pas un pur hasard.

— Cet homme est un vrai trésor, Belgarath, commenta Beldin en regardant le forgeron, les yeux brillants. Il y a des siècles que je cherchais un interlocuteur pour parler philosophie, et j'en avais un, juste sous le nez. Quand nous arriverons à cette auberge, mon ami, fit-il en mettant sa grosse patte tordue sur l'épaule du forgeron, il faudra que nous ayons une longue conversation. Une conversation qui durera plusieurs siècles peut-être.

Polgara poussa un soupir.

L'auberge du Lion était une grande bâtisse de brique jaune coiffée de tuiles rouges. Un majestueux escalier menait à une porte imposante devant laquelle était posté un valet en livrée.

— Où sont les écuries ? demanda Durnik en balayant les environs du regard.

— Sûrement derrière, répondit Silk. Les architectes melcènes ont des goûts assez différents de ceux du Ponant.

Comme ils mettaient pied à terre, deux valets d'écurie surgirent au trot de l'arrière du bâtiment et emmenèrent leurs chevaux. Silk gravit l'escalier menant à la porte d'entrée.

— Tous dans cette demeure, Prince Kheldar, s'honorent infiniment de vous accueillir, dit, avec une révérence obséquieuse, le valet qui montait la garde en haut des marches. Mon maître est à l'intérieur. Il se réjouit de vous saluer.

— Merci, mon bon, répondit Silk en lui fourrant une pièce dans la main. Il se pourrait que quelqu'un, un marin ou un portefaix, demande à me voir. Vous me l'enverrez sitôt qu'il arrivera.

— Certainement, Votre Altesse.

L'étage supérieur de l'auberge était digne d'un palais. Les pièces étaient vastes, garnies d'épais tapis où disparaissaient les pieds des meubles massifs, confortables. Des enfilades de portes voûtées s'ouvraient dans les murs enduits de blanc, sur lesquels tranchait le bleu des tentures ornant les fenêtres.

Durnik s'essuya soigneusement les pieds et admira longuement le décor avant d'entrer.

— On dirait qu'ils adorent les arches, commenta-t-il. Personnellement, j'ai toujours préféré les ouvertures avec des montants et un linteau. Je ne sais pas pourquoi, mais les voûtes en plein cintre ne m'inspirent pas confiance.

— C'est très solide, Durnik, je vous assure, répondit Silk.

— Je connais la théorie, reprit le forgeron, mais pas celui qui a construit la voûte, et je ne sais pas si on peut lui faire confiance.

— Alors, Beldin, tu as toujours envie de philosopher avec lui ? s'enquit insidieusement Belgarath.

— Pourquoi pas ? Le gros bon sens paysan a sa place en ce bas monde, lui aussi, et mes spéculations sont parfois un peu éthérées.

— Le terme approprié est *fumeuses*, Beldin, f-u-m-e-u-s-e-s.

— Tu pourrais te dispenser de ce genre d'appréciation.

— Non, répondit Belgarath en rivant sur lui un regard implacable. Je ne *peux pas*, justement.

Polgara, Ce'Nedra et Velvet s'éclipsèrent pour visiter les bains, des thermes plus vastes et équipés avec plus de raffinement encore qu'au palais impérial de Mal Zeth.

Pendant que ces dames procédaient à leurs ablutions, Silk s'excusa.

— J'ai quelques affaires à régler, expliqua-t-il. Ce ne sera pas long.

Peu avant l'heure du dîner, un valet introduisit dans le salon un petit bonhomme sec comme un coup de trique, vêtu d'une blouse maculée de goudron.

— On m'a dit que l'prince Kheldar avait qu'êt'chose à m'dire, annonça-t-il en promenant autour de lui un regard inquisiteur.

Sa façon de parler rappelait curieusement celle de Feldegast.

— Ah..., bredouilla Garion. C'est que le prince s'est absenté un moment.

— Ben mon bonhomme, j'vais sûr'ment pas poireauter ici tout' la journée, protesta l'individu. J'ai des tas d'choses à faire et d'gens à voir, permettez-moi d'vous l'dire.

— Je m'en occupe, Garion, fit doucement Durnik.

— Mais...

— Tout ira bien, décréta fermement le forgeron. Le prince

avait quelques petites choses à vous demander, c'est tout, reprit-il avec désinvolture en se tournant vers le visiteur. Nous devrions pouvoir régler ça tous les deux sans déranger Son Altesse. Vous connaissez ces nobles, ajouta-t-il en riant. Ils ont la tête si près du bonnet !

— Ça, pour sûr. Y a rien d'tel qu'un titre et la couronne qui va avec pour vider la cervelle d'un homme.

— Que voulez-vous que je vous dise ? soupira Durnik en écartant les mains devant lui en signe d'impuissance. Mais asseyons-nous, nous serons mieux pour bavarder. Que diriez-vous d'une petite bière ?

— Ah, j'crach'rais pas d'sus, acquiesça le bonhomme avec un immense sourire. V'z'êtes un homme comme j'les comprends, vous, au moins. Comment qu'c'est-y qu'vous gagnez vot'vie ?

— Je suis forgeron, répondit Durnik en tendant ses mains calleuses et couvertes de marques de brûlures.

— Eh bé mon vieux ! s'exclama le bonhomme. Vous z'avez pas choisi un métier facile ! Moi, j'travaille sur les quais. C'est pas toujours marrant, mais au moins on est au grand air.

— Ça, c'est sûr, acquiesça Durnik sans façon, puis il se tourna vers Belgarath et claqua des doigts. Dites donc, mon vieux, si vous nous faisiez monter un pot de bière ? Demandez-en un pour vous aussi, si ça vous dit.

Belgarath émit quelques gargouillis étranglés et alla parlementer avec un valet en faction dans le couloir.

— C'est un vieux parent de ma femme, souffla Durnik à l'oreille du marinier. Il n'est pas très futé, mais elle insiste pour que nous le gardions avec nous. Vous savez ce que c'est.

— Vous parlez qu'oui ! Ma tend' épouse a des cousins à la douzaine qui s'raient pas fichus d'faire la différence ent'les deux bouts d'une pelle. Mais pour trouver l'tonneau d'bière sur la table du souper, ça y sont champions !

Durnik s'esclaffa bruyamment.

— Comment va le travail sur les quais ?

— C't'un rude boulot. Les maîtres s'fourrent tout l'or dans les poches, et nous, on voit qu'du cuiv'.

— C'est toujours la même chose, fit le forgeron avec un rire cynique.

— Ça, c'est ben vrai, mon brave, c'est ben vrai.

— Il n'y a pas de justice, soupira Durnik. Et que peut faire l'homme sinon courber l'échine quand souffle le vent mauvais de l'adversité ?

— C'que vous parlez ben, dites ! Et j'vois qu'vous avez pas eu que d'bons maît', vous non pus.

— Eh non, soupira le forgeron. Enfin, autant en finir avec notre affaire : le prince s'intéresse à un individu aux yeux blancs. Vous ne l'auriez pas vu, par hasard ?

— Ah, çui-là ! s'exclama le docker. J'voudrais qu'y tombe dans une fosse à purin et qu'il en ait jusqu'aux yeux !

— J'en déduis que vous avez eu affaire à lui.

— Et ça m'a pas laissé un bon souv'nir, si vous voulez que j'vous dise.

— Eh bien, reprit Durnik d'un ton égal, je vois que nous sommes du même avis au sujet de ce gaillard.

— Si quelqu'un proj'tait d'lui faire un mauvais sort, je m'frais pas prier pour lui prêter ma gaffe de marinier.

— Ça, c'est une idée ! s'esclaffa le forgeron.

Garion n'en revenait pas. Son vieil ami si honnête lui dévoilait un aspect inconnu de sa personnalité. Il jeta un coup d'œil en biais à sa tante et vit qu'elle ouvrait de grands yeux étonnés, elle aussi.

Silk fit son entrée sur ces entrefaites, mais Velvet lui imposa le silence.

— D'un autre côté, poursuivit finement Durnik, je crois que ce qui embêterait le plus ce sale bonhomme serait encore qu'on fasse capoter un projet qu'il peaufine depuis plus d'un an, pas vrai ?

— J'vous écoute, l'ami, fit le docker avec ferveur, ses lèvres découvrant lentement ses dents en un sourire carnassier. Dites-moi comment met' des bâtons dans les roues d'ce salopard aux yeux blancs et j'vous suis aveuglément !

Il cracha dans sa main et la tendit devant lui.

Durnik l'imita et les deux hommes topèrent selon une coutume aussi vieille que le monde, puis le forgeron baissa la voix et poursuivit sur le ton de la confidence.

— Eh bien, voilà : nous avons entendu dire que cet individu — maudite soit sa descendance jusqu'à la quatorzième génération ! — a pris un bateau pour la Melcénie. Nous voudrions savoir quand il est parti, avec qui, comment s'appelait le bâtiment et où il devait toucher terre.

— Ça, c't'un jeu d'enfant pour moi, répondit le docker d'un ton important en se calant au dossier de son fauteuil.

— Alors, mon vieux, appela Durnik en se tournant vers Belgarath, elle vient, cette bière ?

Tous crurent que le vieux sorcier allait s'étouffer. Polgara aussi, mais de rire.

— On n'est plus servis, qu'est-ce que vous voulez ? soupira le forgeron.

— Écoutez, souffla le marinier en se penchant en avant, adoptant les manières de conspirateur de son interlocuteur. C'que j'vais vous dire, c'est c'que j'ai vu moi-même, personnellement, pas des racontars ou des z-on-dit. J'ai vu c'drôle de type aux yeux blancs sur les quais, y a cinq jours à peu près. C'était vers le l'ver du jour, par un d'ces matins brumeux où on voit pas la différence entre l'brouillard et la fumée, et où on s'en r'sent pas d'respirer ça trop fort. Bref, not' gaillard avait une femme avec lui, une bonne femme en robe noire qu'avait l'capuchon rabattu sur la tête et qu'était avec un p'tit gamin.

— A quoi avez-vous vu que c'était une femme ? objecta Durnik.

— Et vos yeux, à quoi y vous servent ? s'esclaffa le marinier. Les femmes marchent pas comme nous ; elles tortillent du croupion d'une façon qu'aucun homme au monde n'peut imiter. C'était ben une femme, j'en mettrais ma tête à couper. Et le p'tit gamin était aussi blond qu'les blés. Un beau p'tit bonhomme, pour sûr, sauf qu'il avait l'air un peu triste, et qu'si ses yeux avaient été des épées, les deux aut' s'raient pus d'ce monde à l'heure qu'il est, j'vous l'dis comme j'l'ai vu. Enfin, y sont montés à bord, l'bâtiment a largué les amarres et disparu dans l'brouillard. Paraît qu'ils allaient vers Melcène, ou une crique ben cachée tout près de la ville, vu qu'la contrebande est une pratique assez répandue dans c'te partie du monde, comme dans un tas d'aut', faut ben dire.

— Et ça, c'était il y a cinq jours ?

— Quatre ou cinq jours. J'tiens pas l'calendrier, hein ?

— Mon ami, fit Durnik en prenant chaleureusement la main du marinier entre les siennes, ce ne sont pas des bâtons mais des gourdins que nous allons mettre dans les roues de cet individu, moi je vous le dis.

— Ça, j'voudrais ben êt' là pour vous donner un coup d'main, commenta le docker d'un ton quelque peu nostalgique.

— Vous nous avez beaucoup aidés, je vous assure. Je lui flanquerai personnellement un ou deux gnons de votre part. Silk, ajouta gravement le forgeron, je pense que notre ami ici présent a bien mérité qu'on le dédommage de sa peine.

Le petit Drasnien fit tomber quelques pièces de sa bourse, l'air un peu impressionné.

— Vous ne pouvez vraiment pas faire mieux ? insista Durnik d'un ton critique.

Silk doubla la somme. Puis, devant la mine insatisfaite du forgeron, la doubla encore une fois — et en or.

Le marinier repartit, la main tenant son butin crispée sur la poitrine dans un geste protecteur.

Velvet se leva sans un mot et s'inclina respectueusement devant Durnik.

— Où avez-vous appris à embobiner les gens comme ça ? s'émerveilla le petit Drasnien.

— Voyons, Silk, vous n'avez jamais vendu de chevaux à la foire ? rétorqua le forgeron, un peu surpris.

— Comme j'vous disais, mon bon maît', fit joyeusement Beldin, c'vieux patois n'est point complèt'ment mort, et l'entend' à nouveau m'fait frétiller les oreilles ed'plaisir.

— Vous n'auriez pas pu vous y prendre autrement ? protesta Belgarath en regardant Durnik d'un air profondément offusqué. Et qu'est-ce que c'est que ces simagrées populistes ?

— Si vous saviez combien de gens de cette espèce j'ai rencontrés, expliqua le forgeron avec un haussement d'épaules désabusé. Ils peuvent être très coopératifs si on leur donne une raison de l'être, mais ils sont très susceptibles, alors il faut les approcher avec tact et délicatesse. Si j'avais eu un peu de temps, reprit-il en souriant, j'aurais pu vendre à ce gaillard un cheval à trois pattes et le convaincre que c'était encore lui qui faisait une affaire.

— Oh, mon Durnik ! fit Polgara en se pendant à son cou. Je me demande vraiment ce que nous ferions sans toi !

— Oui, enfin, j'espère que vous n'aurez jamais à vous poser la question pour de bon.

— Très bien, coupa Belgarath. Nous savons maintenant que Zandramas est allée en Melcénie. Maintenant, toute la question est de savoir pourquoi.

— Pour nous échapper ? risqua Silk.

— Ça, Kheldar, je ne crois pas, contra Sadi. Son quartier général et son centre de pouvoir sont à Darshiva. Pourquoi fuirait-elle dans la direction opposée ?

— Je vais y réfléchir.

— Qu'y a-t-il à Melcène ? demanda Velvet.

— Pas grand-chose, reprit Silk en faisant la moue. Enfin, *pas grand-chose* en dehors des capitaux que renferment les coffres de la ville, c'est-à-dire l'essentiel des réserves mondiales, aux dernières nouvelles.

— Zandramas serait-elle intéressée par l'argent ? hasarda la fille aux cheveux de miel.

— Non, répondit Polgara d'un ton sans réplique. La fortune ne veut rien dire pour elle. Elle n'en est plus là. Il doit s'agir d'autre chose.

— La seule chose qui ait encore de l'importance pour elle à l'heure actuelle, c'est le Sardion, non ? remarqua Garion. Et si le Sardion était là-bas, quelque part dans les îles ?

Beldin et Belgarath échangèrent un coup d'œil.

— Qu'est-ce que ça veut dire ? s'exclama Beldin, excédé. Réfléchis, Belgarath. Que peut bien vouloir dire *l'Endroit-qui-n'est-plus* ?

— Je te rappelle que tu es l'intellectuel de la bande, rétorqua le vieux sorcier. C'est à toi de trouver la solution de l'énigme.

— J'ai horreur des devinettes !

— Je pense qu'à ce stade, nous n'avons qu'à suivre Zandramas et nous verrons bien, déclara Silk. Elle a l'air de savoir où elle va, contrairement à nous. Ça ne nous laisse pas beaucoup le choix, qu'en dites-vous ?

— Le Sardion est venu à Jarot, lui aussi, reprit Garion d'un ton rêveur. C'était il y a longtemps, mais l'Orbe a retrouvé sa trace juste en dehors de la ville. Je vais descendre sur les quais voir si les deux pistes coïncident toujours. Qui sait si Zandramas n'a pas un moyen de suivre le Sardion comme nous ? Elle ne sait peut-être pas non plus où il va. Il se peut qu'elle se contente de faire le tour des endroits où il est passé.

— Là, il n'a pas tort, approuva Beldin.

— Si le Sardion est quelque part en Melcénie, tout pourrait être fini d'ici la fin de la semaine, ajouta Garion.

— C'est trop tôt, objecta platement Polgara.

— Comment ça, trop tôt ? se récria Ce'Nedra. Il y a plus d'un an maintenant que mon bébé a été enlevé. Comment pouvez-vous dire qu'il est trop tôt ?

— Ça n'a aucun rapport, Ce'Nedra, répondit la sorcière. Vous attendez depuis un an de revoir votre bébé. J'ai attendu Garion pendant plus de mille ans. Le destin, le temps et les Dieux se fichent de la façon dont nous comptons le passage des années. Cyradis a dit à Ashaba que nous avions neuf mois devant nous avant la rencontre finale, et les neuf mois ne sont pas encore révolus.

— Elle se trompait peut-être, risqua Ce'Nedra.

— D'une seconde en plus ou en moins, c'est possible, mais pas davantage.

CHAPITRE 4

Le lendemain matin, le port était noyé dans un de ces brouillard à couper au couteau qui annoncent l'automne et souvent aussi la pluie. Garion constata, en aidant ses compagnons à faire monter les chevaux à bord, que les mâts des navires environnants disparaissaient dans la grisaille à quelques coudées à peine au-dessus de leur tête. Silk était campé à la poupe du navire et bavardait avec le capitaine.

— N'ayez crainte, Votre Altesse, disait celui-ci lorsque Garion s'approcha d'eux. Le couvercle devrait se lever quand nous serons à quelques milles au large. Il souffle une brise régulière dans le détroit entre la Melcénie et le continent.

— Tant mieux, répondit le petit Drasnien. Je n'aimerais pas que nous rentrions dans quelque chose. A combien de temps estimez-vous la durée de la traversée ?

— Nous devrions être à Melcène en fin de journée. C'est assez loin, mais nous avons le vent en poupe. Seulement le voyage de retour risque de prendre plusieurs jours.

— Tout devrait être à bord d'ici peu, annonça Silk.

— Nous lèverons l'ancre dès que Votre Altesse donnera le signal du départ.

Silk hocha la tête et rejoignit Garion, accoudé au bastingage.

— Ça va mieux ? demanda-t-il.

— Comment ça ?

— Tu étais drôlement en rogne, ce matin.

— Excuse-moi. J'en ai gros sur la patate.

— Répartis le fardeau, suggéra Silk. Les soucis s'allègent quand on les partage avec des amis.

— Nous approchons du but, tu comprends. Même si la rencontre n'a pas lieu dans ces îles, ce n'est plus qu'une question de mois.

— Ah, tant mieux. Je commence à en avoir marre de vivre à cheval.

— L'ennui, c'est que nous ne savons pas comment tout ça va finir.

— Bien sûr que si. Tu vas affronter Zandramas, la couper en deux par le milieu avec ton grand couteau et ramener ta femme et ton fils à Riva, d'où ils n'auraient jamais dû partir.

— Nous n'en savons rien, Silk.

— Nous ne savions pas non plus que tu allais sortir victorieux du duel contre Torak, et tu l'as tout de même bien étendu pour le compte. Un garçon qui défait des Dieux en combat singulier n'a pas grand-chose à craindre d'une sorcière de seconde zone.

— Qu'est-ce qui te fait dire qu'elle est de seconde zone ?

— Ce n'est pas une Disciple de Torak, que je sache. Au fait, on dit peut-être *Disciplette*, pour une femme ?

— Ne me demande pas ça à moi, fit Garion avec un petit sourire, puis il se rembrunit. Je crois que Zandramas est hors cadre. C'est l'Enfant des Ténèbres, ce qui fait d'elle une adversaire plus redoutable qu'un Disciple normal. Si seulement je savais ce qu'on attend de moi ! s'exclama-t-il en flanquant un coup de poing sur le bastingage. Quand j'ai affronté Torak, je le savais. Cette fois, je n'en ai aucune idée.

— Tu recevras les instructions nécessaires en temps utile, j'en suis sûr.

— Mais si je le savais, je pourrais m'y préparer.

— Quelque chose me dit qu'on ne peut pas se préparer à ce genre de chose, Garion. Tu as suivi la piste tout du long jusqu'au port, hier soir ? demanda-t-il pour changer de sujet.

— Les deux pistes, même, acquiesça Garion avec un hochement de tête. Zandramas et le Sardion sont bien venus jusqu'ici. Nous sommes à peu près sûrs qu'elle est allée à Melcène, quant au Sardion, les Dieux seuls savent où il est passé.

— Si tant est qu'ils le sachent eux-mêmes.

Une grosse goutte d'eau tomba du gréement qui disparaissait dans le brouillard, au-dessus d'eux, et s'écrasa avec un petit *floc !* sur l'épaule de Silk.

— Pourquoi moi ? se lamenta le petit Drasnien.

— Qu'y a-t-il ?

— Chaque fois que quelque chose de mouillé tombe du ciel, c'est sur moi.

— C'est peut-être un signe, répondit Garion avec un grand sourire.

— Ça y est, Capitaine, appela Silk, lorsque Toth et Durnik eurent fait descendre les derniers chevaux dans la cale. Vous pouvez lever l'ancre !

— A vos ordres, Votre Altesse, acquiesça le capitaine, puis il se mit à brailler : Laarguez les amarres !

— Dis donc, Silk, je voulais te demander quelque chose, reprit Garion. Toi qui t'ingénies généralement à faire oublier ton titre, depuis que nous sommes arrivés en Mallorée, tu en fais un de ces fromages... !

— C'est une façon amusante de présenter les choses.

— Tu vois très bien ce que je veux dire.

— Dans le Ponant, mon titre est plutôt un fardeau, répondit Silk en jetant un coup d'œil par-dessus bord aux ordures qui montaient et descendaient dans l'eau, entre la coque et le quai. Ça fait m'as-tu-vu et c'est plus gênant qu'autre chose, finalement. En Mallorée, il en va tout autrement. Pour être pris au sérieux, il faut être noble. Je le suis, alors j'en profite. Ça m'ouvre certaines portes et ça me permet de traiter avec des gens qui n'auraient pas une seconde à consacrer à Ambar de Kotu ou Radek de Boktor. Mais au fond, tout ça c'est du pareil au même.

— Alors quand tu prends des grands airs et que tu fais l'important — pardon de te dire ça —, c'est juste pour la galerie ?

— Evidemment. Tu ne t'imagines pas que je suis complètement taré, tout de même ?

Mais Garion venait d'avoir une étrange intuition.

— Le prince Kheldar serait donc un personnage de comédie, comme Ambar et Radek ?

— Exactement.

— Et le vrai Silk, où est-il ?

— Ça, Garion, c'est difficile à dire, soupira le petit

homme au museau de fouine. Il y a des moments où je me demande s'il n'a pas disparu il y a des années. Descendons, suggéra-t-il après avoir vainement tenté de scruter le brouillard. J'ai remarqué que ces matins cotonneux avaient le chic pour susciter des réflexions moroses.

A deux milles de la côte, le ciel se teinta d'ocre et le brouillard commença à se dissiper. La mer, à l'est du continent malloréen, s'enflait en interminables rouleaux venus de l'autre côté du monde. Le vaisseau courait vent arrière, sa proue fendant la houle, et vers la fin de l'après-midi, la plus grande des îles de Melcénie se dessina sur l'horizon.

Le port de Melcène grouillait de vaisseaux multicolores, grands et petits, venus de tous les coins de Mallorée. Le capitaine de Silk se faufila prudemment un chemin entre les coques qui s'entrechoquaient, bercées par les flots, et mouilla l'ancre le long d'un quai de pierre. Le temps qu'ils aient fini de débarquer, il faisait presque nuit. Silk les mena chez lui par les larges rues, d'une propreté méticuleuse, bordées de maisons imposantes. Melcène semblait être une ville calme, presque ennuyeuse. On y aurait vainement cherché la frénésie qui caractérisait tant d'autres métropoles. Les habitants étaient vêtus de couleurs sobres et marchaient avec dignité. Les colporteurs ne vantaient pas leurs marchandises à grand renfort de cris et de hurlements, contrairement à ce qui se passait dans les cités moins guindées qu'ils contribuaient à emplir de leur brouhaha. Bien qu'étant sous les tropiques, la Melcénie jouissait d'un climat agréable, grâce à la brise du large qui abaissait sensiblement la température.

La demeure de Silk était un véritable palace. C'était un bâtiment de marbre à plusieurs étages, devant lequel s'étendait un grand jardin tiré au cordeau et flanqué d'arbres centenaires. Une allée dallée s'incurvait élégamment à travers les pelouses et menait à une colonnade gardée par des valets en livrée.

— C'est grandiose, nota Sadi en mettant pied à terre.

— Oui, c'est gentil, admit Silk d'un petit ton dégagé avant d'éclater de rire. A vrai dire, Sadi, c'est surtout destiné à impressionner les populations. Personnellement, je préfère les petites échoppes sordides dans des ruelles écartées, seulement le Melcène de base ne se prend pas pour la moitié d'un confetti, et il faut bien s'intégrer si on veut faire des affaires. Vous savez ce qu'on dit : en Drasnie, fais comme les Drasniens... Mais entrez, je vous en prie.

Ils gravirent une volée de marches, franchirent une porte imposante, traversèrent un vaste hall de marbre et suivirent Silk vers un escalier à double révolution menant aux étages.

— Le rez-de-chaussée est réservé aux bureaux, expliqua-t-il. Les appartements sont au premier.

— Quel genre d'affaires traite-t-on à Melcène ? s'enquit Durnik. Je n'ai rien vu qui ressemble à un entrepôt.

— Vous n'en verrez pas beaucoup, en effet, répondit le petit Drasnien en ouvrant la porte d'un vaste salon au sol couvert de tapis bleus. Tout se décide ici, bien sûr, mais les marchandises sont généralement emmagasinées sur le continent. A quoi bon les faire venir ici pour les renvoyer ailleurs ?

— Ça, évidemment, approuva le forgeron.

Le salon était fastueusement décoré : des canapés et des fauteuils leur tendaient les bras, disposés autour de tables basses. Des chandelles de cire brûlaient dans des torchères fixées aux murs lambrissés.

— Il est trop tard pour rôder dans les rues à la recherche de Zandramas, observa leur hôte. Je vous propose de manger un morceau, de dormir sur vos deux oreilles et nous nous remettrons en chasse, Garion et moi, demain matin à la première heure.

— C'est sûrement ce que nous avons de mieux à faire, approuva Belgarath en se vautrant dans un divan accueillant.

— Je peux vous offrir quelque chose à boire en attendant le dîner ? proposa Silk.

— Ah, tout de même, grommela Beldin qui s'épouillait la barbe, affalé dans un fauteuil.

Le petit Drasnien tira sur un cordon de soie.

— Apportez-nous du vin, ordonna-t-il au valet apparu comme par magie. Un petit assortiment de crus et de millésimes.

— Certainement, Votre Altesse.

— Vous n'auriez pas plutôt de la bière ? râla Beldin. Le vin me donne des brûlures d'estomac.

— Faites aussi monter de la bière pour ce petit délicat, reprit Silk. Et dites aux cuisines que nous serons onze à dîner, ce soir.

— Tout de suite, Votre Altesse.

Le serviteur quitta la pièce sur une courbette obséquieuse.

— Je suppose que les installations sanitaires sont à la hauteur du reste de la demeure ? risqua Polgara en ôtant la cape légère qu'elle portait en voyage.

— Enfin, Pol, tu t'es encore lavée hier, à Jarot, ronchonna Belgarath.

— Oui, Père, répondit-elle d'un ton rêveur. Je sais.

— Il y a une salle de bains dans chaque appartement, confirma Silk. Peut-être pas aussi luxueuse que celles du palais de Zakath, mais l'eau y mouille tout autant.

La sorcière le remercia d'un sourire et prit place sur l'un des canapés.

— Mais je vous en prie, mes amis, mettez-vous à votre aise, fit cordialement le petit homme au museau de fouine.

— Pensez-vous que vos agents à Melcène sachent ce qui se passe dans le vaste monde ? s'informa Belgarath.

— C'est évident.

— Je ne vois pas ce que ça a d'évident.

— Mon jeu préféré, depuis que je suis haut comme ça, est l'espionnage, Belgarath, et on ne se débarrasse pas facilement de ses vieilles habitudes. Mes gens ont toujours une oreille qui traîne, ça fait partie de leurs instructions.

— Et que faites-vous de tous les renseignements qu'ils recueillent ? s'enquit Velvet.

— Je les trie, répondit le petit homme au museau de fouine avec un haussement d'épaules. Je prends presque autant de plaisir à manier les informations que l'argent.

— Et vous les transmettez à Javelin, à Boktor, j'imagine ?

— Je lui en fais parvenir des bribes, par-ci, par-là, ne serait-ce que pour me rappeler à son bon souvenir.

— Oh, on ne risque pas de vous oublier, Kheldar. Jamais.

— Vous ne pourriez pas envoyer chercher un individu susceptible de nous donner les dernières nouvelles ? suggéra Belgarath. J'aimerais assez savoir ce que mijotent certaines personnes avec lesquelles j'ai perdu contact depuis un moment.

— Aucun problème.

Il sonna et un valet en livrée apparut aussitôt

— Dites à Vetter de venir faire un tour par ici. C'est un ancien agent de Brador que nous avons débauché, expliqua Silk après le départ du serviteur. Il est très doué pour les affaires et la formation qu'il a reçue dans les services secrets en fait une recrue précieuse.

Le dénommé Vetter était un petit homme au visage en lame de couteau, affligé d'un tic à la paupière gauche.

— Votre Grâce m'a fait demander ? demanda-t-il respectueusement en entrant dans la pièce.

— Ah, Vetter ! s'exclama Silk. Je reviens d'un coin reculé et je voudrais que vous me mettiez un peu au courant de la situation.

— Ici, en Melcénie, Votre Grâce ?

— Disons la situation en général.

— Eh bien..., commença Vetter en mettant de l'ordre dans ses idées, il y a eu la peste à Mal Zeth. L'empereur avait fait fermer les portes de la ville pour empêcher l'épidémie de s'étendre, aussi aucune information n'a-t-elle filtré de la capitale pendant un certain temps, mais le mal a été vaincu et ils ont fini par rouvrir les portes. Les courriers impériaux se déplacent à nouveau librement dans toute la Mallorée.

« Il y a eu un soulèvement dans le centre de Karanda. Le fomentateur des troubles serait un ancien Grolim du nom de Mengha. Les Karandaques sont persuadés qu'il avait l'aide des démons, mais ces gens-là voient des démons derrière chaque événement un tant soit peu inhabituel. Il semblerait tout de même que la région ait été le théâtre de quelques manifestations surnaturelles. On n'a pas revu Mengha depuis un certain temps et les choses ont l'air de se calmer un peu. L'empereur a pris l'affaire assez au sérieux pour faire revenir son armée du Cthol Murgos afin d'écraser la révolte dans l'œuf.

— Savez-vous s'il a donné un contre-ordre depuis ? demanda Silk. Si ça se tasse à Karanda, il ne devrait plus avoir besoin d'y envoyer des hommes pour rétablir l'ordre.

— Les troupes sont toujours massées à Mal Gemila, confirma le Melcène en secouant la tête. On dit, à Mal Zeth, que l'empereur semble moins empressé de conquérir le Cthol Murgos. Il avait des raisons personnelles de livrer cette campagne, et il faut croire que ces impératifs ont perdu de leur urgence. En ce moment, il se préoccupe surtout de la confrontation imminente entre le Disciple Urvon et Zandramas la sorcière. La situation devient critique. Urvon souffre apparemment d'une forme d'instabilité mentale, mais ses subordonnés ordonnent d'importants mouvements de troupes dans la région, comme s'il se préparait un événement majeur. Zandramas fait aussi manœuvrer ses forces. Tout semble indiquer que l'armée impériale cantonnée à Mal Zeth ne devrait plus tarder à en sortir pour remettre tout le monde au pas. Il paraît que les caravanes de ravitaillement affluent à Maga Renn, comme si Kal Zakath avait l'intention d'en faire un camp de base.

— J'espère que vous avez su tirer parti de la conjoncture, lança très vite Silk, les yeux brillants d'avidité.

— Nous ne nous sommes pas trop mal débrouillés, Votre Altesse. Nous avons vendu aujourd'hui même une partie de nos stocks de haricots à l'Intendance militaire.

— A quel prix ?

— Une quinzaine de points au-dessus du prix d'achat.

— Prévenez tout de suite Kasvor, à Jarot, ordonna Silk en tiquant. Je lui ai dit de lâcher à treize. Le Consortium melcène nous a fait des appels du pied. Vous pensez que le cours a des chances de monter encore ?

Vetter tendit la main et la fit tanguer comme un bateau ballotté par les flots, traduisant son incertitude.

— Bien. Faites discrètement savoir que nous avons vendu à quinze et dites à Kasvor de s'en tenir à ce chiffre. Même si le cours monte jusqu'à seize, j'estime que nous aurons fait un joli bénéfice.

— Je m'en occupe, Votre Altesse. Il se prépare quelque chose en Dalasie, reprit l'homme en se rembrunissant. Nous ne savons pas encore quoi au juste, mais les Dals ont l'air très exaltés. Kell est ville interdite. Nous ne pouvons y envoyer personne afin de tirer l'affaire au clair, et comme tout ce qui se passe en Dalasie vient de Kell...

— Des nouvelles du Ponant ? intervint Garion.

— La situation est au point mort au Cthol Murgos. Kal

Zakath a fait revenir ses généraux et une partie de ses forces à Mal Zeth. Il tient toujours les cités de l'est du pays, mais les campagnes se libèrent peu à peu. Rien n'indique que le roi Urgit profite de la situation. Il a d'autres chats à fouetter.

— Ah bon ? demanda Silk, intéressé.

— Il se marie. Avec une princesse de la Maison des Cthan, à ce qu'il paraît.

Soupir funèbre du petit Drasnien.

— Le roi Gethel du Mishrak ac Thull est mort. Son fils Nathel lui a succédé sur le trône. C'est un parfait incapable, et nous ignorons combien de temps il va tenir le coup. Nous avons appris que le Conseil d'Alorie s'était réuni à Boktor, poursuivit le Malloréen en se grattouillant pensivement le menton. Les Aloriens tiennent conseil une fois par an, mais ce qui est un peu inhabituel, c'est qu'ils se rencontrent traditionnellement à Riva. Par ailleurs, un certain nombre de monarques non aloriens y étaient conviés.

— Tiens donc ? fit Belgarath. Et qui ça ?

— Le roi des Sendariens, l'empereur de Tolnedrie et le roi Drosta du Gar og Nadrak. Le roi d'Arendie, qui était malade, s'était fait représenter.

— Qu'est-ce que ça veut dire ? marmonna le vieux sorcier.

— Nous n'avons pas eu connaissance de l'ordre du jour, soupira Vetter, mais peu après, le Conseil a envoyé des diplomates en délégation à Rak Urga et ils auraient amorcé d'importantes négociations.

— Qu'est-ce qu'ils ont encore inventé ? grommela Belgarath, exaspéré.

— Je t'ai dit et répété de ne jamais laisser les Aloriens livrés à eux-mêmes, fit Beldin. S'ils ont la moindre occasion de faire des bêtises, tu peux être sûr qu'ils vont sauter dessus.

— L'or monte et la couronne malloréenne baisse, reprit Vetter. L'impériale melcène se maintient, mais le cours du diamant est tellement fluctuant que nous nous sommes complètement dégagés de ce marché. Voilà plus ou moins les dernières nouvelles, Votre Altesse. Vous trouverez un rapport détaillé sur votre bureau demain matin, à la première heure.

— Merci Vetter, répondit Silk. Ce sera tout pour l'instant.

L'homme s'inclina et s'éloigna sur la pointe des pieds.

Belgarath se mit à faire les cent pas en écumant de rage.

— Tu n'y peux rien, Père, fit Polgara. Alors à quoi bon t'énerver ?

— Et puis, ils ont peut-être une bonne raison d'agir comme ils le font, suggéra Silk.

— Quelle raison pourraient-ils bien avoir de négocier avec les Murgos ?

— Ça, je n'en sais rien, répondit le petit Drasnien en écartant les mains dans un geste évasif. Je n'assistais pas à ce fameux conseil. Peut-être Urgit leur a-t-il proposé une monnaie d'échange intéressante.

Le vieux sorcier se remit à jurer de plus belle.

Une demi-heure plus tard, Silk et ses invités se dirigèrent en procession vers la salle à manger et prirent place au bout d'une table qui eût aisément accueilli cinquante convives. On les régala d'un véritable banquet, servi sur une nappe immaculée par des serviteurs parfaitement stylés.

— Il faut absolument que vous me présentiez votre cuisinier, annonça Polgara alors qu'ils savouraient leur dessert. C'est un vrai cordon bleu.

— Je le paye assez cher pour ça, rétorqua aigrement Silk.

— Il me semble que vous pouvez vous le permettre, nota Durnik en embrassant du regard les couverts d'argent massif, la vaisselle incrustée d'or et l'ameublement luxueux.

— Je sais que c'est un peu ridicule d'entretenir un endroit pareil pour y descendre deux fois par an, convint le petit Drasnien en se calant confortablement au dossier de son fauteuil, mais c'est une question de standing, que voulez-vous.

— Peut-être Yarblek fait-il plus honneur à cette demeure ? hasarda Garion.

— Au contraire, rectifia Silk en jouant machinalement avec son gobelet d'argent. Nous avons un accord, tous les deux : il a carte blanche dans le monde entier, sauf en Melcénie. Il détonnerait, ici. Il tient à emmener Vella partout où il va, et son attitude scandaliserait ces braves Melcènes.

— C'est pourtant une bonne petite, remarqua Beldin avec

un sourire radieux. Quand nous serons quittes de tout ça, j'envisagerai peut-être de me la payer.

— C'est répugnant ! fulmina Ce'Nedra.

— Qu'est-ce que j'ai dit ? fit le bossu, déconcerté.

— On dirait que vous voulez acheter une vache !

— Non, si je voulais une vache, j'en achèterais une.

— On n'achète pas les gens.

— Bien sûr que si, voyons. C'est une Nadrake. Je l'offenserais gravement en ne lui proposant pas de la payer.

— Prenez tout de même garde à ses couteaux, mon Oncle, lui conseilla Polgara. Elle les manie avec une virtuosité de prestidigitatrice.

— Nul n'est parfait, conclut-il en haussant les épaules.

Garion eut du mal à s'endormir, cette nuit-là, bien que le lit qu'il partageait avec Ce'Nedra fût particulièrement confortable et moelleux. Il crut d'abord qu'il avait perdu l'habitude de dormir dans un vrai lit : il y avait des semaines, à présent, qu'il couchait à la dure, et ça n'aurait rien eu d'étonnant. Mais vers minuit, force lui fut d'admettre que le problème était ailleurs. Le temps passait inexorablement, le moment de la rencontre avec Zandramas se rapprochait à un rythme mesuré, implacable, et il en savait à peine plus qu'au début. Ils avaient assurément gagné du terrain sur elle ; ils ne devaient pas en être à plus d'une semaine, à présent, s'ils étaient bien renseignés, mais ils étaient toujours à la traîne derrière elle et ils ignoraient où elle les emmenait. Il invectiva mentalement l'auteur fou du Codex mrin. Il n'aurait pas pu l'écrire plus clairement, non ? Pourquoi avait-il fallu qu'il s'exprime dans ce langage énigmatique ?

— *Parce que, sans ça, tu trouverais la moitié du monde en train de t'attendre sur le lieu de la rencontre*, lui répondit la voix sèche qui lui parlait dans le secret de son esprit. *Tu n'es pas seul à avoir envie de retrouver le Sardion, tu sais.*

— *Je pensais que vous étiez parti pour de bon.*

— *Oh non, je suis toujours là.*

— *Nous sommes encore loin de Zandramas ?*

— *A trois jours, à peu près.*

Garion éprouva un soudain regain d'espoir.

— *Ne t'excite pas trop*, reprit la voix. *Et ne fonce pas tête baissée derrière elle quand tu auras retrouvé sa trace. Tu as autre chose à faire, ici.*

— *Quoi donc ?*

— *Tu sais qu'il est inutile de me poser ce genre de question, Garion. Je ne peux pas te répondre, alors n'insiste pas.*

— *Et pourquoi ne pouvez-vous me répondre ?*

— *Parce que si je te révélais certaines choses, l'autre esprit serait libre d'en faire autant avec Zandramas. De lui dire, par exemple, où se situe l'Endroit-qui-n'est-plus.*

— *Vous voulez dire qu'elle l'ignore* ? releva Garion, incrédule.

— *C'est évident. Sans ça, elle y serait déjà, tu penses.*

— *Alors cette précision ne figure pas dans les Oracles ashabènes ?*

— *Assurément non. Fais bien attention, demain. Quelqu'un dira incidemment, devant toi, une chose très importante. Ne la laisse pas passer.*

— *Quelqu'un* ? *Qui ça* ?

Mais la voix était déjà partie.

Lorsque Garion et Silk se mirent en route, le lendemain matin, le vent s'était levé et gonflait les pans de leurs longues robes d'un bleu éteint. Sur le conseil de son ami, Garion avait détaché l'Orbe de la poignée de son épée et la portait sous sa défroque.

— Les Melcènes n'aiment pas beaucoup qu'on se balade chez eux avec des armes, lui avait-il expliqué, et ta rapière n'est vraiment pas discrète.

Ils avaient préféré laisser leurs chevaux à l'écurie pour s'aventurer à pied dans les rues et se mêler à la population.

— Je te propose de commencer par le front de mer, suggéra Silk. Chacun des quais appartient à une association de commerçants, et si nous pouvions trouver où Zandramas a accosté, nous saurions à qui nous adresser pour en savoir davantage.

— Bonne idée, acquiesça laconiquement Garion en s'engageant à grands pas vers le port.

— Hé, ne fonce pas comme ça !

— Mais je ne fonce pas.

— Tu vas trop vite, insista le petit homme. A Melcène, on marche posément.

— Je vais te dire, Silk, je me fiche pas mal de savoir ce que les gens du coin penseront de moi. Je ne suis pas ici pour perdre du temps.

— Ecoute, Garion, reprit son ami en le retenant fermement par le bras, nous sommes sûrs que Zandramas et son acolyte sont venus ici. Elle sait que nous lui courons après, et à Melcène comme ailleurs, il y a toutes sortes de gens qui ne reculent devant rien pourvu qu'on y mette le prix. Ne leur facilitons pas la tâche en attirant l'attention sur nous.

— D'accord, soupira Garion. Je ferai ce que tu me diras.

Ils marchaient avec une lenteur exaspérante dans une large avenue lorsque, tout à coup, Silk s'arrêta net et étouffa un juron.

— Qu'est-ce qui ne va pas ? s'inquiéta le jeune roi de Riva.

— Le type, là, droit devant nous — celui au nez de lutteur de foire — c'est un des agents secrets de Brador.

— Tu en es sûr ?

— Depuis le temps que nous jouons au chat et à la souris, ce serait malheureux... Enfin, il n'y a plus rien à faire, il nous a vus. Advienne que pourra.

Il bomba le torse et repartit comme si de rien n'était. Le gaillard, un homme à l'appendice nasal tourmenté, s'avança à leur rencontre et leur barra le chemin.

— Bonjour, Prince Kheldar, fit-il avec une légère inclinaison du buste.

— Tiens, Rolla, répondit sèchement le petit Drasnien.

— Et Sa Majesté, poursuivit le dénommé Rolla en gratifiant Garion d'une profonde révérence. Nous ne nous attendions guère à vous revoir ici, en Melcénie. Brador sera très surpris.

— Il nous doit une fière chandelle, lâcha Silk. Un homme que plus rien ne surprend a vite fait de sombrer dans un optimisme béat.

— L'empereur en a beaucoup voulu à Sa Majesté, reprit l'autre en braquant sur Garion un regard réprobateur.

— Il s'en remettra, ne vous en faites pas.

— En Mallorée, Majesté, c'est celui qui offense Kal Zakath qui a des raisons de s'en faire.

— Nous vous dispensons de vos menaces, Rolla, rétorqua Silk d'un ton peu amène. Si Sa Majesté ici présente s'avisait que votre rapport au chef du Département de l'Intérieur risque de lui être préjudiciable, il lui serait aisé de faire en sorte que vous ne l'écriviez jamais. Sa Majesté est alorienne, je vous le rappelle, et vous savez comme les Aloriens peuvent être soupe au lait.

Le gaillard recula d'un pas, l'air pas plus rassuré que ça.

— Au plaisir, Rolla, lança Silk en guise d'adieu.

Il entraîna Garion. Lequel ne put s'empêcher de remarquer, avant de s'éloigner, la mine pensive de l'homme au nez cassé.

— J'adore faire des misères à ces gros bras, gloussa le petit Drasnien.

— Il ne te faut pas grand-chose pour être heureux, commenta Garion. Tu sais que quand son rapport parviendra à Mal Zeth, Zakath dépêchera dans la région des hordes chargées de nous ramener morts ou vifs ?

— Tu veux que je retourne lui clouer le bec à tout jamais ?

— Evidemment pas !

— C'est bien ce que je pensais. Alors si nous ne pouvons rien y faire, à quoi bon nous inquiéter ?

En arrivant au port, Garion serra plus fermement l'Orbe dans sa main. La pierre exerçait parfois une violente traction sur l'épée de Poing-de-Fer, et il ne tenait pas à ce qu'elle lui échappe. Ils suivirent les quais en remontant vers le nord, les narines chatouillées par l'air piquant de la mer. Les eaux du port de Melcène étaient étrangement propres, comparées à celles de la plupart des villes portuaires du monde, où flottaient généralement des tombereaux de détritus.

— Comment font-ils pour que l'eau reste si claire ? s'étonna Garion.

— Ceux qui sont pris à jeter des saletés dans le port sont frappés d'une lourde amende, répondit Silk. Les Melcènes sont des maniaques de la propreté. Des employés munis de filets patrouillent en barque le long du front de mer et ramassent tous les déchets flottants. C'est aussi une façon de lutter contre le chômage. Ce sale boulot est confié en priorité aux demandeurs d'emploi qui refusent systématiquement les travaux réguliers, poursuivit-il avec un grand sourire. Quelques jours passés dans une barque pleine d'immondices et de poissons crevés ont pour étrange effet d'accroître considérablement leur zèle.

— Ça, c'est une idée de génie ! Je me demande si...

Tout à coup, l'Orbe devint brûlante dans sa main. Il écarta légèrement les pans de sa robe pour la regarder. Elle brillait d'un vilain rouge terne.

— Zandramas ? risqua Silk.

— Non, le Sardion, rectifia Garion en secouant la tête.

— Cruel dilemme, non ? Qui devons-nous suivre, le Sardion ou Zandramas ? fit le petit homme en se tiraillant nerveusement le nez.

— Zandramas, répondit le jeune roi de Riva sans hésiter. C'est elle qui a mon fils.

— Comme tu voudras, acquiesça Silk en haussant les épaules. Bon, nous arrivons au dernier quai. Si nous ne retrouvons pas sa piste ici, nous irons voir du côté de la porte nord.

Ils passèrent devant l'ultime jetée sans autre manifestation de l'Orbe.

— Et s'ils étaient allés vers l'une des autres îles ? hasarda Garion en se rembrunissant.

— Il aurait fallu qu'ils changent de cap une fois en mer. Il y a des tas d'endroits où un bateau peut mouiller l'ancre, sur cette côte. Allons jeter un coup d'œil à la porte nord.

Ils repartirent dans les rues à la même allure de tortue. Ils avaient à peine parcouru quelques pâtés de maisons que Silk pressa le bras de Garion en poussant un gémissement de bête blessée.

— Tu vois le poussah en robe grise qui vient vers nous ? C'est le vicomte Esca, un gros bonnet du Consortium melcène. Je ne vais jamais arriver à m'en dépêtrer.

— Dis-lui que nous avons un rendez-vous.

— Autant pisser dans un violon. Les Melcènes n'attachent pas au temps la même importance que nous.

— Prince Kheldar ! Je vous tiens enfin ! s'exclama le bonhomme en roulant vers eux comme une barrique. Je vous cherchais dans toute la ville !

— Vicomte Esca, fit le petit Drasnien avec un signe de tête.

— Nous avons, mes confrères et moi-même, respectueusement admiré votre récente intrusion sur le marché des biens de consommation courante, reprit l'obèse.

Silk plissa les yeux d'un air rusé et Garion vit frémir son long nez pointu, puis il arbora une expression affligée.

— C'était une erreur, en réalité, mon cher vicomte, dit-il d'un ton funèbre. Il n'y a pas beaucoup d'argent à gagner dans des produits aussi encombrants que les denrées agricoles.

— Etes-vous au courant de l'évolution du marché ? s'enquit l'autre d'un ton neutre, le visage rigoureusement inexpressif mais les prunelles étincelantes de convoitise.

— Pas vraiment. J'étais dans le nord du pays et je n'ai guère eu le temps d'en parler avec mon agent. Il avait pour ordre de saisir la première opportunité qui s'offrirait, même si nous devions vendre à perte. J'ai besoin de mes entrepôts, et ils sont pleins à craquer de haricots.

— Eh bien, eh bien, fit le bonhomme en se frottant les mains, je vais en parler à mes associés. Il se pourrait que nous soyons en mesure de vous faire une modeste proposition.

— Je ne vous laisserai jamais faire ça, Esca. Il n'y a pas un pélot à gagner, sur ce marché. Je préférerais que ce soit un étranger qui paye les pots cassés, pas un ami comme vous.

— Vous savez, mon cher Kheldar, se récria l'autre d'une voix stridente, proche de l'hystérie, nous ne cherchons pas le profit immédiat. Si nous achetons, ce serait plutôt dans l'optique d'une spéculation à long terme.

— Eh bien, fit Silk d'un air dubitatif, tant que vous êtes bien conscient des risques de l'opération...

— Oh, nous le sommes, nous le sommes, répéta avidement le gros patapouf.

— Si vous y tenez absolument, vous n'avez qu'à faire une proposition à Vetter. Je compte sur vous pour ne pas abuser de la situation.

— Certes, Kheldar, certes, fit l'homme d'une voix agonisante, les bajoues ruisselantes de sueur. Il faut que j'y aille, à présent. Des affaires pressantes à régler, vous comprenez.

— Je vous en prie, susurra le petit Drasnien.

L'obèse s'inclina précipitamment et s'éloigna d'une démarche de canard, à une vitesse stupéfiante.

— Je l'ai ferré ! gloussa Silk. Maintenant, je vais laisser à Vetter le soin de le tirer de l'eau.

— Tu ne pourrais pas penser à autre chose, pour une fois ? protesta Garion.

— Bien sûr que si, mais nous étions pressés et nous n'allions pas l'écouter palabrer toute la matinée. Bon, on y va ?

— Et si Zandramas n'avait pas mis les pieds en ville ? reprit Garion, en proie à une subite angoisse.

— Alors nous prendrions nos chevaux et nous explorerions la côte. Elle a bien touché terre quelque part.

La foule était sensiblement plus dense vers la porte nord de la ville. Il y avait davantage de voitures et de cavaliers, et les piétons qui marchaient ordinairement à un pas de sénateur pressaient l'allure. Garion et Silk furent obligés de se frayer un chemin dans la populace à coups d'épaules.

— Toujours rien ? demanda le petit Drasnien.

— Pas encore, répondit le jeune roi de Riva en affermissant sa prise sur la pierre où palpitait la vie.

Puis, alors qu'ils croisaient une petite rue, il reconnut la traction familière.

— Ça y est ! annonça-t-il. Elle est passée par ici. Elle est sortie de cette rue, ou elle est entrée dedans, je ne peux pas encore le dire.

Il tenta de faire quelques pas dans la rue, mais l'Orbe n'était manifestement pas d'accord. Il fit demi-tour et rejoignit son ami au museau de fouine. La traction régulière du joyau vivant l'emmena près de la porte.

— Elle est sortie par là, déclara-t-il comme ils approchaient de l'arche de pierre.

— Très bien, conclut Silk. Retournons chercher les autres. Nous allons peut-être enfin savoir ce que Zandramas est venue faire à Melcène.

[illegible]

— [illegible] pas penser [illegible]

— [illegible]

— [illegible]

— [illegible]

[illegible]

— [illegible] demanda [illegible]

— [illegible]

[illegible]

— [illegible] Elle est [illegible] encore le dire.

Il [illegible]

— Elle [illegible]

— [illegible]

CHAPITRE 5

La fébrilité de Garion semblait s'être communiquée à Chrestien. Le gros étalon gris ne tenait pas en place. Il sortit de chez Silk, s'engagea dans la rue en piaffant d'impatience et remua les oreilles avec irritation lorsque Garion tira sur les rênes pour le diriger. Même ses sabots ferrés d'acier semblaient arracher un furieux staccato aux dalles de pierre. En se penchant pour poser une main apaisante sur son cou gris, arqué, Garion sentit frémir nerveusement ses muscles sous la peau fine.

— Je sais, fit-il. Je suis comme toi, mais nous devrons attendre d'être hors de la ville pour courir.

L'animal lui répondit d'un renâclement qui s'acheva sur un hennissement plaintif.

— Ce ne sera pas long, lui assura Garion.

Ils suivirent Silk en file indienne dans les rues encombrées. La brise qui tourbillonnait dans les rues charriait une odeur poussiéreuse d'automne.

— Qu'est-ce que c'est que ces bâtiments, là-bas ? demanda Essaïon en indiquant un vaste ensemble de constructions disposées dans la verdure.

— L'Université de Melcénie, répondit Silk. C'est la plus grande institution d'enseignement supérieur du monde.

— Elle serait plus grande que celle de Tol Honeth ? releva Garion.

— Beaucoup plus. Les Melcènes étudient tout. Dans certaines de ces facultés, on approfondit des disciplines dont les Tolnedrains ne veulent même pas admettre l'existence.

— Ah bon ? Lesquelles, par exemple ?

— L'alchimie, l'astrologie, la nécromancie appliquées, les bases de la sorcellerie, ce genre de choses. Il y a un collège uniquement consacré à la lecture dans les feuilles de thé.

— Tu veux rire !

— Moi oui, et je ne m'en prive pas, mais eux, non.

Garion talonna son étalon et s'éloigna en rigolant.

Les rues de Melcène étaient de plus en plus encombrées, mais la presse s'accompagnait d'un certain cérémonial. Aussi urgentes que fussent ses affaires, aussi préoccupé qu'il puisse être, l'homme d'affaires melcène trouvait toujours le temps de bavarder amicalement avec un confrère. Les bribes de phrases que saisissait Garion en passant dans les larges artères allaient du temps qu'il faisait à la politique en passant par la composition florale. Mais le principal sujet de conversation, ce matin-là, semblait être le prix des haricots.

Lorsqu'ils arrivèrent à la porte nord, l'épée de Poing-de-Fer exerça une vive traction sur le dos de Garion. (Il avait décrété, malgré les objurgations de Silk, qu'il n'irait pas se promener à la campagne sans elle. Zandramas avait le chic pour semer des embûches sur son passage ; il ne tenait pas à tomber dans le panneau tête baissée et désarmé.) Sitôt hors du mur d'enceinte, le jeune roi de Riva talonna Chrestien et se rapprocha de son ami au museau de fouine.

— La piste a l'air de suivre cette route, annonça-t-il en tendant le doigt vers une large voie qui partait vers le nord.

— Au moins, elle ne s'engage pas à travers champs, répondit Silk. Le terrain est parfois marécageux, dans ce coin-là, et je déteste monter dans la boue.

Belgarath, qui faisait grise mine et n'avait pas dit un mot depuis qu'il avait mis le nez dehors, réduisit la distance le séparant de ses compagnons, s'assura d'un coup d'œil que personne ne risquait de surprendre leurs paroles et reprit son interrogatoire.

— Bien, Garion, reprenons point par point. Je veux savoir exactement ce que t'a dit la voix.

— Eh bien, elle m'a d'abord expliqué que toutes les prophéties se devaient d'être obscures afin que les informations ne tombent pas entre de mauvaises mains.

— C'est assez logique, commenta Beldin, juste derrière eux.

— Peut-être, mais ça ne nous facilite pas les choses, riposta le vieux sorcier.

— Personne n'a jamais prétendu que ce serait une partie de plaisir.

— Je sais, mais j'aimerais bien tout de même qu'on ne s'ingénie pas à nous compliquer la tâche. Continue, Garion.

— Ensuite, elle m'a dit que nous n'étions qu'à trois jours de Zandramas, reprit le jeune roi de Riva.

— Ça veut dire qu'elle a quitté l'île, nota Silk.

— Je voudrais bien savoir ce qui vous permet d'arriver à cette conclusion, grommela le vieux sorcier.

— La Melcénie a beau être une grande île, il ne faut pas deux jours pour aller à l'autre bout. Elle a pu se rendre dans l'une des îles du nord, mais si nous sommes à trois jours d'elle, elle n'est plus sur celle-ci.

— Mouais. Après, la voix — que t'a-t-elle raconté ?

— Que nous n'étions pas venus ici seulement pour retrouver Zandramas mais que nous avions autre chose à faire.

— Je suppose qu'elle s'est bien gardée de te dire quoi.

— Evidemment, mais elle m'a expliqué pourquoi elle ne pouvait pas m'en dire plus long : si elle me donnait cette information, l'autre Prophétie pourrait révéler à Zandramas des choses qu'elle ignorait encore, comme l'emplacement de l'Endroit-qui-n'est-plus. C'est là que j'ai appris qu'elle ne le connaissait pas, et qu'il n'était pas spécifié dans les Oracles ashabènes.

— Elle ne t'a donné aucun détail sur ce que nous avions encore à faire ici ?

— Seulement que quelqu'un allait prononcer, aujourd'hui, devant nous, des paroles d'une grande importance.

— Qui ça ?

— Elle ne me l'a pas précisé, tu penses. Elle m'a juste dit que quelqu'un dirait en passant une chose que nous ne devions pas laisser passer et donc de faire bien attention.

— Et c'est tout ?

— Oui. Là-dessus, elle est partie.

Belgarath éclata en imprécations.

— Là, je suis bien d'accord, approuva son petit-fils.

— Elle a fait ce qu'elle pouvait, objecta Beldin. Le reste dépend de nous.

— Mouais, maugréa le vieux sorcier. Enfin, admettons que tu aies raison.

— Bien sûr que j'ai raison. Comme toujours.

— Je n'irais pas jusque-là. Mais prenons les choses dans l'ordre : nous allons d'abord tâcher de voir où est allée Zandramas, ensuite nous analyserons tout ce que nous aurons entendu aujourd'hui. Ouvrez bien les oreilles, vous autres, lança-t-il à l'intention de ses compagnons, puis il talonna sa monture qui prit le trot.

Quelques instants plus tard, un cavalier vêtu de bleu terne les croisait à vive allure, autant dire avec une hâte surprenante. Silk éclata de rire.

— Qui était-ce ? s'informa Durnik.

— Un membre du Consortium, répondit le petit Drasnien, hilare. On dirait que le vicomte Esca a convoqué une réunion d'urgence.

— Aurais-je manqué quelque chose ? s'enquit aigrement Belgarath.

— Rien du tout. A moins que vous ne vous intéressiez au cours des haricots.

— Vous ne pourriez pas arrêter de jouer et vous occuper un peu plus de notre affaire ?

Garion vola au secours de son ami.

— Il n'avait pas le choix, Grand-père. Le vicomte nous a arrêtés dans la rue alors que nous cherchions la piste de Zandramas. Heureusement que Silk l'a envoyé ferrer les oies, sinon nous y serions encore.

— Ben voyons. Et à part ça, il n'a rien dit qui puisse nous mettre sur la voie ?

— Il n'a parlé que de haricots.

— Et vous n'avez rencontré personne d'autre ? Allez, Garion, parle-nous de tous les gens que tu as vus aujourd'hui.

— Nous sommes tombés sur un des agents de Brador. Je suppose que son messager est déjà en route pour Mal Zeth.

— Il ne vous a rien dit de particulier ?

— Il nous a gratifiés de quelques menaces voilées, c'est tout. Il paraît que l'empereur Zakath a une dent contre nous. L'agent de Brador m'a reconnu, mais ça n'a rien d'étonnant. J'ai dû empêcher Silk de le réduire au silence.

— Qu'est-ce qui t'a pris ? demanda froidement Beldin.

— Ce qui m'a pris, c'est que nous étions dans une rue très passante et qu'il est contre-indiqué de tuer des gens en public, voyez-vous.

— Tu étais beaucoup plus agréable comme garçon avant de te mettre à faire des remarques finaudes.

— Que voulez-vous, mon Oncle, tout fout le camp, soupira le jeune roi de Riva.

— Allons, Garion, pas d'insolence, protesta Polgara, juste derrière lui.

— Oui, M'dame.

Une voiture noire passa à un train d'enfer, tirée par des chevaux blancs écumants.

— Encore un amateur de haricots ? demanda Belgarath.

Silk opina du chef avec un sourire carnassier.

— A propos, c'est drôle, on dirait que la terre n'est pas cultivée, par ici, remarqua Durnik en regardant autour de lui.

— La terre est trop chère, en Melcénie, pour qu'on la gâche en y plantant des légumes, s'esclaffa le petit homme au museau de fouine. Tous les biens de consommation de l'île sont importés du continent. Vous ne voyez là que les propriétés des gros bonnets : des hommes d'affaires à la retraite, des notables et tutti quanti. La contrée n'est qu'un immense parc paysager, même les montagnes.

— Ce n'est pas très rationnel, protesta le forgeron.

— Les gens qui vivent sur ces terres les ont payées si cher qu'ils ont bien le droit d'en faire ce qu'ils veulent, je trouve.

— N'empêche que c'est du gâchis.

— Le gaspillage est la spécialité des riches, que voulez-vous.

L'horizon était barré, au nord de la ville, par de vertes collines aux formes douces, piquetées de bosquets artistiquement disposés. Les arbres étaient généralement taillés afin de mettre en valeur leurs formes plaisantes. Garion trouva un peu choquante cette domestication de la nature et il n'était apparemment pas seul dans ce cas. Ce'Nedra contemplait le paysage d'un air pincé et poussait un petit soupir écœuré chaque fois qu'elle passait devant un chêne élagué.

Ils avançaient à bonne allure sur la route qui s'incurvait doucement entre les collines et décrivait de larges courbes dans la plaine, sans autre but manifeste que d'éviter la monotonie des longs rubans rectilignes. Les maisons de marbre étaient généralement situées bien en retrait de la chaussée, au milieu de parcs et de jardins. C'était une belle journée d'automne. Le revêtement de gravier blanc étincelait au soleil. La brise sentait la mer. Comme Riva lui manquait ! se dit tout à coup Garion en humant cette odeur familière.

Ils passaient devant une de ces propriétés lorsqu'un groupe de cavaliers vêtus de couleurs vives traversa la route au galop juste devant eux, à la poursuite d'une meute de chiens qui aboyaient. Les gens franchissaient les haies et les fossés avec toutes les apparences d'une joyeuse insouciance.

— Que font-ils ? demanda Essaïon.

— Ils chassent le renard, expliqua Silk.

— Ça n'a pas de sens, objecta Durnik. S'il n'y a pas de fermes, je doute fort que ces gens élèvent des poules, et s'ils n'ont pas de poules, je ne vois pas ce qu'ils ont à craindre des renards.

— Vous trouverez ça encore plus stupide quand je vous aurai dit qu'il n'y a pas de renards dans ces îles et qu'il faut les y faire venir.

— C'est ridicule !

— Eh oui. Les riches sont ridicules. Ils pratiquent des sports exotiques et souvent cruels.

— Je me demande s'ils trouveraient sportif de chasser une bande d'algroths ou quelques eldrakyn, fit Beldin avec un vilain petit rire.

— Laisse tomber, coupa Belgarath.

— Il ne devrait être pas difficile d'en élever quelques-uns, continua le bossu avec un sourire horrible à voir. Ou même des trolls, reprit-il d'un ton rêveur. C'est ça qui serait amusant ! J'aimerais bien voir la tête de ces joyeux drilles quand ils se retrouveraient nez à nez avec un troll adulte au détour d'une haie.

— Laisse tomber, je t'assure, insista Belgarath.

Lors d'une bifurcation de la route, l'Orbe tira vers la branche de gauche.

— Elle est donc repartie vers l'océan, nota Silk. Je me demande ce qui l'attire tellement vers la mer. Elle n'arrête pas de sauter d'une île à l'autre depuis que nous avons commencé à lui courir après.

— Elle sait peut-être que l'Orbe ne peut pas la suivre sur l'eau, hasarda Garion.

— Je doute fort que ce soit sa préoccupation essentielle à ce stade, intervint Polgara. Le temps commence à presser, pour elle aussi. Elle n'a plus le temps de s'écarter de son but.

La route menait en direction des falaises, puis l'Orbe entraîna Garion le long d'une interminable allée pavée qui serpentait vers une imposante demeure dressée juste au bord d'un vertigineux escarpement surplombant l'océan, loin en bas. Comme ils s'approchaient de la maison, Garion dégaina son épée.

— Tu prévois des difficultés ? risqua Silk.

— J'aime être prêt à toute éventualité, répondit Garion. Cette grande maison pourrait abriter beaucoup de gens.

Mais les hommes en livrée qui sortirent de la somptueuse villa n'étaient pas armés.

— Puis-je vous demander ce qui vous amène ici ? demanda l'un d'eux, un grand échalas à la crinière blanche comme neige.

Il s'avança vers eux de cette démarche assurée, presque hautaine, qu'adoptent souvent les domestiques investis de responsabilités hiérarchiques et habitués à voir filer doux la valetaille placée sous leurs ordres.

— Nous faisions une promenade matinale, mes amis et moi, commença Silk en mettant pied à terre, quand nous avons été frappés par la beauté de cette maison et sa situation exceptionnelle. Le propriétaire serait-il chez lui, par hasard ?

— Sa Grâce, l'archiduc, n'est pas là pour le moment, répondit le majordome.

— Quel dommage ! Cet endroit m'a vraiment tapé dans l'œil, reprit le petit Drasnien en balayant les environs du regard, puis il éclata de rire. Enfin, c'est peut-être aussi bien, car j'aurais pu être tenté de lui faire une offre pour sa demeure.

— Je doute fort que Sa Grâce eût été intéressée, rétorqua le serviteur.

— Je ne crois pas connaître Sa Grâce, reprit habilement Silk. Vous pourriez peut-être me dire son nom ?

— Il s'agit, Messire, de l'archiduc Otrath, répondit l'homme en bombant légèrement le torse. Sa Grâce est apparentée à la famille impériale.

— Vraiment ?

— L'archiduc Otrath est le cousin au cinquième degré de Sa Majesté Impériale Kal Zakath.

— Pas possible ? Que le monde est petit ! Je regrette vraiment de l'avoir manqué. Il faudra que je raconte ça à Sa Majesté, la prochaine fois que je la verrai.

— Vous connaissez Sa Majesté ?

— Et comment ! Nous sommes de vieux amis.

— Puis-je vous demander votre nom, Messire ?

— Oh pardon ! Je ne sais vraiment plus où j'ai la tête. Je suis le prince Kheldar de Drasnie.

— *Le* prince Kheldar ?

— J'espère bien qu'il n'y en a pas d'autre ! s'esclaffa Silk. J'arrive à m'attirer assez d'ennuis tout seul.

— Sa Grâce s'en voudra vraiment d'avoir manqué Votre Altesse.

— Je serai en Melcénie pendant plusieurs semaines. Je pourrai peut-être repasser. Quand pensez-vous revoir Sa Grâce ?

— C'est assez difficile à dire. Sa Grâce est partie, il y a trois jours à peine, avec des gens venus du continent. Si Votre Altesse veut bien attendre quelques instants, reprit le majordome après une hésitation, je vais prévenir son épouse que vous êtes ici avec des amis. Sa Grâce — l'épouse de l'archiduc — n'a que peu de visites, et elle aime la compagnie. Mais donnez-vous la peine d'entrer, je vous en prie. Je vous annonce tout de suite.

Ils le suivirent dans le vaste hall de la demeure. Le vieillard s'inclina avec raideur et disparut dans un corridor aux murs tendus de tapisseries.

— Comme sur du velours, murmura Velvet d'un ton admiratif.

— Ah non, moi c'est Silk, ce qui veut dire *soie* en ancien drasnien, fit-il en soufflant sur le diamant de sa chevalière et en le polissant sur le devant de son pourpoint gris perle.

Le grand échalas revint, l'air un peu contrarié.

— Sa Grâce ne se sent pas très bien, Votre Altesse, commença-t-il en tirant un nez de six pieds de long.

— C'est désolant, répondit le petit Drasnien d'un ton très convaincant. Un autre jour, peut-être...

— Oh non, Votre Altesse. Sa Grâce a insisté pour vous recevoir, mais je vous implore de ne point lui en vouloir si elle vous paraît... comment dire ? un peu déboussolée. L'isolement, que voulez-vous, ajouta le domestique, un peu embarrassé, comme Silk haussait un sourcil interrogateur. Sa Grâce n'est pas très heureuse dans cet environnement bucolique, et il lui arrive de tromper la solitude par — comment dire ? — un recours exagéré à une certaine forme de réconfort.

— Une certaine forme de réconfort, hein ?

— J'espère pouvoir compter sur la discrétion de Son Altesse ?

— Assurément.

— Sa Grâce s'octroie, à l'occasion, un petit verre de vin, or il semblerait que l'une de ces occasions se soit récemment présentée et qu'elle s'en soit octroyé plus d'un.

— Si tôt dans la journée ?

— Disons que la vie de Sa Grâce n'est pas précisément réglée comme du papier à musique. Si Votre Altesse veut bien me suivre...

Comme le vieux majordome les menait le long d'un interminable couloir, Silk tourna discrètement la tête vers ses compagnons et leur souffla :

— Calquez votre conduite sur la mienne. Faites de grands sourires et tâchez de ne pas avoir l'air trop surpris quoi que je dise.

— N'est-ce pas qu'il est irrésistible quand il mijote un de ses coups tordus ? murmura Velvet à l'oreille de Ce'Nedra.

L'archiduchesse avait une bonne trentaine d'années, une chevelure noire, luxuriante, des yeux immenses, la lippe boudeuse et des formes si généreuses que sa robe lie-de-vin ne les pouvait contenir en entier. Mais surtout, elle était saoule comme une grive. Elle avait renoncé à utiliser son gobelet et buvait maintenant directement au goulot de la carafe.

— Prince Kheldar, hoqueta-t-elle en esquissant une révérence chancelante.

Sadi s'approcha de sa démarche sinueuse et lui prit le bras, évitant un désastre.

— Ch'cusez-moi, fit-elle d'une voix pâteuse. V'z'êtes bien aimable.

— Tout le plaisir est pour moi, Votre Grâce, répondit courtoisement l'eunuque.

Elle le regarda en clignant des yeux comme une chouette.

— V'z'êtes vraiment chauve, ou c'est un genre que vous vous donnez ?

— C'est culturel, Votre Grâce, expliqua-t-il avec une révérence obséquieuse.

— Dommage, soupira-t-elle en lui caressant le crâne, puis elle siffla une nouvelle gorgée de vin. V-vous v-voulez boire un coup ? proposa-t-elle avec enjouement à la cantonade.

Ils déclinèrent l'offre d'un bref hochement de tête. Tous, sauf Beldin qui s'approcha et tendit la main.

— Hé bé, pourquouè pas, après tout ? Voyons vouère un peu ça, ma choute, répondit le petit sorcier difforme en reprenant, allez savoir pourquoi, l'accent de Feldegast.

Belgarath leva les yeux au ciel.

L'archiduchesse éclata d'un gros rire et passa la carafe à Beldin qui l'assécha sans prendre le temps de respirer.

— Corrèque, commenta-t-il avec un rot sonore en envoyant valdinguer la carafe vide. Mais j'préfèrions la bière, Vot' Grâce. J'trouvions l'vin un peu lourd, si tôt l'matin.

— De la bière, ainsi soit-il ! gloussa-t-elle, ravie. Maintenant, on va tous s'asseoir et boire pour oublier !

Elle s'affala sur un canapé, dévoilant au passage une masse de chair superflue.

— Apportez-nous de la b-bière, ordonna-t-elle à son vieux serviteur confus. Des tonneaux et des tonneaux de b-bière !

— Si Votre Grâce l'exige, marmonna le majordome en tournant les talons avec raideur.

— Ch'est pas un mauvais b-bougre, commenta la femme en s'emmêlant la langue, mais c'est f-fou ce qu'il est guindé. Il ne veut jamais trinquer avec moi. Personne veut trinquer avec moi-a-a, geignit-elle, et ses yeux s'emplirent de larmes.

Elle tendit les bras à Beldin d'un air implorant et il la serra contre lui.

— Toi au moins t'es un ami et tu m'comprends. Hein, qu'tu m'comprends, toi ? fit-elle en sanglotant, le visage enfoui au creux de son épaule.

— Pour sûr, ma choute, pour sûr, répondit-il d'un ton apaisant en lui tapotant l'épaule. Là, tout ira ben, v'z'allez vouère.

L'archiduchesse se ressaisit comme elle put, renifla bruyamment et pêcha un mouchoir dans son corselet.

— Ne croyez pas, V-votre Altesse, que j'ai choisi d'être comme ça, reprit-elle d'un ton d'excuse en tentant de regarder Silk dans les yeux. C'est que je crève d'ennui, ici. Otrath est à peu près aussi sociable qu'une huître, et il m'a exilée ici, dans l'arrière-pays, sans autre compagnie que le bruit des vagues et les cris des mouettes. Les bals, les dîners et les conversations de Melcène me manquent tellement... Qu'est-ce que v-vous v-voulez que j'fasse, toute seule ici ?

— Ah, ma pôv' choute, c'est trop cruel, pour sûr, acquiesça Beldin.

Il prit le tonnelet de bière que le domestique apportait avec une répugnance manifeste, le coinça entre ses genoux, enfonça le dessus d'un coup de son poing difforme et le présenta à leur noble hôtesse.

— Eun' p'tite goulée, ma poule ? proposa-t-il aimablement.

— Je v-vais me noyer si z'échaie de boire comme ça, se récria-t-elle avec un petit rire stupide.

— Là, y a du vrai là-n'dans, acquiesça-t-il. Toué, là-bas, apporte donc un gobelet ou quèqu'chose à c'te pauv' p'tite choute, ordonna-t-il à Belgarath.

Le vieux sorcier lui lança un regard noir puis alla, sans mot dire, quérir une chope d'argent sur une étagère.

Beldin la plongea résolument dans le tonnelet, essuya le fond avec sa manche et la tendit à la femme.

— A vot' bonne santé, ma p'tite choute, fit-il en s'abreuvant directement au tonneau.

— T'es vraiment chou, toi al-*hic* ! alors, fit-elle en vidant la moitié de la chope, le breuvage coulant par les commissures de ses lèvres et ruisselant sur le devant de sa robe.

— Nous sommes vraiment navrés d'avoir manqué Sa Grâce, intervint Silk, manifestement déconcerté par la façon peu protocolaire dont Beldin abordait leur hôtesse qui, pour avoir la dalle en pente, n'en était pas moins de haute naissance.

— Vot' Altesse manque vraiment pas grand — *burp* ! — soge, hoqueta-t-elle en mettant poliment sa main devant sa bouche. L'a autant de charme qu'un rat crevé. Tout c'qu'intéresse c'lugubre amorti, c'est de compter les marches qui le séparent du trône impérial. Kal Zakath n'a pas d'héritier, et tous les cousins de l'empereur passent leur temps assis en rond sur leur cul à tenter de conclure des alliances en attendant que l'un d'eux meure. Vous êtes déjà allé à Mal Zeth, Votre Altesse ? C'est un endroit effroyable. Franchement, couronne impériale ou pas, j'aimerais encore mieux vivre en enfer.

Elle vida sa chope, la tendit sans un mot à Beldin et regarda autour d'elle, les paupières papillotantes, comme si elle n'y voyait pas très clair.

— Mais dites-moi, cher p-prince Kheldar, bredouilla-t-elle, vous m-m'avez pas présenté vos amis.

— Décidément, Votre Grâce, je manque à tous mes devoirs ! s'exclama-t-il en se flanquant une claque sur le front, puis il se leva cérémonieusement. J'ai l'honneur de vous présenter Sa Grâce, la duchesse d'Erat, reprit-il en indiquant Polgara d'un ample geste du bras.

— Votre Grâce, murmura Polgara avec une révérence.

— Votre Grâce, répéta l'archiduchesse en tentant de se lever, avec un succès mitigé.

— Allons, allons, ma p'tite choute, fit Beldin en la retenant par le bras. Pas d'chichis entre nous. L'est trop tôt pour ça, et pis v'z'avez qu'des amis, ici.

— Y m'plaît, lui, gloussa la femme en montrant Beldin du doigt et en plongeant, de l'autre main, sa chope dans le tonnelet pour la remplir. Vous pourriez pas m'le laisser ?

— Je regrette, Votre Grâce, répondit Belgarath, mais nous en avons besoin.

— Quelle triste figure, observa-t-elle en le regardant sous le nez, puis elle ajouta avec un sourire impudent : j'parie que j'pourrais vous faire sourire...

— Son Altesse, la princesse Ce'Nedra de la maison de Borune, reprit précipitamment Silk, toujours secourable. La Margravine Liselle de Drasnie. Le jeune homme à l'épée est connu chez lui comme le seigneur de la mer du Ponant — titre obscur s'il en est, je vous l'accorde, mais il règne sur un peuple assez obscur, lui aussi.

Garion s'inclina profondément devant l'aristocrate avinée.

— Quelle grande épée, Messire ! s'extasia-t-elle.

— Un souvenir de famille, Votre Grâce. La coutume exige que je l'emporte partout où je vais.

— Les autres ne sont pas spécialement attachés à leurs titres de noblesse, continua Silk. Ce sont des associés et le rang importe peu dans les affaires.

— Et toi, t'as un titre ? s'informa l'archiduchesse en regardant Beldin.

— Des tas, ma p'tite choute, répondit-il négligemment, mais j'doutions fort qu'y vous diraient grand-chose. La plupart des pays qui r'connaissent mes titres ont disparu d'puis belle lurette.

Il porta à nouveau le tonnelet à ses lèvres et but goulûment.

— T'es un vrai petit trésor, toi alors, roucoula la noble dame.

— C't'un charme qu'j'avions, ma choute, soupira-t-il, résigné. C't'un véritab' calvaire, tout c'charme. Y a des fois où j'étions obligé de m'cacher pour pas qu'les servantes s'jetent sur moi, incapab' d'résister à ma séduction.

Il poussa un nouveau soupir qui s'acheva dans un rot tonitruant.

— On pourrait peut-être parler de ça, un de ces jours, suggéra l'archiduchesse.

— Eh bien, balbutia lamentablement Silk, qui commençait à perdre pied, je disais donc que nous sommes navrés d'avoir manqué l'archiduc.

— Ça, Votre Altesse, je me demanderai toute ma vie c'que vous pouvez trouver à ce crétin congénital. Un vieux pourri, qui est fâché avec l'eau et le savon et qui brigue le trône impérial, comme s'il avait quoi qu'ce soit à attendre de ce côté-là ! Tu m'oublies, mon petit trésor, protesta-t-elle en tendant sa chope à Beldin.

— Va nous en fallouère un aut', ma p'tite choute, répondit le sorcier difforme après un coup d'œil dans les profondeurs du tonnelet.

— J'en ai plein la cave, déclara-t-elle d'un air réjoui. On pourrait passer des jours à boire, si ça t'dit...

— Pas question, marmonna Belgarath en rivant sur lui un regard noir.

— Mais...

— Pas question, tu as compris ? répéta le vieux sorcier entre ses dents.

— Vous disiez, Votre Grâce, que votre époux nourrissait des ambitions impériales, bredouilla Silk.

— Vous voyez ce gros crapaud vert sur le trône de Mallorée ? ironisa l'archiduchesse. Cette charogne puante qui n'est pas fichue de reconnaître sa chaussure droite de la gauche ! Heureusement qu'ce gros malpropre est assis tout au bout d'une brindille de l'arbre généalogique !

— Dites-moi, intervint Garion, en proie à une inspiration subite, se pourrait-il que quelqu'un l'ait encouragé dans ses prétentions ?

— Ouais, ben c'est sûrement pas moi, en tout cas ! s'exclama la femme, puis elle fronça le sourcil et son regard se perdit dans la contemplation d'un objet invisible. Hé, ça me revient, tout à coup... Un homme est venu ici, il y a quelques années maintenant, un drôle d'individu aux yeux tout blancs. Vous avez déjà vu quelqu'un avec des yeux pareils ? J'en avais la chair de poule. Enfin, mon archiduc de mari, cette vile crapule, l'a emmené dans son cabinet pour parler. Son cabinet ! répéta-t-elle avec un rire narquois. J'crois pas que ce porc visqueux sache seulement lire. C'est à peine s'il arrive à aligner deux phrases, et il appelle ça son *cabinet*. C'est grotesque, non ? Enfin, à une époque où je m'intéressais encore à ses agissements, j'avais fait percer un trou dans le mur afin de pouvoir regarder et écouter ce qui s'y passait. C'est comme ça, continua-t-elle, la lèvre tremblante, que je l'ai surpris avec une femme de chambre. Bafouée ! s'écria-t-elle en levant les bras au ciel dans un geste de tragédienne, vidant sa chope sur Beldin. J'étais bafouée, sous mon propre toit !

— Et de quoi l'homme aux yeux blancs a-t-il parlé à votre mari ? insista doucement Garion.

— Il lui a dit qu'une personne nommée Zandramas pouvait lui apporter la couronne impériale sur un plateau. Zandramas... Ce nom me rappelle quelque chose, mais j'arrive pas à mettre le doigt dessus. L'un de vous saurait-il qui ça peut être, par hasard ? demanda-t-elle en parcourant ses invités d'un regard vague.

— Ça ne me dit rien, mentit effrontément Silk. Avez-vous revu cet homme, par la suite ?

L'archiduchesse releva les yeux du tonnelet qu'elle avait entrepris d'assécher définitivement.

— Hein ? fit-elle, l'air ahuri.

— L'homme aux yeux blancs, répéta Belgarath, agacé. Est-il revenu ?

— Et comment, répondit-elle en se renversant sur le dossier

du canapé pour lamper la dernière goutte de bière du tonnelet. Il s'est ramené il n'y a pas une semaine, avec une femme en robe de satin noir et un gamin. Mon drôle d'ami biscornu pourrait-il me rendre le service d'aller tirer sur c'cordon, là-bas ? demanda-t-elle à Beldin en rotant discrètement. Il n'y a vraiment plus rien là-dedans et j'ai encore une petite soif.

— J'y allions tout de suite, ma p'tite choute ! acquiesça le bossu en clopinant dans la direction indiquée.

— C'est tellement bon d'avoir des amis autour de soi, commenta rêveusement l'archiduchesse.

Puis sa tête tomba en arrière et elle se mit à ronfler.

— Réveille-la, Pol, marmonna Belgarath.

— Oui, Père.

Garion entendit un lointain bruit de vague et les paupières de la poivrote se rouvrirent d'un seul coup.

— Où j'en étais ? demanda-t-elle d'une voix ensommeillée.

— Eh bien, Votre Grâce était en train de nous raconter qu'un homme aux yeux blancs était venu, il y a quelques jours, avança obligeamment Silk.

— C'est ça. Il est arrivé à la tombée de la nuit avec cette vieille sorcière en robe de satin noir.

— Une vieille sorcière ? releva Silk.

— Elle s'est donné tellement de mal pour qu'on voie pas sa figure que je me suis dit qu'elle devait pas être belle à voir. Le petit garçon était adorable, lui, avec ses boucles blondes comme les blés et des yeux bleus comme j'en avais jamais vu. Il avait faim, alors je lui ai fait donner du lait. Bref, l'homme aux yeux blancs et la sorcière ont emmené mon vieux dindon de mari. Ils sont montés à cheval et ils sont partis. L'immonde — mon mari — m'a dit que je pouvais envoyer chercher ma couturière. Il m'a raconté une histoire de robe digne d'un couronnement impérial, je ne sais plus quoi au juste.

— Et le petit garçon ? demanda âprement Ce'Nedra. Qu'est-il devenu ?

— Ça, je l'ignore, rétorqua l'archiduchesse avec un haussement d'épaules évasif. Tout ce que je sais, c'est qu'ils l'ont emmené avec eux. J'ai tellement envie de dormir, tout à coup, murmura-t-elle languissamment.

— Votre mari vous a-t-il dit où ils allaient ? insista Silk.

— Il y a des années que je ne l'écoute plus, répondit la

femme en écartant les mains devant elle dans un geste désabusé. Nous avons un petit voilier dans une anse, à une demi-lieue d'ici. Comme il n'y est plus, z'chu... j'suppose qu'ils l'ont pris. Mon mari, ce malfaisant, a parlé de je ne sais quel quai, au sud de la ville. Et ce t-tonnelet de bière, il arrive ? lança-t-elle d'une voix pâteuse.

— Ça vient, ma p'tite choute, ça vient, assura Beldin en lui tapotant doucement la main.

— J'espère bien.

— Autre chose, Belgarath ? souffla Silk.

— Je ne vois plus rien, répondit-il sur le même ton. Tu peux la laisser se rendormir, Pol.

— Elle n'a pas besoin de moi pour ça, Père, murmura-t-elle en regardant avec compassion la plantureuse aristocrate qui ronflotait, les bras noués autour du cou de Beldin, la figure enfouie au creux de son épaule.

Le petit sorcier bossu se dégagea en douceur, l'allongea doucement sur le canapé, arrangea les plis de sa robe autour d'elle, alla chercher un châle sur le dossier d'un fauteuil, à l'autre bout de la pièce, et la couvrit avec des soins paternels.

— Dormez bien, ma Dame, murmura-t-il en lui effleurant mélancoliquement le visage, puis il se tourna vers Belgarath et le foudroya du regard. Et alors ? lança-t-il hargneusement.

— Mais je n'ai rien dit, moi ! protesta le vieux sorcier.

Ce'Nedra se leva, prit le vilain petit sorcier par le cou et lui planta un baiser sur la joue.

— Qu'est-ce que ça veut dire ? demanda-t-il d'un ton suspicieux.

— Moi non plus, je n'ai rien dit, riposta la petite reine de Riva en lui ôtant machinalement quelques brins de paille de la barbe et en les lui restituant solennellement.

CHAPITRE 6

Sitôt sorti de chez l'archiduc Otrath, Garion se rua sur Chrestien et bondit en selle.

— Où vas-tu ? lui demanda Silk.

— Suivre la piste, tiens.

— A quoi bon ? Nous savons qu'elle mène à la crique dont nous a parlé cette femme et qu'elle se perd en mer. Pour moi, nous ferions bien mieux de retourner tout de suite à Melcène, poursuivit Silk en réponse au regard désarmé de son ami. Le port de commerce grouille de gens à moi. Je vais leur dire de fouiner un peu partout, comme à Jarot. Nous ne devrions pas avoir de mal à retrouver la trace de ce Naradas.

— Je pourrais y aller moi-même, avec l'Orbe, suggéra le jeune roi de Riva.

— Tu apprendrais en tout et pour tout de quel quai elle est partie, et ça nous ferait une belle jambe. Je comprends ton impatience, Garion, lui assura le petit Drasnien avec une sincère sympathie. Nous avons tous hâte de mettre le grappin sur cette Zandramas, mais je t'assure que nous gagnerons du temps en procédant comme je te le propose. Mes agents découvriront sur quel bâtiment elle a embarqué, quand elle a levé l'ancre, et pour quelle destination, c'est-à-dire tout ce que nous avons besoin de savoir.

— Très bien, approuva Belgarath. Allons-y.

Ils montèrent rapidement en selle, s'éloignèrent à vive allure de la maison juchée sur la falaise, regagnèrent la route du sud et repartirent au grand galop vers Melcène.

Ils arrivèrent à la porte nord de la ville vers midi et mirent bientôt pied à terre devant chez Silk. Ils entrèrent dans la maison et gravirent l'escalier menant au salon.

— Dites à Vetter de venir me voir, lança le petit Drasnien à un serviteur qui passait par là et qui repartit ventre à terre, en sens inverse. Mes amis, ajouta-t-il en retirant sa robe d'homme d'affaires melcène, je vous suggère de faire vos paquets. Nous ne ferons pas de vieux os ici quand nous saurons où Zandramas est allée.

— Pauvre Zith, murmura Sadi avec un sourire attristé. Elle commence en avoir assez d'être toujours sur la route.

— Elle n'est pas seule dans ce cas, acquiesça mélancoliquement Velvet. Quand tout ça sera fini, je vous jure qu'on ne me reverra pas à cheval de sitôt.

On frappa discrètement à la porte.

— Votre Altesse a demandé à me voir ? commença Vetter en pointant le bout de son nez.

— Oui, Vetter. Entrez, entrez, ordonna-t-il impatiemment en faisant les cent pas, les mains nouées dans le dos, l'air absorbé. Nous recherchons certaines personnes.

— C'est bien ce que je pensais, Votre Altesse.

— Parfait. Ces gens sont arrivés à Melcène récemment et seraient repartis il y a trois jours de cela. Nous voudrions savoir où ils sont allés.

— Votre Altesse pourrait-elle me fournir une description de ces individus ?

— J'y arrivais. Il y avait deux hommes, une femme et un petit garçon. L'un des hommes est l'archiduc Otrath. Vous le connaissez ?

Le Melcène acquiesça d'un hochement de tête.

— Je saurai le décrire précisément à nos agents.

— Excellent. L'autre homme s'appelle Naradas.

— Ce nom me dit quelque chose, Votre Altesse, mais je ne crois pas l'avoir jamais vu.

— Vous n'auriez pas pu l'oublier. Il a les yeux tout blancs.

— Il est aveugle ?

— Non, il a seulement les prunelles laiteuses.

— Ça devrait simplifier les choses.

— C'est bien mon avis. La femme se donne un mal fou pour qu'on ne voie pas son visage, mais elle est avec l'archiduc et Naradas. D'après nos informations, ils seraient partis d'un des quais du port de commerce, au sud de la ville. Concentrez d'abord les recherches sur ce secteur. Envoyez-y tous les hommes disponibles et dites-leur d'interroger tout le monde. Plongez dans la caisse s'il le faut. Nous devons savoir en vitesse quand ces gens sont partis, sur quel navire et où ils allaient. Si le vaisseau est rentré au port, faites-moi envoyer le capitaine ou, à défaut, l'un des matelots. Chaque minute compte, Vetter.

— Je m'y emploie à l'instant, Votre Altesse. Vous aurez plusieurs centaines d'hommes sur ces quais d'ici une heure. Je vous informerai de l'avancement des recherches. Autre chose ?

— Oui, répondit pensivement Silk. Le vaisseau avec lequel nous sommes arrivés doit être encore au port. Faites dire au capitaine de se tenir prêt à larguer les amarres. Nous appareillerons dès que nous aurons ces renseignements.

— Je m'en occupe tout de suite.

L'homme s'inclina et quitta promptement la pièce.

— On dirait qu'il mène rondement ses affaires, nota Beldin.

— C'est un de mes meilleurs éléments, confirma Silk avec un petit sourire qui lui donna vraiment des airs de fouine. Il arrive toujours à ses fins, sans faire de vagues. J'ai entendu dire que Brador aimerait le récupérer, mais j'ai plus d'argent que lui.

— Ça nous laisse tout un tas de questions sans réponses, grommela Beldin. Pourquoi Zandramas a-t-elle fait ce détour ? Pour s'encombrer de cet archiduc ? Ça ne rime à rien.

— Mais si, voyons. C'est très clair, rétorqua Belgarath.

— Je suis sûr que tu m'expliqueras tout ça un jour. La semaine prochaine, ou dans un siècle, hein ?

Le vieux sorcier farfouilla sous sa tunique et en tira un parchemin froissé.

— Voilà, grommela-t-il en parcourant le document. C'est ce passage : « Prends garde, lut-il, car dans les jours qui suivront la montée aux cieux du Dieu des Ténèbres, le Roi de l'Est et le Roi du Sud entreront en guerre. Tu sauras, quand la bataille fera rage dans les plaines du Sud, que le jour de la rencontre est proche. Il faudra alors te hâter de gagner l'Endroit-qui-n'est-plus. Tu emmèneras avec toi le fruit du sacrifice et un Roi angarak comme témoin. Car, en vérité, en te présentant devant Cthrag Sardius avec le fruit du sacrifice et le Roi angarak tu connaîtras l'élévation suprême et auras le pouvoir absolu. Sache encore qu'au moment du sacrifice, le Dieu des Ténèbres renaîtra et qu'à l'instant de sa résurrection il triomphera de l'Enfant de Lumière... »

— C'est fascinant, ronchonna Beldin. Et où as-tu trouvé ce bel échantillon de charabia ?

— Au Cthol Murgos, répondit le vieux sorcier avec un haussement d'épaules. C'est un extrait des Prophéties des Grolims de Rak Cthol dont je t'ai parlé.

— Non, je regrette, tu ne m'en as pas parlé.

— C'est impossible, voyons.

— Je suis désolé, Belgarath, grinça Beldin entre ses dents, tu n'y as seulement jamais fait allusion.

— Ça, c'est incroyable, fit-il en fronçant le sourcil. J'ai dû oublier.

— Ma pauvre Pol, nous savions que ça finirait comme ça, mais c'est bien triste, maugréa le petit sorcier bossu. Ce malheureux a le cerveau complètement ramolli.

— Allons, mon Oncle, murmura la sorcière.

— Tu es absolument certain que je ne t'en ai rien dit ? reprit Belgarath d'un ton un peu plaintif.

— La certitude absolue n'est pas de ce monde, répondit automatiquement Beldin.

— Je suis bien content que tu en conviennes, rétorqua son « frère » d'un petit ton supérieur.

— Ne fais pas ça, tu veux.

— Quoi donc ?

— N'essaie pas de retourner mes principes contre moi. Bon, et où crois-tu que nous mènent ces inepties grolimes ?

— Les Grolims sont d'une soumission à l'autorité qui frise le crétinisme.

— Comme nous, si tu vas par là.

— Pas tout à fait ; il nous arrive de remettre en cause l'ordre établi alors que les Grolims suivent aveuglément leurs instructions. Nous avons vu Agachak, le grand prêtre de Rak Urga, tyranniser le roi Urgit à ce propos. Agachak sait qu'il doit se présenter à la rencontre finale avec un roi angarak s'il veut avoir une chance de l'emporter. Il est déterminé à y emmener Urgit, même s'il doit le traîner par les cheveux. Zandramas ne s'était pas encore préoccupée de cet impératif.

— Mais si elle veut mettre l'archiduc sur le trône, ça veut dire qu'elle trame l'assassinat de Zakath ? risqua Durnik.

— Même pas. Chez les Angaraks, pour mériter le titre de roi, il suffit d'avoir une goutte de sang royal dans les veines et de se faire couronner en grande pompe en présence d'un prêtre grolim. Autrefois, le moindre chef de clan était roi. Ça ne voulait pas dire grand-chose puisque c'est Torak qui tirait les ficelles, mais ils avaient tous un trône et une couronne. Bref, Zandramas est bel et bien un prêtre — ou plutôt une prêtresse grolime, et Otrath est de sang royal. Un couronnement, bidon ou pas, fera de lui un roi angarak, et les exigences de la prophétie seront satisfaites.

— Je trouve ça un peu spécieux, objecta le forgeron.

— Et c'est un spécialiste qui le dit : un homme issu d'un peuple dont le premier roi cultivait les rutabagas, commenta suavement Beldin.

— Funder le Magnifique fut un assez bon roi, le premier moment de panique passé, rétorqua Belgarath. Les fermiers font toujours de bons rois ; ils savent ce qui est vraiment important. Enfin, là n'est pas le problème ; Otrath sera toujours assez compétent pour ce qu'on attend de lui, et avec Geran et un roi angarak, Zandramas a maintenant tout ce qu'il lui fallait.

— Et nous, nous n'avons pas besoin d'un roi angarak ? s'inquiéta Durnik.

— Non. Nous avons besoin d'un roi alorien, et Garion devrait faire l'affaire.

— C'était tout de même plus simple, la dernière fois, non ?

— Ça, c'est sûr. Garion était à la fois l'Enfant de Lumière et roi de Riva, et Torak était en même temps roi, Dieu et l'Enfant des Ténèbres.

— Et qui était l'enfant du sacrifice ?

— Mais vous, Durnik, répondit Belgarath en le regardant affectueusement. Vous avez déjà oublié ?

— Oh, fit le brave homme, un peu embarrassé. Il y a des moments où ça me sort complètement de la tête.

— Ça n'aurait rien d'étonnant, grommela Beldin. Se faire tuer ne doit pas être bon pour la mémoire.

— Ça suffit, mon Oncle, murmura Polgara avec un sourire inquiétant en passant un bras protecteur autour des épaules de son mari.

Garion songea tout à coup qu'aucun d'eux n'avait jamais parlé à Durnik des terribles instants qui s'étaient écoulés entre le moment où Zedar l'avait tué et celui où l'Orbe et les Dieux l'avaient ramené à la vie. D'un autre côté, quelque chose lui disait que Polgara n'avait pas envie que ça change.

— Elle tient donc le bon bout — enfin, Zandramas, murmura tristement Ce'Nedra. Elle a son roi angarak et mon fils... Je voudrais bien le revoir une dernière fois avant de mourir.

— Comment ça, avant de mourir ? répéta Garion, perplexe.

— L'un de nous doit mourir, dit-elle simplement. Je suis sûre que ce sera moi. Ma présence parmi vous n'a pas d'autre raison. Tout le monde a un rôle à jouer, sauf moi. Tel doit donc être le mien.

— C'est ridicule !

— Tu crois vraiment ? soupira-t-elle.

— De toute façon, Zandramas n'est pas au bout de ses misères, coupa Belgarath. Entre autres problèmes, il va bien falloir qu'elle s'occupe d'Urvon.

— Et d'Agachak, ajouta Sadi. Il n'a pas encore dit pouce, que je sache.

— Agachak est au Cthol Murgos, objecta Silk.

— Nous y étions aussi, il y a quelques mois à peine, rétorqua l'eunuque. Pour aller du Cthol Murgos en Mallorée, il suffit d'un bateau et d'un peu de vent favorable.

— Zandramas a encore une tâche à accomplir, intervint Velvet en se rapprochant de Ce'Nedra.

— Vraiment ? fit la petite reine d'une voix atone. Et laquelle ?

— La Prophétie a dit à Garion qu'elle ignorait toujours où se trouve l'Endroit-qui-n'est-plus, répondit Velvet en prenant gentiment la petite reine éplorée par les épaules. Elle n'ira pas loin tant qu'elle n'aura pas résolu cette énigme.

— Vous avez raison ! Eh bien, c'est tout de même une consolation, convint Ce'Nedra, un peu rassérénée, en dédiant à la fille aux cheveux de miel un sourire reconnaissant.

— Zandramas n'est pas seule à avoir encore des choses à faire, reprit Belgarath. Je cherche toujours un exemplaire non expurgé des Oracles ashabènes. Combien de temps pensez-vous, Silk, qu'il faille à vos hommes pour trouver les renseignements dont nous avons besoin ?

— Comment voulez-vous que je le sache ? rétorqua le petit Drasnien en écartant les mains devant lui selon l'expression universelle de l'impuissance. C'est une question de chance. Mais ça ne devrait pas prendre plus d'une journée, à mon avis.

— Ton vaisseau est-il rapide ? demanda Garion. Je veux dire, tu crois qu'il pourrait nous ramener plus vite qu'il ne nous a conduits ici ?

— Ça m'étonnerait. Les Melcènes s'y entendent certes davantage en construction navale que les Angaraks, mais ce vaisseau a été conçu pour transporter du fret, pas pour gagner des régates. Si le vent souffle trop fort, le capitaine devra amener de la toile.

— Je ne sais pas ce que je donnerais pour avoir un vaisseau de guerre cheresque sous la main. Nous gagnerions beaucoup de temps avec un bâtiment taillé pour la course, marmonna Garion en regardant pensivement le sol, puis il leva les yeux vers Belgarath. Ce ne serait pas vraiment difficile, après tout ? En nous y mettant tous les deux, nous pourrions peut-être...

Il esquissa un vague geste de la main.

— Tu sais, Garion, même si tu avais un navire cheresque, tu ne trouverais personne pour le manœuvrer, ici, objecta Durnik. Les marins de cette région n'y comprendraient sûrement pas grand-chose.

— Tu as raison, avoua tristement Garion. Je n'y avais pas réfléchi.

On toqua discrètement à la porte et Vetter entra avec une liasse de parchemins.

— Votre Altesse, les hommes ont été envoyés sur les quais du sud, annonça-t-il. Comme vous avez mentionné que l'affaire était assez urgente, je me suis permis de poster des courriers dotés de chevaux rapides en certains points stratégiques, le long du front de mer. Sitôt que quelqu'un aura des nouvelles, l'information devrait nous parvenir en cinq minutes. J'espère que cela permettra d'apaiser un peu l'angoisse de Sa Majesté, ajouta-t-il avec un coup d'œil en direction de Ce'Nedra.

— Sa..., fulmina Silk, puis il se reprit, observa un instant son agent et partit d'un grand éclat de rire. Comment avez-vous découvert la vérité, Vetter ? Je ne vous ai présenté personne.

— Je vous en prie, Votre Altesse, répondit-il d'un air chagrin, vous n'auriez pas confié mon poste à un imbécile, n'est-ce pas ? J'ai conservé certains contacts avec mes anciens collègues de Mal Zeth et je sais plus ou moins qui sont vos hôtes et en quoi consiste votre mission. Vous avez décidé de ne pas y faire allusion, je n'en fais pas une histoire, mais je ne suis tout de même pas payé pour me boucher les yeux et les oreilles.

— J'adore ces Melcènes. Pas vous ? souffla Velvet à Sadi.

Mais l'eunuque regardait déjà Vetter avec intérêt.

— Dans l'hypothèse où je parviendrais un jour à lever le malentendu qui m'oppose à ma souveraine, commença-t-il avec doigté, il se pourrait que je sois amené à vous faire part de certaines opportunités de carrière au palais de Sthiss Tor.

— Sadi ! hoqueta Silk, les yeux exorbités, et tous crurent qu'il allait s'étrangler.

— Les affaires sont les affaires, Prince Kheldar, commenta le Nyissien d'une voix rigoureusement atone.

— Votre Altesse, reprit Vetter avec un imperceptible sourire, je vous ai apporté quelques pièces à signer. Je me suis dit que vous pourriez peut-être y jeter un coup d'œil en attendant.

Il lui tendit la pile de parchemins.

— Après tout, ça m'occupera, acquiesça Silk avec un soupir résigné.

— Vous nous ferez gagner beaucoup de temps, Votre Altesse. Les choses mettent parfois un certain temps à vous parvenir.

— Je ne vois là que des affaires courantes, remarqua le petit Drasnien en parcourant rapidement les documents. Vous n'avez rien de particulier à me signaler ?

— La maison est surveillée, Votre Altesse. Par des agents de Rolla. Tout porte à croire qu'ils tenteront de vous suivre lorsque vous ressortirez.

— Je l'avais oublié, celui-là, fit Silk en se rembrunissant. Vous voyez un moyen de les en empêcher ?

— Je devrais, Votre Altesse, être en mesure de vous rendre ce petit service.

— Tâchez de ne pas y aller trop fort. Le roi de Riva, ici présent, réprouve les effusions de sang, précisa-t-il en regardant Garion avec un sourire impudent.

— Que Votre Altesse se rassure ; nous ferons en sorte de ne pas en arriver à ces regrettables extrémités.

— Bien. Autre chose ?

— Oui. Au sujet de nos stocks de haricots : le Consortium va nous faire une offre demain matin, répondit le Melcène. Ils partiront de trois points en dessous du cours et monteront jusqu'à cinq au-dessus.

— D'où tenez-vous ça ? demanda Silk, un peu estomaqué.

— J'ai graissé la patte de l'un des membres, répondit Vetter en haussant les épaules. Je lui ai promis une commission d'un quart de point sur notre marge au-dessus de dix points. Ça peut paraître généreux, mais il se pourrait que nous ayons encore besoin de ses services, et ça nous donnera un bon moyen de pression sur lui.

— Cette information vaut bien un quart de point à elle seule.

— C'est aussi ce que je me suis dit, Votre Altesse, fit le Melcène avec un ricanement. Ah, encore une petite chose : on nous a proposé un investissement. Je ferais peut-être mieux de parler de contribution à une œuvre caritative.

— J'ai déjà donné au bureau, rétorqua Silk, le visage rigoureusement impassible, puis son nez se mit à frémir. Enfin, dites-moi toujours de quoi il s'agit, ça n'engage à rien.

— Il y a, à l'Université, un petit alchimiste au pied bot, passablement répugnant, qui prétend avoir le pouvoir de transmuer le cuivre en or.

— Tiens donc ! fit l'homme au museau de fouine, les yeux brillants.

— L'ennui, reprit Vetter en levant la main pour prévenir tout enthousiasme prématuré, c'est que le coût de l'opération est prohibitif. Je ne vois pas l'intérêt d'investir deux pièces d'or pour en obtenir une.

— Là, je suis d'accord avec vous.

— Evidemment. Le petit drôle jure ses grands dieux qu'il arrivera à diminuer le prix de revient. Il a essayé d'intéresser les plus riches hommes d'affaires de Melcénie à son projet. Il cherche un mécène pour financer ses expériences.

— Vous avez étudié l'affaire de près, j'imagine ?

— Bien sûr. A moins que ce ne soit un habile mystificateur, il semblerait, en effet, qu'il ait vraiment le don de convertir le métal vil en métal noble. Il a une curieuse réputation. Il aurait plusieurs siècles, à ce qu'il paraît. Ce qui est sûr, c'est qu'il a très mauvais caractère. Et qu'il sent encore plus mauvais, mais ça, ça doit venir des produits chimiques qu'il utilise.

— Comment l'avez-vous appelé, déjà ? demanda vivement Belgarath en ouvrant des yeux comme des soucoupes.

— Je ne crois pas vous avoir dit son nom, Vénérable Ancien, mais il s'appelle Senji.

— Je ne vous demande pas son nom. Décrivez-le-moi.

— Il est petit, presque chauve, et il porte la barbe, ou du moins ce qui n'a pas été roussi par les flammes, car il lui arrive de rater ses expériences et que tout lui pète à la figure. Oh, et puis il a un pied bot. Le gauche, je crois.

— C'est ça ! s'exclama Belgarath en claquant les doigts.

— Ne fais pas tant de mystères, Père, grinça Polgara.

— La Prophétie avait annoncé à Garion que quelqu'un dirait aujourd'hui, en passant, une chose d'une importance cruciale. Eh bien, c'est ça !

— Là, je ne...

— Rappelez-vous : à Ashaba, Cyradis nous a incités à chercher un pied-bot susceptible de nous aider dans notre quête.

— Il y a des tas d'hommes au pied bot dans le monde, Père.

— Je sais, mais la Prophétie s'est donné la peine de nous mettre sur la piste de celui-ci.

— Tu trouves qu'elle nous a mis sur sa piste ?

— Ne joue pas sur les mots. Tu vois très bien ce que je veux dire.

— Ça colle, acquiesça Beldin. Si je me souviens bien, nous parlions des Oracles ashabènes quand Cyradis a fait allusion à ce pied-bot. Elle nous a dit que Zandramas en avait un exemplaire non expurgé, Nahaz un autre et le pied-bot le troisième, ou qu'au moins il savait où il était.

— C'est assez mince, Belgarath, fit Durnik, sceptique.

— Nous allons tirer ça au clair, décida le vieux sorcier. Ça vaudra toujours mieux que d'attendre ici, les bras croisés, qu'on vienne nous dire où est passée Zandramas. J'imagine, Vetter, que vous savez où nous pouvons trouver ce Senji ?

— A l'Université, Vénérable Ancien. Il est détaché auprès de la Faculté d'Alchimie appliquée.

— Très bien. Garion, tu viens avec moi. Pendant ce temps-là, vous autres, préparez-vous à partir en vitesse.

— J'aimerais mieux rester ici, protesta Garion. Si nous avons des nouvelles de Zandramas, je veux les entendre de mes propres oreilles.

— Pol les écoutera à ta place. J'aurai peut-être besoin de toi pour m'aider à convaincre cet alchimiste de vider son sac. Laisse ton épée ici mais apporte l'Orbe.

— L'Orbe ? Et pour quoi faire ?

— Disons que c'est une intuition.

— Je vous accompagne, annonça Beldin en se levant.

— Je ne pense pas que nous ayons besoin de toi.

— Oh si ! Tu as la mémoire qui flanche, Belgarath, tu sais bien. Tu oublies de me dire des choses essentielles. Au moins, si je suis là quand tu mettras la main sur ces fameux Oracles, je pourrai te rappeler tout ce qui s'est passé. Ça t'évitera de perdre du temps, et beaucoup de fatigue inutile. A ton âge, tu comprends...

CHAPITRE 7

L'Université de Melcénie était un vaste ensemble de constructions anciennes, imposantes, disposées dans un parc immense ponctué de vieux arbres noueux. Cet endroit consacré à la vie intellectuelle respirait la sérénité. Garion, qui suivait les deux vieux sorciers à travers les pelouses d'un vert intense, impeccablement tondues, se sentit apaisé, presque rassuré, et en même temps un peu mélancolique. Il poussa un gros soupir.

— Allons bon, qu'est-ce qui ne va pas ? s'enquit Belgarath.

— Bof... Il y a des moments où je regrette de ne pas avoir eu la chance de venir dans un endroit comme celui-ci. Je ne sais pas, Grand-père, mais je pense que ça doit être agréable d'approfondir un sujet rien que pour le plaisir. La plupart des choses que j'ai étudiées, c'était parce qu'il fallait trouver une réponse, et en vitesse, sinon c'était la fin du monde — tu vois ce que je veux dire.

— On fait tout un plat de l'Université, mais bien des jeunes gens n'y vont que poussés par leurs parents et passent plus de temps à faire la bringue qu'à se cultiver, grommela Beldin. Le bruit est une vraie plaie quand on veut vraiment travailler. Mieux vaut étudier tout seul dans son coin. On en apprend davantage. Dites, vous deux, vous avez une idée de la façon dont nous allons mettre la main sur ce Senji ?

— D'après Vetter, il serait détaché auprès de la Faculté d'Alchimie appliquée, répondit Belgarath. Autant partir de là.

— Voilà que ce vieux Belgarath se met à tenir des

raisonnements logiques. J'aurai tout entendu, moi... Bon, deuxième question : où est la Faculté d'Alchimie appliquée ?

Belgarath arrêta un vieux théosophe en robe noire qui traversait le parc, plongé dans la lecture d'un gros livre.

— Pourriez-vous, ô savant homme, m'indiquer la Faculté d'Alchimie appliquée ? demanda-t-il poliment.

— Hmm ? fit le docte personnage en levant le nez.

— La Faculté d'Alchimie appliquée. Vous pourriez me dire où elle se trouve ?

— Les sciences sont toutes par-là, répondit l'homme avec un geste approximatif. Près de la Faculté de Théologie.

— Merci. Vous êtes bien aimable.

— L'homme de savoir a le devoir de dispenser la connaissance et de guider la recherche, déclama pompeusement le pédant.

— Oui, euh... hem, on l'oublie trop souvent, murmura Belgarath en entraînant ses compagnons dans la direction indiquée par le vieux savant.

— S'il guide tous ses élèves avec le même souci de précision, ils risquent de sortir d'ici avec une assez vague idée du monde, observa Beldin.

Ils finirent par arriver, grâce à diverses corrections de trajectoire obtenues auprès d'autres informateurs, devant un bâtiment de pierre grise, assez rébarbatif, aux murailles soutenues par des arc-boutants. Ils gravirent l'escalier menant à la porte d'entrée et se retrouvèrent dans un hall lui-même renforcé par des arches massives.

— Je me demande à quoi peuvent bien servir ces contreforts, s'étonna Garion.

Comme en réponse à sa question, une formidable détonation se produisit derrière une porte, vers le bout du hall. Le panneau de bois fut soufflé par l'explosion et des volutes de fumée nauséabonde s'en échappèrent en tourbillonnant.

— Ça suffit, j'ai compris ! s'exclama Garion.

Un gaillard émergea de la fumée, l'air passablement hagard, le poil roussi et les vêtements en lambeaux.

— Trop de soufre, marmonnait-il dans sa barbe. Trop de soufre.

— Pardonnez-moi, commença Belgarath, savez-vous où nous pourrions trouver Senji, l'alchimiste ?

— Trop de soufre, répéta l'expérimentateur malchanceux, le regard perdu sur la ligne bleue des Monts de Zamad.

— Senji, répéta le vieux sorcier, vous savez où nous pourrions le trouver ?

Le rescapé du sinistre fronça le sourcil.

— Pardon ? fit-il d'une voix atone.

— Laisse-moi faire, intervint Beldin. Senji ! hurla-t-il de toute la force de ses poumons. Le pied-bot ! Vous pouvez nous dire où il est ?

— Oh, répondit l'homme en secouant la tête comme pour s'éclaircir les idées. Son laboratoire est au dernier étage, de l'autre côté du hall.

— Merci ! brailla Beldin, sur le même ton.

— Trop de soufre. Je suis sûr que c'est ça. J'ai dû mettre trop de soufre...

— Tu n'avais pas besoin de l'engueuler, protesta Belgarath comme les trois hommes repartaient vers l'autre bout du hall.

— Quand tout te pète à la figure — comme ça m'est arrivé une paire de fois —, tu te retrouves généralement sourd comme un pot pendant une semaine ou deux, répondit le petit sorcier bossu avec un haussement d'épaules.

— Oh...

Les trois compères gravirent l'escalier menant au dernier étage. Ils passèrent devant une autre porte qui avait dû récemment sauter, elle aussi. Belgarath passa la tête par l'ouverture déchiquetée.

— Senji ! Où est-il ? hurla-t-il à tue-tête.

Un vague marmottement lui répondit.

— La dernière porte sur la gauche, traduisit le vieux sorcier à l'intention de ses compagnons.

— L'alchimie a l'air d'être une discipline assez risquée, nota Garion.

— Risquée, et surtout stupide, grommela Beldin. S'ils ont tellement envie d'or, ils n'ont qu'à prendre une pelle, une pioche et creuser le sol.

— Ça, je doute que ça leur soit jamais venu à l'idée, marmonna Belgarath.

Il s'arrêta devant la dernière porte sur la gauche — manifestement remise en état depuis peu — et frappa.

— Foutez-moi la paix, répondit une voix grincheuse.

— Se-e-enji, nous avons des choses à vous di-i-ire, entonna Belgarath d'une voix melliflue.

La voix grincheuse lui expliqua en termes colorés où il pouvait se carrer les choses qu'il avait à di-i-ire.

Le vieux sorcier serra les dents. Garion vit saillir les muscles de ses mâchoires. Son grand-père banda son Vouloir, prononça un mot, un seul, et le panneau de bois disparut dans un vacarme retentissant.

— Ben vrai, c'est pas souvent qu'on voit ça par ici, fit, sur le ton de la conversation, un petit homme en haillons assis parmi un monceau de débris. Je ne me rappelle pas qu'une porte ait jamais sauté vers l'intérieur d'un laboratoire.

— Ça va, vous n'avez rien ? s'inquiéta Garion.

— Non, non, répondit le petit bonhomme en ôtant les échardes de sa barbe. Je suis juste un peu intrigué. Quand vous aurez vu autant d'explosions que moi, vous n'y ferez même plus attention, vous verrez. Bon, quelqu'un pourrait m'aider à sortir de là-dessous ?

Beldin s'approcha en clopinant et souleva ce qui restait de la porte.

— Dites donc, la nature ne vous a pas gâté, vous, constata le gnome assis par terre.

— Vous auriez aussi quelques raisons de lui en vouloir.

— Je m'y suis fait.

— Moi aussi.

— Tant mieux. C'est vous qui avez fait sauter ma porte ?

— Non, c'est lui, répondit Beldin en indiquant Belgarath d'un mouvement de menton et en aidant le nabot à se relever.

— Comment avez-vous réussi ce coup-là ? Je n'ai rien senti, insista le petit homme dépenaillé, l'air sincèrement intéressé.

— C'est un don, répondit Belgarath. J'imagine que vous êtes Senji ?

— En effet. Senji, le pied-bot, doyen de la Faculté d'Alchimie appliquée, acquiesça-t-il en se flanquant de petits coups du plat de la main sur le côté de la tête. Les explosions me donnent des bourdonnements d'oreilles...

Dites-moi, mon vilain petit ami, fit-il à Beldin, il y a un tonnelet de bière par-là, dans le coin. Si vous m'en apportiez un peu ? Servez-vous, si ça vous dit — et vos amis aussi.

— Je sens que nous allons bien nous entendre, marmonna le petit sorcier bossu.

Senji s'approcha en clopinant d'une table de pierre située au centre de la pièce. Il avait la jambe gauche plus courte que l'autre de plusieurs pouces, et son pied gauche était grotesquement déformé. Il farfouilla dans une pile de parchemins.

— Ouf, fit-il. Je craignais que vos expériences pyrotechniques n'aient dispersé mes calculs dans toute la pièce. Enfin, puisque vous êtes là, tâchez donc de trouver de quoi vous asseoir, reprit-il en les parcourant du regard.

Beldin lui apporta une chope de bière et retourna vers le tonnelet en remplir trois autres.

— Pour être vilain, il est vilain, nota le pied-bot en se juchant sur la table. Mais il me plaît. Il y a près d'un millier d'années que je n'avais rencontré pareil phénomène.

Belgarath et Garion échangèrent un rapide coup d'œil.

— Ça fait un bail, nota le vieux sorcier sans se mouiller.

— Comme vous dites, acquiesça Senji, puis il siffla sa chope de bière et fit la grimace. Elle est déjà éventée. Hé, vous, là-bas ! brailla-t-il en se tournant vers Beldin. Il y a une cruche de poudre sur l'étagère, juste au-dessus du tonnelet. Vous pourriez avoir la gentillesse d'en mettre quelques poignées dans la bière ? Ça la réveillera un peu. Bon, reprit-il en regardant Belgarath, qu'avez-vous à me dire ? Que peut-il y avoir d'assez important pour que vous démolissiez tout chez moi ?

— Un instant. Si je puis me permettre...

Belgarath s'approcha du petit bonhomme puant assis sur la table et posa le bout des doigts sur son crâne.

— Alors ? demanda Beldin.

Le vieux sorcier opina du chef.

— Il n'en fait pas grand-chose, mais c'est bel et bien là. Garion, remets la porte en place, que nous puissions parler tranquillement.

— Elle n'est pas en très bon état, tu sais, répondit-il d'un air dubitatif en contemplant les éclats de bois éparpillés dans la pièce.

— Eh bien, tu n'as qu'à en faire une neuve.

— Evidemment ! Je n'y pensais pas.

— Un peu d'exercice ne te fera pas de mal. Fais simplement en sorte qu'on puisse la rouvrir ensuite, que je ne sois pas obligé de la faire sauter à nouveau quand nous voudrons ressortir.

Garion se concentra un instant, tendit la main vers l'ouverture béante et dit : « Porte ». L'embrasure fut aussitôt comblée.

— Porte ? répéta Beldin, éberlué.

— Je sais, soupira son frère. Je n'arrive pas à lui faire perdre cette habitude ridicule.

— Eh bien, fit Senji en étrécissant les paupières, j'ai l'impression d'avoir des visiteurs pas ordinaires. Il y a longtemps que je n'avais rencontré un vrai sorcier.

— Combien de temps ? rétorqua Belgarath.

— Oh, une douzaine de siècles, je dirais. C'était un Grolim qui donnait des conférences ici, à la Faculté de Théologie comparée. Un individu assez imbu de sa personne, mais les Grolims sont presque tous comme ça.

— Très bien, Senji. Arrêtons de tourner autour du pot. Quel âge avez-vous au juste ?

— Je crois que je suis né au quinzième siècle. En quelle année sommes-nous ?

— En cinq mille trois cent soixante-dix-neuf, fit Garion.

— Déjà ? souffla le pied-bot. C'est fou comme le temps passe... Eh bien, je dois avoir dans les trente-neuf siècles, ou pas loin, conclut-il en comptant sur ses doigts.

— Quand avez-vous découvert le Vouloir et le Verbe ? insista le vieux sorcier.

— Quoi donc ?

— La sorcellerie.

— C'est ainsi que vous appelez *ça* ? Ce n'est pas mal trouvé, commenta-t-il rêveusement. Ça me plaît. Le Vouloir et le Verbe...

— Quand l'avez-vous découvert ? répéta Belgarath.

— Au cours du quinzième siècle, évidemment. Sans ça je serais mort depuis belle lurette, comme tout le monde.

— Vous n'avez reçu aucun enseignement particulier ?

— Qui aurait pu m'enseigner quoi que ce soit, au quinzième siècle ? Je suis tombé dessus par hasard.

Les deux vieux sorciers se regardèrent. Puis Belgarath poussa un gémissement et s'enfouit le visage dans les mains.

— Ça arrive de temps en temps. Certaines personnes ont la révélation comme ça, remarqua Beldin en claquant les doigts.

— Je sais, mais c'est vraiment démoralisant. Pense un peu aux siècles qu'il a fallu à notre Maître pour nous dispenser son enseignement, et voilà que nous tombons sur un petit bonhomme qui a la science infuse ! Si vous nous racontiez un peu tout ça, suggéra-t-il en regardant Senji bien en face. Essayez de ne rien oublier.

— Tu crois vraiment que nous avons le temps, Grand-père ? protesta Garion.

— Il va bien falloir que nous le prenions, riposta Beldin. C'était l'un des derniers commandements de notre Maître : chaque fois que nous rencontrons quelqu'un qui a découvert notre secret spontanément, nous devons enquêter. Les Dieux eux-mêmes ne savent pas comment c'est possible.

Le gnome se laissa glisser à bas de la table et clopina jusqu'à une bibliothèque tournante croulant sous les livres. Il fouilla dedans pendant un moment et finit par y prendre un livre usé jusqu'à la corde.

— Je sais qu'il est un peu délabré, s'excusa-t-il en revenant vers la table et en l'ouvrant, mais il en a vu de toutes les couleurs. J'ai écrit ça au cours du vingt-troisième siècle. J'ai constaté que j'avais parfois des trous de mémoire et j'ai décidé de mettre par écrit tout ce dont je me souvenais.

— Pas bête, apprécia Beldin. Mon ami à la triste figure ici présent souffre depuis peu d'absences inquiétantes. Enfin, ça n'a rien d'étonnant de la part d'un homme qui a dix-neuf mille ans.

— Ça va, Beldin, coupa Belgarath d'un ton acerbe.

— Allons bon, ne me dis pas que je te rajeunis encore ?

— Tu vas la mettre en sourdine, oui ?

— Voilà, c'est là, fit Senji, puis il se mit à lire à haute voix. « Pendant les quatorze cents années suivantes, l'empire melcène prospéra, loin des querelles théologiques et politiques qui agitaient le continent occidental. La culture melcène était laïque, civilisée et d'un grand raffinement. L'esclavage était inconnu et le commerce avec les Angaraks et leurs peuples assujettis de Karanda et de Dalasie, très profitable. Melcène, la vieille capitale impériale, devint un centre majeur de culture et d'éducation. »

— Pardonnez-moi, fit Belgarath, mais on dirait un extrait des *Empereurs de Melcénie et de Mallorée* ?

— J'ai un peu pompé, confirma Senji sans le moindre embarras. Vous savez bien que le plagiat est la première règle de l'érudition. Mais ne m'interrompez plus, je vous prie.

— Pardon, bredouilla le vieux sorcier.

— « Il est regrettable », poursuivit Senji, « que certains érudits melcènes se soient tournés vers l'occultisme et plus particulièrement l'alchimie. » A partir de là, c'est de moi, fit-il en se tournant vers Belgarath, puis il se racla la gorge et reprit sa lecture. « Un alchimiste de l'Université de Melcène, Senji le pied-bot, utilisa par inadvertance la sorcellerie au cours d'une de ses expériences. »

— Vous parlez de vous à la troisième personne ? s'étonna Beldin.

— C'était la mode, au vingt-troisième siècle. L'autobiographie était considérée comme un genre vulgaire, indécent — vous vous rendez compte ? C'était un siècle assommant. Je l'ai passé à bâiller. « Senji,donc, un alchimiste du quinzième siècle, était célèbre pour ses inepties. » Je me demande, nota-t-il en reniflant, si je ne vais pas revoir un peu ce passage. Et le suivant. Ça ne va pas du tout, ça : « Pour dire les choses comme elles sont », continua-t-il avec une grimace de mécontentement, « les expériences de Senji menaient beaucoup plus souvent à la transmutation de l'or en plomb que le contraire. Dans un monumental accès de frustration provoqué par l'échec d'une de ses manipulations, Senji convertit accidentellement une demi-tonne de tuyaux de cuivre en or massif. Une vive controverse agita immédiatement la Faculté d'Alchimie appliquée, la Faculté de Théologie comparée ainsi que plusieurs Départements — la Monnaie, les Mines, l'Hygiène et la Santé publique —, qui tous se disputaient le contrôle de sa découverte. Après trois siècles de polémique, les parties en présence s'avisèrent soudain que Senji n'était pas seulement doué de pouvoir, mais aussi immortel. Au nom de l'expérimentation scientifique, les divers Départements, Collèges et Facultés décidèrent conjointement de commanditer son assassinat pour s'en assurer. »

— Ils n'ont tout de même pas fait ça ! s'exclama Beldin.

— Oh si, répondit Senji avec une morne satisfaction. La soif de connaissance des Melcènes frise parfois l'insanité. Ils ne reculeraient devant rien pour vérifier une théorie.

— Et comment avez-vous réagi ?

Le gnome eut un rictus dans lequel son long nez crochu et son menton se rejoignirent presque.

— « Un célèbre défenestreur fut engagé pour pousser le vieil alchimiste irascible par la croisée de la plus haute tour des bâtiments administratifs de l'Université », poursuivit-il. « Les expérimentateurs espéraient découvrir trois choses à la faveur de cette expérience : a) s'il était véritablement impossible de tuer Senji ; b) par quel miracle il réchapperait à la chute dans une cour pavée et, c) si l'on ne pourrait pas, par hasard, percer le secret du vol en ne lui laissant aucun autre moyen de se tirer de ce mauvais pas. » Je ne suis pas mécontent de ce passage, fit le pied-bot en tapotant le livre du dos de la main. Je le trouve assez bien envoyé, personnellement.

— Un vrai morceau de bravoure, approuva Beldin en lui assenant sur l'épaule une claque qui manqua le flanquer à bas de son perchoir. Mais vous n'avez plus rien à boire, fit-il en prenant la chope du bonhomme.

Il fronça le sourcil. Il y eut un bruit de vague, et la chope se remplit à vue d'œil. Senji y porta ses lèvres et faillit s'étouffer.

— C'est un petit alcool que distille certaine femelle nadrake de ma connaissance, lui révéla le petit sorcier bossu. Plutôt raide, hein ?

— Hlutôt, houi, acquiesça Senji, les intérieurs en feu.

— Mais continuez, mon ami, continuez, je vous en prie.

Senji se ramona le gosier — plusieurs fois — et poursuivit sa lecture.

— « La conclusion que les fonctionnaires et autres doctes personnages tirèrent de leur expérience, c'est qu'il est très dangereux de menacer la vie d'un sorcier, même aussi borné que Senji. Le défenestreur se retrouva tout à coup translocalisé en un point situé à trois lieues au large de la côte et quinze cents mètres au-dessus du niveau de la mer. Il tentait d'entraîner Senji vers la fenêtre lorsqu'il se rendit compte qu'il était dans le vide et tombait comme une pierre vers une flottille de bateaux de pêche. Sa mort n'affligea personne, sauf peut-être un pêcheur ou deux, sa fin précipitée ayant sérieusement endommagé leurs filets. »

— Ça, gloussa Beldin, c'est vraiment du grand art. Mais où avez-vous trouvé le mot *translocalisé* ?

— Dans un vieux texte narrant les exploits de Belgarath le Sorcier. Je me...

Il s'arrêta net, blêmit, leva les yeux sur le grand-père de Garion et le contempla bouche bée.

— C'est une terrible déception, pas vrai ? fit Beldin d'un air compatissant. Nous n'arrêtons pas de lui dire qu'il devrait au moins essayer d'avoir l'air plus imposant.

— Tu ne t'es pas regardé, grommela le vieux sorcier.

— C'est toi qui as une réputation à tout casser, riposta Beldin en haussant les épaules. Moi, je ne suis qu'un faire-valoir, le pitre qui détend l'atmosphère.

— Tu te crois drôle ?

— Il y a des années que je n'avais autant ri. Attends un peu que je raconte ça à Pol.

— Eh bien, je vais te donner un petit conseil : ferme-la.

— Oui, ô puissant Belgarath, déclama le sorcier bossu.

Belgarath se tourna vers Garion.

— Tu comprends peut-être, maintenant, pourquoi Silk m'énerve tellement.

— Oui, Grand-père. Je crois que je comprends.

— Allez, Senji, ça ira mieux après une petite rasade de ce truc-là, suggéra Beldin devant l'air hébété du pied-bot. C'est toujours plus facile à accepter quand on a la cervelle un peu enfumée, vous allez voir.

Le bonhomme vida sa chope en tremblant. D'un seul coup, et sans broncher.

— Bon garçon, va. Maintenant, continuez votre lecture, je vous en prie. Votre histoire est fascinante.

— « Mû par une légitime indignation », poursuivit le petit alchimiste en claquant des dents, « Senji entreprit de châtier les chefs de Départements qui s'étaient ligués contre lui. Il fallut une requête personnelle de l'empereur pour convaincre le vieux sorcier de renoncer à exercer sa propre justice, d'une façon parfois assez pittoresque. Les dirigeants concernés se gardèrent bien, par la suite, d'inquiéter Senji et lui laissèrent vivre sa vie tranquillement.

« Senji décida alors de fonder une académie privée et de prendre des élèves. Ceux-ci n'arrivèrent jamais à la cheville de sorciers aussi prestigieux que Belgarath, Polgara, Ctuchik ou Zedar, mais certains parvinrent néanmoins à mettre en application, de façon rudimentaire, le principe que leur maître avait découvert par hasard. Ce qui les éleva aussitôt bien au-dessus du niveau des magiciens et des magiciennes qui s'adonnaient à leurs pratiques au sein de l'Université. » La suite traite essentiellement de mes expériences d'alchimie, annonça le petit bonhomme en relevant les yeux.

— Je pense que c'est justement le point crucial, remarqua Belgarath. Revenons un peu en arrière : quels étaient vos sentiments au moment où vous avez changé tout ce cuivre en or ?

— J'étais assez irrité, c'est le moins qu'on puisse dire, répondit le pied-bot en refermant son livre avec un claquement sec. J'avais tout calculé avec le plus grand soin, et pourtant ce stupide lingot de plomb ne voulait rien savoir. J'étais fou de rage. Alors je me suis comme qui dirait sorti les tripes, j'ai senti un pouvoir énorme monter en moi. J'ai hurlé « Change ! » en regardant surtout le lingot de plomb, j'imagine, mais il y avait des tuyaux qui couraient dans la pièce, et ma hargne a dû les atteindre aussi

— Vous avez eu de la chance de ne pas transmuter aussi les murs, nota Beldin. Il vous est arrivé de recommencer ?

Senji secoua la tête.

— Ce n'était pas faute d'essayer, mais je n'ai jamais réussi à me mettre suffisamment en boule.

— Vous êtes toujours furieux quand vous parvenez à faire ce genre de chose ? demanda le bossu.

— Presque toujours. Si je ne suis pas furieux, le résultat n'est pas garanti. Il y a des fois où ça marche et d'autres non.

— Ça doit être la clé, Belgarath, conclut Beldin. La colère est le dénominateur commun de tous les cas que nous avons rencontrés.

— Je me souviens que j'étais en rogne, moi aussi, la première fois, convint le vieux sorcier.

— Et moi donc ! Je crois même me souvenir que c'est après toi que j'en avais.

— Alors pourquoi as-tu passé tes nerfs sur cet arbre ?

— A la dernière seconde, je me suis souvenu que notre Maître t'aimait bien, et je n'ai pas voulu t'enlever à son affection.

— C'est probablement ce qui t'a sauvé la vie. Si tu avais dit « disparais », tu ne serais plus là pour nous raconter ces inepties.

— Ça expliquerait pourquoi nous rencontrons si peu de cas de sorcellerie spontanée, reprit le petit sorcier bossu en se grattant rêveusement la panse. Quand un individu est en pétard contre quelque chose, son premier mouvement est généralement de le détruire. C'est peut-être arrivé des milliers de fois, mais nous ne le saurons jamais, les apprentis sorciers s'étant probablement anéantis eux-mêmes au moment où ils découvraient leur pouvoir.

— Je commence à penser que tu as mis le doigt dessus, tu sais.

— Là, il y a quelque chose qui m'échappe, intervint Senji, le visage blême. Et j'ai l'impression que vous me devez une explication.

— C'est la première règle, répondit Garion en réprimant un frisson, comme chaque fois qu'il songeait à l'anéantissement de Ctuchik. Nous n'avons pas le droit de détruire des éléments de la Création. Si nous essayons, le pouvoir se retourne contre nous, et c'est nous qui disparaissons. C'est bien ça, Oncle Beldin ?

— A peu près. Le principe est un peu plus complexe, évidemment, mais tu as décrit le phénomène avec une relative exactitude.

— Ce ne serait pas arrivé à un ou plusieurs de vos élèves, par hasard ? s'enquit Belgarath.

— Ça se pourrait bien, admit l'alchimiste en se rembrunissant. Quelques-uns d'entre eux sont partis sans laisser d'adresse. Je pensais qu'ils avaient plié bagage, mais il y a peut-être une autre explication.

— Vous prenez encore des élèves, en ce moment ?

— Je n'ai plus la patience, soupira Senji en secouant la tête. Il n'y en a pas un sur dix qui comprend le principe, et les autres restent là, les bras ballants, à pleurnicher que je ne leur explique pas bien les choses. Je suis revenu à mes premières amours : l'alchimie. Je n'utilise presque plus jamais la sorcellerie.

— On nous a dit que vous pouviez vraiment changer le plomb en or, hasarda Garion.

— En effet, répondit le nabot d'un ton désinvolte. Ce n'est pas très compliqué, mais le procédé revient plus cher que l'or, alors ça ne vaut pas le coup. Je m'efforce maintenant de simplifier la méthode et d'utiliser des composés moins coûteux. L'ennui, c'est que je n'arrive pas à faire financer mes expériences.

Garion sentit tout à coup un choc assourdi contre sa hanche. Intrigué, il regarda la bourse dans laquelle il transportait l'Orbe. Ses oreilles s'emplirent d'un bourdonnement farouche, différent du murmure habituel de l'Orbe.

— Qu'est-ce que c'est que ce bruit ? s'inquiéta Senji.

Garion dénoua les cordons de sa bourse et l'ouvrit. L'Orbe luisait d'un vilain éclat rouge.

— Zandramas ? risqua Belgarath d'une voix étranglée.

— Je ne crois pas, souffla le jeune homme avec une moue dubitative.

— Tu penses qu'elle cherche à t'entraîner quelque part ?

— Elle exerce une traction, en effet.

— Voyons où elle veut aller.

Garion prit la pierre dans sa main droite et la suivit vers la porte, puis dans le couloir. Senji les suivit en clopinant, les yeux brillant de curiosité. L'Orbe les mena vers le bas de l'escalier et hors du bâtiment.

— On dirait qu'elle est attirée par ce bâtiment, là-bas, annonça le jeune roi de Riva en leur indiquant une aiguille de marbre d'un blanc pur qui montait à l'assaut du ciel.

— La Faculté de Théologie comparée, déclara Senji avec un reniflement méprisant. C'est le repaire d'un sinistre ramassis de théosophes bouffis de prétention et persuadés de contribuer à la somme des connaissances humaines.

— Allons-y, nous verrons bien, ordonna le vieux sorcier.

L'Orbe leur fit traverser la pelouse. Un coup d'œil au

visage de Belgarath et les doctes personnages qui croisaient leur chemin s'écartaient précipitamment, telle une volée de moineaux.

Il entrèrent dans la tour. Un scolastique émacié en robe de bure était assis dans une sorte de chaire, près de la porte.

— Vous n'êtes pas membres du Collège, dit-il d'un ton courroucé. Vous n'avez pas le droit d'entrer.

Belgarath ne prit même pas le temps de le regarder et le translocalisa à une distance respectable, avec sa chaire et tout son fourniment.

— Il semblerait que cette technique soit parfois utile, convint Senji. Je devrais peut-être m'y intéresser un peu plus. D'autant que l'alchimie commence à m'ennuyer.

— Qu'y a-t-il derrière cette porte ? questionna Garion.

— Leur musée, répondit Senji en haussant les épaules. Un fatras de vieilles idoles, de reliques cultuelles et de grigris.

— C'est fermé, remarqua Garion après avoir tenté en vain de tourner la poignée.

Beldin recula d'un pas comme pour prendre son élan et ouvrit la porte d'un coup de pied, réduisant en cure-dents la partie entourant la serrure.

— Pourquoi as-tu fait ça ? demanda Belgarath.

— Et comment voulais-tu que je m'y prenne ? rétorqua le petit sorcier bossu. Je n'allais quand même pas user de mon précieux pouvoir pour une minable porte de rien du tout.

— Moi, j'appelle ça céder à la facilité.

— Oh, mais je vais te la réparer, ta porte, et tu pourras l'ouvrir comme tu veux.

— Ne te donne pas cette peine, je t'en prie.

Ils entrèrent dans une salle qui sentait le renfermé, bourrée à craquer. La partie centrale était garnie de vitrines et les murs tapissés d'étagères qui disparaissaient sous les statues grimaçantes. Des toiles d'araignées pendaient du plafond et tout était enfoui sous la poussière.

— Ils ne font pas souvent le ménage, constata Senji. J'imagine qu'ils préfèrent concocter des théories fumeuses plutôt que d'observer l'effet des pulsions religieuses sur l'humanité souffrante.

— Il doit y avoir quelque chose par-là, fit Garion en suivant la traction de l'Orbe.

La pierre brillait d'une lueur rouge de plus en plus intense, et elle était si chaude à présent qu'il avait du mal à la tenir.

Elle le mena devant une vitrine vide. Les vitres poussiéreuses n'abritaient qu'un coussin moisi. L'Orbe était presque brûlante, maintenant, et baignait toute la salle de sa lueur rougeâtre.

— Qu'y avait-il là-dedans ? demanda Belgarath.

Senji se pencha pour déchiffrer l'inscription gravée sur la plaque de laiton vissée au montant de l'armoire vitrée.

— Ah oui, dit-il, maintenant je me souviens. C'est là qu'ils gardaient Cthrag Sardius avant qu'elle ne soit volée.

Garion n'eut pas le temps de la retenir. Tout à coup, sans aucun signe avant-coureur, l'Orbe lui échappa et la vitrine de verre qui se trouvait devant eux explosa en un millier de fragments infinitésimaux.

CHAPITRE 8

— Elle est restée longtemps ici ? demanda Belgarath.

Mais l'alchimiste ouvrait et fermait la bouche comme une carpe pendant que son regard allait des restes de la vitrine pulvérisée à l'Orbe qui luisait d'un éclat plus sinistre que jamais dans la main de Garion.

— Senji, reprit âprement le vieux sorcier, vous m'entendez ?

— C'est bien ce que je crois ? bredouilla le pied-bot en indiquant l'Orbe d'une main tremblante.

— C'est Cthrag Yaska, confirma Beldin. Si vous devez jouer cette partie avec nous, autant que vous sachiez de quoi il retourne. Maintenant, répondez à la question de mon frère.

— Je ne suis pas..., bredouilla Senji. Je n'ai jamais été qu'un alchimiste. Je ne m'intéresse qu'à...

— Oui, eh bien, ça ne marche pas comme ça, coupa Belgarath. Que ça vous plaise ou non, vous appartenez à une toute petite élite, alors trêve de fadaises. Arrêtez de perdre votre temps avec l'or et occupez-vous de choses qui en valent la peine.

— Ce n'était qu'une sorte de jeu, en fin de compte, croassa le gnome en déglutissant péniblement. Personne ne m'a jamais pris au sérieux.

Garion sentait la moutarde lui monter au nez.

— Eh bien, nous, si, fulmina-t-il en brandissant l'Orbe devant le petit homme qui leva craintivement le bras comme pour se protéger. Vous n'avez aucune idée du pouvoir sur lequel vous êtes tombé. Vous voulez que je pulvérise cette tour ou que je submerge les îles de Melcénie sous les flots, juste pour vous montrer à quel point nous sommes sérieux ?

— Vous êtes Belgarion, n'est-ce pas ?
— Oui.
— Le Tueur de Dieu ?
— Il y a des gens qui m'appellent comme ça.
— Oh, mon Dieu ! gémit Senji.
— Nous perdons du temps, coupa sèchement Belgarath. Je veux tout savoir : d'où vient Cthrag Sardius, combien de temps elle est restée ici et ce qu'elle est devenue.
— C'est une longue histoire, soupira le nabot.
— Eh bien, résumez-la, tempêta Beldin en flanquant un coup de pied dans les débris de verre qui jonchaient le sol. Nous sommes un peu pressés, en ce moment.
— Combien de temps le Sardion est-il resté ici ? reprit le vieux sorcier.
— Une éternité, répondit l'alchimiste.
— D'où venait-il ?
— De Zamad. La région est peuplée par des Karandaques, mais ils se méfient des démons. Pour moi, certains de leurs magiciens ont dû y laisser des plumes. Enfin, d'après la légende, il y a cinq mille ans à peu près, vers l'époque où le monde a été fendu...
Il ne put aller au bout de sa pensée. Il contempla, bouche bée, les deux terribles vieillards plantés devant lui.
— La terre s'est mise à trembler, et ça a fait pas mal de bruit et de fumée, continua Beldin à sa place, d'un air un peu écœuré. Torak a toujours aimé se donner en spectacle. C'était un de ses petits travers.
— Oh, mon Dieu ! geignit le bonhomme.
— Faites-nous grâce de vos jérémiades, tempêta Belgarath, excédé. Vous ne connaissez même pas votre Dieu.
— *Mais tu vas bientôt faire Sa connaissance*, Senji, annonça Garion d'une voix qui n'était plus la sienne. *Et quand tu L'auras rencontré, tu Le suivras jusqu'à la fin de tes jours.*
Le jeune homme écarta les mains devant lui en signe d'impuissance, répondant ainsi au haussement de sourcil interrogateur de son grand-père.
— *Abrège, Belgarath*, reprit la voix par ses lèvres. *Le temps file et n'attend pas, tu sais.*
— Très bien, obtempéra Belgarath en se tournant vers Senji. Comment le Sardion est-il arrivé à Zamad ?

— On dit qu'il est tombé du ciel.

— Comme d'habitude, ironisa Beldin. J'aimerais bien qu'un jour quelque chose sorte de terre, juste pour changer.

— Mon frère se lasse vite, vous savez, grommela Belgarath.

— Dis donc, *mon frère*, ce n'est pas toi qui es resté assis cinq cents ans sur la tombe de l'autre grand brûlé, rétorqua le petit sorcier bossu.

— Je ne peux pas supporter ça, balbutia Senji en enfouissant son visage dans ses mains tremblantes.

— Vous vous y ferez, vous verrez, promit Garion d'un ton apaisant. Nous ne sommes pas venus ici pour vous empoisonner la vie. Nous avons juste besoin de quelques informations puis nous repartirons. En prenant bien les choses, vous arriverez peut-être même à vous convaincre que ce n'était qu'un rêve.

— Je suis en présence de trois demi-dieux et je devrais me persuader que je suis en train de rêver ?

— C'est joli, ça, demi-dieu, commenta Beldin. Ça sonne bien, je trouve.

— Tu attaches trop d'importance aux mots, protesta Belgarath.

— Les mots sont l'essence même de la pensée. Sans mots, il n'y a pas de pensée.

— Voilà un sujet dont j'aimerais débattre avec vous, risqua Senji, les yeux brillants.

— Plus tard, coupa Belgarath. Pour l'instant, revenons-en à Zamad, et au Sardion.

— Très bien, reprit le petit alchimiste. Cthrag Sardius — le Sardion, comme vous l'appelez — est descendue du ciel dans une vallée encaissée entre les Monts de Zamad. Les barbares de la région se sont dit qu'elle devait être sacrée. Ils se sont jetés à plat ventre et pour mieux l'adorer, ils lui ont consacré un endroit spécial. Ils ont construit une chapelle, avec un autel et tout ce qu'il fallait dans une grotte.

— Nous y sommes passés, commenta sèchement Belgarath. La grotte est maintenant au fond d'un lac. Et comment la pierre s'est-elle retrouvée à Melcène ?

— Elle y est arrivée des années plus tard, répondit Senji. Les Karandaques ont toujours été des primitifs et des fauteurs de troubles. Il y a un peu plus de trois mille ans, un roi de Zamad a manifesté des velléités d'expansion territoriale. Non content d'entrer à Voresebo, il s'est mis à reluquer les Etats du Sud avec convoitise. Après quelques incursions à Rengel, qui appartenait à l'empire melcène, l'empereur a décidé de donner une leçon aux Karandaques. Il a monté une expédition punitive et marché vers Voresebo puis Zamad à la tête d'une horde d'éléphants. Les Karandaques qui n'avaient jamais vu un pachyderme de leur vie ont fui, paniqués. L'empereur a rasé systématiquement toutes les villes et tous les villages de la région. C'est alors qu'il a entendu parler de la pierre sacrée, et il est allé chercher Cthrag Sardius — plus, je crois, pour punir les Karandaques que par véritable envie de la posséder. Elle n'est pas très jolie, comme vous le savez peut-être.

— A quoi ressemble-t-elle ? demanda Garion.

— C'est une assez grosse pierre ovale, de cette taille-là, à peu près, répondit le pied-bot en écartant les mains d'une distance de deux pieds environ. Elle est d'une drôle de couleur rougeâtre, laiteuse, comme certains silex. Enfin, l'empereur y tenait si peu qu'en rentrant à Melcène, il en a fait don à l'Université. Elle est passée de Collège en Faculté pour échouer finalement ici, dans ce musée. Elle y est restée pendant des milliers d'années, à prendre la poussière, oubliée du monde.

— Et quand a-t-elle disparu ? reprit Belgarath.

— Il y a cinq cents ans environ. Il y avait un théosophe à la Faculté d'Occultisme, un drôle de type qui entendait des voix. Il était comme obsédé par Cthrag Sardius, au point de venir rôder ici, la nuit, et de rester assis devant pendant des heures. A mon avis, il croyait dur comme fer que la pierre lui parlait.

— Ça, c'est possible, acquiesça Beldin. Je peux vous dire, en tout cas, qu'elle en était bien capable.

— Quoi qu'il en soit, le théosophe en question s'est mis à dérailler de plus en plus, et une nuit, il est venu ici, il a volé Cthrag Sardius et il a quitté l'île comme s'il avait toutes les légions de Melcénie aux trousses ; sans ça, d'ailleurs, je pense que personne ne s'en serait aperçu. Enfin, il a pris un vaisseau qui a fait voile vers le sud. Il a été signalé pour la dernière fois au large de Gandahar, comme s'il allait vers les Protectorats de Dalasie. On n'a jamais revu le bâtiment, et on a supposé qu'il avait été pris dans une tempête et qu'il avait sombré quelque part dans ces parages. C'est à peu près tout ce que je sais.

— Tout se tient, Belgarath, nota Beldin en se grattant la panse d'un air méditatif. Le Sardion doit avoir le même genre de pouvoir que l'Orbe. Pour moi, il a pris délibérément les mesures nécessaires afin de se faire emmener d'un endroit à l'autre, sans doute en liaison avec certains événements. En approfondissant les choses, nous découvririons probablement que cet empereur de Melcénie lui a fait quitter Zamad à peu près au moment où tu es allé à Cthol Mishrak avec Garrot-d'Ours récupérer l'Orbe, et que le théosophe de Senji l'a volée à l'époque de la bataille de Vo Mimbre.

— Vous parlez de cette pierre comme si elle était vivante, releva Senji.

— Elle l'est, acquiesça Beldin. Elle peut contrôler les pensées de ceux qui l'approchent. Et comme elle ne peut évidemment pas se lever et marcher toute seule, elle a recours aux hommes pour ses déplacements.

— Ce ne sont que des spéculations, objecta Belgarath.

— La spéculation est ma spécialité. Bon, on y va ? Je te rappelle que nous avons un bateau à prendre. Nous aurons amplement le temps de réfléchir à tout ça en mer.

Le vieux sorcier acquiesça d'un hochement de tête.

— On nous a laissé entendre que vous pourriez nous aider, hasarda-t-il en se tournant vers l'alchimiste.

— Je peux toujours essayer.

— Voilà : il paraît que vous auriez un exemplaire non expurgé des Oracles ashabènes.

— Qui vous a raconté ça ? rétorqua Senji, sur la défensive.

— Une sibylle dalasienne appelée Cyradis.

— Personne ne croit les billevesées des sibylles, railla le nabot.

— Moi si. En sept mille ans, je n'en ai jamais vu une se tromper. Il leur arrive de parler par énigmes, mais jamais de dire des bêtises.

L'alchimiste eut un mouvement de recul.

— Ne craignez rien, Senji, reprit Beldin. Vous savez où je pourrais en trouver un exemplaire ?

— Il y en avait un dans la bibliothèque de ce Collège, répondit le pied-bot d'un ton évasif.

— Il y en *avait* un ?

Le petit bonhomme regarda autour de lui d'un air apeuré, puis il avoua, dans un murmure :

— Je l'ai volé...

— Est-il coupé ? insista âprement Belgarath.

— Non, enfin, pas que je sache.

— Ah, tout de même ! s'exclama le vieux sorcier avec soulagement. Je pense que nous venons de battre Zandramas à son propre jeu.

— C'est contre Zandramas que vous vous battez ? releva le nabot, incrédule.

— C'est ce que nous ferons dès que nous aurons réussi à la rattraper, rectifia Beldin.

— Elle est redoutable, vous savez.

— Pas tant que nous, coupa Belgarath. Alors, où est ce livre ?

— Caché dans mon laboratoire. L'administration de l'Université n'aime pas que les membres d'un Collège aillent piller les bibliothèques des confrères.

— Les fonctionnaires ont toujours eu l'esprit étroit, soupira Beldin. C'est un critère de sélection. Bien, retournons à votre laboratoire. Mon vieil ami ici présent doit absolument jeter un coup d'œil à ces Oracles.

Senji clopina vers la porte et les mena dans le couloir. Le scolastique au visage émacié avait réussi à remettre sa chaire à sa place et y trônait à nouveau, l'air un peu hagard quand même.

— Nous partons, lui annonça Belgarath. Vous avez des réflexions à faire ?

Le petit homme se tassa sur son fauteuil.

— Je crois que vous avez raison, commenta Beldin.

Ils traversèrent les pelouses impeccablement entretenues que le soleil automnal, bas sur l'horizon, baignait d'une lueur dorée presque irréelle.

— Je me demande si les autres ont réussi à retrouver la trace de Naradas, marmonna Garion.

— C'est probable, répondit Belgarath. Les hommes de Silk sont d'une efficacité redoutable.

Ils retrouvèrent le bâtiment fortifié de la Faculté d'Alchimie et ses couloirs envahis par la fumée, encombrés par de nouveaux débris de portes.

— Ils mettent trop de soufre, affirma Senji après avoir humé la fumée.

— C'est exactement ce que disait un individu dans lequel nous avons failli rentrer tout à l'heure. Juste après qu'il se soit fut sauter, je pense.

— Je le leur ai dit et répété, continua le gnome. Il faut *un peu* de soufre mais pas trop, sinon — *badaboum* !

— On dirait que ça fait beaucoup badaboum, dans le coin, nota Beldin en s'éventant pour chasser la fumée.

— Ce sont les risques du métier. Mais on s'y fait. Et on ne sait jamais ce qui peut arriver. Des fois, ça peut être marrant, reprit l'alchimiste en s'esclaffant. Comme le jour où un de ces imbéciles a changé du verre en acier.

— Il a changé quoi en quoi ? s'exclama Belgarath en se figeant sur place.

— Il a transmuté le verre en acier, ou en un matériau qui y ressemblait beaucoup. Il avait conservé sa transparence, mais il était incassable, on ne pouvait pas le plier et on n'arrivait même pas à le rayer. Je n'ai jamais rien vu de plus dur.

Le vieux sorcier fit mine de se cogner la tête contre un mur.

— Du calme, du calme, grommela Beldin. Voyons, Senji, votre confrère se souvient peut-être du procédé qu'il a employé ?

— Ça m'étonnerait. Il a brûlé toutes ses notes et il vit cloîtré dans un monastère.

— Vous imaginez l'importance d'une telle découverte ? ajouta le petit sorcier bossu tandis que son frère émettait des bruits inarticulés. Le verre est la matière la moins chère du monde — ce n'est que du sable fondu, après tout — et on peut lui donner n'importe quelle forme. Cette invention aurait pu rapporter plus que tout l'or du monde.

L'alchimiste se mit à cligner des yeux.

— Enfin, j'imagine que la fortune ne veut rien dire quand

on s'intéresse comme vous à la recherche fondamentale, reprit Beldin tandis que Senji paraissait au bord de l'apoplexie.

Ils gravirent l'escalier et retrouvèrent le laboratoire encombré du nabot. Celui-ci verrouilla soigneusement la porte, s'approcha d'une vaste armoire placée près de la fenêtre, l'écarta du mur en grommelant, s'agenouilla et tendit la main derrière.

C'était un mince ouvrage relié de cuir noir. Belgarath le prit entre ses mains tremblantes, le posa sur une table et l'ouvrit.

— Je dois dire que je n'y ai pas compris grand-chose, avoua Senji. Je ne sais pas qui a écrit ça, mais pour moi, il ne devait pas avoir toute sa tête.

— Il l'avait perdue, confirma Beldin.

— Vous savez qui c'était ?

— Torak, répondit-il sobrement.

— Torak n'est qu'un mythe, un personnage imaginé par les Angaraks.

— C'est à lui que vous devriez dire ça, rétorqua le bossu en lui indiquant Garion d'un mouvement de menton.

Senji avala péniblement sa salive et regarda le jeune homme en ouvrant de grands yeux.

— Vous l'avez vraiment... ? Enfin, je veux dire...

— Eh oui, confirma tristement Garion.

Aussi étrange que ça puisse paraître, il regrettait toujours ce qui s'était passé à Cthol Mishrak plus de douze ans auparavant.

— Il n'est pas expurgé ! s'exclama triomphalement Belgarath. Quelqu'un a recopié l'original avant que Torak n'ait le temps de le mutiler. Il n'y manque rien ! Ecoutez ça : « Or donc viendra le temps où l'Enfant de Lumière et l'Enfant des Ténèbres s'affronteront dans la Cité de la Nuit Sans Fin. Ce n'est pourtant point le lieu de la rencontre finale. Le choix n'y sera point effectué et l'Esprit des Ténèbres s'en évadera. Sache encore qu'un nouvel Enfant des Ténèbres se lèvera à l'Est... »

— Pourquoi Torak aurait-il censuré ce passage ? demanda Garion, intrigué.

— Ça ne présageait rien de bon pour lui : l'émergence de

ce nouvel Enfant des Ténèbres laissait plus ou moins augurer qu'il ne sortirait pas vivant de Cthol Mishrak et de la rencontre avec toi.

— Ça pouvait aussi vouloir dire que même s'il en réchappait, ce serait déchu de son pouvoir, ajouta Beldin. Quelle que soit la façon dont on l'interprète, on comprend qu'il ait eu du mal à avaler ça.

— Tu es sûr de ne rien laisser passer ? objecta Beldin en voyant Belgarath feuilleter rapidement l'opuscule

— Je me souviens de ce qu'il y avait dans l'exemplaire abandonné à Ashaba. J'ai une excellente mémoire.

— Vraiment ? fit le petit sorcier bossu avec un rictus sardonique.

— Oh, épargne-moi ces sarcasmes, je t'en prie !

Il parcourut rapidement un autre passage.

— Là, je comprends qu'il ait coupé ça : « Car, sache-le, la pierre où s'incarne le pouvoir de l'Esprit des Ténèbres ne se révélera pas à l'Enfant qui viendra à la Cité de la Nuit Sans Fin. Elle ne cédera qu'à Celui qui reste encore à venir. » Si je comprends bien, commenta-t-il en se grattant pensivement la barbe, le Sardion n'est pas apparu à Torak parce qu'il n'était pas destiné à être l'instrument ultime de la Prophétie des Ténèbres.

— Je comprends que son amour-propre en ait pris un coup, s'esclaffa Beldin.

Mais Belgarath poursuivait déjà sa lecture. Il ouvrit de grands yeux et son visage blêmit quelque peu.

— « Or donc », lut-il, « seul celui qui a porté la main sur Cthrag Yaska pourra toucher Cthrag Sardius. A l'instant de ce contact, tout ce qui est, tout ce qui aura jamais été sera sacrifié, l'Esprit des Ténèbres s'incarnera en lui et il en sera le Vaisseau. Va donc quérir le fils de l'Enfant de Lumière, car il sera notre champion à l'Endroit-qui-n'est-plus. Et s'il venait à être choisi, il s'élèverait au-dessus de la multitude, il arpenterait le monde, Cthrag Yaska dans une main, Cthrag Sardius dans l'autre, tout ce qui a jamais été divisé serait réuni et il aurait la domination sur toute chose jusqu'à la fin des fins... »

— Voilà donc ce que voulait dire le mot *sacrifice* ! souffla Garion, comme assommé. Zandramas ne va pas tuer Geran...

— Non, confirma Belgarath d'un ton funèbre. C'est encore pis. Elle va faire de lui un nouveau Torak.

— Si ce n'était que ça, maugréa Beldin. L'Orbe a repoussé Torak, lui carbonisant la moitié du visage. Le Sardion ne s'est même pas révélé à Torak. Or l'Orbe et le Sardion accepteront Geran. S'il met la main sur ces deux pierres, il aura le pouvoir absolu. C'est pour ça que Cyradis t'a dit à Rhéon que tu serais peut-être amené à tuer ton fils, acheva-t-il en regardant Garion d'un air morose.

— C'est inimaginable ! tempêta le jeune homme.

— Tu as peut-être intérêt à t'y faire. Quand il aura touché le Sardion, Geran ne sera plus ton fils. Il sera l'incarnation du mal — le Dieu du Mal

— Tenez, écoutez encore ça, poursuivit Belgarath d'un ton sinistre. « Dans le temps que l'Enfant des Ténèbres mènera le champion à l'endroit du choix, l'Esprit des Ténèbres achèvera sa possession et sa chair ne sera qu'une enveloppe en laquelle sera contenu l'univers étoilé... »

— Qu'est-ce que ça veut dire ? s'étonna Garion.

— Ça, je me le demande, avoua le vieux sorcier en tournant rapidement quelques pages, le sourcil froncé. « Or il adviendra que celle qui engendra le champion te révélera l'endroit de la rencontre finale, mais tu devras la circonvenir pour qu'elle parle. »

— Ce'Nedra ? s'exclama Garion, incrédule.

— Il est déjà arrivé à Zandramas de la manœuvrer, lui rappela Belgarath. Nous demanderons à Pol de la tenir à l'œil. Ce que je ne vois pas, c'est pourquoi Torak aurait coupé ce passage, ajouta-t-il, déconcerté.

— Torak n'était pas seul à savoir manier le rasoir, rétorqua Beldin. Je comprends que Zandramas ait préféré nous laisser dans l'ignorance de cette information cruciale.

— Ça, je t'accorde que ça ne simplifie pas le problème, soupira le vieux sorcier. Le texte que j'ai lu à Ashaba avait été revu par deux censeurs. Il est miraculeux qu'il en soit resté quelque chose.

— Continue plutôt ta lecture, vieux radoteur, grommela Beldin après un coup d'œil par la fenêtre. Le soleil ne va pas tarder à se coucher.

— Ah, tout de même, s'exclama Belgarath après avoir

encore feuilleté l'ouvrage pendant un instant. Voilà : « Sache encore que l'endroit de la rencontre finale te sera révélé à Kell, car le livre maudit des sibylles en détient le secret. » C'est ridicule ! tempêta-t-il après un instant de rumination. J'ai lu personnellement des passages entiers des Gospels de Mallorée ; il y en a je ne sais combien d'exemplaires dans le monde. Si c'était vrai, le premier venu aurait pu découvrir cet endroit.

— Ils ne sont pas tous pareils, murmura Senji.

— Comment ?

— Les exemplaires des Gospels de Mallorée ne sont pas tous pareils, répéta l'alchimiste. J'avais pour principe de jeter systématiquement un coup d'œil à ces livres sacrés. Il était arrivé que des anciens tombent sur des choses utiles pour mes expériences et je me suis constitué, avec le temps, une assez belle documentation dans ce domaine. C'est pourquoi j'avais volé celui que vous avez entre vos mains.

— Je suppose que vous avez le Codex mrin, supputa Beldin.

— J'en ai même deux, et ils sont identiques, contrairement aux Gospels de Mallorée. C'est leur particularité. J'en ai trois exemplaires, tous différents.

— De mieux en mieux, maugréa Belgarath. Je savais que j'avais raison de me méfier de ces sibylles.

— Pour moi, ces divergences sont voulues, reprit Senji en haussant les épaules. Quand je m'en suis rendu compte, je suis allé à Kell et les sibylles m'ont expliqué que les Gospels contenaient des révélations trop dangereuses pour être mises entre toutes les mains. C'est pour ça qu'il n'y en a pas deux exemplaires semblables. Ils ont tous été modifiés pour dissimuler ces sécrets — à part l'original, bien sûr, qui ne quitte jamais Kell.

Beldin et Belgarath échangèrent un long regard.

— Très bien, fit platement le petit sorcier bossu. Nous n'avons plus qu'à aller à Kell.

— Mais nous étions juste derrière Zandramas, protesta Garion.

— Oui, et c'est là que nous resterons si nous n'allons pas à Kell. C'est notre seule chance de reprendre l'avantage sur elle.

Pendant ce temps, Belgarath tournait la dernière page des Oracles.

— Tiens, Garion, je pense que ce message t'est personnellement adressé, annonça-t-il d'une voix presque obséquieuse en lui tendant l'opuscule.

— Pardon ?

— Torak a quelque chose à te dire.

— Il peut raconter ce qu'il veut, je ne l'écouterai plus. J'ai failli commettre cette erreur une fois, quand il a tenté de me faire croire qu'il était mon père, souviens-toi.

— Cette fois, c'est un peu différent. Il ne ment pas.

Garion prit le livre. Ce fut comme si un froid glacial remontait de ses mains dans ses bras.

— Lis ça, ordonna implacablement Belgarath.

Une force incoercible, irrépressible, lui fit baisser les yeux sur la page couverte d'une écriture pareille à un grouillement d'araignées.

— « Salut à toi, Belgarion », lut-il tout haut, d'une voix étranglée. « S'il advient jamais que ton regard tombe sur ces pages, c'est que j'aurai péri par ta main. Je n'en concevrai point d'affliction. Si j'ai échoué, si je me suis fondu dans le creuset de la destinée, c'est qu'il devait en être ainsi. Sache, Belgarion, que je t'abhorre. Sache que par détestation de toi je me serais jeté dans les ténèbres. Sache, mon frère damné, qu'avec mon dernier souffle je te crache ma haine au visage. »

La voix lui manqua. Garion sentit monter vers lui, par-delà les siècles, l'exécration titanesque du Dieu mutilé. Il comprit à cet instant l'immensité de ce qui s'était produit dans la Cité de la Nuit Sans Fin.

— Continue, insista Belgarath. Il y a autre chose.

— Je t'en prie, Grand-père, c'est plus que je n'en puis supporter.

— Lis ! lança Belgarath d'une voix qui claqua comme un coup de fouet.

Subjugué, Garion releva le livre et poursuivit sa lecture.

— « Sache, ô Belgarion, que nous sommes frères. Quand l'aversion qui nous dresse l'un contre l'autre ébranlerait un jour les cieux, nous demeurerions unis comme des frères par la terrible tâche qui pèse sur nous. Si tu prends connaissance de ma parole, c'est que tu auras été mon destructeur. Il me faut donc te charger d'une mission. Ce que j'annonce dans ces pages est une abomination. Point ne dois la laisser survenir. Anéantis le monde, anéantis l'univers s'il le faut, mais ne permets point à cette infamie de se produire. Tu tiens entre tes mains le sort de tout ce qui est, de tout ce qui fut, de tout ce qui sera jamais. Salut à toi, ô mon frère de haine, et adieu. Nous nous sommes rencontrés, ou nous nous rencontrerons, dans la Cité de la Nuit Sans Fin, où notre conflit devait, de toute éternité, trouver son issue. Mais une tâche nous attend encore à l'Endroit-qui-n'est-plus. L'un de nous deux s'y rendra pour affronter l'ultime horreur. Si c'est toi, ne nous manque pas. Quand tout le reste échouerait, tu devrais ôter la vie de ton fils unique comme tu m'auras ravi la mienne. »

Garion lâcha le livre. Ses genoux se dérobèrent sous son poids et il se laissa tomber à terre, incapable de retenir les larmes qui ruisselaient sur son visage. En proie à un désespoir absolu, il se mit à hurler à la mort, comme un loup, et frappa le sol des deux poings, agité de sanglots incontrôlables.

DEUXIÈME PARTIE

PELDANE

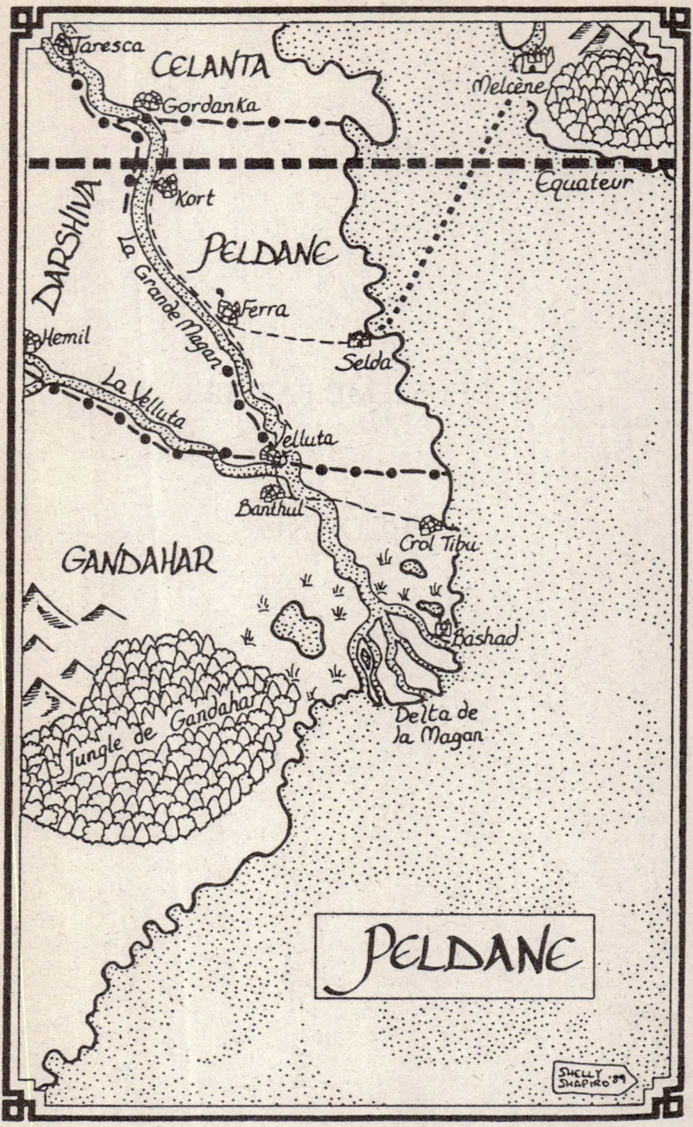
Taresca
CELANTA
Gordanka
Melcène
Equateur
DARSHIVA
Kort
PELDANE
La Grande Magan
Ferra
Hemil
Selda
La Velluta
Velluta
Banthul
Crol Tibu
GANDAHAR
Bashad
Jungle de Gandahar
Delta de la Magan
PELDANE
SHELLY SHAPIRO '89

CHAPITRE 9

Garion et les deux sorciers retrouvèrent Silk dans le salon du premier étage, en train de parler avec un grand gaillard aux épaules carrées, à la tignasse poivre et sel, qui portait un caban de marin et un anneau d'or à l'oreille gauche. Leur ami avait, quant à lui, revêtu un pourpoint et des chausses d'un brun passe-partout.

— Ah, vous voilà ! fit-il en les voyant entrer. Je vous présente le capitaine Kadian. C'est lui qui a emmené qui vous savez sur le continent. Pourriez-vous, capitaine, leur répéter ce que vous étiez en train de me raconter ?

— Certainement, Monseigneur, acquiesça le matelot.

Il parlait de cette voix rauque qu'ont souvent les loups de mer, sans doute à cause du mauvais temps et des boissons fortes, supputa Garion.

— Eh bien, Monseigneur, reprit-il après avoir à moitié vidé la chope d'argent qu'il tenait à la main, il y a trois jours, je revenais de Bashad, à Gandahar, dans le delta de la Magan. Un sale coin : la jungle, des marécages..., ajouta-t-il d'un air dégoûté. Bref, j'avais ramené de l'ivoire pour le Consortium ; mes gars venaient juste de décharger la cargaison et je cherchais plus ou moins du fret. Un navire ne rapporte pas grand-chose au mouillage, vous comprenez. Alors je suis allé à une taverne de ma connaissance. L'aubergiste est un de mes vieux amis : nous avons bourlingué ensemble, quand il était plus jeune, et il me rabat toujours des clients. Eh bien, Monseigneur, je n'étais pas plus tôt assis que mon ami vient me demander si je serais intéressé par une petite traversée à un bon prix. Je lui réponds que je suis toujours intéressé par ce genre de proposition, mais que je préfère savoir de quoi il s'agit avant d'accepter. Il y a des choses que je n'aime pas transporter : le bétail, par exemple. Ça vous salope si bien une cale qu'après vous mettez des semaines à la nettoyer. Enfin, mon ami me dit qu'il n'y aurait pas de fret ; juste des gens qui voulaient aller sur le continent. Je réponds que ça ne peut pas faire de mal de leur dire deux mots, et il m'emmène dans la salle du fond où quatre personnes étaient assises à une table : deux hommes, une femme et un petit garçon. L'un des hommes était richement vêtu — sans doute un noble — mais c'est l'autre qui a mené la discussion.

— Il n'avait rien de particulier ? hasarda Silk.

— Si, j'y venais, justement : sa tenue n'avait rien d'extraordinaire, mais je n'en dirai pas autant de ses yeux. J'ai d'abord cru qu'il était aveugle, et puis j'ai constaté qu'il y voyait comme vous et moi, bien qu'il ait les prunelles complètement décolorées. J'ai eu un maître coq, une fois, qui avait un œil comme ça. Un grossier personnage, et c'était pas une raison pour être aussi mal embouché. Enfin, Monseigneur, cet homme aux yeux blancs m'a dit qu'il devait aller à Peldane en vitesse avec ses amis, et qu'ils ne tenaient pas à ce que ça se sache, alors il m'a demandé si je connaissais un endroit un peu à l'écart de la ville de Selda où je pourrais les déposer discrètement sur le rivage. J'ai répondu que oui. Tous ceux qui ont un bateau connaissent des endroits de ce genre, à cause des gabelous, ajouta-t-il avec un clin d'œil complice. Ça m'a mis la puce à l'oreille, vous pensez bien. Les gens qui veulent toucher terre sur une plage déserte ne préparent généralement rien de bon. Chacun ses affaires, vous me direz, mais j'ai pensé que si je trempais là-dedans, ça deviendrait vite la mienne, et je n'ai besoin de personne pour m'attirer des ennuis ; j'y arrive très bien tout seul.

Il s'interrompit le temps de vider sa chope, s'essuya la bouche avec le dos de sa main et reprit son histoire.

— Bon, je vous disais que ces gens-là ne m'inspiraient pas confiance et je m'apprêtais à décliner leur proposition quand la femme a dit à l'homme aux yeux blancs quelque chose que je n'ai pas entendu. Elle portait une sorte de longue cape, de robe ou je ne sais quoi de satin noir, et elle a gardé son capuchon sur la tête pendant tout le temps, si bien que je n'ai pas vu sa figure. Tout ce que je sais, c'est qu'elle ne lâchait pas le petit gamin. Enfin, celui aux yeux blancs a tiré une bourse et l'a vidée sur la table. Il y avait dedans plus d'or que je ne m'en fais en douze trajets le long de ces côtes. Ça plaçait la situation sous un nouvel éclairage, permettez-moi de vous le dire. Eh bien, Monseigneur, nous nous sommes mis d'accord tout de suite. Je leur ai demandé quand ils voulaient partir et le type m'a répondu qu'ils embarqueraient dès la tombée de la nuit. Là, j'ai compris que mes soupçons étaient amplement justifiés. Je ne connais pas beaucoup d'honnêtes gens qui tiennent à lever l'ancre au cœur de la nuit, mais nous avions topé là et il était trop tard pour faire marche arrière. Bref, nous sommes partis cette nuit-là et nous sommes arrivés en vue de Peldane vers le milieu de l'après-midi, le lendemain.

— Parlez-leur du brouillard, lui souffla le petit homme au museau de fouine.

— Voilà, Monseigneur : il y a presque toujours du brouillard sur la côte sud, au printemps, et il était particulièrement épais ce jour-là. Les gens de Selda, qui ont l'habitude, allument des feux sur les remparts de la ville pour guider les navires vers leur port, et je n'ai pas eu de mal, en me guidant sur ces phares, à trouver la plage que je cherchais. Nous nous en sommes approchés à quelques centaines de toises et mon bosco a emmené les passagers sur le rivage dans un petit bateau. Nous avons accroché une lanterne au haut du grand-mât et j'ai dit à mes hommes de taper sur des chaudrons et des casseroles pour qu'il nous retrouve plus facilement dans cette purée de pois. Au bout d'un moment, nous avons entendu un bruit d'avirons dans le brouillard, vers la plage, et nous en avons déduit que le bosco revenait. Et là, tout d'un coup, des flammes ont troué le brouillard comme si un incendie avait éclaté dans la brume. J'ai entendu un grand cri, et puis plus rien. Le bosco n'est jamais revenu. On l'a un peu attendu, mais comme ça ne me disait rien qui vaille, j'ai donné l'ordre de lever l'ancre et nous avons repris le large. Je ne sais pas ce qui s'est passé, et j'allais sûrement pas rester dans le coin pour le savoir. Ça commençait à faire beaucoup de choses un peu trop bizarres pour moi.

— Ah bon, fit Beldin. Et que s'était-il passé d'autre ?

— Eh bien, Monseigneur, une fois, dans la cabine principale, la femme en robe noire a tendu le bras pour attraper le petit garçon — sûrement qu'elle le trouvait un peu trop remuant — bref, j'ai vu sa main. Bon, je vous accorde qu'on n'y voyait pas trop bien ; j'aime pas mettre beaucoup d'argent dans les chandelles et les lampes à huile. Mais — que le ciel me foudroie si je mens — j'ai eu l'impression qu'il y avait des étincelles sous sa peau.

— Des étincelles ? répéta Belgarath.

— Oui, Monseigneur. Je les ai vues comme je vous vois. Des petites étincelles qui grouillaient sous sa peau comme des lucioles par un soir d'été.

— Comme si tout l'univers étoilé était contenu dans sa chair ? reprit âprement Beldin, citant le passage énigmatique des Oracles ashabènes.

— Maintenant que vous le dites, ça ressemblait bien à ça, en effet. J'avais tout de suite compris que ce n'étaient pas des gens ordinaires, et après avoir vu ces flammes dans le brouillard, je n'avais aucune envie de rester dans les parages pour voir à quel point ils étaient *pas ordinaires*.

— C'est peut-être ce qui vous a sauvé la vie, répondit Belgarath. Capitaine, vous avez déjà entendu parler de Zandramas ?

— La sorcière ? Tout le monde a entendu parler d'elle.

— Eh bien, je pense que votre passagère à la peau semée d'étoiles était Zandramas, et Zandramas est une farouche adepte de la doctrine selon laquelle les morts ne parlent pas. Elle a déjà envoyé trois bateaux par le fond et livré plusieurs personnes en pâture aux lions. Pour moi, si vous êtes encore vivant, c'est au brouillard que vous le devez. Si elle avait pu vous voir, vous ne seriez plus là pour nous raconter votre histoire.

Le matelot déglutit péniblement.

— Vous avez d'autres questions ? s'informa Silk.

— Je pense que nous avons fait le tour. Merci, capitaine Kadian. Vous pourriez peut-être nous faire un croquis de la plage où vous avez débarqué vos passagers.

— Certainement, répondit l'homme d'une voix blanche. Vous avez l'intention de courir après cette sorcière ?

— C'est un peu ce que nous pensions faire, en effet.

— Quand vous la brûlerez, jetez quelques bûches sur le brasier, de ma part, en souvenir de mon bosco et de ses rameurs.

— C'est promis, capitaine, fit gravement Garion.

— Du bois vert, ajouta Kadian. Qu'elle mette plus longtemps à brûler.

— Comptez sur nous.

Silk se leva et tendit une bourse de cuir au capitaine.

— Vous êtes fort généreux, Monseigneur, murmura le matelot en la soupesant, faisant tinter son contenu. Vous auriez une plume et de l'encre, que je vous trace cette carte ?

— Sur la table, là-bas.

— Où sont tante Pol et les autres ? s'enquit Garion tandis que le capitaine traversait la pièce.

— Ils se changent, répondit Silk. Dès qu'un des hommes de Vetter est venu nous annoncer qu'il avait retrouvé le capitaine Kadian, j'ai fait prévenir le commandant de notre bâtiment. Il doit être prêt à lever l'ancre. Ça n'a pas l'air d'aller, dis donc, continua-t-il en regardant attentivement son jeune ami. On dirait que tu as vu un fantôme.

— J'ai reçu de mauvaises nouvelles.

— Nous avons trouvé les Oracles ashabènes, expliqua sobrement Belgarath. Torak avait laissé un message pour Garion sur la dernière page. Et ce n'était pas un message amical. Nous aurons tout le temps d'en parler en mer.

— Voilà, fit le capitaine Kadian en leur tendant un bout de parchemin. Ça, c'est Selda. Là, au sud, il y a un cap ; la plage dont je vous parle est juste en dessous. Avec tout ce brouillard, je ne peux pas vous dire avec précision où la sorcière a touché terre, mais ça ne devrait pas être loin de l'endroit marqué d'une croix, ici.

— Merci encore, capitaine, dit Silk.

— C'est moi qui vous remercie, Monseigneur. Et... bonne chasse.

Kadian tourna les talons et quitta la pièce de la démarche chaloupée des hommes qui passent le plus clair de leur temps en mer.

Quelques instants plus tard, leurs compagnons les rejoignaient. Ce'Nedra et Velvet avaient revêtu des robes grises, toutes simples, assez semblables à celle que Polgara portait toujours en voyage. Garion remarqua que le gris ne seyait guère à sa petite épouse. Elle avait l'air bien pâlotte et toute vie en elle semblait s'être réfugiée dans sa toison cuivrée, flamboyante.

Les hommes — à part Toth, qui portait toujours son pagne et sa couverture écrue — étaient sobrement vêtus de brun, comme Silk.

— Alors, Père ? commença Polgara en entrant. Vous avez trouvé ce que vous cherchiez ?

— Oui, oui, opina le vieux sorcier. Nous avons fini ce que nous étions venus faire en Melcénie. Je te raconterai sur le bateau.

Ils le suivirent le long des couloirs, puis dans la nuit argentée.

La pleine lune s'était levée tôt et baignait les rues de Melcène d'une pâle lueur. Ils passèrent devant des maisons aux fenêtres dorées par la lueur des chandelles, puis ils arrivèrent au port où des centaines de lanternes clignaient de l'œil dans le gréement des vaisseaux au mouillage. Garion avançait sans mot dire, plongé dans de sinistres pensées. Il ruminait le terrible message que Torak lui avait laissé, des milliers d'années auparavant.

Ils embarquèrent très vite et descendirent aussitôt dans la cabine exiguë ménagée sous le pont arrière du vaisseau. Durnik ferma la porte derrière eux.

— Très bien, commença Belgarath. Nous avons trouvé les Oracles et vu l'endroit où le Sardion est resté jusqu'à la bataille de Vo Mimbre ou à peu près.

— Ça valait donc le détour, nota Silk. Ce Senji est-il vraiment aussi vieux qu'on le dit ?

— Beaucoup plus, renchérit Beldin.

— Alors... ça voudrait dire que c'est un sorcier ? avança Ce'Nedra.

Elle avait l'air tout triste, sur son banc de bois sculpté, mais ça venait peut-être de sa robe gris foncé, ou de la lueur blafarde de la lampe à huile qui se balançait aux poutres. Polgara était assise à côté d'elle, un bras passé autour de ses épaules dans une attitude protectrice.

Belgarath hocha la tête en signe d'approbation.

— Il n'est pas très doué, mais il a le pouvoir, en effet.

— Je me demande qui a pu le lui révéler ? s'étonna Polgara.

— Personne, rétorqua Belgarath d'un air écœuré. Imagine-toi qu'il est tombé dessus tout seul.

— Tu t'en es assuré ?

— Oui. Beldin a une théorie. Il te l'exposera plus tard. En résumé, le Sardion a passé plusieurs milliers d'années à l'Université de Melcénie. Je doute fort que personne ait jamais su de quoi il s'agissait en vérité. Il est resté enfermé dans un musée jusqu'à ce qu'un théosophe s'en empare, il y a cinq cents ans, l'emmène de l'autre côté de la pointe sud de Gandahar et prenne la mer avec lui dans la direction générale des Protectorats de Dalasie. Personne ne sait au juste ce qu'il est devenu ensuite. Enfin, Senji avait un exemplaire non expurgé des Oracles ashabènes.

— Vous y avez trouvé des choses intéressantes ? questionna Velvet, les yeux brillants.

— Des tas. Nous savons à présent pourquoi Zandramas a enlevé Geran.

— Pour en faire le sacrifice ? reprit la fille aux cheveux de miel.

— Au sens mystique du terme. Si la Prophétie des Ténèbres l'emporte, Geran deviendra le Nouveau Dieu des Angaraks.

— Mon bébé ? s'exclama Ce'Nedra.

— Je crains, mon petit, qu'il ne soit plus alors votre bébé, soupira tristement le vieux sorcier. Ce sera un autre Torak.

— Ou pire, ajouta Beldin. Il aura l'Orbe dans une main, le Sardion dans l'autre, il règnera sur la Création et je doute que ce soit un Dieu d'amour.

— Nous ne pouvons pas la laisser faire ! s'écria la petite reine. Il faut l'en empêcher !

— Il me semble, Majesté, que c'est un peu l'idée générale, intervint Sadi.

— Les Oracles, Père, que disaient-ils d'autre ? insista Polgara.

— Eh bien, une chose assez étrange concernant Zandramas : son corps serait peu à peu envahi par une sorte de lumière. Le capitaine qui l'a emmenée à Selda a aperçu sa main et il a vu des étincelles bouger sous sa peau, comme l'annonçaient les Oracles.

— Qu'est-ce que ça veut dire ? releva Durnik.

— Ça, je n'en ai pas la moindre idée, admit Belgarath, puis il regarda Garion en remuant discrètement les doigts. *Je ne vois pas l'intérêt de révéler à Ce'Nedra ce que le livre disait sur elle. Et toi* ?

Garion acquiesça d'un mouvement de menton.

— Ce que je sais, en tout cas, c'est que nous devons maintenant aller à Kell.

— Kell ? répéta Polgara, surprise. Et pour quoi faire ?

— Les sibylles de Kell détiennent un exemplaire des Gospels de Mallorée précisant où se trouve l'endroit que nous cherchons. En allant là-bas, nous devrions arriver à la rencontre avant Zandramas.

— Ce serait un agréable changement, commenta Silk. Je commence à en avoir marre de lui courir après.

— Mais nous perdrons sa trace, protesta Ce'Nedra.

— Allons, petite fille, maugréa Beldin, à partir du moment où nous saurons où elle va, nous n'aurons plus besoin de la suivre à la trace. Nous irons tout droit à l'Endroit-qui-n'est-plus et nous attendrons qu'elle pointe le bout de son nez.

— Soyez gentil avec elle, mon Oncle, fit Polgara en resserrant affectueusement son étreinte sur la petite reine. Rappelez-vous qu'elle a eu le courage de vous donner un baiser chez l'archiduc. Sa sensibilité a dû en prendre un coup.

— Ha, ha, Pol, comme c'est drôle, grinça le vilain bossu en se laissant tomber dans un fauteuil et en se grattant vigoureusement les aisselles.

— Rien d'autre, Père ? reprit Polgara.

— Torak a laissé un message pour Garion. Un message assez sinistre, mais il en ressort qu'il savait, lui aussi, que ce serait l'horreur si Zandramas triomphait. Il disait à Garion de tout faire pour l'en empêcher.

— C'était bien mon intention, répondit calmement l'intéressé. Je n'avais pas besoin que Torak me le suggère.

— Silk, coupa Belgarath, vous avez une idée de ce qui nous attend à Peldane ?

— La même chose qu'à Voresebo et Renge', à peu de chose près.

— Quel est le plus court chemin jusqu'à Kell ? s'informa Durnik.

— Kell est dans le Protectorat de Likandie, répondit le petit Drasnien. Le mieux est de passer par Peldane, Darshiva, et de descendre par les montagnes.

— Pourquoi ne pas traverser Gandahar ? risqua Sadi. Nous éviterions tous ces tracas en faisant voile vers le sud et en remontant de là, non ?

L'eunuque avait l'air très bizarre sans sa robe iridescente. On aurait dit un homme comme les autres, si ce n'est qu'il avait le crâne rasé de frais.

— Gandahar est une jungle impénétrable, contra Silk en secouant la tête. Il faudrait nous y frayer un chemin à la machette.

— Les jungles ne sont pas si redoutables, Kheldar.

— Si, quand on est pressé.

— Vous ne pourriez pas demander l'aide de vos soldats ? suggéra Velvet.

— Sûrement, acquiesça le petit Drasnien, mais je ne vois pas à quoi ils pourraient nous être utiles. D'après Vetter, Darshiva grouille de Grolims, les hommes de Zandramàs s'y promènent comme chez eux, et c'est le chaos à Peldane. Mes hommes ont beau être aguerris, il y a des limites à ce qu'ils peuvent faire. J'ai bien peur, mon vieil ami, que vous n'ayez pas fini de vous emmêler les poils de la queue, conclut-il en regardant Belgarath avec un bon sourire.

— Alors, si j'ai bien compris, nous abandonnons la poursuite et nous allons tout droit à Kell ? intervint Garion.

— Tu sais, j'imagine que la piste nous y emmènerait plus ou moins, de toute façon, répondit son grand-père en se tiraillant pensivement l'oreille. Zandramas a lu les Oracles ashabènes ; elle sait que c'est le seul endroit où elle a une chance de trouver l'information dont elle a besoin.

— Vous pensez que Cyradis la laissera jeter un coup d'œil aux Gospels ? demanda Durnik.

— Probablement. Elle n'a pas encore choisi son camp. Elle n'a pas de raison de favoriser l'un plutôt que l'autre.

— Je vais faire un tour sur le pont, annonça brusquement

Garion en se levant. J'ai besoin de réfléchir. L'air du large m'aidera peut-être à y voir plus clair.

Les lumières de Melcène clignotaient sur l'horizon, derrière eux. La lune ouvrait une route d'argent sur le miroir mouvant de la mer. Le jeune roi de Riva rejoignit, à la poupe, le capitaine qui tenait la barre d'une main ferme et sûre.

— Je me demande comment vous arrivez à vous diriger, la nuit, fit-il.

— Sans problème. Les saisons vont et viennent mais les constellations sont immuables, répondit l'homme en englobant la voûte céleste d'un ample mouvement du bras.

— Immuables, hein ? Enfin, espérons-le..., marmonna le jeune homme en repartant vers la proue du navire.

La brise nocturne soufflait par à-coups dans le détroit séparant la Melcénie du continent, et les voiles se gonflaient et retombaient avec un battement régulier qui évoquait un tambour des morts. Ce bruit funèbre faisait écho à son humeur. Il resta un long moment planté le long du bastingage, à jouer machinalement avec un bout de corde en regardant sans les voir les vagues coiffées d'argent par la lune, enregistrant sans réfléchir les sons, les images et les odeurs.

Il sut qu'elle était là. A son parfum, qui l'accompagnait depuis sa plus tendre enfance. A sa présence apaisante, aussi. Il fouilla distraitement dans ses souvenirs. Il lui sembla qu'il savait toujours exactement où elle était. Même par la plus noire des nuits, il aurait pu se réveiller dans une chambre inconnue, au fond d'une ville étrangère, et aller vers elle sans une hésitation. Si le capitaine du navire se repérait aux étoiles, ce qui avait guidé Garion toute sa vie n'était pas un point brillant dans l'infini velours de la nuit. C'était un astre beaucoup plus proche, et au moins aussi immuable.

— Alors, Garion, qu'est-ce qui ne va pas ? demanda-t-elle en posant doucement la main sur son épaule.

— Oh, Tante Pol, c'était comme si j'entendais sa voix, la voix de Torak. Des milliers d'années avant ma naissance, il me haïssait déjà. Il connaissait même mon nom.

— Tu sais, Garion, répondit-elle calmement, l'univers

entier connaissait ton nom avant que la lune, là-haut, ne sorte du néant. Des galaxies entières t'attendaient depuis le commencement des âges.

— Je ne leur en demandais pas tant.

— Il y a des gens qui n'ont pas le choix. Il y a des choses qui doivent être faites, et certaines personnes qui doivent les faire. C'est aussi simple que ça.

Il regarda son visage parfait avec un petit sourire mélancolique, effleura doucement la mèche d'un blanc de neige qui couronnait son front et, pour la dernière fois de sa vie, lui posa la question qui lui revenait sans cesse aux lèvres, depuis qu'il était un tout petit garçon.

— Pourquoi moi, Tante Pol ? Pourquoi a-t-il fallu que ça tombe sur moi ?

— Vois-tu, Garion, un seul être en qui tu aurais assez confiance pour lui laisser le soin de régler tout ça ?

Il ne s'attendait pas à cette question. C'était l'évidence même. Cette fois, enfin, il avait compris.

— Non, soupira-t-il. Personne. Mais je trouve ça un peu injuste tout de même. On ne m'a pas demandé mon avis.

— A moi non plus, Garion. A moi non plus. Mais on n'avait pas à nous le demander, n'est-ce pas ? La certitude de ce que nous avons à faire est ancrée en nous depuis le jour de notre naissance. Oh, mon Garion, je suis tellement fière de toi ! fit-elle en le serrant fort, fort, fort contre son cœur.

— Allez, je n'ai pas si mal tourné, après tout, convint-il avec un petit rire sans joie. J'ai quand même fini par apprendre à mettre mes chaussures au bon pied.

— Tu n'as pas idée du temps que j'ai mis à te l'expliquer, répondit-elle avec un petit rire. Tu étais un bon garçon, Garion, mais tu n'écoutais pas. Au moins Rundorig écoutait, lui. Il ne comprenait pas grand-chose, mais il faisait attention à ce que je lui disais.

— Ils me manquent parfois, Doroon, Zubrette et tous les autres, fit Garion d'un ton rêveur. Tu crois qu'ils ont fini par se marier ? Rundorig et Zubrette, je veux dire ?

— Oh oui. Il y a des années. Zubrette est une vraie mère poule. Elle a cinq enfants, je crois. Tous les ans, à l'automne, généralement, je recevais un message d'elle et je retournais à la ferme de Faldor l'aider à mettre son nouveau bébé au monde.

— Tu as fait ça ? s'exclama-t-il, stupéfait.

— Je n'aurais laissé ce soin à personne d'autre. Nous n'étions pas toujours d'accord, elle et moi, mais je l'aime beaucoup quand même.

— Elle est heureuse ?

— Je crois que oui. Rundorig n'est pas difficile à vivre et avec tous ses enfants, elle n'a pas le temps de se poser de questions. Alors, c'est fini, ce gros cafard ? demanda-t-elle en le regardant affectueusement.

— Ça va mieux. Ça va toujours mieux quand tu es près de moi.

— Mmm..., c'est gentil, ça.

— Au fait, Grand-père t'a raconté ce que les Oracles disent à propos de Ce'Nedra ?

— Oui. Je veillerai sur elle. Si nous redescendions, maintenant ? Les semaines à venir risquent d'être mouvementées ; autant nous reposer un peu.

La côte de Peldane disparaissait dans le brouillard, comme prévu, mais ils se repérèrent aux feux de brume allumés sur les murailles de Selda et longèrent prudemment la côte jusqu'à ce que le capitaine du navire estime qu'ils étaient à proximité de la plage indiquée sur la carte de Kadian.

— Il y a un village de pêcheurs au sud, Votre Altesse, annonça le capitaine. La population a fui, avec tout le remue-ménage qu'il y a eu dans la région, mais il y a une jetée — ou du moins il y en avait une la dernière fois que je suis venu par ici. Nous devrions pouvoir y faire débarquer vos chevaux.

— Bonne idée, Capitaine, acquiesça Silk.

Ils s'aventurèrent dans le brouillard jusqu'au village abandonné et son port délabré. Dès que Chrestien fut à terre, Garion le sella, l'enfourcha et longea lentement le rivage, l'épée de Poing-de-Fer posée sur le pommeau de sa selle. Il avait parcouru une petite lieue lorsqu'il sentit la traction familière. Il tourna bride aussitôt.

Lorsqu'il rejoignit ses compagnons, leurs montures étaient déjà sellées et ils les avaient menées à travers la brume à la limite du village évacué. Le brouillard engloutissait lentement leur vaisseau qui repartait déjà vers le large, des feux rouge et vert marquant ses flancs bâbord et tribord. Un matelot debout à la proue soufflait dans une corne aux accents mélancoliques pour avertir les navires éventuels.

Garion mit pied à terre et mena son grand étalon gris près des autres.

— Tu l'as retrouvée ? demanda Ce'Nedra d'une petite voix étouffée.

Souvent déjà Garion s'était fait la réflexion que le brouillard incitait les gens à parler tout bas.

— Oui, répondit-il. Alors, Grand-père, que faisons-nous ? Nous abandonnons la poursuite et nous allons à Kell par le plus court chemin, ou tu as autre chose à proposer ?

Belgarath interrogea Beldin et Polgara du regard.

— Qu'en pensez-vous ? marmonna-t-il en se tiraillant le lobe de l'oreille.

— La piste s'enfonce dans les terres, sans doute ? conjectura le petit sorcier bossu.

Garion acquiesça d'un hochement de tête.

— Eh bien, tant que Zandramas va dans la direction que nous nous apprêtions à suivre de toute façon, la question ne se pose pas, conclut le bossu. Il sera toujours temps d'aviser si sa piste s'écarte de notre trajectoire.

— C'est le bon sens même, approuva Polgara.

— Bon, nous allons faire comme ça, convint son père. Le brouillard devrait nous offrir une aussi bonne couverture que la nuit. Nous allons reprendre la piste, puis nous partirons en éclaireurs, Garion, Pol et moi. Quelqu'un a-t-il une idée de l'heure ? ajouta-t-il en tentant de percer la grisaille.

— Nous sommes au milieu de l'après-midi, annonça Durnik après avoir brièvement consulté Toth.

— Bien. Allons voir par où est allée Zandramas.

Ils partirent à cheval le long de la grève et suivirent les traces de Chrestien jusqu'à ce que l'épée de Garion se pointe vers l'intérieur des terres.

— Nous devrions regagner du terrain sur elle, nota Sadi.

— Comment ça ? s'étonna Silk.

— Elle est arrivée en barque, lui rappela l'eunuque. Elle n'avait donc pas de chevaux.

— Ça, objecta Polgara, ce n'est pas un problème pour elle. N'oubliez pas, Sadi, que c'est une Grolime ; elle peut communiquer à longue distance avec ses comparses. A mon avis, une heure après avoir mis pied à terre, elle était à cheval.

— J'ai du mal à m'y faire, soupira l'eunuque. C'est bien commode quand ça joue en notre faveur, mais ça l'est moins quand ça avantage nos adversaires.

— Pol, Garion, venez, tous les deux, fit Belgarath en descendant de cheval. Autant nous y mettre tout de suite. Nous resterons en contact permanent avec Durnik. Ce brouillard pourrait nous réserver de mauvaises surprises.

— C'est bien vrai, approuva le forgeron.

Garion aida sa tante à mettre pied à terre, puis il suivit son grand-père vers le haut de la plage et la laisse de pleine mer — la ligne d'algues et de bois flotté abandonnés par la marée.

— Ça devrait aller, décida le vieux sorcier. Nous allons nous changer ici, Garion et moi, et partir en éclaireurs. Pol, tâche de ne pas perdre les autres de vue. Il ne manquerait plus qu'ils se fourvoient...

— Compte sur moi, Père, acquiesça-t-elle, puis son image se brouilla et elle se métamorphosa.

Garion forma l'image du loup dans son esprit et concentra son Vouloir. A nouveau, il éprouva l'impression curieuse et en même temps familière, maintenant, de fondre. Il s'inspecta soigneusement, comme toujours. Il lui était arrivé, une fois, de se métamorphoser trop vite, et il avait oublié sa queue. La queue ne veut peut-être pas dire grand-chose pour un animal à deux pattes, mais elle est absolument indispensable pour un quadrupède.

— Quand tu auras fini de t'admirer, nous pourrons peut-être y aller, fit la voix de Belgarath dans son esprit. Nous avons du pain sur la planche.

— Je m'assurais simplement que j'étais au complet, Grand-père.

— Bon, ça va. Nous n'y verrons pas grand-chose dans le brouillard, alors sers-toi de ton nez.

Polgara les attendait patiemment, perchée sur une souche d'une blancheur d'ossements, lavée et relavée par les flots. Elle lissait soigneusement ses plumes avec son bec recourbé.

Belgarath et Garion franchirent la ligne de marée haute et partirent au petit trot dans le brouillard.

— La nuit va être humide, nota silencieusement Garion tout en courant au côté du grand loup argenté.

— Tu ne vas pas fondre.

— Ça non, mais je n'aime pas avoir les pattes mouillées.

— Je demanderai à Durnik de te fabriquer des bottines.

— Enfin, Grand-père, ce serait absolument ridicule ! rétorqua Garion, indigné.

Il venait à peine de se changer en loup qu'il avait déjà retrouvé le sens aigu des convenances et le farouche quant-à-soi propres à ceux de sa race.

— Il y a des gens droit devant, signala Belgarath en humant l'air. Préviens ta tante.

Ils s'écartèrent un peu l'un de l'autre et s'engagèrent dans l'herbe haute, humectée par la bruine.

— Tante Pol ! projeta mentalement Garion dans le silence de la grisaille.

— Oui, mon chou.

— Dis à Durnik et aux autres de retenir leurs montures. Il y a des étrangers droit devant.

— Entendu, Garion. Fais attention à toi.

Il se tapit dans les herbes et avança tout doucement, en regardant bien où il mettait les pattes.

— Cette saleté ne se lèvera donc jamais, fit soudain une voix irritée, quelque part sur sa gauche.

— Les gens du coin disent qu'il y a toujours du brouillard par ici, au printemps, répondit une autre voix.

— On n'est pas au printemps.

— Ben si, c'est le printemps, ici. On est au sud du Grand Cercle. Les saisons sont inversées.

— C'est complètement idiot.

— Me dis pas ça à moi. Si tu as une réclamation à formuler, adresse-toi aux Dieux.

Il y eut un long silence.

— Les Mâtins ont-ils enfin trouvé quelque chose ? reprit la première voix.

— Au bout de trois jours, même pour eux, ça doit pas être facile de flairer une piste. Et cette humidité n'arrange sûrement pas les choses.

— Grand-père ! hurla silencieusement Garion dans la brume.

— Ne crie pas comme ça !

— Il y a deux hommes qui parlent, tout près. Ils ont des Mâtins avec eux. Je crois qu'ils cherchent la piste, eux aussi.

— Pol ! Viens par ici, appela le vieux sorcier d'une pensée qui leur parut sèche, presque cassante.

— Oui, Père.

Quelques minutes passèrent, longues comme des heures. Puis, dans le silence grisâtre qui les environnait de toute part, Garion entendit le frôlement de ses douces ailes.

— Il y a des hommes par-là, à gauche, annonça la voix de Belgarath. Je pense que ce sont des Grolims. Vas-y voir, mais prends garde.

— D'accord.

Le battement moelleux de ses ailes effleura à nouveau le brouillard et l'attente reprit, interminable.

— Tu avais raison, Père, fit enfin la claire pensée de Polgara. Ce sont bien des Chandims.

Belgarath étouffa un juron.

— Urvon !

— Et sans doute aussi Nahaz, ajouta la sorcière.

— Il ne manquait plus que ça, projeta le vieux sorcier, dans la bruine que ne troublait plus aucun son. Allons retrouver les autres. Il se pourrait que nous soyons obligés de prendre une décision plus vite que ne le pensait Beldin.

CHAPITRE 10

Ils tinrent un conseil de guerre dans les ajoncs, en haut de la plage. Le soir descendait lentement sur la côte et de blanc, le brouillard tournait peu à peu au gris.

— Mouais, fit Beldin lorsque Belgarath leur eut exposé la situation. Si le coin grouille de Chandims et de Mâtins qui cherchent, comme nous, la piste de Zandramas, nous allons fatalement nous retrouver nez à nez.

— Ce ne serait pas la première fois, commenta Silk.

— Certes, mais à quoi bon chercher la bagarre si nous pouvons l'éviter ? Nous n'avons plus besoin de savoir où va Zandramas. L'important, pour nous, à présent, c'est d'aller à Kell.

— Beldin a raison, acquiesça Belgarath en faisant les cent pas sur la grève. Inutile de prendre des risques pour quelque chose qui n'a plus vraiment d'importance.

— Nous sommes si près d'elle ! protesta Ce'Nedra.

— Si nous tombons sur les Chandims et les Mâtins, nous perdrons vite du terrain, riposta le petit sorcier bossu.

— A votre avis, que fera Zandramas quand elle découvrira que les Chandims sont à ses trousses ? demanda Sadi.

Il était emmitouflé dans une cape à la mode occidentale dont il avait relevé le capuchon sur sa tête pour se protéger de l'humidité et il était presque méconnaissable.

— Elle ordonnera à tous les Grolims et les hommes de troupe sur lesquels elle pourra mettre la main de leur barrer la route, répondit Polgara.

— Et je suppose que les autres rameuteront toutes les forces disponibles afin de contrer leur assaut ?

— Ça paraît assez logique, acquiesça Durnik.

— On peut donc en déduire que les choses ont de fortes chances de dégénérer d'ici peu, même si les deux camps en présence n'ont pas spécialement choisi cet endroit pour s'expliquer, vous ne pensez pas ?

— Allons, Sadi, où voulez-vous en venir ? rétorqua Silk.

— A ceci : Urvon et Zandramas devraient nous fiche une paix royale ; ils auront d'autres chats à fouetter. En d'autres termes, évitons de nous fourrer dans leurs pattes et nous pourrons foncer droit sur Kell sans être inquiétés.

— Qu'y a-t-il au sud de cet endroit ? s'informa Beldin.

— Rien d'intéressant, répondit Silk en haussant les épaules. Je pourrais même dire rien tout court jusqu'à Gandahar.

— Hm-hm. Et au nord, il y a bien une ville, non ?

— Selda, confirma le petit Drasnien.

— Je ne serais pas étonné qu'Urvon y soit déjà, mais en descendant vers le sud, nous devrions l'éviter. Et Zandramas aussi par la même occasion. Sadi a raison : il est probable qu'ils seront trop occupés à se tabasser pour s'occuper de nous.

— Bon, quelqu'un a une autre idée ? demanda Belgarath.

— Si nous faisions du feu ? suggéra Durnik.

— Du feu ? Pour quoi faire ?

— Les Chandims sont droit devant nous. Si nous voulons les contourner, je suggère que nous opérions une diversion, expliqua le forgeron. La nuit va bientôt tomber, il y a beaucoup de brouillard et des tombereaux de bois flotté, tout le long de la plage. Un beau feu de joie par un temps pareil devrait éclairer le ciel à des lieues à la ronde. Il est probable que les Chandims ne tarderaient pas à se demander ce qui se passe et à foncer ventre à terre vérifier de quoi il retourne, nous laissant ainsi le champ libre.

Beldin se fendit d'un sourire horrible à voir et lui flanqua une grande claque sur l'épaule avec sa main tordue.

— Mes compliments, Pol, ricana-t-il. Tu as vraiment déniché l'oiseau rare.

— Oui, murmura la sorcière. C'est aussi ce que je me suis dit assez vite.

Ils repartirent vers le village abandonné en suivant le rivage.

— Tu veux que je t'aide à allumer le feu, Grand-père ? proposa Garion.

— Non, je m'en occupe. Toi, tu vas emmener les autres un peu plus loin sur la plage, avec Pol. Je vous rejoins tout de suite.

— Vous n'aurez pas besoin de ça ? proposa Durnik en lui tendant son silex et sa lame d'acier.

— Non, merci, fit le vieux sorcier en secouant la tête. Je vais m'y prendre *autrement*. Je tiens à ce que les Chandims en aient pour leur argent et je leur réserve un beau spectacle avec son et lumière, quelque chose qui ne devrait pas passer inaperçu...

Il s'éloigna sur la grève et disparut dans le brouillard.

— Viens, Garion, appela Polgara en repoussant son capuchon. Partons en reconnaissance. Il se pourrait que nous soyons obligés d'agir vite.

Ils firent quelques pas sur le sable et se métamorphosèrent à nouveau.

— Je te conseille de scruter les environs avec ton esprit aussi bien qu'avec ton nez et tes oreilles, reprit-elle silencieusement. Avec ce brouillard, il y a des chances que les Chandims se servent plutôt de leurs pouvoirs mentaux que de leurs yeux.

— Oui, Tante Pol, répondit-il machinalement en remontant vers le haut de la plage à petits bonds élastiques.

Le sable offrait à ses coussinets un contact différent de l'herbe et de la terre. Les petits grains avaient tendance à glisser sous ses pattes, et ça le ralentissait un peu. Il décréta qu'il n'aimait pas beaucoup courir là-dedans. Il avait parcouru quelques lieues sans rencontrer âme qui vive lorsqu'il fut collé au sol par une onde de choc d'une prodigieuse violence accompagnée d'un vacarme effroyable. Une vilaine lueur orange sale embrasa le brouillard, puis des vagues d'énergie énormes se succédèrent comme les rouleaux sur la grève.

— Enfin, Père, qu'est-ce que c'est que ce feu d'artifice ? protesta Polgara.

— Je ne tiens pas spécialement à passer inaperçu, rétorqua le vieux sorcier.

— On a dû t'entendre jusqu'à Mal Zeth. Bon, tu viens, maintenant ?

— Laisse-moi allumer encore quelques brasiers. Les Chandims ont parfois besoin qu'on leur mette les points sur les i. Et puis la fumée perturbera l'odorat des Mâtins.

Il y eut encore quelques détonations.

— Ça devrait suffire, annonça mentalement Belgarath, l'air assez content de lui, d'ailleurs, se dit Garion.

Une vingtaine de minutes plus tard, le grand loup argenté sortait du brouillard tel un fantôme.

— Ah, te voilà, fit-il à la manière des loups. Ecartons-nous un peu et allons-y. Durnik et les autres sont juste derrière moi.

— Tu sais si les Chandims sont allés voir ce qui se passait sur la plage ?

— Oh oui ! répondit-il, la langue pendante, ce qui était la façon de sourire des loups. Je peux même te dire qu'il y en avait un bon paquet et qu'ils avaient l'air rudement intéressés. Bon, on y va.

Ils couraient depuis près d'une heure lorsque l'odorat exacerbé de Garion reconnut l'odeur d'un homme à cheval, quelque part vers l'avant. Il fit des allers et retours dans la grisaille jusqu'à ce qu'il ait repéré la position du cavalier et de sa monture, puis il bondit.

C'était un Garde du Temple isolé qui galopait vers le nord de la plage et les feux de joie allumés par Belgarath. Garion se jeta sur lui en grognant, découvrant des dents effrayantes. Le cheval affolé poussa un hennissement strident et se cabra, envoyant valdinguer son cavalier dans un amas de bois flotté. L'animal s'enfuit, laissant le Garde gémir lamentablement, empêtré dans les branches décolorées par les intempéries, à moitié enfoncées dans le sable.

— Des ennuis ? fit mentalement Belgarath, dans le brouillard.

— Juste un Garde, répondit Garion. Il a vidé les étriers et j'ai l'impression qu'il s'est cassé quelque chose.

— Il était seul ?

— Oui, Grand-père. Où es-tu ?

— Un peu devant toi. Il y a des bois, par-là. Cet endroit me paraît tout indiqué pour prendre vers l'ouest. Je ne vois pas l'intérêt de descendre jusqu'à Gandahar.

— Je vais dire à Tante Pol de prévenir Durnik.

Les bois étaient à la fois vastes et clairsemés. Garion passa près d'un feu de camp dont les braises luisaient encore dans la grisaille, mais le bivouac était désert et tout indiquait qu'il avait été abandonné précipitamment. D'après les empreintes visibles dans l'humus, des cavaliers étaient partis au galop vers la plage.

Garion poursuivit son chemin sans s'arrêter.

A l'orée du bois, la brise lui apporta une forte odeur caractéristique. Il se figea.

— Grand-père, projeta-t-il instamment. Ça sent le chien, vers l'avant.

— Combien sont-ils ?

— Un seul, je crois.

Il fit quelques pas, lentement, les pattes repliées et tous les sens en éveil.

— Il n'y en a qu'un, confirma-t-il.

— Reste où tu es. J'arrive tout de suite.

Garion s'assit sur son derrière et attendit. Le loup argenté le rejoignit bientôt.

— Il est toujours là ?

— Hm-hm. Il n'a pas l'air de bouger. Nous essayons de passer sans nous faire repérer ?

— Nous y parviendrions probablement tous les deux, mais Durnik et les autres, sûrement pas. Les Mâtins ont l'ouïe fine et l'odorat presque aussi développé que les loups.

— Nous pourrions peut-être le faire fuir ?

— Ça, j'en doute. Il est plus gros que nous. Même si nous arrivions à lui faire peur, il irait chercher des renforts et je n'ai pas très envie de faire la course avec une horde de Mâtins. Nous allons être obligés de le tuer.

— Grand-père ! hoqueta Garion, profondément choqué à l'idée de tuer délibérément un autre canidé.

— Je sais, acquiesça Belgarath. Ça ne m'enchante pas plus que toi, mais nous n'avons pas le choix. Il nous barre la route et nous devons être sortis d'ici avant le lever du jour. Alors écoute-moi bien : les Mâtins sont gros, mais pas très agiles. Ils ont surtout du mal à faire volte-face. Je vais lui rentrer dedans de plein fouet. Tu vas te jeter sur lui par derrière et lui couper les jarrets. Tu sauras t'y prendre ?

C'était une chose que les loups savaient faire d'instinct, ainsi que le constata Garion, à sa propre surprise.

— Oui, répondit-il, incapable d'exprimer, avec le vocabulaire limité des loups, la répugnance que lui inspirait le combat imminent.

— Bien, poursuivit son grand-père. Quand tu lui auras tranché les jarrets, tâche d'éviter ses crocs. Il essaiera de se retourner contre toi. C'est un réflexe ; rien ne pourrait l'en empêcher. C'est là que je le prendrai à la gorge.

Cette perspective, alliée à la détermination de Belgarath, firent frissonner Garion. Le vieux sorcier ne projetait pas un combat mais un meurtre de sang-froid.

— Bon, eh bien, finissons-en, dit-il sans enthousiasme.

— Arrête de geindre, riposta mentalement Belgarath. Il va t'entendre.

— Je n'aime pas ça du tout, rétorqua son petit-fils.

— Et moi, tu crois que ça me plaît ? Allez !

Ils repartirent tout doucement, le ventre à ras du sol, entre les arbres noyés dans la brume. L'odeur du Mâtin était de plus en plus forte, et n'avait rien d'agréable : les chiens mangent de la charogne, contrairement aux loups. Puis la silhouette noire du Mâtin se dessina sur la grisaille, à la lisière des arbres. Belgarath s'arrêta. Il avait, lui aussi, vu leur future victime. Les deux loups se séparèrent alors et poursuivirent leur avance en posant silencieusement une patte après l'autre sur l'humus — la démarche habituelle de la chasse.

Ce fut fini avec une rapidité choquante. Le Mâtin poussa un hurlement quand Garion lui trancha les tendons des pattes arrière, mais les mâchoires de Belgarath se refermèrent sur sa gorge et son cri s'étrangla dans un gargouillis à lever le cœur. Quelques soubresauts agitèrent son énorme masse noire, ses pattes de devant raclèrent convulsivement le sol humide de la forêt, puis il eut un frémissement de tout le corps et devint flasque. Il se passa alors une chose étrange : il devint flou et l'instant d'après un Grolim gisait par terre, devant eux, le gosier arraché.

— Je ne savais pas qu'ils faisaient ça, nota Garion en réprimant un spasme de dégoût.

— Ça arrive parfois. Pol, la voie est libre ! annonça-t-il mentalement. Dis à Durnik de faire repartir les autres.

Lorsque le brouillard devint opalescent, annonçant le lever du jour, ils cherchèrent refuge dans un village dévasté naguère ceint d'une muraille dont certains pans tenaient encore debout. La plupart des maisons avaient été abattues et leurs pierres comblaient les rues étroites. Les rares constructions épargnées n'avaient plus de toit. Des volutes de fumée montaient par endroits des ruines éparses.

— Je pense que nous pouvons courir le risque de faire du feu, suggéra Durnik en regardant la fumée.

— Ça ne nous ferait pas de mal de manger quelque chose de chaud, acquiesça Polgara en parcourant les environs du regard. Qui sait quand l'occasion s'en représentera ? Je vous propose d'aller nous installer dans cette maison, là-bas, ou ce qu'il en reste.

— Un instant, coupa Belgarath. Durnik, j'aurais besoin que vous me serviez d'interprète. Je suppose, Toth, que vous savez comment faire pour aller à Kell à partir d'ici ? demanda-t-il au géant muet.

Celui-ci acquiesça d'un hochement de tête en rajustant son éternelle couverture de laine écrue sur son épaule.

— Nous avons entendu dire à Melcène que les portes de Kell étaient fermées, reprit le vieux sorcier. Nous y laissera-t-on entrer ?

Le colosse répondit par une mimique indéchiffrable.

— Il dit qu'il n'y aura pas de problème tant que Cyradis sera là-bas, traduisit le forgeron. Elle préviendra les autres sibylles.

— Ça veut donc dire qu'elle y est en ce moment ?

Les gestes énigmatiques se firent plus rapides.

— Je n'ai pas très bien saisi, s'excusa Durnik.

Toth se remit à gesticuler, mais un peu plus lentement.

— C'est un peu compliqué, fit le forgeron-interprète en fronçant le sourcil. Si j'ai bien compris, elle serait à Kell et en même temps elle n'y serait pas. Un peu comme le jour où nous l'avons vue avec Zandramas : elle était là sans y être. Elle est à la fois là et pas là en plusieurs endroits et à plusieurs moments simultanément.

— Là, elle fait fort, commenta Beldin. Il vous a dit où étaient ces autres endroits et ces autres moments ?

— Non, et il n'a pas l'air d'y tenir.

— Nous n'aurons pas le mauvais goût d'insister, commenta Belgarath.

— Ce n'est pas du mauvais goût, c'est de la curiosité, rectifia le petit sorcier bossu en chassant les brindilles de sa barbe d'un revers de main. Bon, je retourne là-haut, fit-il en levant les yeux au ciel. Autant savoir jusqu'où s'étend ce brouillard et ce qui nous attend au-delà.

Il se raidit, écarta les bras, son image se brouilla et il prit son essor.

Garion et ses compagnons se frayèrent un chemin jusqu'à la maison en ruines qu'avait repérée Polgara. Pendant que Durnik allumait le feu dans la cheminée, Silk et Sadi firent le tour du village ravagé. Ils revinrent peu après avec un pauvre bonhomme efflanqué — un fonctionnaire melcène, à en juger par sa robe brune — qui tremblait de tous ses membres.

— Il se terrait dans une cave, raconta Silk.

— Comment vous appelez-vous ? demanda Belgarath.

L'homme le regarda sans comprendre, les yeux hagards.

— On dirait qu'il a passé un sale quart d'heure, commenta le petit Drasnien. Nous n'avons pas réussi à lui tirer un mot.

— Sadi, vous ne pourriez pas lui donner quelque chose pour lui remettre les idées en place ? ronchonna Belgarath.

— J'allais justement vous le proposer, Vénérable Ancien.

L'eunuque prit un petit flacon de verre ambré dans sa mallette de cuir rouge, versa de l'eau dans une tasse, y fit tomber quelques gouttes de liquide et la tendit au malheureux.

— Tenez, ça va vous faire du bien, lui dit-il gentiment.

L'homme prit le récipient à deux mains pour ne pas le renverser et le vida goulûment.

— Attendez un peu que l'effet se fasse sentir, souffla le Nyissien à l'oreille de Belgarath.

Ils surveillèrent le pauvre hère du coin de l'œil en attendant que ses tremblements s'apaisent.

— Alors, l'ami, ça va un peu mieux ? murmura doucement Sadi.

— Ou-oui, merci, répondit le Melcène encore tout pantelant. Vous n'auriez pas quelque chose à manger ? Je meurs de faim.

Polgara lui donna du pain et du fromage.

— Ça devrait vous caler un peu l'estomac en attendant le petit déjeuner.

— Merci, ma Dame, fit-il en s'emparant de la nourriture et en commençant à l'engloutir.

— On dirait que vous en avez vu de dures, ces temps-ci, suggéra Silk.

— De *très* dures, renchérit le fonctionnaire.

— Comment dites-vous que vous vous appelez, déjà ?

— Nabros. Je travaillais pour le Département des Travaux publics.

— Il y a longtemps que vous êtes à Peldane ?

— Ça ne doit pas faire plus d'une vingtaine d'années, mais j'ai l'impression d'y avoir toujours vécu.

— Que s'est-il passé ici ? demanda le petit homme au museau de fouine en englobant les maisons en ruines dans un ample geste du bras.

— Le chaos absolu, répondit l'homme. La situation était assez troublée depuis plusieurs années, mais, le mois dernier, Zandramas a annexé Peldane.

— Comment a-t-elle réussi ce coup-là ? J'avais entendu dire qu'elle était à l'ouest du continent.

— Moi aussi, mais elle a dû donner des ordres à ses généraux. Il y a des années que personne ne l'a vue par ici.

— Vous m'avez l'air d'en savoir long, insinua Silk.

— C'est l'avantage d'être dans l'administration, rétorqua le Melcène avec un pauvre sourire. Il y a des moments où je pense qu'on passe plus de temps à colporter des bruits de couloir qu'à travailler.

— Que dit-on de Zandramas, ces temps derniers ? s'enquit Belgarath.

— Eh bien, reprit l'homme en passant le dos de sa main sur sa joue hirsute, j'avais un ami au Département du Commerce et de l'Artisanat. Il est passé me voir juste avant mon départ de Selda et il m'a raconté qu'on devait célébrer un genre de couronnement à Hemil — la capitale de Darshiva. Un archiduc melcène allait être sacré empereur de Mallorée.

— Il y a déjà un empereur sur le trône de Mallorée, objecta Velvet.

— Justement. Mon ami, qui était plutôt futé, s'était posé des questions en apprenant cette nouvelle. Kal Zakath venait de rentrer à Mal Zeth après avoir passé des années au Cthol Murgos, mais le gros de son armée était encore là-bas, et il ne pouvait se permettre de déployer des forces importantes sur le terrain. D'après mon ami, Zandramas aurait ordonné ce couronnement pour amener l'empereur à commettre une imprudence sous le coup de la colère. Selon lui toujours, elle espérait l'attirer hors de Mal Zeth afin de l'écraser avec ses troupes. Si elle arrivait à le tuer, cet archiduc de Melcénie deviendrait bel et bien empereur de Mallorée.

— Mais pourquoi ferait-elle une chose pareille ? s'étonna Silk.

— Vous avez sûrement entendu parler d'Urvon ?

— Le Disciple ?

— Lui-même. Il trônait à Mal Yaska depuis des siècles, mais la situation dans cette partie du monde a fini par le faire sortir de son trou. Zandramas constitue une menace directe pour lui, vous comprenez. Bref, il a traversé le Karanda en levant une armée formidable. Les Karandaques prétendent même qu'il serait aidé par des démons. C'est une absurdité, évidemment ; ces Karandaques sont d'une crédulité sans bornes. En attendant, Zandramas, ou ses gens, doivent s'assurer le contrôle du trône impérial. Il faut qu'elle fasse revenir les forces malloréennes du Cthol Murgos pour faire contrepoids aux troupes d'Urvon. Sans ça, il va réduire à néant tout ce pour quoi elle s'est donné tant de mal.

Le fonctionnaire, si loquace tout à coup, poussa un profond soupir et commença à dodeliner de la tête.

— Je crois qu'il va dormir, maintenant, murmura Sadi.

— Ça ne fait rien, répondit Belgarath. Je sais ce que je voulais savoir.

— Eh bien, pas moi, objecta sèchement Polgara qui préparait le petit déjeuner, près du feu. J'aurais encore besoin de certains renseignements.

Elle s'approcha d'eux en faisant bien attention où elle mettait les pieds entre les débris qui jonchaient le sol de la maison délabrée et effleura légèrement le visage du fonctionnaire somnolent. Il ouvrit les yeux et la regarda d'un air hébété.

— Que savez-vous de Zandramas ? lui demanda-t-elle. Je voudrais que vous me racontiez toute son histoire, si vous la connaissez. D'où tient-elle son pouvoir ?

— C'est une longue histoire, ma Dame.

— J'ai tout mon temps.

Le Melcène au visage émacié se frotta les yeux et étouffa un bâillement.

— Voyons un peu, marmotta-t-il. Par où commencer ? Je

suis venu ici, à Peldane, il y a une vingtaine d'années. J'étais jeune et gonflé à bloc, commenta-t-il en soupirant. C'était mon premier poste et j'étais bourré d'ambition. Je me plaisais assez à Peldane, au fond. Il y avait bien des Grolims, évidemment, mais ils étaient loin d'Urvon et de Mal Yaska et n'essayaient pas de nous imposer leur religion à tout prix. Torak dormait depuis cinq cents ans et Urvon ne se souciait guère de ce qui pouvait bien se passer dans ces contrées reculées.

« Mais à Darshiva, c'était une autre paire de manches. Il y a eu une sorte de schisme au Temple de Hemil, la capitale, et tout a fini dans un bain de sang. C'est l'une des rares occasions où les Grolims ont utilisé leurs couteaux à bon escient, si vous voulez mon avis, remarqua-t-il avec un pâle sourire. Mais le résultat, c'est qu'un nouveau grand prêtre a pris la direction des opérations au Temple — un dénommé Naradas.

— Oui, acquiesça Polgara, nous avons entendu parler de lui.

— Je n'ai jamais eu l'occasion de le voir, mais on prétend qu'il a de drôles d'yeux. Enfin, parmi ses adeptes se trouvait une jeune prêtresse grolime nommée Zandramas. Elle avait peut-être seize ans, à l'époque, et il paraît qu'elle était d'une grande beauté. Naradas a remis les anciennes formes du culte en vigueur et l'autel du Temple de Hemil s'est mis à ruisseler de sang. Il semblerait que la jeune prêtresse ait été parmi les plus zélés des préposés au rite grolim du sacrifice, poursuivit-il en frémissant, par excès de fanatisme, par cruauté pure ou parce qu'elle voyait là un bon moyen d'attirer l'attention du nouveau grand prêtre. Le bruit court qu'elle aurait aussi attiré son attention d'une autre façon, en exhumant un obscur passage du *Livre de Torak* selon lequel le rite du sacrifice devait être effectué nu. On comprend que l'association du sang et de sa nudité ait embrasé l'imagination de Naradas, d'autant qu'elle avait une silhouette spectaculaire, à ce qu'on dit. Il aurait commencé à se passer, dans le sanctuaire du Temple, au moment du sacrifice, des choses qu'on ne peut pas raconter en présence des dames.

— Nous vous faisons grâce des détails, coupa sèchement Polgara avec un regard en coulisse à Essaïon.

— Bref, continua le Melcène, tous les Grolims se prétendent sorciers, seulement j'ai entendu dire que ceux de

Darshiva n'étaient pas très doués. Naradas serait capable de faire quelques petites choses, mais la plupart de ses adeptes s'en tiraient par des tours de passe-passe.

« Enfin, peu après que Naradas fut devenu grand prêtre, nous avons appris que Torak avait été tué. Naradas et ses fidèles sont tombés dans un profond désarroi, mais Zandramas aurait été plus gravement affectée encore. Elle est sortie du Temple de Hemil en état de transe. Mon ami du Département du Commerce était là à ce moment-là, et il l'a vue. Il dit qu'elle avait les yeux vitreux et que son visage arborait une expression d'extase inhumaine — ce sont ses propres termes. En arrivant aux portes de la ville, elle s'est dévêtue et elle a couru toute nue dans la forêt. Tout le monde a cru qu'elle était devenue folle et avait disparu à jamais.

« Pourtant, des voyageurs racontaient parfois qu'ils l'avaient vue dans la région déserte qui borde la frontière de Likandie. Tantôt elle se sauvait en les voyant approcher, tantôt elle les abordait et leur parlait dans une langue que nul ne comprenait. Ce qui ne les empêchait pas de l'écouter — peut-être parce qu'elle n'avait jamais réussi à retrouver de vêtements.

« Et puis, un beau jour — si l'on peut dire —, quelques années plus tard, elle s'est montrée aux portes de Hemil. Elle portait une robe grolime de satin noir et elle avait l'air en pleine possession de ses moyens. Elle est allée au Temple et elle a demandé à voir Naradas. Le grand prêtre avait sombré dans la débauche, par désespoir, mais après s'être secrètement entretenu avec Zandramas, on aurait dit qu'il avait subi une nouvelle conversion. Depuis ce moment-là, il la suit comme un petit chien et il lui obéit au doigt et à l'œil.

« Zandramas est restée un moment au Temple, et puis elle a commencé à parcourir Darshiva dans tous les sens, en faisant des discours, d'abord aux Grolims puis au peuple, pour annoncer toujours la même chose : l'avènement d'un Nouveau Dieu des Angaraks. Ça a fini par se savoir à Mal Yaska, forcément. Urvon a envoyé des Grolims très puissants à Darshiva pour la faire taire définitivement. Personne ne sait au juste ce qui lui est arrivé dans la forêt, mais ce qui est sûr, c'est qu'elle en était sortie dotée d'un pouvoir phénoménal. Quand les Grolims d'Urvon ont tenté de lui mettre des bâtons dans les roues, elle s'en est tout simplement débarrassée.

— Débarrassée ? répéta Belgarath, stupéfait.

— Je ne vois pas ce qu'on pourrait dire d'autre. Elle en a réduit certains en cendres, elle en a pulvérisé d'autres avec des éclairs tombés d'un ciel sans nuages. Une fois, elle en a englouti cinq dans le sol en ouvrant la terre sous leurs pieds et en la refermant sur eux. Ça doit être à ce moment-là qu'Urvon a commencé à la prendre au sérieux. Il avait beau envoyer toujours plus de Grolims à Darshiva, elle les anéantissait les uns après les autres. Les Grolims de Darshiva qui avaient décidé de la suivre n'étaient plus des escamoteurs de foire ; ils se sont trouvés investis de vrais pouvoirs.

— Et ceux qui refusaient de la suivre ? s'informa Polgara.

— Il n'en est pas resté un seul. On dit que quelques-uns ont tenté de l'abuser — de faire semblant d'accepter son message — mais il faut croire qu'ils étaient transparents pour elle, et elle a dû prendre les mesures qui s'imposaient. A moins que ça n'ait même pas été nécessaire. Elle parlait comme si elle était inspirée, et personne ne pouvait lui résister. En moins de deux, tout Darshiva, les Grolims comme les gens du peuple, rampait à ses pieds.

« Elle est allée vers le nord, de Darshiva à Rengel puis à Voresebo, en haranguant les masses tout le long du chemin. Naradas, le grand prêtre, la suivait aveuglément. Il était doté, lui aussi, d'une éloquence prodigieuse, et d'un pouvoir à peine moins extraordinaire. Pour une raison ou une autre, elle n'avait jamais franchi la Magan — jusqu'à ces temps derniers.

— Bon, coupa Polgara. Elle a converti Rengel et Voresebo. Et après ?

— Je ne sais pas très bien, répondit le Melcène avec un haussement d'épaules. Il y a peut-être trois ans, ils ont disparu, Naradas et elle. On dit qu'ils sont partis vers l'ouest, mais personne ne sait où au juste. L'une des dernières choses qu'elle a dites à la foule avant de s'évanouir dans la nature, c'est qu'elle était la promise de ce Nouveau Dieu dont elle annonçait la venue. Puis, il y a un mois, ses troupes ont traversé la Magan et envahi Peldane. C'est à peu près tout ce que je sais, à vrai dire.

— Merci, Nabros, dit doucement la sorcière en se redressant. Vous devriez dormir un peu, maintenant. Je vous garderai quelque chose à manger.

— Merci, ma Dame, souffla-t-il d'une voix ensommeillée.

Ses paupières retombèrent et un instant plus tard il dormait comme une souche.

Polgara étendit délicatement sa cape sur lui et rejoignit Belgarath près du feu.

— J'ai l'impression que les pièces du puzzle commencent à se mettre en place, disait le vieux sorcier. A la mort de Torak, l'Esprit des Ténèbres s'est incarné en Zandramas, faisant d'elle l'Enfant des Ténèbres. Voilà ce qui lui est arrivé dans la forêt.

— Eh bien, mon vieux, je vous conseille d'y remédier, s'exclama farouchement Ce'Nedra, l'œil embrasé, la face convulsée de rage.

— De remédier à quoi ? releva Belgarath, un peu déconcerté.

Il n'avait pas remarqué que la petite reine de Riva marmonnait entre ses dents depuis un moment.

— Vous avez entendu cet homme : il a dit que Zandramas projetait d'épouser ce Nouveau Dieu.

— Oui, acquiesça-t-il d'un ton apaisant. Et alors ?

— Eh bien, j'espère que vous n'allez pas laisser faire ça !

— Je n'en ai pas la moindre intention, en effet. Mais je peux savoir ce qui vous chiffonne tellement ?

— Je ne serai jamais la belle-mère de Zandramas, à aucun prix et quoi qu'il arrive ! décréta-t-elle avec emportement, les yeux jetant des éclairs.

Il la regarda un instant, les yeux exorbités, et éclata de rire.

CHAPITRE 11

Beldin revint vers le milieu de l'après-midi, alors que le soleil perçait timidement la grisaille.

— Le brouillard est complètement levé à une lieue à l'ouest, annonça-t-il.

— Tu as vu bouger quelque chose par-là ? demanda Belgarath.

— Quelques détachements d'hommes qui vont tous vers le nord. A part ça, la région est vide comme l'âme d'un marchand. Pardon, Kheldar, ce n'est qu'une expression toute faite.

— Il n'y a pas de mal, fit Silk, magnanime. Ces petits lapsus sont fréquents chez les personnes âgées.

Le sorcier bossu le foudroya du regard et poursuivit :

— Les villages qui nous attendent vers l'avant sont presque complètement détruits et apparemment déserts. On dirait que les villageois ont pris la fuite. Qui est votre invité ? demanda-t-il avec un mouvement de menton au Melcène endormi.

— Un fonctionnaire du Département des Travaux publics, répondit Belgarath. Silk l'a trouvé dans une cave.

— Il dort bien, dites donc.

— Sadi lui a donné un calmant pour les nerfs.

— Eh bien, ça a marché, on dirait. Il a l'air très calme.

— Vous avez pris votre petit déjeuner, mon Oncle ? s'enquit Polgara.

— Oui, Pol, merci ; j'ai mangé un gros lapin, il n'y a pas une heure. Tu sais, Belgarath, poursuivit-il, je crois que nous avons intérêt à nous déplacer de nuit. Ce n'est pas la foule dans le coin, mais il y a tout de même assez d'hommes pour nous créer des histoires s'ils nous tombaient dessus sans prévenir.

— Tu sais de quelles troupes il s'agit ?

— Je n'ai pas vu de Gardes ni de Karandaques. Pour moi, ce sont des hommes de Zandramas ou du roi de Peldane. Quoi qu'il en soit, ils vont vers le nord, et ça ne devrait pas tarder à péter.

— Très bien, acquiesça Belgarath. Nous voyagerons donc de nuit. Tant qu'il y aura des soldats dans le coin, en tout cas.

Ils avancèrent assez vite, cette nuit-là. Ils avaient laissé les bois derrière eux et repéraient aisément les feux de camp des soldats qui bivouaquaient dans la plaine. Puis, juste avant l'aube, ils s'assirent en haut d'une butte pour examiner un campement un peu plus important que les précédents.

— Cette fois, ils sont tout un bataillon, estima Garion. Là, nous avons un problème. La contrée alentour est plate comme le dos de la main. Il n'y a pas une seule colline à des lieues à la ronde et rien d'autre pour nous abriter. Quoi que nous fassions pour nous cacher, leurs sentinelles ne peuvent pas faire autrement que de nous voir. Je pense que nous ferions mieux de revenir un peu sur nos pas.

— Retournons avertir les autres, grogna Belgarath, les oreilles couchées en signe d'irritation.

Il se leva et rebroussa chemin. Polgara les rejoignit en planant sur ses douces ailes silencieuses.

— Inutile de prendre des risques, Père, fit-elle après avoir repris forme humaine. Le paysage était plus accidenté à quelques lieues d'ici. Nous pourrions y retourner et nous cacher un moment.

— A l'endroit où les cuistots préparaient le petit déjeuner ? demanda Sadi.

— Oui, répondit Garion. J'ai bien reconnu l'odeur de la bouillie d'avoine et du lard frit.

— Il y a peu de chance qu'ils se remettent en marche ou qu'ils envoient des éclaireurs en reconnaissance avant d'avoir mangé, pas vrai ?

— En effet. Les hommes de troupe prennent généralement très mal qu'on les fasse avancer le ventre vide.

— Et les sentinelles portaient toutes plus ou moins la tenue réglementaire, quelque chose dans ce genre-là ? reprit l'eunuque en tiraillant le devant de sa cape de voyage.

— Oui, du moins ceux que j'ai vus, acquiesça Garion.

— Eh bien, Prince Kheldar, que diriez-vous de leur rendre une petite visite ? suggéra le Nyissien.

— Je peux savoir à quoi vous pensez au juste ? lança Silk, sur la défensive.

— Je pense que le porridge est bien fade et que j'ai des tas de choses, dans ma mallette, qui l'amélioreraient grandement. Je vous propose de traverser le campement en nous faisant passer pour deux sentinelles que l'on vient de relever et qui vont tout droit à la roulante, manger un morceau. Je ne devrais pas avoir de mal à assaisonner leur tambouille avec certains condiments.

Le petit Drasnien lui répondit d'un sourire radieux.

— Pas de poison, décréta fermement Belgarath.

— Ça ne me viendrait même pas à l'esprit, Vénérable Ancien, se récria vertueusement Sadi. Pas pour des raisons morales, entendons-nous bien. C'est juste que les soldats ont tendance à nourrir des soupçons quand ils voient leurs compagnons de table devenir tout noirs et se rouler par terre en poussant de grands cris. Non, je songeais à quelque chose de bien plus agréable. Ces hommes vont se mettre à délirer de bonheur pendant un petit moment, puis ils dormiront comme des bébés.

— Pendant longtemps ? s'enquit le petit Drasnien.

— Oh, quelques jours à peine, répondit l'eunuque avec un haussement d'épaules évasif. Une semaine tout au plus.

— Et ce n'est pas dangereux ? reprit le petit homme au museau de fouine avec un sifflement admiratif.

— Pas à moins d'avoir des problèmes cardiaques. J'en prends parfois, quand je suis vraiment fatigué. Bon, on y va ?

— Je me demande si je n'ai pas pris une lourde responsabilité le jour où j'ai mis ces deux-là en contact, fit pensivement Belgarath en regardant ses acolytes s'éloigner bras dessus, bras dessous, dans les ténèbres.

Ceux-ci revinrent près d'une heure plus tard.

— La voie est libre, annonça Sadi. Nous pouvons tranquillement traverser le campement. Il y a des collines à une petite lieue de l'autre côté. Nous y attendrons la tombée de la nuit.

— Tout s'est bien passé ? demanda Velvet.

— Très bien, répondit Silk avec un rictus. Sadi est un véritable virtuose.

— L'habitude, mon cher, rétorqua l'eunuque d'un petit ton condescendant. J'ai empoisonné un nombre considérable de gens, en mon temps. Une fois, j'ai convié tous mes ennemis à un banquet, continua-t-il avec un sourire glacial. Aucun d'eux ne m'a vu assaisonner la soupe, et pourtant les Nyissiens ont l'œil pour ce genre de chose.

— Ils ne se sont doutés de rien en voyant que vous n'en preniez pas ? releva Velvet, intéressée.

— Mais j'en ai pris, Liselle, j'en ai pris. J'avais passé huit jours à m'administrer l'antidote. Il avait un goût épouvantable, ajouta-t-il avec un frisson, alors que le poison était assez savoureux. Certains de mes invités m'ont d'ailleurs fait grand compliment de ma soupe, en partant. Enfin, c'était le bon temps, conclut-il avec un soupir endeuillé.

— Oui, eh bien, je vous suggère de garder ces souvenirs édifiants pour plus tard, suggéra Belgarath. J'aimerais autant que nous arrivions à ces collines avant que le soleil ne soit au zénith, vous voyez ?

Tout était calme dans le campement, en dehors de quelques ronflements. Les hommes de troupe dormaient à poings fermés, un sourire radieux accroché à la figure.

Des nuages de pluie avaient envahi le ciel dans la soirée et il faisait noir comme dans un four, mais Garion et Belgarath évitèrent sans mal les campements des soldats disséminés sur leur chemin. Ils apprirent, à des bribes de conversation saisies çà et là, que les troupes appartenaient à l'armée royale de Peldane et qu'elles ralliaient le théâtre des opérations avec la plus vive répugnance. Vers le matin, Garion et son grand-père rejoignirent leurs compagnons au trot tandis que Polgara planait au-dessus d'eux sur ses souples ailes blanches.

— Un bruit est toujours un bruit, disait Durnik d'un ton obstiné.

— Mais comment peut-on appeler *bruit* quelque chose

que personne n'entend ? rétorquait le petit sorcier bossu qui chevauchait à côté de lui.

Belgarath reprit forme humaine et s'étira.

— Encore cette vieille histoire de bruit dans les bois ? fit-il avec un soupir écœuré.

— Il faut bien commencer quelque part, riposta le bossu avec un haussement d'épaules.

— Tu ne pourrais pas trouver autre chose ? Nous avons débattu de la question pendant un millier d'années ; je m'étonne que tu n'en aies pas encore marre, depuis le temps.

— De quoi s'agit-il ? demanda Polgara en s'approchant d'eux dans l'herbe haute effleurée par la lumière sans ombre de l'aube.

— Beldin a remis sur le tapis un vieux problème philosophique éculé, répondit le vieux sorcier avec un reniflement méprisant. S'il y a un bruit dans les bois, et personne alentour pour l'entendre, est-ce vraiment un bruit ?

— Bien sûr que oui, répondit-elle calmement.

— Je peux savoir ce qui te permet d'être aussi péremptoire ? s'enquit Beldin.

— Bien sûr, mon Oncle : le simple fait que les endroits déserts, ça n'existe pas. Il y a toujours des créatures dans les parages : des animaux sauvages, des souris, des insectes, des oiseaux, qui tous ont des oreilles pour entendre.

— Et s'il n'y en avait pas ? Si les bois étaient vraiment complètement déserts ?

— Pourquoi perdre du temps à imaginer l'impossible ?

Il lui jeta un regard noir de frustration.

— Ce n'est pas tout, ajouta Ce'Nedra d'un petit ton supérieur. Dans les bois, il y a des arbres, et les arbres entendent, eux aussi, vous savez.

— Pourquoi êtes-vous tous contre moi ? geignit Beldin en la regardant d'un air de reproche.

— Parce que vous avez tort, mon Oncle, répondit Polgara avec un bon sourire.

— Moi, tort ? crachouilla-t-il. Jamais !

— Mais si, voyons, ça arrive aux meilleurs d'entre nous de temps en temps. Bon, quelqu'un a faim ?

Le soleil se leva pendant qu'ils mangeaient.

— Nous n'avons pas vu un seul soldat depuis minuit,

nota Belgarath en scrutant le ciel entre ses paupières étrécies. Et ceux que nous avons vus jusque-là étaient tous à la solde du roi de Peldane. Je pense que nous n'avons pas grand-chose à craindre, et que nous pouvons continuer encore un peu, ce matin. Silk, à quelle distance sommes-nous de la frontière de Darshiva ?

— Nous ne devrions plus en être très loin, mais nous avançons à une allure de tortue. C'est le printemps, les nuits sont courtes et nous perdons beaucoup de temps à contourner ces campements. Par ailleurs, il se pourrait que nous ayons des soucis à la frontière, ajouta-t-il en fronçant les sourcils. Il va bien falloir que nous traversions la Magan, et si tout le monde a fui la région, je me demande où nous allons trouver un bateau.

— La Magan est-elle vraiment aussi vaste qu'on le dit ? questionna Sadi.

— C'est le plus grand fleuve du monde. Il fait plus de mille lieues de long et il est tellement large qu'on n'en voit pas l'autre rive.

— Je vais examiner les chevaux avant que nous repartions, annonça Durnik en se levant. Nous les avons montés dans le noir, et c'est toujours un peu risqué. Il ne manquerait plus que l'un d'eux se mette à boiter.

Essaïon et Toth le suivirent, dans l'herbe haute, vers l'endroit où les bêtes étaient attachées.

— Je repars en éclaireur, fit Beldin. Peldane ou pas, je serais fort marri que nous tombions dans une embuscade.

Il se métamorphosa, s'éleva en décrivant des spirales et s'éloigna vers l'ouest.

Garion s'étira les jambes et se laissa tomber en arrière sur ses coudes.

— Tu dois être fatigué, remarqua Ce'Nedra en s'accroupissant près de lui pour lui caresser tendrement le visage.

— Les loups ne sont jamais vraiment fatigués de courir, rectifia-t-il. J'ai l'impression que je pourrais continuer comme ça pendant une semaine s'il le fallait.

— Rien ne t'y oblige, alors à quoi bon y penser ?

— Tu as raison, ma douceur.

— Puisque nous avons un petit moment, je crois que je vais donner à manger à Zith, déclara Sadi, sa mallette rouge dans les bras. Vous savez, Liselle, reprit-il en fronçant légèrement le sourcil, je commence à me dire que vous avez raison. On dirait qu'elle prend du ventre.

— Mettez-la au régime, suggéra la fille aux cheveux de miel.

— Je ne suis pas sûr que ce soit une bonne idée, objecta-t-il avec un sourire. Je me vois mal lui expliquer pourquoi je l'affame et je n'aimerais pas qu'elle ait une dent contre moi.

Ils repartirent peu après, suivant les instructions muettes de Toth.

— D'après lui, nous devrions trouver un village au sud de la grande ville qui est sur la rivière, traduisit Durnik.

— Ferra, précisa Silk.

— Ça doit être ça. Il y a un moment que je n'ai pas regardé la carte. Enfin, d'après lui, il y a, le long du fleuve, quelques villages où nous avons des chances de trouver un bateau.

— A condition que tout le monde ne soit pas parti, ajouta le petit Drasnien.

— Nous verrons bien sur place, reprit le forgeron, fataliste.

Il n'y avait pas un nuage dans le ciel, et il fit vite très chaud dans la plaine ondulée du sud de Peldane. Vers le milieu de la matinée, Essaïon talonna son étalon et se rapprocha de Garion.

— Tu crois que Polgara nous en voudrait si nous piquions un petit galop, tous les deux ? Peut-être jusqu'à cette colline, là-bas ? proposa-t-il en indiquant une large butte, au nord.

— Je doute fort que ça lui plaise. Il faudrait que nous trouvions un bon prétexte.

— A ton avis, l'idée que Cheval et Chrestien ont besoin de se dégourdir un peu les pattes de temps en temps ne lui paraîtrait pas une raison suffisante ?

— Enfin, Essaïon, tu la connais. Tu imagines ce qu'elle nous répondra si nous essayons de lui raconter ça ?

— Je l'entends d'ici, soupira le jeune garçon.

— D'un autre côté, il ne serait pas inutile d'aller jeter un coup d'œil au nord, reprit Garion en lorgnant la colline entre ses paupières étrécies. C'est de là que les ennuis risquent le plus de venir. Il faudrait vraiment que nous sachions ce qui s'y passe, et de là-haut nous aurions un point de vue idéal sur les environs.

— Ça, Belgarion, c'est bien vrai.

— Bon, ce n'est pas comme si nous lui mentions.

— Ça ne me viendrait jamais à l'idée.

— Bien sûr que non. Moi non plus, d'ailleurs, tu penses.

Les deux jeunes gens échangèrent un immense sourire.

— Je vais dire à Belgarath où nous allons, décida l'aîné. Nous lui laisserons le soin de mettre Polgara au courant.

— Nul n'en serait plus digne que lui, approuva l'autre.

Garion rebroussa chemin et effleura l'épaule de son grand-père qui somnolait sur sa monture.

— Je vais jusqu'à cette colline avec Essaïon, voir si tout est calme ou si les combats ont commencé.

— Hein ? Oh, oui, bonne idée.

Le vieux sorcier bâilla à se décrocher la mâchoire et referma les paupières.

Garion fit signe à Essaïon et les deux jeunes gens s'éloignèrent au trot dans l'herbe haute qui bordait la piste.

— Garion ! appela Polgara. Où allez-vous ?

— Grand-père t'expliquera ! hurla-t-il en réponse. Nous revenons tout de suite ! Maintenant, grouillons-nous, dit-il un ton plus bas à son complice. Ne restons pas à portée de voix.

Ils s'éloignèrent vers le nord, au galop d'abord, puis à un train d'enfer, l'herbe fouettant les pattes de leurs chevaux, le bai et le gris avançant dans la même foulée, les naseaux fendant la bise, les sabots martelant le sol lourd, élastique. Garion se pencha sur sa selle, se livrant au flux et au reflux des muscles de Chrestien. Lorsqu'ils retinrent leurs montures, en haut de la colline, ils riaient à perdre haleine, Essaïon et lui.

— C'est formidable ! s'exclama Garion en mettant pied à terre. Nous n'avons pas souvent l'occasion de faire ça, hein ?

— Pas assez, en tout cas, acquiesça Essaïon en descendant de cheval à son tour. Tu as négocié la chose avec beaucoup de diplomatie, Belgarion.

— Evidemment. La diplomatie est la spécialité des rois.

— Tu crois qu'elle a gobé notre histoire ?

— Comme si on pouvait faire gober quelque chose à tante Pol ! Un peu de sérieux, voyons !

— J'imagine que tu as raison, acquiesça le jeune homme avec une grimace. Elle va sûrement nous secouer les puces, hein ?

— Ça, c'est à peu près inévitable, mais cette petite cavalcade valait bien un sermon, non ?

Essaïon lui sourit. Puis il jeta un coup d'œil alentour et son sourire s'estompa.

— Oh, Belgarion, fit-il tristement en tendant le doigt vers le nord.

Le jeune roi de Riva suivit son regard. De hautes colonnes de fumée noire montaient à l'horizon.

— On dirait qu'ils ont engagé les hostilités, commenta-t-il d'un ton sinistre.

— Oui, soupira Essaïon. Comment les hommes peuvent-ils en arriver là ?

Garion croisa les bras sur la selle de Chrestien et appuya son menton dessus.

— Par orgueil, je suppose, répondit-il mélancoliquement. Ou par soif de pouvoir. Parfois par désir de vengeance. Enfin, j'imagine. Une fois, en Arendie, Lelldorin m'a dit que ça venait souvent du fait que les gens ne savaient pas comment faire pour empêcher les différends de dégénérer, et voilà tout.

— Je trouve ça tellement stupide.

— Et moi donc ! Mais les Arendais n'ont pas l'exclusivité de la bêtise en ce bas monde. Chaque fois que deux personnes convoitent la même chose avec assez d'avidité, on peut être sûr que ça va finir par une bagarre. Si ce sont deux hommes du peuple, ils risquent de se retrouver avec un nez cassé et quelques dents en moins, mais si ces deux personnes ont des armées, ça donne une guerre et ça fait plein de morts.

— Alors, vous allez vous battre, Zakath et toi ?

C'était une question troublante, et Garion n'était pas sûr de connaître la réponse.

— Je n'en sais trop rien, admit-il.

— Il veut régner sur le monde et tu ne veux pas le laisser

faire. N'est-ce pas le genre de chose susceptible de déclencher une guerre ?

— C'est terriblement difficile à dire, répondit pensivement Garion. Peut-être que j'aurais réussi à le faire changer d'avis si nous n'avions pas quitté Mal Zeth aussi vite. Je regrette parfois que nous ayons été obligés de partir ; j'ai perdu une bonne occasion d'essayer de le ramener à la raison. Enfin, il se peut qu'il change assez pour revenir sur cette idée, qui sait ? On ne peut jamais prévoir, avec un homme comme Zakath. J'espère qu'il abandonnera ce projet. Je ne veux pas la guerre, avec personne, seulement je ne m'écraserai pas devant lui non plus. Le monde n'a pas été fait pour être dominé par un seul homme, et certainement pas par un Zakath.

— Tu l'aimes bien, hein ?

— Oui, je l'aime bien. Quel dommage que nous ne nous soyons pas rencontrés avant que Taur Urgas lui gâche la vie ! Voilà un homme à qui j'aurais volontiers fait la guerre, continua Garion en serrant les dents. Il a contaminé le monde entier par sa seule existence.

— Ce n'était pas vraiment sa faute. Il était fou ; c'est tout de même une excuse.

— Tu n'es vraiment pas rancunier, toi !

— N'est-il pas plus facile de pardonner que de haïr ? Tant que nous n'aurons pas appris le pardon, ce genre de chose se reproduira, fit Essaïon en indiquant les colonnes de fumée qui montaient vers le ciel, au nord. La haine est un sentiment stérile, Belgarion.

— Je sais, soupira Garion. Je haïssais Torak, et pourtant je crois que j'avais réussi à lui pardonner. Par pitié plus qu'autre chose, bien sûr. Mais il a fallu que je le tue quand même.

— Tu ne t'es jamais demandé à quoi ressemblerait le monde si les gens arrêtaient de s'entre-tuer ?

— Ça, j'imagine que ce serait un endroit plus agréable.

— Dis, si nous l'organisions ainsi ?

— Toi et moi — tout seuls ? s'esclaffa Garion.

— Et pourquoi pas ?

— Parce que c'est impossible, Essaïon.

— Je pensais que vous aviez tordu le cou à ce mot-là depuis longtemps, Belgarath et toi.

Le jeune roi de Riva éclata de rire à nouveau.

— Tu as raison. Bon, ne disons pas impossible mais plutôt « extrêmement difficile ». D'accord ?

— Les choses vraiment importantes ne peuvent pas être faciles, Belgarion. Si elles étaient faciles, nous n'y attacherions aucune importance. Mais je suis certain que nous trouverons une solution.

Il prononça ces mots le visage rayonnant d'une telle confiance que Garion crut l'espace d'un instant que cette notion ahurissante pouvait être envisageable.

Puis il regarda à nouveau les horribles colonnes de fumée et cet espoir mourut comme il était né.

— Allez, nous ferions mieux de retourner dire aux autres ce que nous avons vu, murmura-t-il.

Vers midi, Beldin revint à son tour.

— Détachement en vue, Belgarath, à une demi-lieue droit devant, annonça-t-il laconiquement. Une douzaine d'hommes à peu près.

— Tu penses qu'ils s'apprêtent à rejoindre les belligérants, au nord ?

— J'ai plutôt l'impression qu'ils fuient devant eux, oui. On dirait qu'ils en ont pas mal bavé, dernièrement.

— Tu as pu voir de quel côté ils étaient ?

— Ça n'a pas tellement d'importance, Belgarath. Un déserteur n'appartient plus à aucun camp.

— Il y a des moments où je te trouve tellement spirituel que tu me rends malade.

— Tu devrais demander à Pol de te concocter un de ces remèdes dont elle a le secret.

— Il y a longtemps que ça dure ? demanda Velvet.

— Quoi donc, mon chou ? fit Polgara.

— Cette joute verbale incessante.

La sorcière ferma les yeux et poussa un soupir accablé.

— Ah, Liselle, si vous saviez ! J'ai parfois l'impression que ça a commencé à la création du monde.

Les soldats les regardèrent approcher avec méfiance, comme s'ils s'apprêtaient à détaler ventre à terre, mais ils tinrent bon et leur barrèrent la route, la main sur la poignée de leur arme. Silk fit discrètement signe à Garion et les deux hommes s'avancèrent vers eux d'un air aussi inoffensif que possible.

— Bonjour, Messieurs, commença Silk d'un ton anodin. Que se passe-t-il donc par ici ?

— Vous voulez dire que vous n'êtes pas au courant ? s'étonna un gaillard sec comme un coup de trique qui avait un bandage ensanglanté autour de la tête.

— Je n'ai trouvé personne pour me l'expliquer, rétorqua le Drasnien. Qu'est-il arrivé à tous les gens qui vivaient dans cette partie de Peldane ? Il y a au moins quatre jours que nous n'avons pas vu âme qui vive.

— Ils ont tous pris la fuite, répondit l'homme au bandage. Enfin, ceux qui étaient encore vivants.

— Et devant quoi fuyaient-ils ?

— Devant Zandramas, répondit l'homme en frémissant. Son armée est entrée à Peldane il y a près d'un mois, maintenant. Nous avons bien tenté de les arrêter, mais ils avaient des Grolims avec eux, et de simples soldats ne peuvent pas faire grand-chose contre des Grolims.

— Ça, c'est sûr. Et qu'est-ce que c'est que toute cette fumée, au nord ?

— Il y a une grande bataille.

L'homme s'assit par terre et commença à dérouler le chiffon taché de sang qui lui entourait le crâne.

— J'ai jamais vu un combat pareil de toute ma vie, ajouta un autre soldat au bras gauche en écharpe et qui avait l'air de s'être traîné dans la boue pendant des jours. J'en ai fait des guerres, étranger, eh ben, j'ai jamais rien vu de pareil. Un soldat, c'est fait pour prendre des risques ; les épées, les lances et les flèches ne m'font pas peur, j'vous jure, mais quand y z'ont commencé à m'envoyer ces horreurs à la figure je m'suis dit que c'était le moment de changer de boulot.

— Des horreurs ? releva Silk.

— Ils ont des démons avec eux, étranger. Des deux côtés. D'énormes démons monstrueux, avec des bras grouillants comme des serpents, et plein d'crocs et d'griffes.

— Vous voulez rire !

— J'les ai vus comme je vous vois, étranger. Vous avez déjà entendu crier un homme qui se fait dévorer vif ? Ben, y a de quoi vous donner la chair de poule, j'vous jure.

— Là, je n'y comprends plus rien, avoua Silk. Qui sont

les combattants en présence ? D'ordinaire, les armées ne recrutent pas de démons, que je sache.

— Là, j'suis bien d'accord, approuva le soldat à l'uniforme boueux. Demandez à un soldat normal de marcher au pas avec une créature qui l'regarde comme s'il était comestible et y restera pas longtemps sous les drapeaux, j'vous jure. Mais j'ai jamais su l'fin mot de l'affaire. Et vous, caporal, vous avez réussi à comprendre qui se battait ?

— Le capitaine nous l'a dit avant de se faire tuer, répondit le blessé en refaisant son bandage.

— Si vous me racontiez tout ça en commençant par le commencement ? suggéra Silk. J'avoue que je n'y vois pas très clair.

— Comme je vous disais, il y a un mois, les Darshiviens et leurs Grolims sont entrés à Peldane, reprit le caporal. Nous avons essayé de les repousser, mes hommes et moi — nous sommes de l'armée royale de Peldane. Nous les avons un peu ralentis sur la rive est de la Magan, mais quand les Grolims ont donné l'assaut, nous avons dû battre en retraite. Puis nous avons entendu dire qu'une autre armée descendait du nord — des Karandaques, des hommes en armure et d'autres Grolims. Nous avons bien cru que cette fois c'était cuit, mais cette nouvelle armée n'avait rien à voir avec les Darshiviens. Elle était apparemment à la solde d'un Grolim de haut rang, venu d'un lointain pays d'occident. Ces troupes ont donc pris position le long de la côte et ne sont pas entrées dans le pays. On aurait dit qu'elles attendaient quelque chose, mais nous n'avons pas eu le loisir de nous demander quoi au juste. Nous étions trop occupés avec les Darshiviens. C'est-à-dire que nous étions affairés à *manœuvrer*, selon l'expression qu'emploie l'état-major pour dire *fiche le camp ventre à terre*.

— Si j'en crois ce que j'ai vu, ce Grolim n'est pas resté le long de la côte, observa Silk.

— Là, étranger, vous avez mis le doigt dessus. Il y a quelques jours à peine, il a commencé à marcher droit vers l'intérieur des terres. Soit il savait exactement où il allait, soit il suivait quelque chose, en tout cas il filait comme une flèche. Les Darshiviens ont renoncé à nous poursuivre et se sont précipités pour lui barrer la route, alors il a suscité les démons dont Vurk vous a parlé. Ils ont d'abord foncé tête baissée sur les Darshiviens, mais leurs Grolims à eux — à moins que ce ne soit Zandramas en personne — ont invoqué leurs propres démons, et ça a commencé à chauffer pour de bon. Ces monstres infernaux se sont empoignés comme des fous en écrasant tout ce qui avait le malheur de se trouver sur leur passage — comme nous. Nous avons été pris en tenaille et nous avons été renversés par les deux bandes de démons l'une après l'autre. Alors mes hommes et moi on a rassemblé nos idées et on a décidé d'aller voir à Gandahar si on y était.

— Il fait chaud, là-bas, en cette saison, l'avertit Silk.

— Sûrement pas autant qu'au nord d'ici. Vous avez déjà vu un démon cracher du feu, étranger ? Eh bien, moi, j'ai vu un de ces soldats en armure se faire rôtir tout vif dans sa cotte de mailles, puis le démon l'a sorti de sa cuirasse par petits bouts et l'a mangé encore fumant. Ça devrait tenir, dit-il en nouant les bouts de son bandage, puis il se releva. Nous pouvons encore faire quelques lieues avant le coucher du soleil, ajouta-t-il en s'abritant les yeux avec la main pour scruter le ciel. Vurk, dites aux hommes de s'apprêter à repartir. Si le combat s'étend, nous risquons de nous retrouver pris entre deux feux, et je doute que cette perspective les enchante.

— J'm'en occupe, caporal, répondit ledit Vurk.

Le caporal observa alors Silk en étrécissant les paupières comme s'il le soupesait du regard.

— Vous pouvez nous accompagner, vos amis et vous, si ça vous dit. Quelques hommes à cheval seraient les bienvenus en cas de problème.

— Merci, caporal, déclina Silk, mais nous pensions plutôt descendre vers la Magan et tâcher de trouver un bateau. Avec un peu de chance, nous devrions être dans le delta du fleuve d'ici une semaine, à peu près.

— Eh bien, étranger, je vous conseille de ne pas ménager vos montures. Les démons courent vite quand ils ont faim.

Silk opina vivement du chef.

— Bonne chance à Gandahar, caporal.

— Je crois que je ne resterai pas longtemps caporal, répondit l'homme d'un ton attristé. La solde n'était pas mauvaise, mais le travail devient vraiment trop risqué. Tout l'or du monde ne ressuscitera jamais un homme qui a élu domicile dans l'estomac d'un démon. Allez, Vurk, fit-il avec un ample geste du bras à l'intention de ses hommes. On y va.

Silk et Garion tournèrent bride et rejoignirent leurs compagnons.

— C'est plus ou moins ce que nous pensions, annonça le petit Drasnien. Ce sont bien les armées d'Urvon et de Zandramas qui s'affrontent au nord, et ils ont tous les deux des démons, à présent.

— Elle est allée jusque-là ? demanda Polgara, incrédule.

— Elle n'avait pas vraiment le choix, Polgara, reprit Silk. Ses troupes étaient massacrées par les hordes démoniaques de Nahaz ; elle a pris la mesure qui s'imposait pour lui faire échec. Etre capturé par un démon n'est pas une partie de plaisir, même pour l'Enfant des Ténèbres.

— Très bien, coupa sobrement Durnik. Alors que faisons-nous maintenant ?

— Le chef de ce détachement nous a fait une suggestion intéressante, répondit le petit homme au museau de fouine.

— Ah bon ? Et quelle était cette suggestion ?

— Il nous a conseillé de quitter Peldane aussi vite que possible.

— Ces caporaux ont souvent du bon sens, nota Durnik. Si nous suivions son conseil ?

— C'est exactement ce que j'espérais vous entendre dire, approuva Silk avec chaleur.

CHAPITRE 12

Vella avait le spleen. C'était une émotion nouvelle pour elle, mais pas déplaisante en fin de compte. Il y aurait eu beaucoup à dire sur cette douce tristesse voluptueuse qu'elle promenait avec une calme dignité dans les somptueux corridors de marbre du palais de Boktor et devant quoi tout un chacun s'inclinait avec respect. Elle écarta d'emblée l'hypothèse selon laquelle ses dagues y eussent été pour quelque chose. En fait, il y avait près d'une semaine maintenant qu'elle n'avait transformé personne en pelote à épingles. Sa dernière victime était un serviteur d'une excessive familiarité qui s'était mépris sur sa camaraderie un peu bourrue et y avait vu une invitation à nouer avec elle des relations plus étroites. De toute façon, elle l'avait à peine égratigné, et puis il lui avait sûrement pardonné avant que ses plaies se fussent refermées.

Elle se rendait, ce matin-là, chez la reine de Drasnie. Cette Porenn la bluffait complètement, pour des tas de raisons. Elle était haute comme trois pommes, elle n'avait pas de dagues et elle élevait rarement la voix, mais elle jouissait d'une considération sans bornes, en Drasnie et dans les autres royaumes d'Alorie. Elle avait réussi à convaincre Vella de se pavaner *tous les jours* en robe de satin lavande. Une robe était une chose malcommode qui s'entortillait dans vos jambes et vous serrait la poitrine. Vella avait toujours préféré les pantalons, les vestes et les bottes de cuir noir — tenue confortable, pratique, pas fragile et qui mettait ses avantages en valeur, chose utile quand on voulait en mettre plein la vue à quelqu'un. Il lui arrivait, en certaines occasions, de revêtir un manteau de laine facile à enlever et une robe de dessous en soie malloréenne de couleur rose, qui lui collait à la peau quand elle dansait. Cela dit, force lui était de reconnaître que, si le satin faisait un bruit agaçant, il était doux à porter et lui donnait l'impression dérangeante qu'être une femme, ça ne consistait pas seulement à se promener avec des dagues et à se tenir toujours prête à s'en servir.

Elle frappa doucement à la porte de Porenn.

— Oui ? fit la voix de la petite reine.

Cette femme ne dormait donc jamais ?

— C'est moi, Porenn — Vella.

— Entrez, mon enfant.

Vella serra les dents. Il y avait belle lurette qu'elle n'était plus une enfant. Elle voyait du pays depuis son douzième anniversaire. Elle avait été vendue — et achetée — six fois au moins, et elle avait été mariée pendant une courte et délirante année de bonheur à un trappeur nadrak nommé Tekk qu'elle avait aimé à la folie. Mais Porenn semblait ne voir en elle qu'une pouliche à moitié sauvage qui avait besoin d'un sérieux dressage. A cette pensée, Vella sentait fondre tout ressentiment. Curieusement, la petite reine de Drasnie avait un peu remplacé la mère qu'elle n'avait jamais eue, et ses idées de dagues, de se vendre et d'être achetée s'estompaient sous l'influence de cette voix douce et sage.

— Bonjour, Vella, fit Porenn en la voyant entrer. Vous voulez du thé ?

La reine, qui s'habillait toujours de noir pour ses apparitions publiques, portait ce matin-là une robe d'intérieur d'un rose très pâle dans laquelle elle avait l'air étrangement fragile et vulnérable.

— Salut, Porenn. Non, pas de thé, merci, répondit Vella en se laissant tomber dans un fauteuil près du canapé où était assise la petite reine blonde.

— Ne vous affalez pas comme ça, Vella, protesta Porenn. Une dame ne s'affale pas.

— Je ne suis pas une dame.

— Pas encore, peut-être, mais ça viendra.

— Pourquoi perdez-vous votre temps avec moi, Porenn ?

— Une chose qui en vaut la peine n'est jamais, par définition, une perte de temps.

— Moi, j'en vaudrais la peine ?

— Plus que vous ne pouvez l'imaginer. Vous êtes bien matinale, aujourd'hui. Auriez-vous des soucis ?

— Je n'arrivais pas à dormir. Je fais de drôles de rêves, ces temps-ci.

— Ne vous laissez pas obnubiler par des rêves, mon enfant. Ils parlent parfois du passé, parfois de l'avenir, mais la plupart ne sont que des songes et rien d'autre.

— Je vous en prie, Porenn, je ne suis pas votre enfant, objecta Vella. J'ai presque le même âge que vous, si nous allons par-là.

— En années, peut-être, mais les années ne sont pas le seul moyen de mesurer l'âge.

On frappa discrètement à la porte.

— Oui ? répondit Porenn.

— C'est moi, Majesté, fit une voix familière.

— Entrez, Margrave Khendon !

Javelin n'avait pas changé depuis la dernière fois que Vella l'avait vu. Il était toujours aussi efflanqué, aussi aristocratique, et ses lèvres arboraient le même rictus amusé. Il portait son éternel pourpoint gris perle sur des chausses noires qui ne seyaient guère à ses mollets de coq. Il se fendit d'une révérence outrancière.

— Majesté. Votre Grâce, ajouta-t-il en s'inclinant devant Vella.

— Faites-moi grâce de vos sarcasmes, Javelin, rétorqua la Nadrake. Je ne suis pas une dame, et encore moins votre Grâce.

— Votre Majesté ne lui a rien dit ? souffla Javelin à l'oreille de la reine.

— Je veux lui en faire la surprise pour son anniversaire.

— De quoi s'agit-il ? grommela Vella.

— Un peu de patience, ma chère, répondit Porenn. Vous saurez tout sur votre titre en temps utile.

— Je n'ai rien à faire de vos titres drasniens.

— Un titre n'a jamais fait de mal à personne, ma chère. Quand ce ne serait qu'un titre au porteur.

— Elle a toujours été comme ça, Javelin ? lança la Nadrake.

— Elle a perdu son ingénuité avec ses dents de lait,

répondit affablement le chef des services secrets drasniens, mais je la trouve beaucoup plus drôle maintenant que ses crocs ont poussé.

— Je vous en prie, Khendon, coupa Porenn. Parlez-moi plutôt de Rak Urga.

— Epouvantable. Toutes les cités murgos sont épouvantables.

— Et le roi Urgit ? Comment l'avez-vous trouvé ?

— Jeune marié, Majesté, et encore un peu déboussolé par ce récent événement.

Porenn tiqua.

— Je n'ai pas envoyé de présent, fit-elle, chagrinée.

— Je me suis permis, Majesté, de remédier à cet omission. J'ai trouvé un joli service en argent massif à Tol Honeth. D'occasion, bien sûr, compte tenu de mon modeste budget... J'ai remis la note à votre chambellan, poursuivit-il, indifférent à son regard noir.

— Comment avancent les négociations ?

— Etonnamment bien. Le roi des Murgos ne semble pas encore affecté par les problèmes héréditaires des Urga. Je dois même dire que je l'ai trouvé particulièrement futé.

— Ça ne m'étonne pas, commenta Porenn d'un air entendu.

— Je vous trouve bien mystérieuse, ma reine, nota Javelin d'un ton quelque peu réprobateur.

— Un petit défaut typiquement féminin, que voulez-vous ? Les agents malloréens du Drojim parviennent-ils à se tenir au courant des événements ?

— Oh, oui, répondit Javelin avec un bon sourire. Il faut parfois leur faire un dessin afin qu'ils ne laissent pas échapper l'essentiel, mais ils suivent plus ou moins l'avancement des pourparlers et ils ont l'air un peu inquiets.

— Vous n'avez pas traîné.

— Le capitaine du vaisseau que le roi Anheg avait mis à notre disposition était ce pirate, Greldik, répondit le Drasnien en réprimant un frisson. J'ai commis l'erreur de lui dire que j'étais pressé. Je n'oublierai jamais le passage de la Barre. Une épreuve terrifiante, véritablement.

On frappa discrètement à la porte.

— Oui ? répondit Porenn.

— Le Nadrak est de retour, Majesté, annonça un serviteur.

— C'est bien, faites-le entrer.

Yarblek arborait une expression tendue que Vella ne connaissait que trop bien. Son possesseur était parfaitement transparent pour elle. Il ôta son bonnet de fourrure hirsute et le flanqua dans un coin.

— Bonjour, Porenn, fit-il sans cérémonie. Vous n'avez rien à boire ? Je ne suis pas descendu de cheval depuis cinq jours et je meurs de soif.

— Par-là, acquiesça Porenn en lui indiquant un cabinet près de la fenêtre.

Yarblek la remercia d'un grommellement, traversa la pièce, s'empara d'une carafe de cristal, remplit un énorme gobelet à ras bord et le vida consciencieusement.

— Aah, ça fait du bien ! Dites, Javelin, vous avez des gens à Yar Nadrak ?

— Quelques-uns, admit prudemment l'intéressé.

— Alors je vous conseille de tenir Drosta à l'œil. Il mijote quelque chose.

— Il mijote toujours quelque chose.

— Ce n'est pas faux, mais cette fois, il se pourrait que ce soit un peu plus sérieux. Il a rouvert le dialogue avec Mal Zeth. Zakath ne lui avait pas adressé la parole depuis qu'il avait changé de camp à Thull Mardu, et voilà qu'ils s'envoient des plénipotentiaires. Je trouve que ça ne sent pas bon.

— Vous êtes sûr ? Aucun de mes hommes ne m'a parlé de ça.

— Pardi, ils ne décollent pas du palais. Drosta se garde bien de mener ses discussions sérieuses chez lui. Dites à vos gars d'aller dans une taverne du bord de la rivière, dans le quartier des voleurs. Le Chien Borgne, ça s'appelle. Drosta y va pour s'amuser. C'est là, dans une chambre du premier étage, qu'il rencontre l'envoyé de Mal Zeth — enfin, quand il a fini de faire joujou avec les filles.

— Je vais immédiatement faire le nécessaire. Vous avez une idée de ce qu'ils se disent ?

Yarblek secoua la tête et se vautra dans un fauteuil.

— Drosta a donné ordre à ses hommes de ne pas me

laisser entrer dans son boui-boui. Eh bien, Vella, tu n'as pas l'air de bon poil, ce matin. Tu as trop bu, hier soir ?

— Je ne bois presque plus, répondit-elle.

— Je savais que j'avais tort de te laisser ici, remarqua-t-il d'un ton sinistre. Porenn a une détestable influence sur toi. Tu m'en veux toujours ?

— Bof... Ce n'est pas ta faute si tu es plus bête que tes mules.

— Trop aimable. J'aime bien ta robe, fit-il en la toisant de bas en haut d'un air appréciateur. C'est fou ce que ça te change. Pour un peu, tu ressemblerais à une femme.

— Ah bon, tu ne t'en étais pas encore rendu compte ? rétorqua-t-elle, imperturbable.

Adiss, le chef eunuque du palais de l'Eternelle Salmissra, se dirigea vers la salle du trône en tremblant de crainte. Il avait été convoqué très tôt ce matin-là. La reine était d'une humeur bizarre, depuis quelque temps, et il ne pouvait oublier la fin tragique de son prédécesseur. Ce souvenir était gravé au fer rouge dans sa mémoire. Il entra dans la salle crépusculaire et se prosterna devant sa reine.

— Le chef eunuque approche du trône, entonna à l'unisson le chœur d'eunuques.

Adiss, qui faisait encore partie de la chorale il n'y avait pas si longtemps, trouvait maintenant un peu irritante cette manie de souligner l'évidence.

La reine-serpent somnolait sur son divan. Ses anneaux tavelés se mouvaient inlassablement et un crissement sec accompagnait le frôlement de ses écailles les unes contre les autres. Elle ouvrit les yeux, riva sur lui son regard sans âme et darda sa langue bifide dans sa direction.

— Eh bien ? fit-elle avec animosité, de ce murmure poussiéreux qui lui glaçait toujours le sang dans les veines.

— T-tu m'as fait venir, ô Divine Salmissra, balbutia-t-il.

— Je sais bien, abruti. Et ne m'énerve pas. Je suis sur le point de muer, et ça ne m'arrange pas le caractère. Je t'ai demandé de te renseigner sur ce que préparaient les Aloriens. Alors, Adiss ? J'attends !

— Je n'ai pas appris grand-chose, ma reine.

— Ce n'est pas la réponse que j'espérais entendre, dit-elle dans un sifflement menaçant. Sais-tu que je commence à me demander si tu es bien de taille à remplir la mission dont je t'ai chargé ?

— J-j'ai envoyé chercher Droblek, le chef de l'enclave portuaire drasnienne à Sthiss Tor, répondit l'eunuque en claquant des dents. J'ai pensé, ô Eternelle Salmissra, qu'il serait peut-être en mesure d'apporter un éclairage nouveau sur la situation.

— C'est possible, fit-elle distraitement en se contemplant dans son miroir. Fais aussi venir l'ambassadeur de Tolnedrie. Quoi que les Aloriens préparent au Cthol Murgos, Varana est forcément dans le coup.

— Pardonne-moi, ô Divine Salmissra, reprit Adiss, un peu troublé, mais en quoi les activités des Aloriens et des Tolnedrains nous concernent-elles ?

La tête de la reine-serpent pivota lentement vers lui au bout de son long cou sinueux.

— Je vais finir par croire, Adiss, que tu es d'une incompétence crasse. Que ça nous plaise ou non, la Nyissie fait partie du monde ; nous devons toujours savoir ce que trament nos voisins — et pourquoi.

Elle s'interrompit un instant, palpa fébrilement l'air de sa langue et reprit.

— Il se prépare je ne sais quel jeu au juste, et je veux savoir de quoi il s'agit avant de décider d'y prendre part ou non. As-tu réussi à savoir ce qu'était devenu ce borgne — Issus, c'est ça ? demanda-t-elle après un nouveau silence.

— Oui, Majesté. Il a été débauché par les services secrets drasniens. Aux dernières nouvelles, il était à Rak Urga avec les envoyés aloriens.

— Comme c'est étrange... Je pense qu'à ce stade, j'ai absolument besoin d'informations détaillées — et très, très vite. Ne me déçois pas, Adiss. Ta position est précaire, tu le sais. Allons, tu peux m'embrasser à présent.

Elle baissa la tête vers lui. Il s'approcha de l'estrade en tremblant sur ses jambes et, de ses lèvres réticentes, effleura le front glacé du serpent.

— Très bien, Adiss, dit-elle. Laisse-moi, maintenant.

La reine-serpent se tourna vers son miroir et s'absorba à nouveau dans la contemplation de son reflet.

Le roi Nathel du Mishrak ac Thull était un jeune homme à la lippe boudeuse, aux cheveux rares, d'une couleur indéfinissable, et au regard morne, rigoureusement dénué d'intelligence. Son manteau de cour était constellé de taches et seules ses oreilles empêchaient sa couronne de lui tomber sur les yeux.

Agachak, le cadavre vivant qui était le grand prêtre de Rak Urga, abhorrait le jeune roi des Thulls, mais il s'efforçait de rester courtois avec lui. La courtoisie n'était pas le registre de prédilection d'Agachak. Il maniait beaucoup plus volontiers les ordres péremptoires assortis de menaces de représailles en cas d'insubordination, seulement il avait bien étudié la personnalité de Nathel et il était arrivé à la conclusion que s'il avait le malheur d'articuler un ordre, une menace ou un ultimatum, ce jeune crétin tournerait aussitôt de l'œil. Voilà pourquoi le cadavérique Agachak lui faisait ce que d'aucuns eussent appelé de la lèche et d'autres des ronds de jambe.

— La Prophétie l'annonce clairement, Majesté, répéta-t-il pour la énième fois. Le roi qui m'accompagnera au lieu de la rencontre deviendra roi des rois des Angaraks.

— Est-ce que ça veut dire que j'aurai aussi le Cthol Murgos et le Gar og Nadrak ? demanda Nathel, et une faible lueur illumina son regard hébété.

— Absolument, Majesté, lui assura Agachak. Et la Mallorée en plus.

— Mais Zakath ne va pas m'en vouloir ? Je ne voudrais pas qu'il m'en veuille. Il a fait fouetter mon père, une fois, vous le saviez ? Il l'aurait bien crucifié, mais il n'y avait pas d'arbres à proximité.

— Oui, je l'ai entendu dire, mais vous n'avez pas à vous en faire. Zakath n'aura plus qu'à s'agenouiller devant vous.

— Zakath, s'agenouiller... devant moi ? répéta Nathel en éclatant de rire.

D'un rire à ce point dénué de raison qu'il en était terrifiant.

— Il n'aura pas le choix, Majesté. S'il lui prenait l'envie de refuser, le Nouveau Dieu le désintégrerait instantanément.

— C'est quoi, désintégrer ?

— Réduire en tout petits morceaux, Majesté, expliqua Agachak, les dents serrées.

— Ça ne me déplairait pas qu'Urgit et Drosta s'inclinent devant moi, avoua Nathel, mais Zakath, je ne sais pas. Urgit et Drosta se croient très malins. J'aimerais bien leur rabattre un peu leur caquet. Mais pour Zakath, je ne suis pas sûr, répéta-t-il, puis ses yeux s'illuminèrent à nouveau. Ça veut dire que j'aurais tout l'or du Cthol Murgos et du Gar og Nadrak ? Que je pourrais les obliger à gratter le sol avec leurs ongles pour me le déterrer ?

Sa couronne lui retomba sur les yeux et il dut renverser la tête en arrière pour regarder par en dessous.

— Vous aurez aussi tout l'or de Mallorée, Majesté, toutes les pierres précieuses, toute la soie et tous les tapis. Et même un éléphant pour vous promener.

— Un éléphant ? Qu'est-ce que c'est ?

— Une très grosse bête, Majesté.

— Plus grosse qu'un cheval ?

— *Beaucoup* plus grosse. Et puis vous aurez aussi la Tolnedrie, et vous avez entendu parler des richesses de la Tolnedrie. Vous serez le roi du monde.

— Encore plus gros qu'un bœuf ? Il y a de très, très gros bœufs, vous savez. J'en ai vu des énormes.

— Dix fois plus gros.

— Alors là, fit Nathel avec un sourire de gosse heureux, les gens seraient obligés de faire attention à moi, hein ?

— Absolument, Majesté.

— Et que faut-il que je fasse, déjà ?

— Vous devez m'accompagner à l'Endroit-qui-n'est-plus.

— C'est ça que je ne comprends pas. Comment peut-on aller à un endroit qui n'existe plus ?

— La Prophétie nous le révélera en temps utile, Majesté.

— Oh. Je vois. Et vous avez une idée de l'endroit où il peut se trouver ?

— Certains indices me laissent penser qu'il doit être quelque part en Mallorée.

— Alors là, c'est vraiment dommage, répondit Nathel d'un ton boudeur en se rembrunissant.

— Comment cela ?

— Je voudrais vraiment aller avec vous, Agachak, vraiment, je vous assure, avec tout cet or, ces tapis, cette soie et toutes ces belles choses, et qu'Urgit, Drosta et peut-être même Zakath se prosternent devant moi et le reste, mais ce n'est absolument pas possible.

— Je ne comprends pas. Qu'est-ce qui vous en empêche ?

— Je ne peux pas quitter la maison. Ma mère me l'interdit. Elle m'infligerait une terrible punition si je m'en allais. Vous savez comment c'est. Il n'est pas question que j'aille dans un endroit aussi éloigné que la Mallorée.

— Mais vous êtes le roi !

— Ça ne change rien. Je ne désobéis jamais à ma mère. Elle dit toujours que je suis le plus gentil garçon du monde, pour ça.

Agachak résista à l'envie irrépressible de changer cet ahuri en crapaud ou en méduse.

— Et si je parlais à votre mère ? susurra-t-il. Je suis sûr que j'arriverai à la persuader de vous laisser venir avec moi.

— Ah, ça, c'est une très, très bonne idée, Agachak. Si ma mère est d'accord, je vous suivrai au bout du monde.

— Eh bien, c'est entendu, conclut Agachak en tournant les talons.

— Oh, Agachak ? fit la voix de Nathel, dans son dos.

— Oui ?

— C'est quoi, une prophétie ?

Ils s'étaient réunis à Vo Mandor, loin du regard de leurs rois, pour aborder une question très privée et encore plus urgente. Et puis cette réunion avait un petit goût d'insubordination, or les hommes ont un très vilain mot pour désigner ceux qui désobéissent à leur roi.

Tout le monde s'était rassemblé dans le donjon du château de Mandorallen : le maître de céans, bien sûr, mais aussi Barak, Hettar et Lelldorin. Relg venait d'arriver de Maragor, et Unrak, le fils de Barak, était assis sur un banc à dossier droit, près de la haute fenêtre en ogive.

Le comte de Trellheim s'éclaircit la gorge pour rappeler l'assistance au silence. Il était plus immense et plus resplendissant que jamais dans un magnifique pourpoint de velours vert sur lequel jouait le soleil doré de l'automne. Il avait soigneusement peigné sa barbe et tressé ses cheveux rouges.

— Très bien, commença-t-il de sa voix tonitruante. Mandorallen, vous êtes sûr que l'escalier est bien gardé ? Je ne voudrais pas que quelqu'un surprenne ce que nous allons dire ici.

— Sois-en assuré, ô Messire de Trellheim, répondit gravement le grand chevalier. J'en atteste sur ma vie.

Et, d'un ample mouvement du bras, il fit voltiger le surcot bleu bordé d'argent qu'il portait sur sa cotte de mailles.

— Un simple « oui » suffira pour la prochaine fois, Mandorallen, soupira Barak. Enfin... nous n'avons pas le droit de suivre Garion et les autres, exact ?

— C'est ce que Cyradis nous a dit à Rhéon, confirma paisiblement Hettar.

Il portait son éternelle tenue de cuir noir, et sa mèche crânienne était retenue par un anneau d'argent. Il avait déroulé sa grande carcasse dans un fauteuil et étendu ses longues jambes devant lui.

— Très bien, poursuivit le géant à la barge rouge. Nous ne pouvons donc pas les accompagner, mais rien ne nous interdit d'aller en Mallorée régler nos propres affaires, hein ?

— Quel genre d'affaires ? demanda platement Lelldorin.

— Nous trouverons toujours quelque chose. J'ai un bâtiment. Nous pourrions descendre jusqu'à Tol Honeth, le charger de marchandises et aller les vendre en Mallorée.

— Mouais. Personnellement, je ne me vois pas porter l'*Aigle des mers* sur mon dos jusqu'à la mer du Levant, objecta Hettar.

— Ce ne serait pas la peine, reprit Barak avec un sourire qui lui allait d'une oreille à l'autre. Nous n'aurions qu'à contourner la pointe sud du Cthol Murgos et remonter par la mer du Levant jusqu'en Mallorée. J'ai une carte.

— Je croyais que les Murgos considéraient le tracé de leurs côtes comme un secret d'Etat, remarqua Lelldorin, et l'on eût dit qu'un nuage de perplexité assombrissait son jeune visage d'ordinaire lumineux.

— En effet. Mais Javelin est allé à Rak Urga et il a réussi à « trouver » un de leurs portulans.

— Et comment avez-vous fait main basse dessus ? s'émerveilla Hettar. Question cachotteries, Javelin en remontrerait à douze Murgos.

— C'est Greldik qui l'a ramené à Boktor, répondit le Cheresque. Le margrave Khendon n'a pas le pied marin, et il était un peu patraque. Greldik lui a subtilisé sa précieuse carte et en a fait faire une copie. Javelin ne s'est douté de rien.

— Ton plan, ô ami, me séduit fort, approuva Mandorallen avec gravité. Souffre, toutefois, que j'émette une réserve.

— Oh ?

— Nul n'ignore que la Mallorée est un immense continent de mille et mille lieues par le travers et plus encore des glaces du Sud jusqu'au pôle Nord. Onc n'y retrouverons nos amis, car je discerne que tel est le but de Ta proposition.

— J'y venais justement, reprit Barak avec un clin d'œil rusé. Quand nous étions à Boktor, j'ai fait boire Yarblek. Il est assez futé à jeun, mais il ne tient pas l'alcool. Après avoir ingurgité un demi-tonneau de bière, il a tendance à devenir plutôt bavard. Je lui ai posé quelques questions sur la façon dont ils ont organisé leurs affaires en Mallorée, Silk et lui, et il m'a donné des informations précieuses d'où il ressort qu'ils ont un facteur, comme ils disent, dans toutes les villes importantes du continent, et que ces facteurs sont en contact à peu près permanent entre eux. Quoi qu'il fabrique, nous pouvons être sûrs que Silk veillera sur ses intérêts. Chaque fois qu'il passera près d'un de ses bureaux, il trouvera un prétexte pour aller voir combien de millions il a gagné la semaine passée.

— Ce serait assez son genre, approuva Hettar.

— Nous n'avons donc qu'à mouiller l'ancre dans un port de mer malloréen et aller faire un tour chez le représentant de ce petit voleur. Il saura forcément à peu près où il est, et là où nous trouverons Silk, nous trouverons les autres.

— Pardonne-moi, ô ami, d'avoir douté de Ta sagacité, se récria Mandorallen. Sauras-Tu jamais m'absoudre ?

— Vous êtes tout excusé, Mandorallen, fit Barak, magnanime.

— Mais, protesta Lelldorin, nous n'avons pas le droit de rejoindre Garion et ses compagnons.

— C'est un fait, acquiesça le chevalier. Nous ne pouvons les approcher de crainte de vouer leur quête à sa perte.

— Je crois pouvoir aussi répondre à cette objection, assura le grand Cheresque. Nous n'avons pas le droit de les accompagner, mais Cyradis ne nous a pas dit à quelle distance nous devions rester d'eux, que je sache ? Nous nous contenterons de vaquer à nos propres affaires — à une ou deux lieues de distance, peut-être même moins, si ça se trouve, en tout cas assez près pour leur donner un coup de main s'ils ont des ennuis, après quoi nous reprendrons nos distances. Je ne vois pas ce qu'il y aurait de mal à ça, après tout ?

— C'est un devoir, Messire ! s'exclama Mandorallen, la face illuminée. Une obligation morale. Les Dieux considèrent avec moult déplaisir ceux qui refusent leur aide aux voyageurs en péril.

— Je ne sais pas pourquoi, mais je pensais que vous verriez les choses comme moi, nota Barak en lui flanquant sur l'épaule une claque qui manqua le coller par terre.

— Trêve de sophismes ! s'exclama Relg, et sa voix rauque avait quelque chose de définitif.

Le fanatique Ulgo portait une tunique qui rappelait celles de Durnik. Son visage naguère livide était à présent doré par le soleil et il ne se bandait plus les yeux. Sa peau et sa vue s'étaient habituées à la lumière au cours des années qu'il avait passées au grand air, à construire la maison qui abritait Taïba et leur meute d'enfants, puis à s'activer autour.

— Qu'entendez-vous par là ? s'indigna le géant barbu.

— Ce que je viens de dire et rien d'autre, Barak. Les Dieux lisent dans nos cœurs ; ils n'ont que faire de nos arguties. N'essayez pas de les abuser avec ces raisonnements tirés par les cheveux. Vous voulez — comme chacun de nous — aller en Mallorée aider Belgarion, c'est clair comme de l'eau de roche.

Tous se tournèrent vers le fanatique et le contemplèrent, en proie au désarroi.

— C'était un si bon plan, geignit plaintivement Barak.

— Un plan génial, convint Relg, mais c'est une transgression, or c'est un péché que de transgresser les ordres des Dieux — et des Prophéties.

— Vous n'allez pas remettre ça avec vos histoires de péché ! lança dédaigneusement le géant à la barbe rouge. Je croyais que vous en étiez sorti.

— Eh bien, non, pas tout à fait.

Unrak, le fils de Barak, se leva. A quatorze ans, il était déjà presque aussi grand que son père. Il portait une cotte de mailles et arborait une épée au côté. Ses cheveux étaient d'un rouge flamboyant, comme le duvet qui ornait ses joues. Sa voix avait fini de muer et il donnait souvent l'impression de parler du fond d'un tonneau.

— Voyons si j'ai bien compris : nous devons obéir à la Prophétie, c'est ça ?

— A la lettre, insista fermement Relg.

— Alors il faut que j'aille en Mallorée, décréta Unrak.

— Là, ça va un peu trop vite pour moi, coupa Barak.

— C'est pourtant bien simple, Père. Je suis le protecteur héréditaire de celui à qui échoira le trône de Riva, non ?

— Un point pour lui, murmura Hettar. Allez, Unrak, dis-nous ce que tu as derrière la tête.

— Eh bien, reprit le jeune Cheresque en rosissant sous les regards convergents de ses aînés, si le prince Geran est en Mallorée, et s'il est en danger, il faut que j'y aille. C'est dans la Prophétie. Seulement comme je ne sais pas où il est, pour pouvoir le protéger, il va falloir que je suive le roi Belgarion jusqu'à ce qu'il l'ait retrouvé.

Barak regarda son fils avec un sourire immense.

— Mais, ajouta Unrak, je ne connais pas grand-chose à cette mission de protection, alors j'aurai peut-être besoin qu'on me montre un peu comment faire. Crois-tu, Père, que je pourrais vous convaincre, tes amis et toi, de venir avec moi ? Juste pour m'éviter de faire des bêtises, tu comprends ?

Hettar se leva et serra solennellement la main de Barak.

— Félicitations, dit-il simplement.

— Alors, Relg, est-ce conforme à votre éthique ? s'enquit le grand Cheresque.

L'Ulgo réfléchit un instant.

— Eh bien, oui, lâcha-t-il enfin. Je dois dire que cela me paraît conforme.

Puis son austère visage se fendit du premier sourire que ses amis lui eussent jamais vu.

— Bon, quand partons-nous ? demanda-t-il.

Sa Majesté Kal Zakath, empereur de l'infinie Mallorée, était debout à la fenêtre de la plus haute tour de Maga Renn et regardait la Magan. La rive opposée était invisible dans le lointain. Le fleuve grouillait d'embarcations de toutes les formes et de toutes les tailles qui convergeaient vers la cité et s'approchaient des jetées où les régiments impériaux attendaient d'embarquer.

— Vous avez d'autres nouvelles ? demanda l'empereur.

— La situation, Majesté, est un peu confuse, répondit Brador, le chef du Département de l'Intérieur. Mais il semblerait que les forces d'Urvon et de Zandramas s'apprêtent à en découdre pour de bon à Peldane. La sorcière a annexé la principauté le mois dernier afin de faire le tampon entre Urvon, qui descendait du nord, et Darshiva. Elle a envoyé ses troupes à Peldane pour l'affronter.

— Qu'en pensez-vous, Atesca ? fit Zakath.

Le général s'approcha de la carte murale, l'étudia un moment et posa le doigt dessus.

— Ici, Majesté, dit-il. A Ferra. Nous descendons en force et nous occupons la ville. C'est un point stratégique : la Magan fait près de huit lieues de large à cet endroit, et il ne devrait pas être très difficile d'empêcher quiconque de la traverser depuis Darshiva. Nous empêcherions ainsi Zandramas de recevoir des renforts. L'armée d'Urvon étant supérieure en nombre, elle écrasera celle de la sorcière, mais n'en sortira pas indemne. Les belligérants sont des fanatiques et se battront à mort. Après avoir vaincu Zandramas, Urvon s'arrêtera pour lécher ses plaies. Nous en profiterons pour frapper. Ses troupes seront affaiblies, épuisées, les nôtres — toutes fraîches. L'issue est assez prévisible. Nous n'aurons plus alors qu'à traverser la Magan et nettoyer Darshiva.

— Excellent, Atesca, approuva Zakath, et un petit sourire glacial effleura ses lèvres. J'apprécie l'ironie de votre plan : d'abord nous utilisons Urvon pour écraser Zandramas, puis nous l'éliminons à son tour. La perspective de faire faire le sale boulot par le Disciple de Torak m'enchante.

— Avec la permission de Votre Majesté, j'aimerais prendre

la tête des troupes et superviser l'occupation de Ferra, reprit le général. Quand nous aurons coupé son armée en deux, Zandramas ne pourra pas faire autrement que de contre-attaquer. Il faudra renforcer les fortifications de la ville et faire patrouiller la rivière afin d'empêcher ses troupes d'entrer à Peldane en contournant nos positions. C'est une étape cruciale de l'opération, et je souhaiterais la mener personnellement.

— C'est entendu, Atesca, acquiesça Zakath. Je ne vois pas qui en serait plus digne que vous.

— Votre Majesté est trop indulgente, fit-il en s'inclinant avec raideur.

— Si je puis me permettre, Majesté, intervint Brador, nous avons reçu des rapports assez inquiétants du Cthol Murgos. D'après nos agents sur place, Urgit aurait amorcé des pourparlers assez sérieux avec les Aloriens.

— Les Murgos et les Aloriens ? s'exclama Zakath, incrédule. Mais ils se haïssent depuis des lustres !

— Ils ont peut-être trouvé une cause commune, suggéra avec tact l'homme à l'éternelle robe brune.

— Vous voulez parler de moi, sans doute ?

— Ça semble logique, Majesté.

— Nous ne pouvons pas les laisser faire. Il va falloir que nous attaquions les Aloriens. Quand ils se sentiront menacés sur leur propre sol, ils ne songeront plus à s'aventurer au Cthol Murgos.

Atesca s'éclaircit la gorge.

— Puis-je vous parler sans détours, Majesté ?

— Je ne vous ai jamais entendu parler autrement, Atesca. Quel est le problème ?

— Il faut être stupide pour se battre sur deux fronts à la fois, et fou pour livrer bataille à trois ennemis en même temps. Vous avez cette guerre à Peldane sur les bras, une autre au Cthol Murgos, et voilà que vous envisagez d'en déclarer une troisième en Alorie. Je vous le déconseille formellement.

— Vous êtes un homme courageux, Atesca, fit Zakath avec un sourire grimaçant. Je ne me rappelle pas que l'on m'ait jamais traité d'imbécile et de fou dans la même phrase.

— J'espère que Votre Majesté me pardonnera ma naïveté, mais c'est mon opinion.

— Ça va, Atesca, soupira l'empereur en balayant ses excuses d'un geste de la main. Vous êtes ici pour me conseiller, pas pour fayoter, et j'apprécie votre franchise. Bien, nous attendrons pour faire la guerre aux Aloriens d'avoir rétabli l'ordre ici. Je me limiterai à l'imbécillité. La folie attendra. Le monde en a eu sa dose avec Taur Urgas. Maudit sois-tu, Belgarion ! tonna-t-il soudain en se mettant à faire les cent pas. Que mijotes-tu ?

— Si vous permettez, Majesté, intervint timidement Brador, Belgarion n'est pas dans le Ponant. On l'a vu la semaine dernière en Melcénie.

— En Melcénie ? Et que faisait-il là-bas ?

— Nous n'avons pas réussi à le déterminer, Majesté. Mais ce qui est à peu près certain, en revanche, c'est qu'il a quitté les îles. Nous pensons qu'il est dans cette partie du monde.

— Pour ajouter à la confusion, sans nul doute. Ouvrez l'œil, Atesca, et si vous le repérez, j'aimerais bien avoir une petite conversation avec lui. Ce jeune homme a une façon d'arpenter le monde qui prend des allures de catastrophe naturelle.

— Je mettrai un point d'honneur à vous le retrouver, Majesté. Maintenant, avec votre permission, j'aimerais superviser l'embarquement des troupes.

— Quand pensez-vous arriver à Ferra ?

— D'ici trois ou quatre jours. Je vais ordonner aux hommes de tirer sur les avirons.

— Ça ne va pas leur plaire.

— Ça n'a pas besoin de leur plaire, Majesté.

— Eh bien, allez-y. Je vous rejoindrai d'ici la fin de la semaine.

Le général salua avec raideur et tourna les talons.

— Au fait, Atesca, reprit le monarque tant redouté de l'infinie Mallorée, vous ne voulez pas emmener un chat dans vos pérégrinations ?

L'homme jeta un coup d'œil à l'autre bout de la pièce où grouillait une horde de chatons. La chatte de l'empereur s'était réfugiée tout en haut de la cheminée et observait sa progéniture avec des airs de bête aux abois.

— Hem..., graillonna-t-il. Votre Majesté est vraiment très aimable, mais le poil de chat me fait gonfler les paupières et je crois que j'aurai besoin de mes yeux dans un proche avenir.

— Je comprends, Atesca. Bien, ce sera tout.

Le général s'inclina et quitta vivement la pièce.

— Enfin, soupira Zakath, s'il ne veut pas de chat, nous pourrions peut-être lui donner un bâton de maréchal. Si cette campagne est un succès, naturellement.

— Naturellement, Majesté, murmura Brador.

L'archiduc Otrath fut couronné empereur de Mallorée sans incident particulier. Bien sûr, comme il était bête à manger du foin, il fallut le mener par la main pendant toute la cérémonie, mais tout se passa à peu près comme il fallait. Puis, quand ce fut fini, Zandramas le fit asseoir sur un joli trône au palais de Hemil, ordonna à ses serviteurs de lui lécher les bottes tant qu'il voudrait et s'esquiva discrètement.

Le prince Geran était dans la cellule que Zandramas s'était réservée dans le Temple. Une vieille prêtresse grolime veillait sur lui.

— Il a été très sage, ce matin, Sainte Zandramas, dit-elle.

— Sage, pas sage, qu'est-ce que ça peut faire ? rétorqua la sorcière en haussant les épaules. Tu peux t'en aller, à présent.

— Oui, Sainte Prêtresse.

La vieille femme quitta la pièce sur une génuflexion.

Le prince Geran regarda Zandramas avec gravité.

— Votre Altesse est bien silencieuse, ce matin, ironisa-t-elle.

L'enfant ne changea pas d'expression. Depuis plus d'un an qu'ils vivaient ensemble, il ne lui avait jamais témoigné la moindre affection et — chose peut-être plus troublante encore — n'avait pas davantage l'air d'avoir peur d'elle. Il lui tendit un de ses jouets.

— Balle, dit-il.

— C'est ça, c'est ça, grommela-t-elle.

Puis, peut-être dérangée par son regard pénétrant, elle alla se planter devant le miroir, à l'autre bout de la pièce, repoussa son capuchon et regarda son reflet avec attention. Son visage n'était pas encore atteint. C'était toujours ça. Elle regarda avec dégoût les lumières papillotantes qui tournoyaient sous la peau de ses mains, puis elle écarta les pans de sa robe et contempla sa nudité. Ça s'étendait, c'était indéniable. Les mêmes points lumineux tourbillonnaient dans l'albâtre de ses seins et de son ventre.

Geran s'approcha sans bruit et se dressa à côté d'elle.

— Etoiles, dit-il en tendant le doigt vers le miroir.

— Allez, Geran, va jouer, va, murmura l'Enfant des Ténèbres en refermant sa robe.

CHAPITRE 13

Comme ils avançaient vers l'ouest, cet après-midi-là, les lourds nuages violets qui barraient l'horizon, devant eux, montèrent dans le ciel, l'obscurcissant d'une façon inquiétante. Durnik s'approcha de Belgarath qui avançait en tête de la colonne.

— Toth dit que nous ferions mieux de nous abriter, annonça-t-il. Les orages sont parfois redoutables, au printemps, dans cette partie du monde.

— Une saucée de plus ou de moins... Nous n'en mourrons pas, rétorqua le vieux sorcier en haussant les épaules.

— Il dit que la tempête ne durera pas, reprit le forgeron. Elle devrait passer pendant la nuit, mais elle risque d'être très violente. Je pense que nous ferions mieux de l'écouter, tu sais. Le problème, ce n'est pas seulement la pluie et le vent ; d'après lui, il pourrait aussi grêler, et les grêlons sont parfois aussi gros que des pommes.

Belgarath scruta en soupirant les nuages d'encre, maintenant zébrés d'éclairs.

— Mouais. De toute façon, nous ne serions pas allés beaucoup plus loin, aujourd'hui. Il connaît un endroit où nous pourrions nous abriter dans le coin ?

— Il y a un village de paysans à une lieue d'ici. S'il est comme les autres, il devrait être désert et nous y trouverons sûrement un toit assez intact pour nous protéger de la grêle.

— Eh bien, allons-y. Ça ne va pas tarder à péter. Je vais demander à Beldin de reconnaître le terrain.

Il leva le visage et Garion sentit qu'il scrutait mentalement les cieux.

Ils foncèrent à bride abattue dans des bourrasques de vent glacial, parfois chargées de pluie, qui faisaient claquer les pans de leur cape autour d'eux.

En arrivant au sommet de la colline qui dominait le village, ils virent le front de l'orage avancer comme un mur à travers la plaine déserte.

— Ce sera juste. Allons-y, et en vitesse ! cria Belgarath pour se faire entendre de ses compagnons malgré la tourmente.

Ils dévalèrent la colline, dans les herbes follement agitées par le vent, puis traversèrent une ceinture de terre cultivée. Le village était entouré de murs, mais la porte avait été arrachée à ses gonds et la plupart des maisons incendiées. Les cavaliers suivaient une rue encombrée de gravats, les sabots de leurs chevaux claquant sur les pierres, lorsqu'un choc assourdi, puis un autre, ponctuèrent le mugissement du vent. Ils furent bientôt suivis d'une salve qui allait crescendo.

— La grêle ! hurla Garion.

Velvet poussa un cri et porta la main à son épaule. Silk réagit instinctivement. Il talonna son cheval, ôta sa cape, la jeta sur la tête de la jeune fille et la maintint au-dessus d'elle avec son bras, comme une tente protectrice.

Ils retrouvèrent Beldin dans la cour d'une maison relativement épargnée par les flammes et les pillards.

— Par ici ! appela-t-il d'un ton pressant. Les portes de l'écurie sont ouvertes. Faites-y entrer les chevaux, vite !

Ils mirent pied à terre, menèrent précipitamment leurs bêtes dans une écurie d'une immensité de cathédrale, en refermèrent les portes et coururent se mettre à l'abri dans la maison.

— On dirait que tout le monde a mis les voiles, marmonna Belgarath.

— Il n'y a pas âme qui vive, confirma Beldin. A moins qu'un bureaucrate melcène ne soit terré dans une cave, quelque part.

La grêle tombait si fort que le crépitement devint un rugissement continu. Garion jeta un coup d'œil au-dehors. Des masses énormes de glace s'abattaient sur les dalles de la cour où elles volaient en éclats. Le froid devint polaire.

— Eh bien, nous nous sommes abrités juste à temps, on dirait.

— Ferme la porte, Garion, suggéra Polgara. Nous allons faire du feu.

La salle dans laquelle ils s'étaient réfugiés donnait l'impression d'avoir été évacuée en hâte : la table et les chaises étaient renversées et de la vaisselle cassée jonchait le sol. Durnik fouilla les débris du regard et ramassa un bout de chandelle abandonné dans un coin. Il redressa la table, posa la bougie sur un morceau d'assiette et prit son silex, sa mèche d'amadou et sa lame d'acier.

Toth ouvrit la fenêtre, se pencha au-dehors, ferma les volets et les assujettit soigneusement.

La chandelle de Durnik coula un peu au début puis se mit à brûler d'une flamme régulière qui baigna la pièce d'une chaude lueur dorée. Malgré les débris éparpillés sur le sol et le mobilier en désordre, la pièce était accueillante. Les murs et le plafond, entre les poutres sombres, avaient été badigeonnés à la chaux. Le forgeron s'approcha de la vaste cheminée voûtée, hérissée de crémaillères. Des bûches étaient soigneusement empilées à côté.

— Eh bien, Messieurs, commença Polgara, ne restez pas les bras ballants comme ça ! Il faudrait relever les meubles, donner un coup de balai par terre et trouver d'autres chandelles. Pendant ce temps-là, j'aimerais inspecter les chambres.

Durnik se releva, jeta un regard critique au feu et dut s'estimer satisfait de son œuvre car il annonça qu'il allait voir les chevaux.

— Dis, Pol, tu veux que je te rapporte tes affaires ? proposa-t-il.

— Juste les provisions et ma batterie de cuisine, pour l'instant. Mais tu ne préfères pas attendre que ça se calme un peu ?

— La cour est entourée par une sorte d'auvent. Les gens qui ont construit cette maison devaient être au courant, pour le temps, répondit le forgeron avec un mouvement du pouce vers la tourmente qui faisait rage au-dehors.

Garion s'approcha de Velvet. La jeune fille était assise sur un banc et se tâtait l'épaule. Elle avait le visage blême et le front couvert de sueur.

— Ça va ? lui demanda-t-il.

— J'ai été plus surprise qu'autre chose, répondit-elle. Mais c'est gentil de vous inquiéter de ma santé.

— Gentil, je t'en fiche ! explosa-t-il soudainement. Je vous considère comme ma sœur, Liselle, et tout ce qui vous atteint me touche personnellement.

— C'est moi qui suis touchée, Majesté, fit-elle avec un sourire qui ensoleilla la pièce.

— Arrêtez cette comédie, Liselle. Vous n'avez pas besoin de crâner avec moi. Si vous avez mal, dites-le.

— Je vais avoir un superbe bleu, Belgarion, c'est tout, lui assura-t-elle en s'efforçant de faire passer par ses prunelles dorées un message de sincérité — pas mal imité, au demeurant.

— Vous mériteriez que je vous donne la fessée !

— Ça, c'est une idée intéressante !

Mais il n'y songeait pas sérieusement, bien sûr. A la place, il se pencha et lui planta un baiser sur le front.

— Eh bien, Majesté, se récria-t-elle, un peu surprise. Et si Ce'Nedra vous voyait ?

— Elle vous aime autant que moi et n'élèverait pas la moindre protestation. Je vais demander à tante Pol de s'occuper de votre épaule.

— Je vous assure que ça va, Belgarion.

— Vous voulez en discuter avec elle ?

— Non, fit-elle après réflexion. J'aimerais autant éviter cela. Envoyez-moi plutôt Kheldar pour me tenir la main.

— C'est tout ?

— Vous pouvez me donner un autre baiser, si vous y tenez absolument.

Polgara ouvrit la robe grise de Velvet avec un détachement tout professionnel pour examiner la grande marque violacée qui ornait l'épaule de la fille aux yeux de miel. Laquelle couvrit, en rougissant pudiquement, certains aspects proéminents de sa personne.

— Allons, vous n'avez rien de cassé, constata la sorcière en palpant délicatement l'ecchymose. Mais ça risque d'être assez douloureux.

— Je m'en suis aperçue, approuva sa patiente avec une grimace comique.

— Sadi, je voudrais un puissant analgésique, reprit Polgara. Qu'avez-vous à me proposer ?

— J'ai de l'oret, Dame Polgara, suggéra l'eunuque.

— Non, objecta la sorcière en fronçant le sourcil. Nous ne pourrions plus rien en tirer pendant des jours. Vous n'auriez pas plutôt du miseth ?

— Du miseth, Dame Polgara ? C'est un excellent remède contre la douleur, bien sûr, mais... vous en connaissez les effets secondaires, objecta le Nyissien en regardant la pauvre Velvet avec une expression indéchiffrable.

— Nous saurons l'en préserver, s'il le faut.

— Quels effets secondaires ? intervint Silk en se dressant auprès de la fille aux cheveux de miel comme pour la protéger.

— Il agit sur... hem, disons qu'il éveille certaines ardeurs, répondit Sadi avec tact. C'est surtout pour cette propriété qu'on l'apprécie en Nyissie.

— Ah, fit Silk, et son museau de fouine devint d'un rose intéressant.

— Une goutte, ordonna Polgara. Oh, et puis, mettez-en deux.

— *Deux* ! s'exclama l'eunuque.

— Je ne vois pas de raison de la laisser souffrir.

— Pour ça, elle devrait être tranquille, lui assura Sadi. Mais vous avez intérêt à la tenir à l'œil tant que l'effet du miseth se fera sentir.

— Je l'endormirai s'il le faut.

Sadi ouvrit sa mallette de cuir rouge et y préleva avec répugnance une fiole de liquide violet.

— Je tiens à vous dire, Dame Polgara, que je ne suis pas du tout d'accord.

— Faites-moi confiance.

— Je ne sais pas pourquoi, mais cette phrase me fait chaque fois l'effet d'un signal d'alarme, souffla Belgarath à l'oreille de Beldin.

— Tu es trop pusillanime. Nous ne pourrons aller nulle part tant que la gamine ne sera pas rétablie. Pol sait ce qu'elle fait.

— Tu as peut-être raison, concéda le vieux sorcier.

Sadi fit tomber deux gouttes de l'élixir violet dans une

tasse d'eau, remua le mélange avec son doigt, s'essuya méticuleusement la main et tendit le tout à Velvet.

— Buvez-ça doucement, lui ordonna-t-il. Vous allez vous sentir toute chose, vous allez voir.

— Toute chose ? répéta-t-elle d'un air suspicieux.

— Je vous expliquerai plus tard. Ce qui compte, pour l'instant, c'est que vous ne sentirez plus la douleur.

— Hé, c'est bon, constata-t-elle en goûtant le breuvage.

— Je vous crois, approuva l'eunuque. Et vous allez trouver le fond encore bien meilleur.

Velvet sirota le liquide à petites gorgées. Son visage devint tout à coup d'un joli rouge.

— Ouah, s'exclama-t-elle. Qu'est-ce qu'il fait chaud, ici ! Vous ne trouvez pas ?

— Ça va mieux ? demanda Silk en s'asseyant à côté d'elle.

— Hmm ?

— Ton épaule ? Elle va mieux ?

— Vous avez vu mon bleu, Kheldar ?

Elle ouvrit sa robe en grand pour lui montrer son hématome. Elle le lui montra, en effet — ainsi que bien d'autres choses, comme purent le constater tous ceux qui étaient dans la pièce à ce moment-là.

— Houlà ! murmura-t-elle distraitement, sans seulement faire mine de réparer le désordre de sa toilette.

— Je pense, Dame Polgara, que vous feriez bien de prendre les mesures que vous évoquiez tout à l'heure, susurra Sadi. Il est fort à craindre que de l'austère pudeur elle ne passe incessamment les bornes, comme dit le poète.

La sorcière opina du chef et posa la main sur le front de sa patiente. Garion entendit un léger bruit de vagues.

— J'ai envie de dormir, maintenant, souffla Velvet d'une voix ensommeillée. Serait-ce un effet de votre drogue ?

— En quelque sorte, acquiesça Polgara.

La tête de la jeune fille tomba en avant et elle s'appuya sur l'épaule de Silk.

— Emmenez-la par ici, Silk, ordonna la sorcière. Nous allons la mettre au lit.

Le Drasnien ramassa sa protégée endormie et quitta la pièce sur les talons de Polgara.

— Cette drogue a-t-elle toujours le même effet ? s'enquit innocemment Ce'Nedra.

— Le miseth ? Oh oui ! Il réveillerait une momie.

— Et... ça marche aussi sur les hommes ?

— Il agit sans distinction de sexe, Majesté.

— Comme c'est intéressant... Ne perdez pas cette petite bouteille, Sadi, dit-elle en coulant un regard vers Garion.

— Bon, si on parlait d'autre chose ? murmura sa proie.

Quand Polgara revint, un quart d'heure plus tard, les autres avaient remis de l'ordre dans la pièce, ainsi qu'elle le constata avec un sourire.

— Elle dort, annonça-t-elle en posant sa chandelle sur la table. J'en ai profité pour jeter un coup d'œil dans les autres chambres. La maîtresse de maison devait être une personne très ordonnée. Seule cette pièce a été vraiment chamboulée lors du départ de ses occupants. Vous avez bien choisi, mon Oncle, conclut-elle en lissant le devant de sa robe grise avec satisfaction.

— Je suis content que la maison te plaise, répondit-il.

Il était vautré sur un banc à haut dossier, près de la fenêtre, et renouait soigneusement le lacet de cuir qui retenait sa manche gauche déchirée.

— Nous sommes encore loin du fleuve ? demanda Belgarath.

— Au moins une bonne journée de cheval. Je ne peux pas être plus précis. Quand le vent s'est levé, j'ai cru que j'allais y laisser toutes mes plumes.

— La région est-elle toujours déserte, vers l'avant ?

— Difficile à dire. J'étais assez haut, et s'il y avait des gens, avec cette tempête, ils ne traînaient pas dehors.

— Il sera toujours temps de voir demain matin.

Le vieux sorcier s'appuya confortablement au dos de son fauteuil et tendit les jambes devant lui, vers le foyer.

— Vous avez eu une bonne idée de faire du feu, décréta-t-il. Il fait vraiment un froid de canard.

— C'est souvent ce qui arrive quand on entasse trois ou quatre pouces de glace par terre, ironisa le vilain petit sorcier. Si ce genre d'orages prend l'habitude d'éclater tous les après-midi, dans la région, nous avons intérêt à traverser la Magan le matin, ajouta-t-il en fronçant pensivement le front. Je n'aimerais pas spécialement me retrouver sous la grêle au beau milieu du fleuve, dans un bateau découvert.

— Ah, maintenant, ça suffit ! ronchonna Sadi.

Il tenait à la main la bouteille de terre cuite de Zith.

— Qu'y a-t-il ? s'inquiéta Ce'Nedra.

— Elle faisait un drôle de petit bruit, répondit l'eunuque. J'ai voulu voir si elle allait bien et elle m'a sifflé au nez.

— Ça lui est déjà arrivé, non ?

— Cette fois, c'était différent. J'ai eu vraiment l'impression qu'elle m'avertissait de ne pas approcher d'elle.

— Elle n'est pas malade, au moins ?

— Je ne crois pas. C'est un jeune serpent, et j'ai toujours fait très attention à son alimentation.

— Elle a peut-être besoin d'un petit remontant.

Ce'Nedra interrogea Polgara du regard.

— Je suis désolée, mon chou, répondit la sorcière en riant, mais je ne connais rien aux maladies des reptiles.

— Vous ne pourriez pas parler d'autre chose ? fit plaintivement Silk. Votre Zith est une bonne bête, mais c'est tout de même un serpent.

La petite reine de Riva fit volte-face et se tourna vers lui, les yeux jetant des éclairs.

— Comment pouvez-vous dire une chose pareille ? Deux fois, elle nous a sauvé la vie : à Rak Urga, quand elle a mordu ce Grolim, Sorchak, et puis à Ashaba, quand elle a donné le baiser de la mort à Harakan. Sans elle, nous ne serions pas là. Vous pourriez au moins lui témoigner un peu de gratitude.

— Eh bien..., bredouilla-t-il, un peu décontenancé. Vous avez sûrement raison, mais je n'y peux rien. J'ai la phobie des serpents.

— Pour moi, ce n'est pas un serpent.

— Ecoutez, Ce'Nedra, reprit-il patiemment, elle est longue et fine, elle n'a ni bras ni jambes, elle rampe et elle est venimeuse. C'est la définition même du serpent.

— Ce sont d'odieux préjugés !

— Si vous voulez.

— Vous me décevez cruellement, Prince Kheldar. C'est une brave petite créature, douce et aimante, et je vous trouve très injuste avec elle.

Il la regarda un moment, puis se leva et se fendit d'une révérence outrancière devant la bouteille de terre cuite.

— Je suis horriblement désolé, ma chère Zith, fit-il avec emphase. Je ne sais pas ce qui m'a pris. Trouveras-tu jamais, dans ton petit cœur vert et glacé, assez d'indulgence pour me pardonner ?

Zith lui lança un long sifflement qui s'acheva par un curieux grommellement.

— Elle vous dit de lui fiche la paix, traduisit Sadi.

— Vous comprenez vraiment ce qu'elle raconte ?

— En général, oui. Les serpents ont un vocabulaire assez limité, alors il n'est pas difficile de saisir une phrase par-ci, par-là. Mais je trouve qu'elle vitupère beaucoup, ces temps derniers, et ça ne lui ressemble pas. Ordinairement, c'est une petite demoiselle serpent très bien élevée.

— Je n'en crois pas mes oreilles, grommela Silk en secouant la tête.

Il disparut dans le couloir menant vers les chambres.

Durnik, Toth et Essaïon revinrent avec les paquets contenant les vivres et les ustensiles de Polgara. Celle-ci considéra la cheminée et ses accessoires d'un œil appréciateur et leur tint à peu près ce discours :

— Nous avons mangé d'une façon plutôt frugale, ces temps derniers. Nous disposons ici d'une cuisine assez bien équipée. Il serait dommage de ne pas en profiter. L'ennui, ajouta-t-elle en fouillant dans les provisions, c'est que j'ai à peine mieux que des rations de soldat à vous offrir.

— Il y a un poulailler, dehors, tu sais, insinua Beldin, toujours coopératif.

— Durnik, mon chou..., fit Polgara avec un sourire rêveur.

— J'y vais, ma Pol. Tu en veux combien ? Trois ?

— Disons quatre. Comme ça, nous aurons du poulet froid à emporter, demain, en repartant. Ce'Nedra, allez avec lui et ramassez tous les œufs que vous pourrez trouver.

La petite reine la regarda avec stupéfaction.

— Je n'ai jamais ramassé les œufs, Dame Polgara, protesta-t-elle.

— Ce n'est pas difficile, mon chou. Prenez garde à ne pas les casser, c'est tout.

— Mais...

— Je pourrai peut-être vous faire une omelette au fromage pour le petit déjeuner.

Les yeux de Ce'Nedra s'illuminèrent aussitôt.

— Je vais chercher un panier, annonça-t-elle vivement.

— C'est une idée magnifique, mon chou. A part ça, mon Oncle, vous avez repéré d'autres choses intéressantes ?

— Il y a un cagibi, derrière la maison, où ils devaient brasser la bière, répondit-il avec un haussement d'épaules, mais je n'ai pas eu le temps d'y regarder de plus près.

Belgarath se leva d'un bond.

— Allons voir ça tout de suite, suggéra-t-il.

— Oh, tu sais, la bière de ménage est souvent décevante.

— On a parfois de bonnes surprises. Le seul moyen d'en avoir le cœur net, c'est d'y goûter.

— Ça, c'est bien vrai.

Les deux vieux sorciers sortirent d'un même pas pendant qu'Essaïon rajoutait du bois sur le feu.

Ce'Nedra revint sur ces entrefaites, l'air contrarié.

— Elles ne veulent pas me donner leurs œufs, Dame Polgara, pleurnicha-t-elle. Elles sont assises dessus.

— Il faut fouiller dessous et les leur prendre, mon chou.

— Elles risquent de ne pas aimer ça, non ?

— Vous n'allez pas me dire que vous avez peur d'une poule, tout de même ?

Les yeux de la petite reine devinrent d'une dureté adamantine et elle ressortit avec détermination.

Il y avait des réserves de légumes dans le cellier, derrière la maison, et Belgarath et Beldin rapportèrent un tonnelet de bière du fameux cagibi. Pendant que les poulets rôtissaient, Polgara trouva de la farine et un certain nombre d'autres ingrédients dans les boîtes et les bocaux de la cuisine. Elle retroussa ses manches d'un air très professionnel, prépara un grand baquet de pâte et l'étala près du feu, sur une planche bien nettoyée.

— Ce soir, il y aura des biscuits, annonça-t-elle. Et je vais vous faire du pain frais pour demain matin.

Garion estima que c'était le meilleur souper qu'ils avaient fait depuis des mois. Il leur était arrivé de se régaler dans certaines auberges, et même de festoyer, mais la cuisine de tante Pol avait une qualité indéfinissable qu'aucun cuisinier au monde n'égalerait jamais. Après avoir un peu plus mangé peut-être que de raison, il repoussa son assiette et se laissa aller sur le dossier de sa chaise avec un soupir de satisfaction.

— Nous te sommes infiniment reconnaissants de nous en laisser des miettes, lâcha Ce'Nedra d'un petit ton pincé.

— Allons bon ! Je t'ai fait quelque chose ?

— Mais non, Garion, ce n'est pas ça. Je suis juste un peu en rogne, c'est tout.

— En rogne ? Et pourquoi ?

— Une poule m'a donné un coup de bec. Celle-ci, ajouta-t-elle en indiquant une carcasse de poulet gisant sur le plat.

Elle tendit la main, lui arracha une cuisse et y planta sauvagement ses petites dents blanches.

— Tiens ! fit-elle d'un ton vengeur. Ça t'apprendra !

Garion retint un fou rire. Il connaissait trop bien sa tendre épouse.

Après dîner, ils s'attardèrent un moment à table, dans une sorte de satisfaction béate. Ils écoutaient la tempête s'apaiser au dehors lorsqu'on frappa doucement, presque timidement, à la porte. Garion se leva d'un bond et passa la main par-dessus son épaule, prêt à dégainer son épée.

— Je ne voudrais pas vous déranger, fit une vieille voix un peu plaintive. Je voulais juste m'assurer que vous ne manquiez de rien.

Belgarath se leva à son tour et alla ouvrir la porte.

— Loué sois-Tu, Saint Belgarath, fit leur visiteur en s'inclinant avec un profond respect.

C'était un très vieil homme aux cheveux blancs comme neige et au visage ascétique, ridé comme une pomme.

Et surtout, c'était un Grolim.

Belgarath le considéra avec méfiance.

— Vous savez qui je suis ?

— Evidemment. Je sais qui vous êtes tous. Je vous attendais. Je peux entrer ?

Belgarath s'écarta pour le laisser passer. Le vieux Grolim entra en trottinant dans la pièce, courbé sur un bâton noueux. Il s'inclina devant Polgara.

— Dame Polgara, murmura-t-il, puis il se tourna vers Garion. Majesté... Puis-je implorer votre pardon ?

— Pardon pour quoi ? rétorqua le jeune roi de Riva. Vous ne m'avez rien fait, que je sache ?

— Oh, si, Majesté. Quand j'ai appris ce qui s'était passé à la Cité de la Nuit sans Fin, je vous ai haï. Me pardonnerez-vous jamais ?

— Je n'ai rien à vous pardonner. Votre réaction était compréhensible. Mais dois-je comprendre que vous avez changé d'avis ?

— On m'en a fait changer, roi Belgarion. Le Nouveau Dieu des Angaraks sera un Dieu meilleur, plus aimant que Torak. Je ne vis plus maintenant que pour le servir, et dans l'attente de son avènement.

— Asseyez-vous, mon ami, fit Belgarath. J'en déduis que vous avez fait une sorte d'expérience mystique ?

Le vieux Grolim se laissa tomber sur une chaise, un sourire béat inscrit sur sa vieille face ridée.

— Mon cœur, Saint Belgarath, a été touché par la grâce, dit-il simplement. J'avais consacré ma vie au service de Torak, dans le Temple de ce village. Vous ne pourrez jamais imaginer combien j'ai souffert en apprenant Sa mort, moi qui L'avais toujours aveuglément suivi. A présent, j'ai ôté Son effigie du mur du Temple et l'autel est couvert de fleurs et non plus du sang des victimes offertes au Dieu-Dragon. Je me repens amèrement du temps où je tenais de ma propre main le couteau du sacrifice.

— A quoi attribuez-vous ce changement ? s'enquit Polgara.

— A une voix, Dame Polgara. Une voix qui m'a parlé dans le secret de mon âme et m'a empli d'une telle joie que le monde, depuis, me paraît baigné de lumière.

— Et que vous a dit cette voix ?

Le vieux prêtre fouilla dans les plis de sa robe noire et déroula un rouleau de parchemin.

— J'ai soigneusement retranscrit son message, ainsi qu'elle me l'a ordonné. Il est aisé de mal interpréter ce que l'on entend, de le déformer si on ne l'a pas aimé ou si on l'a mal compris. Mais si j'ai tout mis par écrit, c'est pour le bénéfice d'autrui, continua-t-il avec un sourire d'une infinie douceur, car ses paroles sont gravées dans mon cœur et ne s'effaceront jamais. « Or donc », lut-il d'une voix chevrotante en élevant le parchemin devant ses yeux. « Dans le moment qui suivra la rencontre de l'Enfant de Lumière et l'Enfant des Ténèbres dans la Cité de la Nuit sans Fin, les serviteurs du Dieu des Ténèbres connaîtront un immense désespoir, car Il aura été défait et ne reviendra pas parmi Son peuple. Mais que ton cœur ne s'afflige point. Ton désespoir cédera comme la nuit devant l'avènement d'un nouveau soleil. En vérité je te le dis, le peuple angarak connaîtra une vie nouvelle avec la venue de son vrai Dieu, Celui qui était censé le guider depuis le Commencement des Ages. En vérité je te le dis, le Dieu des Ténèbres avait surgi du néant lors de l'Evénement qui divisa la Création. Il n'était pas destiné à guider et à protéger les Angaraks. Lors de l'ultime rencontre entre l'Enfant des Ténèbres et l'Enfant de Lumière, le vrai Dieu des Angaraks sera révélé, et tu Lui confieras ton cœur et tu L'adoreras.

« La voie que suivront les Angaraks sera déterminée par le Choix. Une fois le Choix effectué, rien, dans les temps à venir, ne pourra le défaire. Il s'imposera pour toujours et à jamais, pour le meilleur ou pour le pire. En vérité je te le dis, deux ils seront à l'Endroit-qui-n'est-plus, mais un seul sera choisi. L'Enfant de Lumière et l'Enfant des Ténèbres transmettront le fardeau des esprits qui les guident à ces deux-là qui seront venus dans l'attente du Choix. Et si l'un des côtés est choisi, le monde s'abîmera dans les ténèbres, mais si l'autre est élu, tout sera baigné de lumière, et ce qui devait être depuis le commencement des âges enfin sera.

« Attends donc avec espoir, et traite tes semblables avec bienveillance, car cela sied au Vrai Dieu, et s'il advenait qu'Il soit choisi, Il te bénirait et léger serait le joug qu'Il poserait sur tes épaules. »

Le vieux Grolim laissa retomber la main qui tenait le parchemin et baissa la tête comme s'il priait.

— Ainsi a parlé la voix qui a empli mon cœur de joie et en a banni le désespoir, conclut-il simplement.

— Nous vous sommes reconnaissants d'avoir partagé cette nouvelle avec nous, murmura Belgarath. Pouvons-nous vous offrir quelque chose ? ajouta-t-il en indiquant la table d'un geste d'invite.

— Je ne mange plus de viande, répondit le vieux Grolim

en secouant la tête. Je ne veux pas offenser mon Dieu. J'ai raccroché mon couteau et ne verserai plus le sang de ma vie. Je vais vous laisser, maintenant, dit-il en se levant. J'étais venu vous annoncer le message que la voix m'a révélé et vous assurer qu'un Angarak au moins priait pour votre succès.

— Soyez-en remercié, fit sincèrement Belgarath.

Il alla à la porte et l'ouvrit devant le doux vieillard.

— Ce n'était pas trop fumeux, pour une fois, commenta Beldin après son départ. C'est la première fois que je tombe sur une Prophétie aussi explicite.

— Vous voulez dire que c'était un vrai prophète ? demanda Silk.

— Evidemment. Il présente tous les symptômes classiques : l'extase, le changement radical de personnalité — rien n'y manque.

— Pour un cas classique, il y a tout de même quelque chose qui cloche, objecta Belgarath en se rembrunissant. J'ai passé des millénaires à lire des Prophéties, et je trouve que ses paroles ne sonnent pas comme les autres, ni les nôtres ni celles du camp adverse. Garion, tu ne pourrais pas entrer en contact avec notre ami ? J'aimerais lui parler.

— Je vais essayer. Mais tu sais qu'il ne répond pas forcément quand on l'appelle.

— Essaie toujours. Dis-lui que c'est important.

— Je vais voir ce que je peux faire.

Garion se rassit et ferma les yeux.

— *Vous êtes là* ? demanda-t-il.

— *Ne crie pas comme ça, Garion*, protesta la voix. *Tu me casses les oreilles.*

— *Pardon*, s'excusa Garion. *Je n'avais pas réalisé que je parlais si fort. Grand-père voudrait vous parler.*

— *Très bien, Garion. Mais ouvre les yeux. Je n'y vois rien quand tu les fermes.*

Le jeune homme retrouva l'impression qu'il avait déjà eue à plusieurs reprises d'être repoussé dans un coin de son propre esprit, et la voix sèche prit le relais.

— *Alors Belgarath*, dit-elle par les lèvres de Garion. *Qu'y a-t-il cette fois ?*

— J'ai quelques questions à vous poser, répondit le vieux sorcier.

— *Ça, ce n'est pas nouveau. Tu as toujours des questions à poser.*

— Vous avez entendu ce que nous a dit le Grolim ?

— *Evidemment.*

— C'était vous ? Je veux dire, est-ce votre voix qu'il a entendue ?

— *Non, ce n'était pas moi.*

— C'était donc l'autre esprit ?

— *Non, ce n'était pas lui non plus.*

— Alors qui était-ce ?

— *Il y a des moments où j'ai peine à croire qu'Aldur t'ait pris pour premier Disciple. Aurais-tu du fromage mou à la place de la cervelle ?*

— Vous n'avez pas besoin de vous montrer insultant, rétorqua Belgarath, l'air un peu froissé, mais Beldin éclata d'un vilain rire caquetant.

— *Très bien*, fit la voix dans un soupir. *Je vais y aller doucement. Tâche de suivre, si tu peux. Nous avons commencé à exister, mon analogue et moi-même, lorsque la Destinée a été divisée. Ça va, jusque-là ?*

— Je le savais déjà.

— *Et tu as réussi à ne pas l'oublier ? C'est stupéfiant.*

— Merci, fit Belgarath d'une voix atone.

— *Je parle par la bouche de Garion. Ce n'est qu'un paysan, et il emploie parfois des termes un peu abrupts. Bien, il est logique qu'une fois réunifiée la Destinée s'exprime par une nouvelle voix, tu ne crois pas ? Nous aurons rempli notre but, mon analogue et moi-même. On n'aura plus besoin de nous. Des millions d'années d'inimitié entre nous ont un peu gauchi notre perception.*

« *Réfléchis, vieillard*, reprit la voix, comme Belgarath encaissait la nouvelle. *Je ne suis pas fait pour envisager un univers uni. J'ai trop de vieilles rancunes. La nouvelle voix pourra repartir de zéro, sans idées préconçues. Ce sera mieux comme ça, crois-moi.*

— Vous me manquerez.

— *Fais-moi grâce de ce genre de mièvrerie, Belgarath. Je crois que je ne le supporterais pas.*

— Attendez un peu. Cette nouvelle voix apparaîtra après la rencontre, d'accord ?

— *A l'instant de la rencontre, pour être plus précis.*

— Mais si elle n'existe pas encore, comment a-t-elle pu parler au vieux Grolim ?

— *Le temps ne veut pas dire grand-chose pour nous, Belgarath. Nous pouvons nous déplacer dans un sens comme dans l'autre, sur les voies du temps.*

— Vous voulez dire qu'elle s'exprimait... de l'avenir ?

— *C'est manifeste*, répondit la voix et Garion sentit un petit sourire ironique retrousser les commissures de ses lèvres. *Dans le fond, qu'est-ce qui te prouve que je ne te parle pas du passé ?*

Belgarath accusa le coup.

— Pendant que nous vous tenons, intervint Beldin d'un ton triomphant, nous allons gagner, n'est-ce pas ?

— *On peut l'espérer, mais ce n'est pas certain.*

— La voix qui parlait au Grolim était celle d'un Dieu d'amour, n'est-ce pas ?

— *Oui.*

— Si l'Enfant des Ténèbres devait l'emporter, le Nouveau Dieu ne serait sûrement pas très bienveillant, hein ?

— *Non.*

— Le simple fait que cette voix soit venue de l'avenir — après le Choix — indiquerait donc que c'est l'Enfant de Lumière qui va l'emporter ?

— *Allons, Beldin*, soupira la voix, *pourquoi faut-il toujours que tu compliques les choses ? La voix qui a parlé au Grolim était la possibilité du nouvel esprit. Elle a juste remonté le temps pour effectuer certains préparatifs afin que tout soit prêt dans l'éventualité où elle sortirait victorieuse de la confrontation. Mais le Choix n'a pas encore eu lieu, tu le sais.*

— Je m'étonne qu'une simple possibilité d'existence soit investie d'un tel pouvoir.

— *Le possible a d'énormes pouvoirs, Beldin. Des pouvoirs plus puissants parfois que lorsqu'il devient réalité.*

— Dans ce cas, la possibilité de l'autre esprit est sans doute en train de faire ses préparatifs, elle aussi, non ?

— *C'est fort probable, en effet. Je dois dire que tu as une vision stupéfiante de l'évidence.*

— Alors nous nous retrouvons à notre point de départ.

Nous aurons toujours affaire à deux esprits qui luttent pour la suprématie par-delà le temps et l'univers.

— *Non. Le Choix éliminera l'une des possibilités une fois pour toutes.*

— Je ne comprends pas, avoua Beldin.

— *Je ne m'attendais pas à ce que tu comprennes.*

— A quels préparatifs procédait cette nouvelle voix en se faisant entendre de cet homme ? demanda tout à coup Polgara.

— *Le Grolim qui est venu vous voir était le prophète et le premier Disciple du Nouveau Dieu — dans l'hypothèse où l'Enfant de Lumière serait choisi, évidemment.*

— Un Grolim ! ?

— *On ne m'a pas demandé mon avis. Mais comme le Nouveau Dieu sera le Dieu des Angaraks, j'admets que ça se tient.*

— J'en connais qui risquent d'avoir du mal à avaler ça.

— *Ah, Polgara, tu as autant de préjugés que moi*, fit la voix avec un petit rire. *Mais je te crois tout de même plus adaptable. Tu l'es assurément davantage, en tout cas, que ces deux vieillards entêtés. Tu t'y feras, avec le temps, tu verras. Maintenant, si vous n'avez plus de questions, j'ai autre chose à faire, ailleurs dans le temps.*

Et la voix s'en fut.

CHAPITRE 14

Le soleil, en se couchant, creva le banc de nuages violets, éclaboussant l'horizon d'un jaune bilieux. L'orage approchait. Garion gravit la longue pente menant au sommet d'une colline et embrassa du regard la vallée qui s'étendait au-delà. Il vit un groupe de bâtiments disposés d'une façon si familière qu'il se laissa tomber sur son derrière et le contempla avec stupeur pendant un moment. Puis il se releva et avança prudemment vers la ferme dans l'herbe haute. Il n'y avait pas de fumée et le portail était ouvert, mais il ne voyait aucune raison de courir des risques. Les fermiers avaient une aversion innée pour les loups, et Garion n'était pas spécialement d'humeur à recevoir une flèche tirée par un archer invisible.

Il s'arrêta à la limite de la zone dégagée entourant le domaine et le regarda un moment. Les environs avaient l'air déserts. Il se coula par la porte ouverte, les pattes repliées, le ventre collé au sol. La cour était presque aussi vaste que celle de la ferme de Faldor. La ferme de Faldor, qui était de l'autre côté du monde...

Il se glissa dans une grange et resta planté au milieu, une patte avant légèrement dressée, le nez et les oreilles à l'affût du moindre signe de vie. Il n'entendit pas un bruit, à part le gémissement d'une vache au pis gonflé qui mugissait pour qu'on la traie dans l'étable, de l'autre côté de la cour. Quant au reste, ça sentait l'homme, bien sûr, mais les odeurs avaient déjà plusieurs jours.

Garion ressortit de la grange et alla de bâtiment en bâtiment en rasant les murs, tournant avec ses mâchoires les poignées des portes fermées. Tout dans cet endroit lui était si étonnamment familier qu'il en avait le cœur serré. Il se croyait pourtant bien guéri de cette nostalgie particulière. Les remises rappelaient d'une façon frappante celles dans lesquelles il avait si longtemps joué, à la ferme de Faldor. La forge ressemblait tant à celle de Durnik qu'il eut l'impression d'entendre tinter son marteau sur l'enclume. Il aurait pu aller les yeux fermés à la cuisine, de l'autre côté de la cour.

Il explora méthodiquement chacune des pièces entourant la cour, au rez-de-chaussée, puis il monta l'escalier qui menait à la galerie, ses griffes cliquetant sur les marches de bois.

Il n'y avait pas un chat.

Il redescendit dans la cour et passa un museau inquisiteur dans l'étable. La vache poussa un mugissement paniqué et Garion battit précipitamment en retraite pour ne pas ajouter à sa détresse.

— Tante Pol, envoya-t-il mentalement.

— Oui, mon chou ?

— Il n'y a personne, et c'est un endroit parfait.

— La perfection n'est pas de ce monde, Garion.

— Attends d'avoir vu ça.

Quelques instants plus tard, Belgarath entrait dans la cour à petits bonds. Il leva le nez pour prendre le vent, balaya les environs du regard et reprit forme humaine.

— Ma parole, on se sent comme chez soi ! fit-il avec un grand sourire.

— C'est fou, hein ? approuva Garion.

Beldin descendit en spirale vers eux et se métamorphosa.

— Nous sommes à une lieue de la rivière, annonça-t-il. En avançant tout droit, nous y serons avant la nuit.

— Restons plutôt ici, suggéra le sorcier qui était un loup. Les berges du fleuve sont peut-être gardées et je ne vois pas l'intérêt de jouer à cache-cache dans le noir alors que rien ne nous y oblige.

— C'est toi qui vois, répondit le bossu avec un haussement d'épaules.

Polgara plana au-dessus du mur sur ses douces ailes blanches et descendit vers eux, aussi silencieusement qu'un fantôme. Elle se posa sur le timon d'une charrette abandonnée au milieu de la cour, reprit forme humaine et regarda autour d'elle en ouvrant de grands yeux.

— Par tous les Dieux d'Alorie..., murmura-t-elle en descendant de son perchoir. Tu avais raison, Garion. Cet endroit est parfait.

Elle replia sa cape sur son bras et entra dans la cuisine, de l'autre côté de la cour.

Quelques minutes plus tard, Durnik et les autres les rejoignaient. Le forgeron jeta lui aussi un coup d'œil circulaire sur les bâtiments et éclata de rire.

— Pour un peu, on croirait voir Faldor sortir par cette porte, dit-il. Comment deux endroits situés aux antipodes l'un de l'autre peuvent-ils se ressembler autant ?

— Oh, vous savez, c'est une façon assez rationnelle de concevoir une ferme, expliqua Belgarath. Les gens intelligents finissent par s'en apercevoir, tôt ou tard, dans quelque partie du monde qu'ils vivent. Dites, vous ne pourriez pas faire quelque chose pour cette vache ? Nous n'arriverons jamais à dormir si elle passe la nuit à beugler comme ça.

— Je vais la traire tout de suite, proposa le forgeron.

Il mit pied à terre et mena son cheval vers la grange.

— Nous n'arriverons jamais à l'arracher d'ici, demain matin, nota affectueusement Belgarath en le suivant du regard.

— Où est Polgara ? demanda Silk en aidant Velvet à descendre de cheval.

— Où voulez-vous qu'elle soit ? riposta le vieux sorcier avec un mouvement de menton vers la cuisine. Nous risquons d'avoir encore plus de mal à l'en extraire qu'à tirer Durnik de sa forge.

Velvet promena un regard rêveur sur les lieux. L'effet de la drogue que lui avait donnée Sadi la veille au soir ne s'était pas encore dissipé et Garion supposa que Polgara la tenait sous son contrôle.

— Très joli, commenta-t-elle en se penchant machinalement sur Silk. On se croirait rentrés à la maison.

Le petit Drasnien arborait quant à lui une expression méfiante et donnait l'impression d'être prêt à bondir.

Ils firent encore un festin, ce soir-là. Ils dînèrent autour d'une longue table, sous les poutres de la cuisine baignée par la lumière dorée des chandelles qui faisaient étinceler les casseroles de cuivre accrochées aux murs. La pièce était intime et chaleureuse, surtout par ce temps. La tempête qui couvait depuis la fin de l'après-midi avait fini par éclater, emplissant la nuit de tonnerre, d'éclairs et d'un vent furieux qui projetait des bourrasques de pluie sur les portes et les volets.

Garion se sentait étrangement en paix avec lui-même, apaisé comme il ne l'avait pas été depuis plus d'un an maintenant. Il savait qu'il aurait besoin de toutes ses forces pendant les terribles mois qui l'attendaient encore et il acceptait avec reconnaissance ce moment qui lui permettait de refaire le plein d'énergie.

— Par Issa ! s'exclama Sadi, le tirant de sa méditation.

L'eunuque avait emporté sa mallette rouge à l'autre bout de la cuisine et tenté d'attirer Zith hors de sa petite maison avec une soucoupe de lait encore tiède du pis de la vache.

— Qu'y a-t-il ? demanda Velvet, émergeant tout à coup de la torpeur induite par la drogue.

— Zith a une petite surprise pour nous, répondit l'eunuque, aux anges. Je ferais mieux de dire *plusieurs* surprises.

N'y tenant plus, la fille aux cheveux de miel écarta les objections de Polgara qui aurait préféré qu'elle reste tranquille et s'approcha de lui.

— Oh, qu'ils sont mignons ! fit-elle d'une voix légèrement voilée.

— Quoi donc ? s'enquit Polgara.

— Notre chère petite Zith est mère de famille !

Tous se levèrent alors pour entourer la jeune maman et sa progéniture : cinq rejetons, pas plus gros que des vers à pêche, d'un vert vif parcouru, du bout du nez à la queue, d'une strie rouge. Tout le portrait de leur mère, laquelle était dressée au-dessus d'eux dans une attitude à la fois protectrice et faussement modeste, ce qui constituait une manière d'exploit. Les bébés avaient le menton appuyé sur le bord de la soucoupe et lapaient le lait chaud avec leur petite langue fourchue en ronronnant de contentement.

— C'est donc pour ça qu'elle était si grincheuse, ces temps derniers, conclut Sadi. Pourquoi ne m'as-tu rien dit, ma Zi-zith ? J'aurais pu t'assister au moment de l'accouchement.

— Il faudrait me payer cher pour aider un serpent à mettre bas, maugréa Silk. Et puis, d'abord, j'étais persuadé que les serpents pondaient des œufs.

— La plupart, acquiesça l'eunuque. Mais certains sont ovovivipares. Zith est dans ce cas.

— Et moi qui trouvais qu'elle prenait du ventre, commenta Velvet. Elle était enceinte !

— Il y a quelque chose que je ne comprends pas, fit Durnik, le sourcil froncé. Je croyais que l'on ne trouvait cette espèce qu'en Nyissie ?

— En effet, confirma Sadi. Et même en Nyissie, elle est assez rare.

— Alors comment..., bredouilla le forgeron, gêné. Comment a-t-elle fait son compte ? Je veux dire, où a-t-elle connu le père, depuis le temps que nous avons quitté la Nyissie ?

L'eunuque en resta comme deux ronds de flan.

— Mais vous avez raison ! C'est impossible. Zith, comment as-tu fait ce coup-là ?

Le petit serpent vert l'ignora superbement.

— Ça n'a rien de mystérieux, Sadi, expliqua Essaïon avec un petit sourire. Rappelez-vous ce que Cyradis a dit à Zith, lorsqu'elle nous est apparue à Ashaba.

— Elle a parlé d'une chose qui avait été retardée. J'avoue que je n'ai pas fait très attention, sur le coup. La situation était peu propice à la concentration, si je me souviens bien.

— Elle a dit : « Sois tranquille, petite sœur, car ce pour quoi tu as vu le jour est accompli, et ce qui avait tardé peut désormais se produire. » C'est de ça qu'elle parlait. Voilà ce qui avait été retardé.

— Tu sais, Belgarath, je ne suis pas loin de croire qu'il a raison, approuva Beldin. Ce n'est pas la première fois que la Prophétie influe sur le cours des événements pour faire avancer les choses. Zith est née dans le but de mordre Harakan, c'est « ce pour quoi elle a vu le jour ». Ceci étant fait, la vie a repris son rythme normal. Ce que je me demande plutôt, c'est comment il se fait que ce mouflet se souvienne si bien des paroles de cette satanée sibylle ?

grommela le vieux gnome. Nous étions tous plutôt distraits, à ce moment-là.

— J'essaie toujours de me rappeler ce que disent les gens, répondit Essaïon. Il arrive que ça ne veuille pas dire grand-chose sur le coup, mais on finit tôt ou tard par s'apercevoir que ça avait un sens.

— Il est vraiment bizarre, ce gamin, marmonna Beldin.

— Nous avons eu l'occasion de nous en apercevoir.

— Est-ce vraiment possible ? questionna Sadi. Enfin, ce genre d'intervention ?

— Ce n'est pas une question à poser à mon grand-père, s'esclaffa Garion. Pour lui, il n'y a rien d'impossible !

Silk, qui se tenait à une distance respectueuse de la jeune maman et de ses rejetons, haussa légèrement le sourcil.

— Félicitations, Zith, dit-il entre ses dents. Maintenant, vous autres, je vous préviens, ajouta-t-il d'un air sinistre. Ne me demandez pas d'admirer leurs jolies petites quenottes ou je vous casse la gueule.

Ils avaient pris un bain et étaient allés se coucher, mais Ce'Nedra n'arrivait pas à dormir. Elle se tourna et se retourna un moment dans son lit puis elle se redressa d'un bond.

— Il y a peut-être encore du lait chaud, murmura-t-elle. Tu veux que je t'en rapporte ? demanda-t-elle à Garion en repoussant les couverture et en allant, pieds nus, à la porte.

— Non, merci, ma douceur.

— Ça t'aiderait à dormir.

— Oh, moi, ça allait, jusque-là.

Elle lui tira la langue et disparut dans le couloir.

Elle revint quelques instants plus tard, avec sa tasse de lait et un sourire parfaitement pervers.

— Qu'y a-t-il de si drôle ? demanda-t-il.

— Je viens de croiser Silk.

— Et alors ?

— Alors il ne m'a pas vue, mais moi je l'ai vu. Il entrait dans une chambre.

— Il a tout de même le droit d'entrer et de sortir de sa chambre si ça lui chante.

Elle sauta dans le lit.

— Là, je suis bien d'accord. Seulement voilà : ce n'était pas sa chambre, ajouta-t-elle avec un petit rire.

— Oh, toussota Garion, embarrassé. Bois ton lait, va.

— Je suis restée un instant derrière la porte. Et tu veux savoir ce qu'ils se racontaient ?

— Pas spécialement, non.

Elle le lui dit quand même.

La pluie avait cessé, mais des roulements de tonnerre se faisaient encore entendre par moments et des éclairs intermittents zébraient l'horizon, loin vers l'ouest. Garion se réveilla en sursaut et se redressa. Un grondement différent avait retenti, au dehors, occasionnellement accompagné par un hurlement strident. Il se leva sans bruit et sortit sur le balcon qui courait tout autour du bâtiment. Une longue rangée de torches avançait lentement dans les ténèbres, à un quart de lieue vers le couchant. Garion tenta de percer les ombres et commença à former mentalement l'image du loup. Il fallait absolument qu'il tire cette affaire au clair.

Les torches avançaient avec une lenteur particulière. Garion s'approcha de sa démarche souple, silencieuse, et remarqua qu'elles étaient beaucoup plus hautes que si leurs porteurs avaient été à cheval, par exemple. Le grondement sourd et les cris étranges se firent entendre à nouveau. Il se tapit à côté d'un buisson de ronces pour regarder et écouter. Une longue file d'énormes bêtes grises avançait lourdement dans la nuit, vers le nord-est, à ce qu'il lui sembla. Garion avait vu une représentation, même approximative, d'éléphant dans l'Ile de Verkat, quand sa tante Pol avait chassé l'ermite fou dans la forêt. Seulement en voir une image, c'était une chose ; se trouver face à une de ces créatures en chair et en os, c'en était une autre. Garion n'avait jamais vu d'aussi gros animaux. Leur démarche lente, pondérée, avait quelque chose d'implacable. Ils avaient la tête et les flancs couverts d'un maillage d'acier qui devait peser un poids énorme, et pourtant ils avançaient comme s'il était aussi insubstantiel qu'une toile d'araignée. Ils mettaient une patte devant l'autre en agitant leurs oreilles semblables à des ailes de papillons monstrueux, portaient à leur front le long tentacule qui oscillait devant eux et poussaient un cri assourdissant pareil à un coup de trompette.

Des hommes en armures rudimentaires étaient montés sur les énormes créatures. Un gaillard tenant un flambeau était assis en tailleur sur la nuque de chacun des éléphants. Les cavaliers à califourchon derrière, sur leur dos, étaient armés de javelots, de frondes et d'arcs courts. La bête qui marchait en tête de la colonne faisait bien une toise de plus que les autres. Sur son dos était juché un homme vêtu de la robe noire des Grolims.

Garion se leva et s'approcha en tapinois, la truffe frémissante et les oreilles pointées. Ses pattes ne faisaient aucun bruit dans l'herbe trempée par la pluie. Il était sûr que les pachydermes ne pouvaient manquer de flairer son odeur, mais il se disait qu'il ne constituait pas une menace pour des animaux de cette taille et qu'ils l'ignoreraient certainement. Face à eux, il avait l'impression de n'être qu'un chétif insecte et il n'aimait pas ça du tout. Sa propre masse frisait les deux cents livres, mais le poids d'un éléphant s'appréciait en tonnes, non en livres.

Garion remonta silencieusement la colonne, en restant à une cinquantaine de toises sur le côté. Il s'intéressait surtout au Grolim assis sur la nuque de l'animal de tête.

Tout à coup, une silhouette sombre apparut sur la piste, juste devant le pachyderme qui ouvrait la marche. A la lueur des torches, sa robe de satin noir luisait comme si elle était mouillée. La colonne fit halte. Garion se rapprocha en douce.

La silhouette repoussa son capuchon d'une main qui semblait piquetée de lumières tournoyantes. A Ashaba, puis de nouveau à Zamad, Garion avait brièvement aperçu le visage de la sorcière de Darshiva, mais les confrontations avec la ravisseuse de son fils étaient tellement chargées de haine et de danger qu'il n'avait pas vraiment eu le temps de laisser ses traits se graver dans sa mémoire. Alors il se glissa sans bruit vers l'Enfant des Ténèbres et la regarda attentivement.

La lumière rougeâtre des torches révélait des traits réguliers, presque beaux. Elle avait des cheveux d'ébène, luisants, et la peau presque aussi claire qu'Adara, la cousine de Garion. Mais la similitude s'arrêtait là. Zandramas était une Grolime ; elle avait le nez légèrement busqué et les yeux noirs, angulaires, des Angaraks. Son front large, sans une ride, et son menton pointu conféraient à son visage une forme étrangement triangulaire.

— Je commençais à me demander où tu étais passé, Naradas, fit-elle de sa voix gutturale, fortement accentuée.

— Pardonne-moi, Maîtresse, répondit le Grolim à califourchon sur l'énorme bête à l'avant de la colonne. Les cornacs étaient plus au sud qu'on ne nous l'avait dit.

Il repoussa son capuchon, révélant un faciès cruel et des prunelles laiteuses qu'embrasait la lueur vacillante des torches.

— Comment se déroule le combat contre les troupes du Disciple ?

— Pas bien, Naradas, répondit-elle. Ses Gardes, ses Chandims et la racaille karandaque ont l'avantage du nombre.

— Je t'amène, Maîtresse, un régiment d'éléphants qui va faire tourner le cours de la bataille. Le sang des Gardes, des Chandims et des Karandaques abreuvera l'herbe de Peldane. Leurs têtes rouleront dans la poussière et nous imposerons pour jamais l'ordre à Darshiva.

— Que m'importe Darshiva, Naradas ! C'est le monde que je veux. Le sort d'une obscure principauté des confins orientaux de la Mallorée ne m'inspire qu'une sublime indifférence. Elle a servi nos desseins ; peu me chaut à présent qu'elle périsse ou survive. Combien de temps te faudra-t-il pour mener tes bêtes sur le champ de bataille ?

— Deux jours tout au plus, Maîtresse.

— Eh bien, qu'il en soit ainsi. Remets-les sous le commandement de mes généraux et suis-moi à Kell. Je vais retourner à Hemil, récupérer Otrath et le marmot de Belgarion. Je t'attendrai à l'ombre de la montagne sacrée des sibylles.

— Est-il vrai, Maîtresse, qu'Urvon est accompagné du Seigneur Démon Nahaz et de ses hordes ?

— En effet, mais c'est sans conséquence, désormais. Il est aisé d'invoquer le peuple des ténèbres, et Nahaz n'est pas le seul Démon Majeur des Enfers. Le Seigneur Mordja a consenti à nous aider avec *ses* propres cohortes. Une haine éternelle oppose Mordja et Nahaz. Ils se font maintenant la guerre sans se soucier des combats d'ici-bas.

— Vous n'avez pas fait ça, Maîtresse ! Vous ne vous êtes pas compromise avec ces créatures infernales !

— Je me compromettrais avec le roi des Enfers en personne pour emporter la victoire à l'Endroit-qui-n'est-plus. Mordja a feint de fuir et entraîné Nahaz loin du champ de bataille. Emmènes-y tes bêtes et qu'elles nous débarrassent de la racaille d'Urvon. Nahaz et ses séides ne seront plus là pour te retarder. Ensuite, rejoins-moi vite à Kell.

— Comptez sur moi, Maîtresse, promit docilement Naradas.

Garion sentit une rage froide, implacable, s'emparer de lui. La ravisseuse de son fils n'était qu'à quelques coudées de lui et il savait qu'elle n'aurait pas le temps d'user de son pouvoir avant qu'il lui enfonce les crocs dans la gorge, et après la question ne se poserait plus. Il rampa vers elle, une patte après l'autre, les poils dressés sur l'échine, le ventre plaqué au sol, les babines retroussées sur ses terribles crocs. Il avait soif de sang et sa haine lui embrasait la cervelle. Frémissant d'une mortelle impatience, il banda ses muscles et un grondement sourd, grave, fit vibrer sa gorge.

Cette sensation le ramena à la raison. L'idée qui lui mettait l'esprit en feu était bien digne d'un loup. Voilà ce qui s'appelait ne pas voir plus loin que le bout de sa truffe. Si Zandramas n'était qu'à quelques bonds de lui, il pouvait, en effet, déchiqueter ses chairs et répandre son sang sur la piste et les herbes du bas-côté avant que l'écho de ses cris ne lui revienne des collines toutes proches. Mais si la silhouette plantée devant l'homme aux yeux blancs n'était qu'une projection immatérielle, ses mâchoires se refermeraient sur le vide avec un claquement, et la Sorcière de Darshiva échapperait encore à sa vengeance, comme l'autre fois, à Ashaba.

Fut-elle alertée par la tempête qui faisait rage sous son crâne, ou bien explorait-elle mentalement les environs, ainsi que le faisait si souvent Polgara ? En tout cas, la sorcière avait dû repérer leur présence car elle poussa tout à coup un cri d'alerte.

— Attention, Naradas ! hurla-t-elle, puis ses lèvres se retroussèrent sur un sourire cruel. Mais je suis à l'abri des sortilèges aloriens, sous une autre forme !

Elle concentra son Vouloir, son image se brouilla, et une gigantesque créature ailée apparut devant les éléphants soudain terrifiés. Le dragon étala les voiles immenses de ses ailes et s'envola dans la nuit, crevant les ténèbres de son hurlement strident et d'un jet de flammes d'un rouge fuligineux.

— Tante Pol ! fusa la pensée de Garion. Le dragon arrive !

— Que dis-tu ? renvoya mentalement Polgara.

— Zandramas ! Elle a changé de forme, elle vole vers toi !

— Reviens ici tout de suite ! ordonna-t-elle sèchement. Fais vite !

Il fit volte-face et courut vers la ferme de toute la vitesse de ses quatre pattes, ses griffes s'enfonçant dans le sol élastique. Le cri strident de la monstrueuse créature ailée retentit encore plusieurs fois derrière lui et il entendit barrir les éléphants paniqués. Il fonçait tête baissée dans la nuit, désespéré à l'idée que Polgara et ses compagnons étaient à peu près sans défense contre Zandramas, et que seule l'épée ardente de Poing-de-Fer avait une chance de la mettre en déroute.

Il n'était pas loin de la ferme, mais les secondes lui parurent des heures alors qu'il bondissait et se ramassait, ainsi que courent les loups. Devant lui, le souffle incendiaire du dragon illuminait les nuages menaçants qui roulaient dans le ciel, spectacle d'autant plus hallucinant que ce brasier était strié par des éclairs d'un bleu glacial qui s'abattaient spasmodiquement sur le sol. Puis la créature replia ses ailes monstrueuses et se laissa tomber comme une pierre vers la ferme en vomissant des flammes.

Garion se métamorphosa entre deux bonds et se rua vers la porte, l'épée de Poing-de-Fer décrivant des moulinets embrasés au-dessus de sa tête.

Le dragon tendit ses formidables serres au dernier moment et se posa dans la cour de la ferme en crachant des tourbillons de gaz en combustion. Il fit pivoter son cou reptilien, noyant les bâtiments qui entouraient la cour sous un déluge de flammes. Les constructions de bois commencèrent à noircir et à fumer, et des flammèches bleues léchèrent les entourages des portes et des fenêtres.

Garion se jeta sur la bête avec son épée d'où jaillissait une langue de feu et la frappa sans trêve ni relâche.

— La sorcellerie est peut-être sans effet sur toi, Zandramas ! s'écria-t-il, mais tu n'es pas protégée contre ça !

Elle poussa un hurlement strident et l'engloutit sous les flammes, mais il l'ignora et continua à lui assener des coups d'estoc et de taille. Incapable d'en supporter davantage, la créature battit frénétiquement des ailes et prit son essor. Elle griffa le vide de ses serres, parvint au dernier moment à éviter le haut des bâtiments, se reposa hors de la ferme et l'engloutit dans une gerbe de feu.

Garion fonça vers le portail, déterminé à en finir une bonne fois pour toutes, mais il s'arrêta net. Le dragon n'était plus seul. Face à l'autre forme de la Sorcière de Darshiva se dressait la louve bleue, entourée de son halo si particulier. Alors, tout comme Polgara avait démesurément grandi, à Sthiss Tor, devant le Dieu Issa, comme Garion lui-même l'avait fait dans la Cité de la Nuit Sans Fin, lors de la rencontre finale avec Torak, la louve bleue prit des proportions gigantesques.

Leur affrontement fut cauchemardesque. Le dragon luttait en crachant des flammes, la louve avec ses terribles crocs. Cette dernière étant immatérielle — à part ses dents —, les flammes du dragon étaient sans effet sur elle. Et bien que les mâchoires de la louve fussent redoutables, elles ne pouvaient pénétrer la peau écailleuse du dragon. Les deux créatures se jetèrent l'une sur l'autre, en un combat titanesque mais sans issue. Puis Garion crut discerner quelque chose. On n'y voyait goutte. Le ciel était encore obscurci par les nuages, et les éclairs spasmodiques semblaient plutôt obscurcir le paysage qu'ils ne le révélaient, mais il eut l'impression que le dragon accusait le coup chaque fois que la louve fondait sur lui. Puis il comprit : il ne redoutait pas les dents de la louve, mais son halo. Celui-ci devait être d'une nature voisine de la lueur de l'Orbe et de la langue de feu qui jaillissait de l'épée de Poing-de-Fer. La lumière bleue qui nimbait Poledra sous sa forme de louve devait participer, d'une façon ou d'une autre, du pouvoir de l'Orbe, or Garion avait eu l'occasion de constater que même sous cet aspect monstrueux, invincible, Zandramas redoutait la pierre où palpitait la vie et tout ce qui lui était associé. Il se pénétra peu à peu de la conviction que c'était devant cette irradiation qu'elle battait en retraite, et Poledra, qui en était bien consciente, exploitait son avantage en bondissant sauvagement sur elle, les crocs en avant. Puis, tout à coup, les deux adversaires s'immobilisèrent. Ce fut comme si un message silencieux passait entre elles ; elles devinrent floues et reprirent forme humaine. Zandramas et Poledra s'affrontèrent sous leur enveloppe féminine, les yeux brûlant de haine.

— Je t'avais avertie, Zandramas, fit Poledra d'une voix implacable. Chaque fois que tu tenteras de t'opposer aux desseins de la Destinée qui régit toute chose, je t'en empêcherai.

— Et je t'ai dit, Poledra, que tu ne me faisais pas peur, rétorqua la sorcière.

— Eh bien, c'est parfait, reprit Poledra avec une douceur inquiétante. Demandons à la sibylle de Kell de procéder au choix ici et maintenant, en se basant sur l'issue de notre combat.

— Tu n'es pas l'Enfant de Lumière, Poledra. Tu n'as pas à participer à la rencontre ! hurla Zandramas.

— Je pourrais prendre la place de Belgarion si nécessaire, car ce n'est pas de l'affrontement entre vous deux que dépend le sort de la Création. Dans cet ultime engagement, tu ne seras plus l'Enfant des Ténèbres, et il cessera d'être l'Enfant de Lumière. D'autres sont destinés à assumer ce fardeau, alors finissons-en, toi et moi, ici et en cet instant.

— Tu vas tout projeter dans le chaos, Poledra !

— Pas *tout*, n'aie crainte. Tu as beaucoup plus à perdre que moi. Belgarion est l'Enfant de Lumière ; il ira à l'Endroit-qui-n'est-plus. Tu es l'Enfant des Ténèbres, mais si nous nous affrontons en ce lieu et à présent, et si tu es vaincue, qui reprendra le flambeau ? Urvon ? Agachak, peut-être ? Ou quelqu'un d'autre ? En tout cas, toi, tu ne seras pas élevée au-dessus de la multitude, et je doute que tu apprécies cette idée. Décide-toi, Zandramas, mais vite.

Elles se mesurèrent un moment du regard, tandis que les derniers éclairs de la nuit zigzaguaient paresseusement sous les nuages, baignant leur visage d'une lumière surnaturelle.

— Eh bien, Zandramas ?

— Nous nous rencontrerons assurément, Poledra, et tout sera décidé — mais pas ici. Ce n'est pas l'endroit de mon choix.

Sur ces mots, l'Enfant des Ténèbres vacilla et disparut. Garion entendit le bruit de vague caractéristique. Elle s'était translocalisée.

CHAPITRE 15

Elle avança vers Garion avec détermination mais sans hâte, rivant sur lui le vivant mystère de ses yeux dorés.

— Tu peux ranger ton épée. Tu n'en as plus besoin.

— Oui, Grand-mère.

Il passa la main par-dessus son épaule, introduisit la pointe de sa lame dans le fourreau et la laissa glisser au fond, entraînée par son seul poids.

— Je pense que tu as entendu ?

— Oui, Grand-mère.

— Et tu as compris ?

— Eh bien...

— Tout s'expliquera en temps utile. Entrons. J'ai besoin de parler avec ma fille et mon mari.

— Volontiers.

Garion hésita un instant sur la conduite à tenir. Il se demanda fugitivement quelle serait sa réaction s'il tentait de l'aider et découvrait qu'elle était immatérielle. Mais la moindre des choses, quand on était un jeune homme bien élevé et qu'on traversait une étendue de terrain accidenté avec une dame, c'était de l'aider. alors il serra les dents, tendit la main et lui prit le coude.

Elle était aussi concrète que lui. Il se sentit un peu mieux.

— Merci, Garion, fit-elle avec un drôle de petit sourire. Tu avais vraiment peur que ta main passe à travers moi ?

— Vous lisez dans mes pensées, fit-il en s'empourprant.

— Evidemment, confirma-t-elle avec un petit rire de gorge. Ça n'a rien de miraculeux, Garion. Tu es loup sous ton autre forme, et la pensée des loups est assez transparente. La tienne s'est manifestée ouvertement par une centaine de petits gestes et d'expressions involontaires.

— Je ne savais pas.

— C'est charmant, tu sais. Tous les louveteaux font ça.

— Merci, fit-il sèchement comme ils franchissaient la porte et entraient dans la cour de la ferme.

Les hommes achevaient d'éteindre les dernières flammes qui léchaient la façade d'une grange : Silk, Essaïon et Sadi faisaient la chaîne avec des seaux d'eau que Durnik et Toth déversaient sur les parois de bois. Le dragon n'avait pas eu le temps de faire de gros dégâts avec son souffle embrasé, et aucun des bâtiments n'avait gravement souffert en définitive.

Polgara traversa la cour de sa démarche de reine, Ce'Nedra et Velvet sur ses talons.

— Mère, dit simplement la sorcière.

— Tu as l'air en pleine forme, Polgara, répondit la femme aux cheveux feuille morte, comme si elle l'avait quittée la semaine passée. On dirait que le mariage te réussit.

— Je trouve aussi, convint Polgara avec un sourire.

— Je n'en suis pas surprise. Ton père est là ? J'ai à vous parler — à vous tous.

— Il est en haut. Tu sais ce que ça lui fait chaque fois qu'il te voit.

— Tu veux bien aller le chercher, Garion ? Il va falloir qu'il se fasse une raison. Je n'ai que peu de temps devant moi, et il doit entendre ce que j'ai à vous dire.

— Tout de suite, Grand-mère.

Il tourna les talons et gravit rapidement les marches de bois menant à la galerie du premier étage et à la porte que lui avait indiquée sa tante Pol.

Belgarath était assis, les coudes sur les genoux et la tête dans les mains, sur un lit de camp défait.

— Grand-père, dit doucement Garion.

— Quoi ?

— Elle veut te parler.

Le vieux sorcier leva la tête vers lui. Il était l'image même de la désolation.

— Je suis désolé, Grand-père. Elle dit que c'est très important.

Belgarath serra les dents et poussa un soupir résigné.

— Eh bien, puisqu'il faut y aller, allons-y, fit-il en se levant.

En descendant l'escalier, ils virent Durnik s'incliner un peu maladroitement devant Poledra.

— Ma Dame, disait le forgeron.

Garion songea tout à coup que c'était peut-être leur première rencontre officielle.

— Voilà qui est bien raide et protocolaire, remarqua-t-elle en lui effleurant doucement le visage. Tu fais le bonheur de ma fille, Durnik. Sois-en à jamais remercié.

Elle lui ouvrit les bras et l'embrassa chaleureusement, puis elle se tourna vers Belgarath et le regarda bien en face.

— Eh bien ? demanda-t-elle, une note de défi dans la voix.

— Tu n'as pas changé, fit-il d'une voix étranglée.

— Oh si, rectifia-t-elle avec un sourire tordu. A un point que tu ne peux même pas imaginer.

— Ça ne se voit pas.

— Mmm, c'est gentil, ça. Tu as suivi ma petite prise de bec avec la sorcière ?

— Tu as pris des risques, Poledra, répondit-il en hochant la tête. Et si elle avait relevé ton défi ?

— Les loups adorent prendre des risques, rétorqua la femme qui était une louve. Ça ajoute du piment à la vie. Et puis je ne jouais pas si gros jeu : Zandramas est l'Enfant des Ténèbres. L'Esprit des Ténèbres s'empare progressivement de son corps et de son âme ; il ne s'exposera pas inconsidérément à ce stade. Entraîner un remplaçant serait long, et il ne reste guère de temps avant la rencontre finale. Très bien, passons aux choses sérieuses : Zandramas a son roi angarak, à présent.

— Nous avons appris ça, acquiesça Belgarath.

— Tu as toujours eu le don de voir clair dans nos secrets. La cérémonie du couronnement a été assez grotesque. Zandramas a suivi l'ancien rituel angarak qui exigeait la présence de Torak, mais elle a contourné la difficulté. Elle a réussi à susciter, grâce à un certain nombre d'artifices, une image du Dieu assez convaincante pour abuser un individu crédule. Elle a, en tout cas, parfaitement mystifié l'archiduc

Otrath, ajouta-t-elle avec un petit sourire. Il s'est évanoui trois fois au cours du sacre. Je pense que cet imbécile se prend bel et bien pour l'empereur, à l'heure qu'il est. Je gage qu'il aura tôt fait d'ouvrir les yeux s'il a le malheur de tomber entre les pattes de son cousin Kal Zakath ! En attendant, Zandramas a encore une épreuve majeure à accomplir.

— Ah bon ? Et laquelle ?

— La même que vous : découvrir où doit avoir lieu la rencontre finale. Hâtez-vous d'aller à Kell. Le chemin est long, le temps commence à presser et vous avez intérêt à traverser la Magan avant l'arrivée de Zakath.

— Zakath doit venir ici ? s'exclama-t-il, surpris.

— Tu veux dire que tu n'étais pas au courant ? Il a ordonné à son armée, il y a quelques semaines déjà, de prendre position autour de Maga Renn. Son avant-garde est partie depuis quelques jours maintenant, et il a quitté la ville avec le gros de ses troupes hier. Il a l'intention de faire le blocus de la rivière depuis l'extrémité nord des montagnes de Dalasie jusqu'aux jungles de Gandahar. S'il y parvient, vous risquez d'avoir du mal à traverser le fleuve.

Puis elle regarda Beldin.

— Mon vieil ami biscornu est toujours le même...

— Tu pensais que j'aurais pu changer, Poledra ? rétorqua l'intéressé avec un grand sourire.

— Je pensais que tu aurais pu, à tout le moins, changer de tunique, ou que cette vieille défroque répugnante serait tombée en lambeaux, depuis le temps.

— Je la répare de temps en temps, fit-il en haussant les épaules, puis je remplace les reprises quand elles s'usent. Elle est confortable et je me sens bien dedans. Cela dit, ce n'est peut-être plus aujourd'hui que le fantôme de l'original. Bon, tu avais quelque chose de spécial à me dire, ou tu voulais juste me parler de ma garde-robe ?

— Tu me manquais, répondit-elle en riant. Oh, un des grands prêtres du Cthol Murgos est arrivé à Finda, ce Protectorat de Dalasie situé sur la côte ouest.

— Lequel ?

— Agachak.

— A-t-il un roi angarak avec lui ? s'enquit avidement Silk.

— Oui.

— Urgit, le roi des Murgos ?

— Non. Votre frère a tenu tête à Agachak et refusé de l'accompagner.

— Urgit, ruer dans les brancards ? Vous êtes sûre ? La dernière fois que nous l'avons vu, c'était un homme qui avait peur de son ombre.

— Dans ce cas, il a bien changé. Sa jeune épouse n'est peut-être pas étrangère à ce revirement d'attitude. C'est une jeune femme très déterminée, et elle a entrepris de le conformer à l'idée qu'elle se faisait de lui.

— Ça, c'est une nouvelle terriblement déprimante, commenta le petit Drasnien d'un ton funèbre.

— Agachak a amené à sa place le nouveau roi des Thulls, un pauvre demeuré nommé Nathel. Fais bien attention, Belgarath, quand tu entreras en Dalasie. Zandramas, Urvon et Agachak convergent tous vers toi. Ils se haïssent, mais pour eux, tu es l'homme à abattre. Il se pourrait qu'ils oublient leurs inimitiés personnelles pour se liguer contre toi.

— Eh bien... Que Zakath et l'armée malloréenne s'en mêlent et ce sera complet. Ma parole, on va se marcher sur les pieds à l'Endroit-qui-n'est-plus ! ironisa Silk.

— Le nombre n'importe guère, Kheldar. Seules trois personnes auront un rôle à jouer, là-bas : l'Enfant de Lumière, l'Enfant des Ténèbres et la sibylle de Kell, qui effectuera le choix. Tu sais ce que tu as à faire ? demanda-t-elle en se tournant vers Essaïon.

— Oui, répondit-il simplement. Ce n'est pas très difficile en vérité.

— Peut-être pas, mais tu es seul à pouvoir le faire.

— Je serai prêt le moment venu, Poledra.

La femme aux cheveux feuille morte se tourna alors vers Belgarath.

— Je pense que nous allons enfin avoir cette petite conversation que tu évites depuis la naissance de nos filles, dit-elle fermement.

Le vieil homme sursauta.

— En privé, ajouta-t-elle. Viens par ici.

— Oui, Poledra, répondit-il docilement.

Elle se dirigea avec détermination vers la porte de la ferme, Belgarath la suivant comme un petit garçon qui s'attend à une sévère réprimande — ou pis.

— Enfin, fit Polgara avec un soupir de soulagement.

— Que se passe-t-il, Dame Polgara ? demanda Ce'Nedra d'une petite voix inquiète.

— Mon père et ma mère vont se réconcilier, répondit joyeusement Polgara. Ma mère est morte — enfin, est-ce bien vrai ? — en nous mettant au monde, Beldaran et moi. Mon père s'en est toujours voulu de n'avoir pas été à ses côtés à ce moment-là. Il était parti à Cthol Mishrak avec Garrot-d'Ours et les autres pour récupérer l'Orbe qu'avait volée Torak. Poledra ne lui en a jamais fait reproche ; elle savait à quel point c'était important, mais Père culpabilisait depuis des siècles. Elle en a eu assez et elle va faire ce qu'il faut pour remédier à la situation.

— Oh, fit la petite reine de cette voix curieusement voilée qu'elle avait quand elle était émue. Comme c'est émouvant...

Et ses yeux s'emplirent de larmes.

Velvet tira un petit mouchoir de sa manche, se tapota le coin des yeux et le passa discrètement à Ce'Nedra.

Belgarath revint un bon moment plus tard. Il était seul mais il arborait un doux sourire et une lueur juvénile illuminait son regard. Personne ne se risqua à le questionner.

— A votre avis, Durnik, quelle heure est-il ? demanda-t-il allègrement.

Le forgeron scruta le ciel nocturne où le vent chassait les derniers vestiges de nuages vers l'est, révélant les étoiles.

— Pour moi, d'ici deux heures nous devrions voir les premières lueurs de l'aube, répondit-il. La brise s'est levée ; ça sent le matin.

— Nous ne pourrions jamais nous rendormir, de toute façon, décréta le vieux sorcier. Je propose donc que nous chargions les bêtes de somme et que nous sellions les chevaux pendant que Pol prépare le petit déjeuner. Avec de ces œufs dont tu as le secret, hein, Pol ?

L'intéressée lui jeta un regard noir sous un sourcil légèrement haussé.

— Tu n'avais tout de même pas l'intention de nous laisser repartir le ventre vide ? reprit-il impudemment.

— Bien sûr que non, Père. Tu penses bien.

— C'est aussi ce que je me disais.

Puis il éclata de rire.

— Oh, Pol, Pol ! fit-il en la serrant fougueusement dans ses bras.

Les yeux de Ce'Nedra s'humectèrent de plus belle et Velvet repartit à la pêche au mouchoir.

— Si elles continuent comme ça, toutes les deux, cette pauvre petite chose ne va pas durer longtemps, nota froidement Silk.

— Pas de problème, le rassura Garion. Nous en avons deux douzaines de rechange dans notre paquetage. Au fait, Grand-père, j'allais oublier de te dire : avant de se métamorphoser en dragon, Zandramas a parlé avec Naradas.

— Et tu as entendu ce qu'ils se disaient ?

— Il revient de Gandahar. Il ramène un troupeau d'éléphants de combat vers le champ de bataille.

— C'est les démons qui vont être impressionnés, dis donc.

— Il n'y a plus de démons. Zandramas a invoqué un autre Démon Majeur, un certain Mordja, et il a attiré Nahaz loin du théâtre des hostilités. Ils sont partis régler leurs comptes ailleurs.

— Mouais, fit le vieux sorcier en se grattouillant la barbe. D'après vous, Silk, que valent les éléphants de combat de Gandahar ?

— Ils sont presque invincibles, répondit le petit Drasnien. Ils les caparaçonnent de cottes de mailles et leur font ouvrir de larges voies dans les armées ennemies. Si les démons ont vraiment abandonné le terrain, les carottes sont cuites pour les troupes d'Urvon.

— Il y a beaucoup trop de gens dans la course, maintenant, grommela Belgarath. Traversons la Magan et laissons tout ce beau monde s'exterminer joyeusement.

Ils quittèrent la ferme sitôt le petit déjeuner avalé. L'aurore effleurait à peine l'horizon, à l'est. Bien qu'il n'ait presque pas dormi, Garion se sentait curieusement en forme. Il s'était passé des tas de choses, cette nuit-là, des tas de choses qui lui donnaient matière à réflexion.

Le soleil était levé lorsqu'ils atteignirent l'immense

fleuve. L'orage de la nuit avait lavé le ciel, l'herbe et les arbres, et il faisait agréablement chaud. Suivant les mimiques indicatives de Toth, ils longèrent lentement la rive vers le sud, à la recherche d'un village et surtout d'un bateau assez vaste pour leur permettre de traverser la Magan vers Darshiva.

Ils arrivèrent à un petit groupe de cabanes sur pilotis, d'où s'avançaient dans le fleuve quelques jetées délabrées. Un pêcheur était assis, tout seul, au bout d'un des pontons, une canne à pêche dans les mains.

— Allez lui parler, Durnik, suggéra Belgarath. Demandez-lui s'il sait où nous pourrions louer un bateau.

Le forgeron acquiesça d'un hochement de tête, tourna bride et s'approcha de l'homme. Garion le suivit, sans trop réfléchir. Ils mirent pied à terre et s'avancèrent vers le bonhomme, un petit rondouillard vêtu d'une tunique tissée à la main et chaussé de galoches informes, boueuses. De grosses varices violettes faisaient des nœuds sur ses jambes nues, crasseuses. Il avait le teint bistre des hommes qui passent leur vie au grand air, et ses joues étaient moins barbues que pas rasées depuis plusieurs jours.

— Ça mord ? demanda Durnik.

— N'est-ce pâs donc ? fit le pêcheur en indiquant du menton un baquet de bois à moitié plein d'eau posé à côté de lui et dans lequel tournaient fébrilement plusieurs truites d'un pied de long, l'air pas commode avec leur mâchoire inférieure proéminente.

— Belle pêche, observa Durnik en s'accroupissant auprès du bonhomme, les mains sur les genoux.

— Un poâsson est un poâsson, hé, rétorqua le petit rondouillard sans quitter des yeux le bâtonnet rouge qui flottait sur la rivière boueuse. Z'auront encore meilleure mine â d'dans mon âssiette qu'â d'dans c'bâquet-lâ.

— C'est pour ça qu'on se donne le mal de les attraper, approuva Durnik. Qu'utilisez-vous comme appât ?

— Jusqu'â tantôt, j'âmorçais aux bloches-lâ, répondit le drôle, mais comme çâ faisait ren qu'à beûrer â d'dans son coin, je m'suis mis â lâ laitance.

— Tiens, je crois n'avoir jamais essayé, admit Durnik. Et ça marche ?

— Moon ! j'en ai pris une paire en une demi-heure. L'aut' de fois, j'ai cru que j'âllais être obligé de me câcher d'derrière un ârbre sans quoi z'âllaient s'jeter sur moi.

— Il faudra que j'essaie, conclut Durnik en regardant l'eau avec convoitise. Dites, vous ne savez pas où nous pourrions louer un bateau ? Il faut que nous traversions le fleuve.

Pour la première fois, le pêcheur quitta des yeux le flotteur attaché à sa ligne et dévisagea le forgeron avec incrédulité.

— Vers Dârshivâ ? s'exclama-t-il. Je m'demande c'qui vous a persuâdé â c'te bêtise !

— Pourquoi ? Il y a des problèmes de l'autre côté ?

— Des problèmes ? D'ousque vous sortez, vous ? V'sâvez c'que c'est qu'un démon, au moins ?

— Euh, oui, bien sûr.

— Et vous en avez jâmais vu ?

— Une fois, je crois.

— Mon gârs, quand on en voit un, on n'se demande pâs si on â des âvisions, on *sait*. Avec çâ qu'c'est des sâprés abominâtions, moi j'vous l'dis. Y pâraît qu'y en â tout partout â Dârshivâ, de ces immondes criâtures. Un Grolim était déjâ descendu du nord, des bârrots d'ces horreurs-lâ grognant et clâquant des dents dessur ses talons, quand v'lâ-t'y pâs qu'il en est venu un autre, ou plutôt une autre, pâ'ce que c'était une femme, oui, mon gârs, c'est-y pas malheureux d'voir çâ ! Lâ Zandrâmâs, lâ, comme ils disent, l'â fait un pâs en ârrière, l'â lancé un sort et s'â tiré un démon â elle d'l'endroit où ils se terrent, et les horreurs ambulantes â ces deux-lâ de s'toquer les unes les aut' â d'dans tous les coins de Dârshivâ.

— Nous avons entendu dire qu'on se battait au nord d'ici, à Peldane.

— Oui, mais c'est des bâoués pâreils â nous z'aut', qui s'font lâ guerre comme vous et moi, âvec des épées, des z'hâches et de lâ poix brûlante. Les démons s'en sont âllés de l'autre côté du fleuve-lâ chercher une gârenne â dévâster et des gens à s'bâfrer. Pâ'ce que c'est ce que font les démons : y s'bâfrent les gens. Encore vivants, lâ plupârt du temps.

— L'ennui, c'est que nous ne pouvons pas faire autrement que d'y aller, soupira Durnik.

— Moon ! Vous êtes pâs quittes. D'âbord, vous trouverez de bâteau â point d'plâce. Les gens de d'lâ se sont jetés sur tout ce qui flottait et ils sont âllés dessur l'eau vers Gandâhâr. Ils ont dû se dire que les éléphants sauvâges de lâ-bâs étaient moins redoutâbles que les démons.

— Hé, on dirait que ça mord, fit obligeamment Durnik en indiquant le bâtonnet rouge qui s'enfonçait dans l'eau et remontait à la surface.

Le pêcheur releva précipitamment sa gaule et lança un juron.

— Cré vingt bleus !

— On ne peut pas tous les prendre, nota Durnik avec philosophie.

— Ça n'empêche pâs d'essayer, rétorqua le gaillard en riant, puis il tira son hameçon de l'eau et le garnit d'un lambeau d'une matière organique visqueuse prélevée dans un bol de terre cuite commodément placé à côté de lui.

— A votre place, je me mettrais sous la jetée, suggéra le forgeron. J'ai toujours eu l'impression que les truites aimaient l'ombre.

— C'est l'avantâge d'appâter à la laitance de poâsson, rétorqua doctement le pêcheur. Çâ se sent de loin. Y â des moments-lâ, on dirait qu'â grimperaient dessur les murs pour s'en goinfrer.

Il lança à nouveau et s'essuya distraitement la main sur le devant de sa tunique.

— Comment se fait-il que vous soyez resté alors que tous les autres partaient ? s'enquit le forgeron. Après tout, si la région n'est pas sûre, vous auriez peut-être mieux fait de les accompagner à Gandahar ?

— On est pâs près de m'y voir, â Gandâhâr, répondit le bonhomme en observant attentivement son flotteur improvisé. Les gens sont fous, lâ-bâs. Ils pâssent leur temps â châsser l'éléphant, ainsi. Qu'est-ce que vous voulez fiche d'un éléphant quand vous l'âvez âttrâpé ? Ensuite, les poâssons de lâ-bâs vâlent même pâs l'âppât pour les prendre. Pis, c'est lâ première fois que j'ai cette jetée pour moi tout seul depuis cinq ans. Jâmais qu'on pouvait j'ter sâ ligne â l'eau-lâ tel'ment qu'y en âvait â d'dans.

— Je vous comprends, commenta Durnik avec un soupir nostalgique. Allons, il faut que j'y aille, maintenant. Nous devons vraiment trouver un bateau quelque part.

— Je vous déconseille vivement d'âller traîner vos bottes â Dârshivâ, reprit le pêcheur avec gravité. C'est égâl, vous feriez ben mieux de vous couper une perche et d'vous mettre âssis-lâ, â côté de moi, en attendant que çâ se tâsse.

— Je voudrais bien, je vous assure, soupira Durnik en se levant. Enfin, je vous souhaite bonne chance, l'ami.

— C't'â vous qu'y faut dire çâ, â c't'heure. Moi, j'suis â mon ârticle, ici, âvec mâ ligne â d'dans l'eau, rétorqua le bonhomme avec un haussement d'épaules. Si vous âllez à Dârshivâ, tâchez moyen de pâs vous faire bâfrer par ces sâprés démons.

— Je mettrai un point d'honneur à ne pas les engraisser, promit Durnik.

Garion et son ami remontèrent la jetée vers l'endroit où ils avaient laissé leurs chevaux.

— Ils parlent drôlement, dans cette partie du monde, hein ? remarqua le forgeron avec un sourire.

— Oui, acquiesça Garion en pensant au vieil homme dépenaillé et à sa chourette, dans cette taverne perdue des plaines de Voresebo.

— Mais je ne sais pas pourquoi, j'aime bien les entendre, reprit Durnik. Je trouve leur façon de parler reposante, bon enfant.

— A ta place, j'éviterais tout de même de les imiter, lui conseilla Garion. Tante Pol te laverait la bouche au savon.

— Oh non, répondit le forgeron avec un petit rire. Elle ne ferait jamais une chose pareille.

— C'est ta femme. Et ta bouche, conclut Garion en haussant les épaules.

Belgarath les attendait en haut d'une butte herbue qui dominait le village, un peu plus loin sur la berge du fleuve.

— Eh bien ? demanda-t-il.

— Ça mord. Des truites énormes, répondit Durnik avec le plus grand sérieux.

Le vieux sorcier le regarda un moment et leva les yeux au ciel comme pour le prendre à témoin de sa patience.

— Je voulais parler de ce qui se passe à Darshiva, grinça-t-il, les dents serrées.

— Je ne puis rien affirmer, bien sûr, mais si ça mord de ce côté, il est logique de supposer que ça mord aussi de l'autre, rétorqua le forgeron d'un air grave et pénétré.

Belgarath tourna les talons et s'éloigna en maugréant.

Garion et Durnik rejoignirent leurs compagnons et leur répétèrent brièvement les informations qu'ils avaient glanées auprès du pêcheur solitaire.

— Ça jette un éclairage nouveau sur la question, pas vrai ? commenta Silk. Alors, que faisons-nous ?

— Si vous m'autorisez, Vénérable Ancien, à vous faire une suggestion, intervint Sadi, je pense que nous serions bien avisés de suivre l'exemple de ces villageois et de descendre le fleuve jusqu'à Gandahar. De là, nous pourrions affréter un bateau. Ce serait peut-être un peu plus long, mais nous éviterions les démons.

Toth secoua la tête et esquissa une succession de gestes véhéments. Le géant muet, si réservé d'ordinaire, avait l'air étonnamment préoccupé.

— Il dit que nous n'avons pas le temps, traduisit le forgeron.

— Cela signifie-t-il que nous devons arriver à Kell à un moment particulier ? hasarda Silk.

Toth reprit sa pantomime, ses grandes mains agitées de mouvements d'une rapidité insolite.

— Si j'ai bien compris, Kell serait coupée du reste de la Dalasie, reprit Durnik. Cyradis a pris les mesures nécessaires pour que nous passions, mais quand elle sera partie, les autres refermeront les portes de la ville.

— Comment ça, quand elle sera partie ? répéta Belgarath. Où va-t-elle ?

Durnik interrogea Toth du regard et le colosse poursuivit ses mimiques expressives.

— Oh, fit le forgeron. Je vois. Elle doit bientôt aller à l'endroit de la rencontre. Il faut qu'elle y soit lorsque le moment sera venu pour elle d'effectuer le choix.

— Elle n'aurait pas pu faire le voyage avec nous ? objecta Velvet.

Le géant muet secoua à nouveau la tête et ses gestes se firent plus emphatiques.

— Je ne suis pas sûr d'avoir tout compris, avoua Durnik.

Vous m'interromprez, Toth, si je raconte des bêtises. Un certain événement doit se produire avant notre arrivée à Kell, mais s'il n'a pas lieu, elle sera obligée de faire le voyage toute seule.

— Il a dit quel était cet événement ? demanda Polgara.

— Je crois qu'il l'ignore lui-même, ma Pol.

— Sait-il au moins à quel moment la chose doit se passer ? insista âprement Belgarath.

Toth écarta les mains devant lui.

— Cette jeune personne commence à m'exaspérer, grommela le vieux sorcier en regardant Beldin. Que dis-tu de tout ça ?

— Je dis que nous n'avons guère le choix : si cet événement est censé se produire à Darshiva et si nous n'y allons pas, il est fort à craindre qu'il ne se passera rien, et toute l'affaire en dépend peut-être.

— Exact, conclut Belgarath. Nous allons donc à Darshiva. Les démons n'ont qu'à bien se tenir. Il ne nous reste plus qu'à trouver un moyen de traverser ce satané fleuve avant que Zakath ne se pointe.

— J'en connais un, très simple : il nous faudrait un bateau, reprit Durnik.

— Je vais voir ce que je peux faire, proposa Beldin en fléchissant les jambes et en écartant les bras.

— Ne fais pas le difficile, lui recommanda son frère. N'importe quoi fera l'affaire, pourvu que ça flotte.

— Tu fais bien de me le dire, riposta Beldin en prenant son essor.

TROISIÈME PARTIE

DARSHIVA

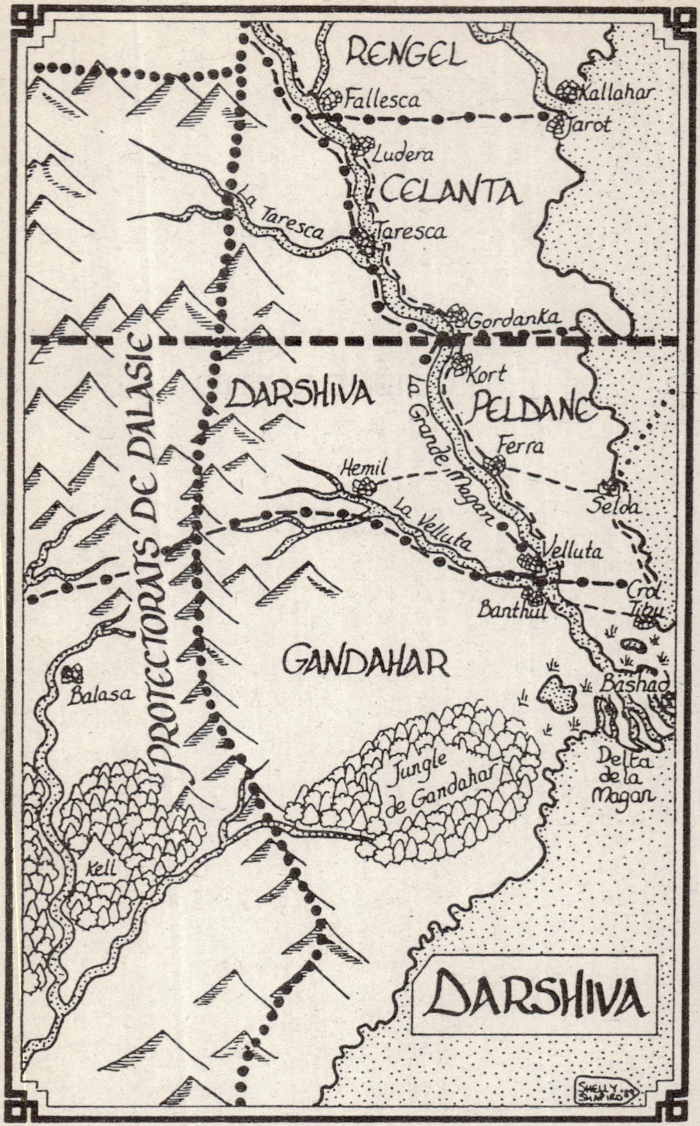
RENGEL
Fallesca
Kallahar
Jarot
Ludera
CELANTA
La Taresca
Taresca
Gordanka
PROTECTORATS DE DALASIE
DARSHIVA
Kort
PELDANE
La Grande Magan
Ferra
Hemil
Selda
La Velluta
Velluta
Crol Tibu
Banthul
GANDAHAR
Bashad
Balasa
Jungle de Gandahar
Delta de la Magan
Kell
DARSHIVA
SHELLY SHAPIRO '89

CHAPITRE 16

Ce n'était pas un vrai bateau mais plutôt un genre de barge ou de péniche, qui avait dû rompre ses amarres et dériver au fil du courant, à en juger par la longue corde traînant derrière. Mais elle ferait parfaitement l'affaire. Garion ne lui trouvait qu'un seul inconvénient, en fait : celui d'être sous huit pieds d'eau, le flanc tribord avant enfoncé.

— Qu'en penses-tu, Belgarath ? demanda Beldin.

— Je ne sais pas, mais un bateau coulé ne me paraît pas une embarcation très fiable, répondit le vieux sorcier.

— Tu préfères traverser à la nage, peut-être ? Il n'y a pas un radeau à cinq lieues à la ronde.

Durnik resta un moment planté au bord des eaux troubles du fleuve, à reluquer l'épave.

— C'est jouable, conclut-il.

— Enfin, Durnik, fit Silk, vous avez ce trou, à l'avant ?

— Il devrait être réparable. A condition que ce rafiot ne soit pas resté là assez longtemps pour commencer à pourrir. Et je ne connais qu'un moyen d'en avoir le cœur net.

Il ôta sa tunique couleur de rouille et ses bottes, pataugea dans l'eau boueuse, disparut sous la surface et nagea sous l'épave. Il longea l'un des flancs en se halant avec les mains, s'arrêtant à chaque pied pour tâter le bois avec son couteau, puis, au bout de ce qui leur parut une éternité, il remonta afin de respirer.

— Alors ? demanda Belgarath.

— La carcasse m'a l'air en bon état, répondit le forgeron. Mais je vais tout de même vérifier l'autre côté.

Il replongea dans les eaux verdâtres, poursuivit son inspection, reparut un instant et redescendit pour examiner l'intérieur de la péniche. Puis il étudia le trou béant à la proue, regagna la surface et avala une grande goulée d'air.

— La structure est parfaitement saine, annonça-t-il en ressortant, tout dégoulinant, de la rivière. Je ne sais pas ce qui a fait ce trou dedans, mais en tout cas, aucun organe essentiel n'est endommagé. Je devrais pouvoir rafistoler cette barcasse afin qu'elle nous emmène de l'autre côté du fleuve. Mais il faudra d'abord que nous la déchargions.

— Tiens donc ? s'exclama Silk, le nez frémissant de curiosité. Et quel genre de marchandise transportait-elle ?

— Des haricots, soupira le forgeron. Un plein chargement de haricots. L'ennui, c'est qu'ils ont gonflé, et que les sacs ont éclaté.

Le petit Drasnien poussa un gémissement de bête blessée.

— Allons, Kheldar, ils étaient peut-être à un de vos confrères, intervint Velvet pour le consoler.

— Ah, ah, que c'est drôle.

— Allez, Durnik, je vais te donner un coup de main, proposa Garion en ôtant sa tunique de couleur indéterminée.

— Euh... merci Garion, bredouilla son ami, mais je t'ai vu nager. Je préfère que tu restes au sec. Toth va m'aider.

— Comment allez-vous faire pour la tirer de l'eau ? s'enquit Sadi.

— Avec tous ces chevaux, ça ne devrait pas poser de problème une fois que nous aurons réussi à la retourner, répondit le forgeron avec un haussement d'épaules.

— Et pourquoi voulez-vous la retourner ?

— Parce que le trou est à l'avant et que nous avons intérêt à la vider avant de la remonter sur la terre ferme. Sans ça, un troupeau de chevaux n'y arriverait pas.

— Oh. Bien sûr.

Toth posa son bâton, ôta la couverture qu'il portait sur l'épaule et s'engagea dans le fleuve.

Essaïon suivait son exemple lorsque Polgara s'interposa.

— Où crois-tu aller, jeune homme ?

— Je vais décharger le bateau avec eux, Polgara, répondit-il sérieusement. Je nage très bien. J'ai eu souvent l'occasion de m'exercer, vous vous souvenez ?

Et sur ces mots, il s'aventura dans l'eau à son tour.

— Là, je n'ai pas tout compris, murmura Velvet.

— Il a grandi avec Durnik et moi, au Val, expliqua la sorcière avec un soupir funèbre. Il y avait une rivière, tout près de chez nous, et il n'arrêtait pas de tomber dedans.

— C'est donc ça !

— Bon, fit sèchement Belgarath. Ils vont avoir besoin de bois pour boucher ce trou. Nous sommes passés devant une remise, à un quart de lieue en amont. Retournons-y, nous allons la démantibuler.

Le temps que Durnik et ses compagnons remontent la péniche sur la berge, le soleil était couché depuis longtemps. Les éléments devaient être avec eux, car ils furent dispensés de tempête de grêle, ce soir là. Ils firent du feu sur le bord du fleuve pour s'éclairer, et le forgeron, Toth et Essaïon se mirent à l'ouvrage.

Silk tourna un moment autour de l'embarcation en tirant une tête d'enterrement.

— C'est bien une de mes barges, lâcha-t-il enfin, dans un soupir sépulcral.

— Alors, je vous félicite pour l'excellent équipement de vos péniches, déclara Durnik en mesurant une planche. Nous avons trouvé dedans tout ce dont nous avions besoin : des clous, un tonneau de goudron, et même une bonne scie. Nous pourrons la remettre à flot avant le lever du jour.

— Eh bien, ça en fait toujours un de content, rétorqua amèrement le petit Drasnien. Quand même, ce n'est pas normal...

— Quoi donc ? s'enquit Velvet.

— D'habitude, quand je veux un bateau, je le vole. Je trouve immoral d'utiliser l'un des miens.

Elle éclata de rire et lui tapota la joue.

— Mon pauvre, pauvre Kheldar ! Ça doit être terrible de répondre de ses actes devant une conscience aussi exigeante !

— Allons, Mesdames, fit Polgara en frappant dans ses mains. Si nous nous occupions du souper ?

Pendant que Durnik, Toth et Essaïon s'affairaient autour de l'épave et que Polgara, Ce'Nedra et Velvet préparaient le dîner, Garion et les autres allèrent chercher du bois et entreprirent de fabriquer des avirons rudimentaires. Ils ne lâchèrent pas leur travail même pour manger. Garion eut l'impression que tout était étrangement en ordre. Il était entouré d'amis, chacun avait quelque chose à faire. La réparation du bateau était d'une importance vitale, mais elle impliquait des tâches simples, dans lesquelles il pouvait s'absorber sans la frénésie qui avait caractérisé ses récentes activités. C'était presque reposant.

Après avoir dîné, les femmes remontèrent du fleuve des vaches à eau qu'elles firent chauffer sur des pierres, puis elles se retirèrent derrière une toile de tente pour procéder à leurs ablutions.

Vers minuit, Garion descendit au bord du fleuve à son tour pour plonger ses mains endolories dans l'eau. Ce'Nedra était assise non loin de là et jouait à faire glisser machinalement le sable entre ses doigts.

— Tu devrais essayer de dormir, tu sais, fit tendrement Garion.

— Je peux veiller aussi tard que toi, rétorqua Ce'Nedra.

— Oh, j'en suis sûr. Mais à quoi bon ?

— Ne me parle pas sur ce ton protecteur, Garion, je ne suis plus une enfant.

— Ça, j'ai eu l'occasion de m'en apercevoir à plusieurs reprises, releva-t-il d'un air entendu.

— Voyons, Garion ! s'exclama-t-elle, faussement indignée.

Il éclata de rire, s'approcha d'elle et lui planta un gros baiser sonore sur la joue.

— Va dormir, mon tout petit, je t'assure.

— Que faites-vous, là-bas ? demanda-t-elle en regardant la plage où ses compagnons s'activaient toujours.

— Des avirons. Nous ne pouvons pas nous contenter de mettre cette barge à l'eau et de nous laisser porter par le courant. Nous irions tout droit jusqu'à Gandahar.

— Oh. Eh bien, tu as gagné. Je vais me coucher. Honne huit, fit-elle en bâillant. Si tu allais me chercher une couverture avant de retourner au chantier naval ?

Il fallut presque toute la nuit à Durnik et Toth pour boucher le trou de la proue avec une pièce sommaire pendant que les autres fabriquaient de longues rames. Quelques heures avant le lever du jour, de fines volutes de brume commencèrent à monter de la rivière. Durnik tartina généreusement de goudron l'intérieur et l'extérieur de la réparation, puis il recula de trois pas et examina son ouvrage d'un œil critique.

— Vingt impériales d'or que cette barcasse va fuir comme une passoire, pronostiqua Silk.

— Tous les bateaux fuient, rétorqua le forgeron avec un haussement d'épaules désinvolte. Nous n'aurons qu'à écoper.

La mise à flot de la barge exigea pas mal d'efforts et un système de poulies assez pittoresque. Puis Durnik descendit dans la cale examiner le rafistolage à la lueur d'une torche.

— Ça suinte juste un tout petit peu, répondit-il, assez satisfait. Nous ne risquons pas de sombrer.

Le temps qu'ils chargent leurs affaires à bord, le brouillard était à couper au couteau. C'était le printemps dans cette partie du monde, et les grenouilles énamourées chantaient à gorge déployée dans les roseaux. Garion trouva ce son agréable, presque soporifique. Durnik avait exploré les berges, vers l'aval, et repéré un endroit où la rive, érodée par le courant, descendait en pente douce vers le fleuve. Il confectionna une sorte de rampe avec les dernières planches, puis ils traînèrent la barge vers ce berceau de lancement improvisé et firent embarquer les chevaux.

— Attendons que le jour se lève un peu, suggéra alors Durnik. Dans le noir, avec ce brouillard, nous n'y verrons rien, et je ne pense pas que vous aimiez ramer au point d'avoir envie de faire des ronds sur le fleuve avec ce truc-là.

— Nous ne pourrions pas fabriquer un genre de voile ? suggéra Silk d'une voix pleine d'espoir.

— Sans problème. Je m'y mets dès que vous aurez trouvé un moyen de faire souffler le vent, répondit le forgeron en humectant son doigt et en le levant dans l'air immobile.

La physionomie du petit Drasnien s'allongea de six aunes.

— Bon, pendant que vous faites le nécessaire, je vais parler un peu avec Ce'Nedra.

Il remonta vers le haut de la plage et réveilla la petite reine de Riva.

— Vous voulez que je vous dise ? Il y a des moments où je trouve que ces forgerons ont un sens de l'humour assez morbide, marmonna Silk.

Dès que l'horizon s'éclaircit, à l'est, ils poussèrent la barge dans le brouillard. Le forgeron prit la barre tandis que les autres s'installaient aux avirons.

— Dites, maître Durnik, je ne voudrais pas vous donner l'impression de la ramener, mais le brouillard, en Nyissie, ça nous connaît, commença Sadi tout en tirant sur son aviron. Quand il fera grand jour, vous n'aurez pas la moindre idée de la position du soleil. Comment comptez-vous maintenir le cap ?

— Ce'Nedra y veille, répondit le forgeron avec un mouvement de menton vers la proue.

La petite reine de Riva était penchée par-dessus le bastingage, à bâbord, et observait attentivement un bout de bois qui flottait au bout d'une longue corde.

— Que fait-elle ? demanda l'eunuque, perplexe.

— Elle vérifie que nous sommes sur la bonne trajectoire. Nous suivons grosso modo un cap perpendiculaire au courant, mais tant que la corde fait toujours le même angle avec le navire, tout va bien. J'ai fait une marque sur le bastingage, et la corde ne doit pas s'en éloigner.

— Vous pensez toujours à tout, pas vrai ? remarqua Sadi.

— J'essaie. On évite pas mal de problèmes en réfléchissant avant d'agir.

Ce'Nedra leva un bras et le tendit impérieusement à tribord. Elle semblait prendre son rôle très au sérieux. Durnik tourna docilement la barre dans la direction indiquée.

Puis la rive orientale du grand fleuve disparut dans le brouillard et Garion eut l'impression que le temps s'était arrêté. Il avait beau courber le dos sur son aviron, se redresser et se pencher à nouveau avec une monotone régularité, tout semblait figé dans le temps et dans l'espace.

— Pas folichon, hein ? rouspéta Silk.

— Ça, ramer n'a jamais été très marrant, acquiesça Garion.

— Dis donc, reprit Silk, un ton plus bas, après un coup d'œil par-dessus son épaule, tu ne trouves pas que Durnik a changé ?

— Je n'ai pas remarqué, non.

— Ecoute, d'habitude, il est tellement effacé que pour un peu on l'oublierait, et là-bas, sur la plage, c'est lui qui a pris la direction des opérations.

— Il a toujours été comme ça. Quand nous faisons une chose qu'il ne connaît pas bien, il se contente de nous regarder en ouvrant de grands yeux, mais dès que nous entreprenons une tâche qui lui est familière, il entre en jeu et il fait ce qu'il faut. Et puis il apprend vite, ajouta Garion en regardant Silk avec un sourire malicieux. A mon avis, il est aussi bon espion que toi, maintenant, et j'ai vu comment il t'observait, pendant que tu spéculais sur le cours des haricots, là-bas, en Melcénie. S'il se lance un jour dans les affaires, je pense que vous avez intérêt à numéroter vos abattis, Yarblek et toi.

— Il ne ferait pas ça, hein ? marmonna le petit homme au museau de fouine, l'air un peu inquiet tout de même.

— Qui peut savoir, avec Durnik ? rétorqua Garion en tournant brièvement la tête pour lancer un sourire affectueux à son ami.

Le soleil monta dans le ciel et, à sa lumière diffusée par les myriades d'infimes gouttes d'eau, le monde autour d'eux devint monochrome : ils étaient pris entre la blancheur fantomatique du brouillard et les ténèbres de l'eau, sans moyen de savoir s'ils avançaient toujours et, dans ce cas, s'ils suivaient le bon cap. Garion ne pouvait se départir d'une drôle d'impression à l'idée qu'ils dépendaient complètement de Ce'Nedra et de l'attention avec laquelle elle regardait la corde et l'entaille sur le bastingage. Il l'aimait mais il savait qu'elle était parfois fantasque et qu'il lui arrivait de commettre des erreurs de jugement. Pourtant ses petits gestes impérieux à bâbord ou à tribord ne trahissaient ni hésitation ni manque d'assurance. Durnik, d'ailleurs, s'y conformait aveuglément. Garion poussa un soupir et continua à ramer.

Vers le milieu de la matinée, le brouillard commença à s'effiler et Beldin leva son aviron de l'eau.

— Dis, Belgarath, vous ne pourriez pas vous passer de moi ? suggéra-t-il. Je pense qu'il vaudrait mieux que j'aille voir ce qui nous attend de l'autre côté. Il se passe des choses très déplaisantes en ce moment à Darshiva, et je préférerais éviter de toucher terre au beau milieu de tout ça.

— Sans compter que tu dois en avoir assez de ramer, insinua le vieux sorcier avec un rictus sardonique.

— Je pourrais emmener ce bateau-lavoir au bout du monde, rétorqua le petit sorcier bossu en faisant jouer les muscles de ses bras noueux comme des branches de chêne, mais ça attendra les vacances. Je ne crois pas que tu aimerais découvrir, en arrivant de l'autre côté, que Nahaz t'a réservé un petit comité d'accueil.

— Fais ce que tu penses devoir faire.

— M'as-tu jamais vu agir autrement, même si ça ne te plaît pas toujours ? Pardon, ma p'tite chérie, mais faut qu'j'y allions, on m'demande aut'part, dit le vilain petit gnome avec son accent paysan, traînant, en s'approchant de Ce'Nedra, toujours plantée à la proue.

— J'ai besoin de vous pour ramer, protesta-t-elle. Comment vais-je maintenir le cap si tout le monde s'en va ?

— Chuis sûr qu'vous y arriv'rez, ma p'tite chérie, répondit-il en lui tapotant la joue, puis il disparut dans la blancheur spectrale, abandonnant derrière lui un rire fantôme.

— Revenez ici tout de suite ! hurla-t-elle dans le vide.

Mais il était déjà loin.

Une faible brise se leva. Garion la sentit effleurer sa nuque ruisselante de sueur. Le brouillard qui se dissipait peu à peu se mit à tournoyer et à tourbillonner légèrement.

Ils se retrouvèrent alors environnés de tous côtés par des formes noires, menaçantes, qui les dominaient comme des tours.

— Garion ! s'exclama Ce'Nedra.

Des cris de triomphe s'élevèrent de la blancheur de plus en plus diaphane. Ils étaient cernés par des bâtiments qui faisaient mouvement pour les empêcher de battre en retraite.

— On tente de les prendre de vitesse ? souffla Silk d'une voix âpre.

Belgarath parcourut les navires d'un regard plus froid que la glace des pôles.

— Les prendre de vitesse ? Dans cette pataugeoire ? Ne soyez pas ridicule !

Un navire s'approcha pour leur barrer la route et Garion reconnut les uniformes des rameurs.

— Des soldats malloréens, nota-t-il tout bas. Ce sont les hommes de Zakath.

Son grand-père marmonna quelques jurons choisis.

— Attendons un peu et serrons les fesses. Ils ne savent peut-être pas qui nous sommes. Silk, tâchez de nous tirer de là par vos beaux discours.

Le petit homme se leva et se dressa à la proue de la barge.

— Eh bien, capitaine, fit-il à l'officier qui commandait le navire, nous sommes rudement heureux de voir l'armée impériale dans la région ! J'espère que vous ferez cesser les hérésies qui agitent ce pays !

— Je pourrais savoir votre nom ? demanda l'officier.

— Quel imbécile je fais ! s'exclama Silk en se frappant le front. Je m'appelle Vetter. Je travaille pour le prince Kheldar. Vous avez peut-être entendu parler de lui ?

— Ce nom me dit quelque chose, en effet. Où allez-vous ?

— A Balasa, dans les Protectorats de Dalasie. Le prince Kheldar m'a chargé d'y défendre ses intérêts, mais encore faudrait-il que j'arrive à traverser Darshiva. La situation est assez troublée par ici. A propos, capitaine, fit-il d'un ton pénétré, peut-être pourrais-je faire appel à vos hommes ? J'aurais grand besoin d'une escorte et j'ai carte blanche pour vous dédommager largement.

— C'est à voir, répondit l'officier.

Un navire encore plus énorme émergea à cet instant du brouillard, juste devant leur barcasse rapiécée, et par-dessus le bastingage apparut un visage familier, coiffé d'un casque d'acier étincelant, incrusté d'or.

— Eh bien, Sire Belgarion, ça fait un moment, dites donc ? s'exclama plaisamment le général Atesca. Nous devrions nous voir plus souvent, vraiment.

Le cœur de Garion manqua un battement et le rattrapa au centuple. Il n'était plus question d'essayer de ruser.

— Vous saviez que nous étions là, s'exclama-t-il d'un ton accusateur.

— Evidemment. Mes hommes vous avaient repérés depuis la rive de Peldane, répondit-il d'un petit ton suffisant.

— Je n'ai senti aucune présence, nota Polgara en renvoyant un pan de sa cape bleue par-dessus son épaule.

— Le contraire eût été surprenant, ma Dame. Les hommes qui vous espionnaient sont des imbéciles. Ils ont autant de cervelle que des champignons. Vous n'avez pas idée du temps qu'il m'a fallu pour leur expliquer ce que j'attendais d'eux, ajouta le général avec un regard écœuré vers l'autre rive du fleuve. Enfin, il y a des individus de cet acabit dans toutes les armées. Nous avons bien essayé de nous en débarrasser, mais il faut croire que la bêtise au front de bœuf peut avoir son utilité, dans certains cas.

— Vous êtes un homme astucieux, Atesca, reprit-elle d'un ton pincé.

— Non, Dame Polgara, un soldat, et rien d'autre. Un officier n'est jamais plus futé que ses services de renseignements. C'est Brador qui est rusé. Depuis la bataille de Thull Mardu, il collecte sur vos dons spécifiques toutes les informations que les Grolims ont pu recueillir. L'Eglise s'intéresse beaucoup à vos exploits, ma Dame, et au fil des années elle a réuni quantité de renseignements sur vos pouvoirs. Si j'ai bien compris — mais je ne suis pas spécialiste de la question, bien entendu — plus un esprit est éveillé et plus il vous est facile de détecter sa présence. J'ai donc chargé des légumes humains de votre surveillance. Piètre embarcation, vraiment, commenta-t-il avec un regard critique à leur barge. La maintenez-vous à flot par sorcellerie ?

— Non, répondit Durnik d'une voix sèche, à la limite de l'agressivité. Grâce à nos compétences.

— Eh bien, Maître Durnik, je m'incline devant vos compétences, renvoya Atesca avec emphase. Je gage que vous feriez flotter une pierre, si besoin était. J'espère pouvoir compter sur vous, Vénérable Ancien, pour ne pas déroger aux règles de l'hospitalité ? poursuivit-il en regardant Belgarath.

— J'entendrai ce que vous avez à dire, riposta celui-ci, sur la défensive.

— Sa Majesté Impériale a exprimé le besoin de s'entretenir de certains problèmes avec vos compagnons et vous-même, Saint Belgarath, et je dois, par ailleurs, vous avertir que vous vous jetiez droit dans un guêpier, avec votre épave. Le bon sens commande d'éviter Darshiva, en ce moment.

— Je n'ai jamais prétendu avoir tout mon bon sens, rétorqua le vieux sorcier.

— Que devrais-dire, moi qui ai entrepris une campagne destinée à envahir cette région particulièrement insane !

s'exclama l'homme à la cape rouge. Permettez-moi, Mesdames, Messieurs, de vous offrir l'hospitalité de mon bâtiment. Ne m'en veuillez pas d'insister, ajouta-t-il d'un air d'excuse, mais j'ai des ordres... Et puis, nous aurions peut-être intérêt à mettre nos informations en commun en attendant l'arrivée de Sa Majesté Impériale.

— Zakath est attendu ici ? releva Garion.

— En effet, Majesté. Il ne doit pas être à plus d'une journée de cet endroit, à présent. Et il brûle du désir d'avoir une longue conversation avec vous.

— *Que faisons-nous, Grand-père ?* demandèrent les doigts de Garion.

— *Nous n'avons pas le choix pour l'instant. Beldin est quelque part dans le coin. Je vais lui faire savoir ce qui s'est passé. Il aura bien une idée.*

— Entendu, répondit tout haut le vieux sorcier. Je commençais à en avoir un peu assez de ramer, de toute façon.

— *Préviens les autres*, ajouta-t-il discrètement à l'attention de Garion. *Nous allons faire semblant de le suivre docilement — jusqu'à ce que nous soyons à Darshiva, du moins.*

Le vaisseau d'Atesca n'était pas très luxueux, mais d'un confort satisfaisant. Ils se réunirent dans la cabine avant, encombrée de parchemins et de cartes de toutes tailles. Le général se montra courtois mais ferme, selon son habitude.

— Vous avez mangé quelque chose, ce matin ? demanda-t-il.

— Nous n'avons guère eu le temps, répondit Belgarath.

— Je vais faire prévenir le maître coq.

Il s'approcha de la porte, dit quelques mots à l'un des gardes en uniforme rouge plantés devant et revint.

— Bien. En attendant, nous pourrions peut-être nous mettre mutuellement au courant de la situation ? J'ai entendu dire qu'en quittant Mal Zeth vous étiez allés à Ashaba, puis vous avez soudain reparu à Melcène, et voilà que je vous retrouve sur la Magan, à mi-chemin de Darshiva. Décidément, vous ne tenez pas en place.

Il sait ce que nous fabriquons, dit Silk avec ses doigts en regardant Belgarath. *Pas la peine de jouer au plus fin.*

— Je vous en prie, Prince Kheldar, protesta Atesca, froissé. Ne faites pas ça. C'est très impoli, vous savez.

— Eh bien, général, s'esclaffa Silk, soit vous avez des yeux de lynx, soit j'ai les doigts rouillés par l'âge. Quoi qu'il en soit, je disais simplement à Belgarath que je ne voyais pas l'intérêt de vous cacher les raisons de notre présence en Mallorée. Kal Zakath les connaissait ; à quoi bon vous maintenir dans l'ignorance ?

Il interrogea du regard le vieux sorcier qui acquiesça d'un hochement de tête.

— Quand nous sommes partis pour Ashaba, nous poursuivions Zandramas et le fils du roi Belgarion, reprit alors le petit Drasnien d'une voix grave, presque recueillie. Elle nous a promenés dans tout Karanda, à Jarot, dans le nord de Celanta et jusqu'à Melcène, puis nous sommes revenus sur le continent.

— Vous êtes toujours à sa poursuite ? s'enquit âprement le Malloréen.

— Plus ou moins, mentit pieusement Silk, puis il estima prudent de changer de sujet. Nous avons découvert à Ashaba qu'Urvon déménageait complètement. Ça devrait intéresser Kal Zakath. Bref, Urvon est sous la domination d'un Démon Majeur nommé Nahaz. Zandramas en a suscité un autre, un certain Mordja, et ils se crêpent le chignon à Darshiva. A votre place, général, j'y réfléchirais à deux fois avant d'investir la région. Je ne sais pas si Nahaz et Mordja apprécieraient que vous vous immisciez dans leurs affaires.

— Qu'est-il arrivé à Mengha ? coupa sèchement Atesca. Je croyais que c'était lui qui détenait le pouvoir de susciter les démons.

— Mengha était en fait un prêtre chandim appelé Harakan, répondit Silk avec un petit sourire condescendant. Il a été le sous-fifre d'Urvon pendant des siècles.

— Comment ça, *a été* ?

— Il nous a quittés, hélas. La rencontre avec un petit serpent vert appelé Zith lui a causé un choc fatal.

Le général se tourna vers Sadi en riant à gorge déployée.

— J'avais entendu parler de votre enfant chérie, Excellence. Pensez-vous qu'elle aimerait être décorée, de la médaille des Héros de l'Empire, par exemple ?

— Je doute fort que ça l'intéresse, général, répondit fraîchement l'eunuque. Et puis, elle pourrait se méprendre sur les intentions de celui qui s'aviserait de la lui épingler.

— Evidemment, convint Atesca. Au fait, j'espère qu'elle est bien enfermée ? fit-il en roulant des yeux inquiets alentour.

— N'ayez crainte, général, lui assura Velvet avec un de ses sourires pleins de fossettes. En ce moment, elle s'occupe de ses bébés. Ils sont absolument adorables. Vous devriez les montrer au général, Sadi.

— Oui, euh..., balbutia l'officier. Une autre fois, peut-être.

— Très bien, Atesca, coupa Belgarath. Nous vous avons dit ce que nous faisions par ici. Je pense que votre tour est venu de nous rendre la politesse.

— Nous non plus, Vénérable Belgarath, nous n'avons guère fait mystère de nos activités. L'armée impériale a quitté Mal Zeth et fait mouvement vers Maga Renn dans l'intention d'utiliser cette ville comme camp de base. J'avais pour instructions de mener l'avant-garde de nos forces en aval de la Magan et d'occuper Ferra. Notre stratégie consistait à empêcher Zandramas de recevoir des renforts de Darshiva afin de laisser le soin à Urvon d'écraser les troupes qu'elle avait à Peldane. Nous avions ensuite prévu d'anéantir Urvon, après quoi nous devions traverser le fleuve et réduire à néant les régiments que Zandramas avait laissés là-bas.

— Excellente tactique, approuva Silk.

— L'ennui, c'est qu'elle n'a pas marché. Nous avons coupé Zandramas de Darshiva, mais un de ses seconds couteaux est descendu à Gandahar et en a ramené un troupeau d'éléphants. Il faudra que j'en parle à sa Majesté Impériale, reprit Atesca en fronçant les sourcils. Je n'ai rien de particulier contre les mercenaires, mais les éleveurs d'éléphants de Gandahar pourraient se montrer plus sélectifs lorsqu'ils louent leurs services. Enfin, il y a eu un combat dans le centre de Peldane, hier, et les éléphants ont obtenu le résultat escompté. Les hommes d'Urvon ont été mis en déroute, mais au lieu de se replier sur Celanta, ils ont pris les éléphants et le reste de l'armée darshivienne à revers et ils foncent droit sur la Magan. S'ils arrivent à entrer à Darshiva, j'aurai du pain sur la planche entre les démons, les Grolims, les Chandims, les Mâtins, les éléphants, les Karandaques et l'armée de Darshiva au grand complet. Je crains que la campagne ne soit pas aussi brève et aisée que prévu, conclut-il avec un soupir endeuillé.

— Pourquoi ne pas laisser Urvon et Zandramas vider leur querelle jusqu'à leur mutuelle extinction ? suggéra Silk.

— Pour des raisons politiques, Prince Kheldar. L'empereur ne tient pas à passer pour un couard — ou un homme désarmé — et n'a aucune envie de voir une autre armée que la sienne remporter quelque victoire que ce soit en Mallorée. Ça créerait un précédent funeste et risquerait de donner de fâcheuses idées aux amateurs. La Mallorée n'est pas une société monolithique comme on pourrait le croire du dehors. La seule chose qui préserve sa cohésion, c'est la toute-puissance de l'empereur.

— Je ne puis qu'approuver ce raisonnement. La stabilité est essentielle pour les affaires.

— A propos, reprit Atesca, il faudra que nous ayons une petite conversation tous les deux, à propos de haricots.

— Vous êtes vendeur ou acheteur ? demanda insolemment Silk.

— Revenons-en à l'affaire qui nous intéresse, coupa Polgara. Atesca, quelles sont les intentions de l'empereur à notre sujet ?

— Je l'ignore, ma Dame. Sa Majesté ne me fait pas ses confidences. Mais ce que je puis vous dire, c'est qu'elle était fort marrie de la façon dont vous lui avez faussé compagnie, à Mal Zeth.

— Elle savait où nous allions, riposta platement Garion. Et pourquoi.

— C'est sans doute l'une des choses dont elle souhaite s'entretenir avec Votre Majesté. Qui sait ? Vous parviendrez peut-être à trouver une manière de compromis.

— C'est possible, certes, mais peu probable.

— Enfin, Sa Majesté en décidera.

Le brouillard s'était levé, mais une couverture nuageuse pesait sur le ciel de Darshiva. Debout à la proue du vaisseau d'Atesca, Garion reconnut une odeur désagréablement familière. C'était un mélange de rouille humide, d'eau croupie et de moisissure, ou de champignons. Il scruta la rive, devant lui, et eut soudain la vision déprimante d'une forêt de souches mortes, d'une blancheur d'ossements.

Atesca s'approcha discrètement de lui.

— J'espère que Votre Majesté ne me tiendra pas rigueur de l'avoir appréhendée, ainsi que ses amis. On dirait que ça devient une habitude.

— Vous obéissez à vos ordres, général, riposta sèchement Garion. Si je suis en conflit avec quelqu'un, c'est avec votre empereur, pas avec vous.

— Vous êtes un homme très tolérant, Majesté.

— Pas vraiment, non, mais je ne perds pas de temps à en vouloir à des gens qui se contentent de faire ce qu'on leur dit.

Le Malloréen préféra changer de sujet en douceur.

— Le temps devrait se lever d'ici la mi-journée, annonça-t-il en regardant la rive de Darshiva, distante de moins d'une demi-lieue à présent.

— A votre place, Atesca, je n'y compterais pas trop, rétorqua le jeune roi de Riva d'un ton sinistre. Vous êtes déjà allé à Cthol Mishrak ?

— Les militaires, Majesté, n'ont pas grand-chose à faire dans des ruines abandonnées.

— Cthol Mishrak n'était pas abandonnée. Il y avait des Chandims, des Mâtins et d'autres créatures que je serais bien en peine de nommer.

— Des fanatiques religieux, répondit Atesca avec un haussement d'épaules. Qui agissent pour des motifs incompréhensibles. J'ai entendu dire que c'était un endroit très malsain.

— Eh bien, je crains fort que vous en contempliez un autre, reprit Garion avec un mouvement de menton vers la rive. Je sais que les Melcènes n'ont rien à envier aux Tolnedrains du point de vue du scepticisme, et j'ignore ce que vous croirez de tout ce que je pourrais vous dire. Mais enfin, vous sentez cette odeur particulière ?

L'homme à la cape rouge huma la brise et fronça le nez.

— Je dois dire que ça ne sent pas très bon.

— Eh bien, ça sentait exactement comme ça à Cthol

Mishrak. Je ne serais pas étonné que les nuages ne se soient pas levés depuis plus de douze ans, au-dessus de Darshiva.

— J'ai peine à l'imaginer.

— Regardez ces arbres, fit Garion en lui indiquant les souches. Que faut-il, selon vous, pour tuer une forêt entière ?

— Une sorte de maladie, j'imagine.

— Non, général. La végétation aurait repris ses droits, depuis le temps, or on ne voit pas une pousse verte. Les arbres sont morts par manque de lumière. La seule chose qui réussit à pousser ici, maintenant, ce sont des champignons. Il pleut de temps en temps, et la pluie forme des mares. Le soleil ne vient plus faire évaporer l'eau, qui reste là, à stagner. Ça explique une partie de la puanteur.

— On dirait que ça sent aussi la rouille. D'où cela peut-il venir ?

— Ça, je n'en sais rien. A Cthol Mishrak, ça venait de la tour de Torak. Darshiva est environnée d'obscurité parce que c'est le foyer de l'Enfant des Ténèbres.

— J'ai déjà entendu ce terme. Mais qui est cet Enfant des Ténèbres ?

— Zandramas. En ce moment, du moins. Vous êtes vraiment sûr de vouloir faire venir vos troupes ici ?

— Ce sont les ordres, Sire Belgarion. Mes hommes sont des vétérans. Ils vont construire un camp retranché sur ce rivage, que le soleil se montre ou non. Puis nous attendrons l'empereur. Il a un certain nombre de décisions à prendre. Dont la moindre n'est pas de savoir ce qu'il va faire de vous.

CHAPITRE 17

Ils attendirent à bord du navire d'Atesca que ses hommes aient débarqué et commencé la construction du camp. Les troupes malloréennes n'avaient rien à envier, du point de vue de l'efficacité, aux légions impériales de Tolnedrie. En un éclair, les soldats eurent dégagé une zone de plusieurs acres et érigé une cité de tentes parfaitement organisée, entourée, vers l'intérieur des terres, par des parapets, des catapultes et un fossé hérissé de pieux acérés. Une palissade de rondins taillés en pointe bordait le fleuve et plusieurs pontons étaient jetés sur l'eau.

Vers le milieu de l'après-midi, Garion et ses amis descendirent enfin à terre. On les escorta vers un vaste pavillon gardé, au centre du camp, et on leur demanda — poliment mais fermement, comme toujours — de ne pas en sortir.

— Vous êtes entré en contact avec Beldin ? souffla Silk à l'oreille de Belgarath.

Le vieux sorcier opina du chef.

— Il prépare quelque chose.

— Eh bien, j'espère qu'il ne va pas traîner. Quand Zakath sera là, il risque de décider que nous serions mieux dans des quartiers offrant de meilleures conditions de sécurité. Par exemple, un endroit ceint d'épaisses murailles et fermé par des portes bardées de fer. J'ai la phobie des prisons, conclut-il en faisant la grimace.

— Voyons, Prince Kheldar, vous ne croyez pas que vous en rajoutez un peu ? protesta Ce'Nedra. Zakath s'est toujours conduit comme un parfait gentleman.

— Et comment donc, répondit-il d'un ton sarcastique.

Vous devriez dire ça à tous ces Murgos qu'il a fait crucifier dans les plaines de Hagga. Il peut être très aimable quand il veut, mais nous l'avons gravement irrité. Si nous ne sommes pas partis avant son arrivée, je crains qu'il ne passe ses nerfs sur nous.

— Vous vous trompez, Prince Kheldar, intervint Essaïon de sa jeune voix grave. Il ne sait pas encore ce qu'il doit faire, c'est tout.

— Que voulez-vous dire par là ?

— Quand nous étions au Cthol Murgos, Cyradis lui a dit qu'il arriverait à un carrefour dans sa vie. Je pense que nous y sommes. Quand il aura fait le bon choix, nous pourrons de nouveau être amis.

— Comme ça ? fit Silk en claquant les doigts.

— Plus ou moins, oui.

— Ecoutez, Polgara, vous ne pourriez pas lui dire d'arrêter ses discours ?

Le cadre leur était familier. C'était le pavillon d'officier malloréen réglementaire, avec son tapis rouge et ses meubles pliants. Il leur était déjà arrivé plusieurs fois d'être hébergés dans des tentes de ce genre. Garion parcourut le décor d'un regard morne et se laissa tomber sur un banc.

— Qu'est-ce qui ne va pas, Garion ? murmura Ce'Nedra en s'asseyant à côté de lui.

— C'est toi qui me demandes ça ? Je voudrais qu'ils nous fichent la paix, voilà ce qu'il y a.

— Tu te fais trop de bile, je t'assure, reprit-elle avec un bon sourire, puis elle tendit la main et lui effleura le front de son petit doigt. Ton ami, là-dedans, ne laissera jamais arriver une chose qui ne doit pas se produire, alors arrête de ruminer. Nous devons aller à Kell, et Zakath ne pourrait nous en empêcher même s'il faisait revenir toute son armée du Cthol Murgos et lui donnait l'ordre de nous barrer la route.

— Je trouve que tu prends tout ça avec un calme effrayant.

— Il faut bien que je garde confiance. Sans ça, je deviendrais folle. Allez, cesse de bouder, soupira-t-elle en lui plantant un baiser sur la joue. On dirait vraiment Belgarath, quand tu fais cette tête-là.

— Ce n'est pas mon grand-père pour rien.

— La ressemblance aurait pu attendre quelques milliers d'années pour apparaître, lança-t-elle avec aigreur.

Pour le souper, deux soldats leur apportèrent le rata. Silk souleva le couvercle d'une marmite et y jeta un coup d'œil.

— C'est bien ce que je craignais, soupira-t-il d'un ton funèbre.

— Qu'y a-t-il, Kheldar ? demanda Sadi.

— Des haricots, répondit Silk avec un mouvement de menton vers le récipient.

— Je croyais que vous aimiez les haricots ?

— Pas au point de m'en remplir les intérieurs.

Ils n'avaient pas dormi la nuit précédente, aussi se couchèrent-ils tôt. Garion se tourna et se retourna pendant un moment, mais il finit par trouver le sommeil. Le lendemain matin, ils firent la grasse matinée. Quand Garion émergea du compartiment séparé par des tentures qu'il partageait avec Ce'Nedra, Silk faisait les cent pas, en proie à une vive agitation.

— Ah, tout de même ! s'exclama-t-il, un peu soulagé. Je commençais à me dire que vous alliez tous dormir jusqu'à midi.

— Il y a un problème ? s'enquit Garion.

— J'avais besoin de parler avec quelqu'un, c'est tout.

— Tu te sentais seul ?

— Non, j'ai les nerfs en boule. Zakath va sûrement se montrer aujourd'hui. Tu ne penses pas que nous devrions réveiller Belgarath ?

— Pour quoi faire ?

— Pour savoir si Beldin a trouvé un moyen de nous tirer d'ici, tiens.

— Arrête de te tracasser, va, ce n'est pas ça qui fera avancer les choses.

— Je te trouve bien optimiste, ce matin.

— Pas vraiment, mais je ne vois pas l'intérêt de me mettre la rate au court-bouillon pour un problème auquel je ne peux rien.

— Ecoute, Garion, tu devrais aller te recoucher.

— Je croyais que tu avais envie de parler à quelqu'un.

— Pas à ce point-là.

— Tu as vu Atesca ?

— Non. Il doit avoir d'autres chats à fouetter. Il a intérêt à peaufiner les détails de sa campagne avant l'arrivée de Zakath. Enfin, je ne sais pas ce que mijote Beldin, mais nous pouvons être sûrs d'avoir au moins un régiment à nos trousses à la minute où nous sortirons d'ici, conclut Silk en se laissant tomber dans un fauteuil pliant. Et j'ai horreur qu'on me coure après.

— Pff, on nous court après depuis que nous avons quitté la ferme de Faldor, cette fameuse nuit. Tu devrais commencer à en avoir l'habitude.

— C'est la routine, d'accord, mais ce n'est pas une raison pour que ça me plaise.

Une heure plus tard, leurs compagnons commencèrent à émerger et peu après les deux caporaux d'ordinaire leur servirent le petit déjeuner. Ils n'avaient vu personne d'autre depuis qu'on les avait confinés dans le pavillon.

Ils passèrent le restant de la matinée à parler de la pluie et du beau temps, en évitant tacitement de faire allusion à leur situation présente. Vers midi, le général Atesca passa la tête par le rabat de la tente.

— Sa Majesté Impériale ne devrait pas tarder, annonça-t-il. Ses bâtiments approchent des pontons.

— Merci, général, répondit Belgarath.

Atesca s'inclina avec raideur et repartit comme il était venu.

Polgara se leva et fit signe à Ce'Nedra et Velvet.

— Venez, Mesdames. Faisons-nous belles.

Sadi passa en revue sa tunique et ses chausses de couleur indéfinissable.

— Je me demande si cette tenue est bien appropriée à une audience royale et si je ne ferais pas mieux de me changer...

— Pour quoi faire ? rétorqua Belgarath avec un haussement d'épaules dédaigneux. Vous tenez vraiment à donner à ce Zakath l'impression que vous le prenez au sérieux ?

— N'est-ce pas le cas ?

— Possible, mais je ne vois pas l'intérêt de le lui faire savoir.

Peu après, l'empereur de Mallorée faisait son entrée sous leur tente, accompagné du général Atesca et de son chef du

Département de l'Intérieur. Zakath portait son éternelle tunique de lin blanc, mais il avait jeté une cape militaire écarlate sur ses épaules. Ses yeux avaient retrouvé leur mélancolie coutumière dans son visage livide, par ailleurs inexpressif.

— Bonjour, Majesté, dit-il à Garion d'une voix atone. J'espère que vous allez tous bien ?

— Que Sa Majesté soit amplement rassurée, acquiesça le jeune roi de Riva.

Si Zakath voulait faire des cérémonies, il allait être servi.

— Vos allées et venues n'ont pas dû être de tout repos, reprit l'empereur du même ton indifférent. Surtout pour ces dames. Je veillerai à ce que vous retourniez à Mal Zeth par petites étapes peu fatigantes.

— Votre Majesté est bien aimable, mais nous ne retournerons pas à Mal Zeth.

— C'est là que vous vous trompez, Belgarion. Vous allez repartir pour Mal Zeth.

— Je regrette, mais des affaires pressantes m'appellent ailleurs.

— Je transmettrai vos regrets à Zandramas quand je la rencontrerai.

— Je suis sûr qu'elle exultera en apprenant que je ne viens pas à sa rencontre.

— Pas longtemps, je le crains. J'ai l'intention bien arrêtée de la faire brûler comme sorcière.

— Je vous souhaite bonne chance, Majesté, et vous en aurez besoin car vous risquez fort de la trouver réfractaire.

— Allons, Messieurs, vous ne trouvez pas que vous vous êtes dit assez de bêtises comme ça ? demanda calmement Polgara.

Elle avait revêtu une de ses fameuses robes bleues et reprisait une des chaussettes d'Essaïon.

— Des bêtises ? cracha Zakath, les yeux lançant des éclairs.

— Vous êtes toujours amis et vous le savez bien tous les deux. Alors arrêtez de vous invectiver comme deux collégiens.

— Vous allez trop loin, Dame Polgara, coupa le Malloréen d'une voix glaciale.

— Vraiment ? Je crois avoir décrit la situation avec précision. Vous ne mettrez pas Garion aux fers et il ne vous changera pas en salsifis, alors cessez de vous lancer des piques.

— Bien. Nous reprendrons cette conversation un peu plus tard, décréta sèchement Zakath.

Il s'inclina avec raideur devant elle et quitta la tente.

— Vous ne craignez pas, Dame Polgara, de l'avoir un peu brusqué ? s'inquiéta Sadi.

— Oh, pas du tout. Je crois, au contraire, nous avoir épargné une bonne dose de stupidités. Ecoute, Essaïon, reprit-elle en repliant soigneusement les chaussettes reprisées, tu devrais te couper les ongles plus souvent. Tu troues tes chaussettes plus vite que je n'arrive à les réparer.

— Tu ne crois pas qu'il est redevenu comme avant ? demanda tristement Garion. Zakath, je veux dire.

— Pas complètement, le rassura sa tante Pol. Cette attitude n'était qu'une façade destinée à dissimuler ses sentiments. Eh bien, Père, Oncle Beldin a-t-il enfin trouvé quelque chose ?

— Il était sur une piste, ce matin, mais je ne peux pas lui parler en ce moment parce qu'il chasse le lapin. Nous reprendrons contact quand il aura fini de manger.

— Il ne pourrait pas se consacrer un peu à notre problème ? La situation est sérieuse, tout de même !

— Oh, ça va, Pol. Je te connais, et je sais qu'il t'arrive aussi de te taper un bon gros lapin de temps en temps.

— Ce n'est pas possible ! s'exclama Ce'Nedra en regardant la sorcière avec de grands yeux horrifiés.

— Vous ne pouvez pas comprendre, mon chou, fit la sorcière. Apportez-moi plutôt votre robe grise. J'ai remarqué que l'ourlet était défait, et puisque j'ai ma boîte à couture...

Ils passèrent le restant de l'après-midi à attendre. Après dîner, ils s'attardèrent autour de la table à bavarder.

Silk jeta un coup d'œil par le rabat de la tente. Des hommes montaient la garde devant.

— Des nouvelles de Beldin ? demanda-t-il dans un souffle.

— Il est en train de concocter quelque chose, et le connaissant, j'imagine que ça doit être gratiné. Il fignole encore les derniers détails. Il me racontera tout quand ce sera au point.

— Vous ne pensez pas que nous ferions mieux d'y mettre notre grain de sel, tous les deux ?

— Il sait ce qu'il a à faire. Je ne tiens pas à lui couper tous ses effets en m'en mêlant. Bon, vous faites ce que vous voulez, vous autres, mais moi, je vais me coucher, conclut-il en bâillant à se décrocher la mâchoire.

Le lendemain matin, Garion se leva sans bruit, s'habilla et quitta la petite chambre de toile, laissant dormir Ce'Nedra.

Durnik, Toth et Belgarath étaient assis à la table, dans la partie principale du pavillon.

— Ne me demandez pas comment il s'y est pris, disait le vieux sorcier. Tout ce que je sais, c'est que Cyradis a accepté de venir ici quand Toth le lui demandera.

Le forgeron et le colosse muet échangèrent quelques signes.

— Il dit qu'il peut le faire, traduisit Durnik. Vous voulez qu'elle vienne tout de suite ?

— Non, répondit Belgarath en secouant la tête. Je sais que ça l'épuise de projeter son image sur une longue distance. Attendons que Zakath nous ait rejoints. Beldin nous suggère de faire un peu monter le ton avant d'appeler la sibylle. Avec lui, ça tourne toujours au mélodrame, grommela-t-il avec une grimace de dégoût. Il y a des siècles que tout le monde le lui dit, mais il est incorrigible. Tiens, bonjour, Garion.

— Et qu'attendez-vous d'elle dont nous ne soyons pas capables ? s'enquit le jeune homme avec intérêt en s'asseyant à la table, parmi ses compagnons

— Je ne sais pas très bien, répondit Belgarath. Mais il est clair qu'elle a un effet particulier sur Zakath. Tu as vu comme il perd tous ses moyens chaque fois qu'il la voit. Beldin n'a pas voulu me dire au juste ce qu'il avait en tête, mais il avait l'air tellement content de lui que c'en était écœurant. Tu te sens en forme pour nous faire un peu de théâtre, ce matin ?

— Beuh, comme ça. Pourquoi ?

— Ton rôle consiste à exciter un peu Zakath — pas trop, hein, attention, mais suffisamment pour qu'il se laisse aller à proférer des menaces. C'est là que nous ferons venir Cyradis. Vas-y en douceur, qu'il ne se doute de rien. Quant à vous, Toth, à partir du moment où Garion et Zakath commenceront à s'invectiver, ne me quittez pas des yeux. Quand vous me verrez mettre ma main devant ma bouche et tousser, ça voudra dire que nous avons besoin de votre maîtresse.

Toth opina du chef.

— Tu veux que nous prévenions les autres ? proposa Garion.

Belgarath le regarda un moment entre ses paupières étrécies.

— Non, décida-t-il enfin. Leur réaction sera plus naturelle s'ils ne savent pas que la scène est préméditée.

— On dirait que Beldin n'est pas seul à avoir le sens de la mise en scène, nota Durnik avec un petit sourire.

— Je n'étais pas conteur professionnel pour rien, lui rappela Belgarath. Je joue sur mon public comme sur les cordes d'un luth.

Les autres s'étaient levés et avaient pris leur petit déjeuner lorsque le général Atesca revint les voir.

— Sa Majesté Impériale vous demande de vous tenir prêts. Vous partez pour Mal Zeth d'ici une heure.

Garion réagit très vite.

— Vous direz à Sa Majesté Impériale que nous n'irons nulle part tant que nous n'aurons pas terminé la conversation que nous avons amorcée hier.

Atesca accusa le coup, mais il surmonta très vite sa surprise.

— On ne parle pas comme ça à l'empereur, Majesté, répondit-il froidement.

— Eh bien, ça le changera, pour une fois.

— De toute façon, reprit l'officier en se redressant de toute sa hauteur, Sa Majesté est occupée pour le moment.

— Je ne suis pas pressé, répondit platement Garion en croisant les jambes. Ce sera tout, général.

Le visage du général devint de marbre, puis il s'inclina sèchement, claqua les talons et sortit sans ajouter un mot.

— Garion ! hoqueta Ce'Nedra. Zakath nous tient entre ses mains et tu as été d'une grossièreté... !

— Il n'a pas fait preuve d'une politesse excessive à mon endroit, rétorqua Garion avec un haussement d'épaules désinvolte. Je lui ai dit que nous n'irions pas à Mal Zeth et il m'a ignoré. On dirait que pour se faire comprendre, il faut parfois lui enfoncer les choses dans le crâne.

Polgara considéra un moment Garion d'un air pensif, puis elle se tourna vers son père.

— Que manigancez-vous, tous les deux ?

Il lui répondit d'un clin d'œil malicieux.

Il ne fallut pas plus de deux minutes à Zakath pour traverser le campement et faire irruption dans la tente, les yeux hagards et la face empourprée.

— Qu'est-ce que ça veut dire ? fit-il d'une voix stridente.

— Comment ça, qu'est-ce que ça veut dire ?

— Je vous ai donné un ordre, et on ne discute pas les ordres de l'empereur !

— La belle affaire ! Je ne suis pas un de vos sujets.

— C'est intolérable !

— Vous vous y ferez. Vous devriez savoir, depuis le temps, que je fais toujours ce que j'ai envie de faire. Je pensais que vous aviez au moins compris ça quand j'ai quitté Mal Zeth. Je vous avais dit que nous allions à Ashaba, et nous n'avons pas fait autre chose.

L'empereur fit un effort manifeste pour se contenir.

— J'essayais de vous protéger de vous-même, espèce d'imbécile, dit-il en serrant les dents. Vous alliez vous jeter droit dans la gueule de Mengha.

— Nous n'avons pas eu de problème particulier avec Mengha.

— Au fait, Atesca m'a dit que vous l'aviez tué, mais il ne m'a pas donné de détails, reprit l'empereur, un ton plus bas.

— Ce n'est pas moi qui l'ai tué. C'est l'œuvre de la margravine Liselle.

Zakath regarda la fille aux cheveux de miel en haussant légèrement le sourcil.

— Sa Majesté me fait trop d'honneur. On m'a donné un coup de main.

— Un coup de main ? Et qui ça ?

— Je devrais plutôt dire un coup de dent. C'est Zith qui a tout fait, en réalité. Je dois dire que Mengha a eu une drôle de surprise.

— Quelqu'un pourrait-il me raconter ce qui s'est passé en me faisant grâce de toutes ces brillantes reparties ?

— C'est assez simple en vérité, Majesté, commença Silk d'un ton suave. Nous avions un petit contentieux avec les Chandims et quelques autres personnages dans la vieille salle du trône de Torak, à Ashaba. Mengha hurlait des ordres à ses hommes quand Liselle a tiré Zith de son corselet et la lui a lancée en plein visage. Cette petite chérie verte lui a donné le baiser de la mort et il a craché sa vilaine âme — si tant est qu'il en ait jamais eu une — avant de toucher terre.

— Vous n'abritez pas vraiment ce serpent dans vos atours ? demanda Zakath, incrédule. Comment pouvez-vous supporter ça ?

— C'est une question d'habitude, Majesté, répondit-elle en portant pudiquement la main à son corsage.

— Ça ne s'est pas vraiment passé ainsi, tout de même ?

— La façon dont le prince Kheldar a décrit les événements à Votre Majesté est assez exacte en vérité, confirma Sadi. Zith était vraiment furieuse. Je pense qu'elle dormait lorsque la margravine l'a lancée à la face de Mengha, et elle déteste être réveillée en sursaut.

— Ce n'est pas tout, Zakath, intervint Belgarath. Nous avons découvert à cette occasion que Mengha était en fait un Chandim et le bras droit d'Urvon.

— C'est ce que m'a dit Atesca. De là à en déduire qu'Urvon serait à l'origine de ce qui se passe à Karanda il n'y a qu'un pas, non ?

— Oui, mais pas directement, objecta le vieux sorcier. Urvon n'a pas assez de cervelle pour tramer quoi que ce soit lui-même. Il est complètement sous la coupe d'un Démon Majeur appelé Nahaz, et quand on fricote avec les démons, on finit tôt ou tard par perdre les pédales. Urvon est convaincu d'être un Dieu, maintenant.

— S'il est complètement dérangé, qui mène sa campagne ici ? D'après Atesca, la façon dont il a pris l'armée darshivienne à revers et fait donner un troupeau d'éléphants était une tactique digne d'un stratège de génie.

— Pour moi, c'est plus ou moins Nahaz qui tire les ficelles. Les Démons Majeurs se fichent pas mal des pertes humaines et ils ont le chic pour faire courir les gens très vite.

— C'est la première fois que je fais la guerre à un Démon Majeur, reprit Zakath d'un ton rêveur. Quel peut être son objectif ?

— Le Sardion, répondit Garion. Tout le monde veut mettre la main dessus. Moi y compris.

— Pour donner un Nouveau Dieu aux Angaraks ?

— J'imagine que c'est son but.

— Je ne suis pas sûr que ça me plaise. Vous nous avez libérés de Torak et je n'ai pas envie de voir quelqu'un lui succéder, pas plus à Mal Zeth qu'à Mal Yaska. Les Angaraks n'ont que faire d'un Nouveau Dieu. Ils m'ont, moi. Quel est votre candidat ?

— Je ne sais pas encore. On ne me l'a pas dit.

— Que vais-je faire de vous, Belgarion ? soupira Zakath.

— Vous n'avez qu'à nous laisser partir afin que nous puissions mener notre tâche à bien. L'idée de ce Nouveau Dieu ne vous dit peut-être pas grand-chose, mais je pense que vous trouverez mon choix infiniment préférable à tout ce que Zandramas, Urvon ou Agachak pourraient vous mitonner.

— Agachak ?

— Le grand prêtre de Rak Urga. Il est également en Mallorée.

— Eh bien, il va falloir que je m'occupe de lui aussi. Mais ça ne répond pas à la question, en ce qui vous concerne.

— Je vous ai donné mon avis.

— Je crains de ne pouvoir accepter votre suggestion, riposta Zakath, et un léger sourire effleura ses lèvres. On ne peut pas compter sur vous.

— Quel est votre but dans tout ça ? demanda Belgarath.

— Je me propose de rétablir l'ordre en Mallorée, même si je dois pour ça raser des régions entières, population comprise. Et puisque ce Sardion exalte tant de passions, j'imagine que la meilleure tactique consiste à le retrouver et à le détruire.

— Parfait, conclut Garion en se levant. Eh bien, allons-y.

— Oh, non, Majesté, fit l'empereur, et sa voix avait retrouvé toute sa froideur. Je ne me fierai plus à vous. C'est une erreur que j'ai déjà commise une fois. En vous envoyant à Mal Zeth sous bonne garde, vos amis et vous-même, j'élimine une des personnes qui courent après le Sardion ; c'est toujours ça de pris. J'aurai les coudées plus franches, ensuite, pour me consacrer à sa recherche.

Garion décida que le moment était venu de planter les banderilles requises par son grand-père.

— Et par où envisagez-vous de commencer vos investigations ? questionna-t-il abruptement. Vous ne savez pas ce que vous cherchez, et vous n'avez pas la moindre idée de l'endroit où regarder. Permettez-moi de vous dire que vous n'êtes pas près de mettre la main dessus.

— Belgarion, je vous dispense de vos commentaires !

— Là, vous avez tort. Mais la vérité est parfois difficile à entendre, pas vrai ?

— Parce que vous savez sûrement où le trouver, vous ?

— Je saurai bien le découvrir.

— Si vous en êtes capable, moi aussi, et je suis sûr que vous me donnerez certains tuyaux.

— Là, vous pouvez toujours courir.

— Vous serez plus coopératif quand j'aurai confié quelques-uns de vos amis au bourreau. Je vous permettrai même de le regarder faire.

— Eh bien, j'espère que vous avez des bourreaux de rechange. Vous n'avez pas encore compris de quoi j'étais capable ? Et moi qui vous croyais intelligent !

— Bon, maintenant, ça suffit, Belgarion ! lança Zakath. Tenez-vous prêts à partir pour Mal Zeth. Et pour être sûr que vous ne ferez pas de bêtises, je vous ferai voyager séparément, tous autant que vous êtes. J'espère que ça vous dissuadera de tenter quelque stupidité, et dans le cas contraire, ça me fournira un ample contingent d'otages. Bien. Je pense que nous nous sommes tout dit.

Belgarath mit la main devant sa bouche et toussota. Toth ferma les yeux en signe d'acquiescement et inclina la tête.

Zakath eut un mouvement de recul et regarda, stupéfait, la forme éblouissante, aux yeux bandés, qui venait d'apparaître juste devant lui. Il jeta un regard noir à Garion.

— C'est encore un de vos trucs ! s'exclama-t-il.

— Ce n'est pas un truc, Zakath. Elle a quelque chose à vous dire. Je vous suggère de l'écouter.

— Consens-Tu, Zakath, à entendre ma parole ? demanda la silhouette mouvante de la sibylle.

— Qu'y a-t-il, Cyradis ? demanda-t-il sèchement, d'un ton soupçonneux.

— Je n'ai qu'un bref moment à Te consacrer, ô empereur de Mallorée. Je T'ai dit, naguère, que Ta vie bifurquerait un jour. Tu es arrivé à la croisée des chemins. Renonce à Tes manières impérieuses et soumets-Toi de bon gré à la tâche qui T'incombe. Tu as parlé ici d'otages.

— C'est l'usage, Cyradis, répondit-il en inspirant profondément. Ce n'est qu'un moyen de s'assurer le concours de certains individus.

— Te sentirais-Tu en vérité si faible que Tu doives menacer l'innocent pour imposer Ta volonté à autrui ? riposta-t-elle d'un ton quelque peu méprisant.

— Faible, moi ?

— Pour quelle autre raison recourrais-Tu à une si lâche attitude ? Mais entends mes paroles, Kal Zakath, car Ta vie est en jeu. Lève la main contre l'Enfant de Lumière ou l'un quelconque de ses compagnons, et au même instant Ton cœur éclatera et Tu rendras le dernier souffle.

— Advienne que pourra. Je règne sur la Mallorée. Changer d'idée, hésiter seulement sous la menace, même la tienne, Sainte Sibylle, serait, à mes yeux, cesser d'être. Ne compte pas sur moi pour ça.

— Alors Tu mourras, c'est sûr, dit-elle d'un ton implacable, terrifiant. Et après Ta mort Ton puissant empire s'écroulera et retournera à la poussière. Puisque Tu ne veux point, ô Empereur de Mallorée, entendre mon avertissement, reprit-elle en le voyant blêmir, souffre que je Te fasse une proposition. Si Tu estimes avoir besoin d'un otage, je jouerai ce rôle. L'Enfant de Lumière sait que si je quittais cette vie avant d'avoir accompli ma tâche, sa propre quête serait vouée à l'échec. Quel meilleur moyen de pression pourrais-Tu exercer sur lui ?

— Je ne te menacerai pas, Sainte Sibylle, déclara-t-il, l'air moins sûr de lui tout à coup.

— Et pourquoi pas, puissant Zakath ?

— Ce ne serait pas de mise, répondit-il laconiquement. Est-ce tout ce que tu avais à me dire ? Je dois vaquer à d'autres occupations.

— Elles sont insignifiantes. Tu n'as de devoir qu'envers moi et envers la tâche qui T'incombe. L'accomplissement de cette tâche est le but de Ton existence. C'est pour elle et elle seule que Tu as vu le jour. Si Tu la refuses, point ne verras l'hiver à venir.

— C'est la deuxième fois depuis ton arrivée, Cyradis, que tu fais planer une menace sur ma vie. Me hais-tu donc tant ?

— Je n'ai point de haine pour Toi, Zakath, et ne Te menace point. Je me contente de Te révéler Ton destin. Acceptes-Tu la tâche qui est la Tienne ?

— Je ne te répondrai pas tant que je n'en saurai pas davantage à ce sujet.

— Fort bien. Je Te révélerai donc la première partie de Ta tâche. Tu dois venir à Kell, où je me livrerai à Toi. Je serai Ton otage, mais Tu seras aussi le mien. Viens donc à Kell avec l'Enfant de Lumière et les élus qui l'accompagnent. Car, ainsi qu'il est écrit depuis le commencement des âges, Tu es des leurs.

— Mais...

Elle leva sa main fine.

— Laisse ici Ton escorte, Ton armée et tous autres symboles de Ta puissance. Ils ne Te seraient d'aucun secours là où je T'emmène. Mais peut-être, reprit-elle après un bref silence, le puissant Zakath craint-il de parcourir son infini royaume sans un entourage de soldats pour soumettre les esprits rebelles et contraindre les indociles à ployer le genou ?

— Je n'ai peur de rien, Sainte Sibylle, répondit sèchement Zakath en rougissant jusqu'à la racine des cheveux. Je ne crains pas même la mort.

— La mort n'est rien, Kal Zakath. M'est avis que c'est bien plutôt la *vie* que Tu redoutes. Je Te l'ai dit, en vérité, Tu es mon otage, et je T'ordonne de venir à moi à Kell et d'y accepter la tâche qui T'incombe.

L'empereur de Mallorée fut pris d'un tremblement. Garion, qui le connaissait, savait qu'il aurait normalement rejeté aussitôt le commandement de Cyradis, mais c'était comme si une force toute-puissante s'était emparée de lui. Son tremblement s'accentua et son front blême se couvrit de sueur.

Malgré ses yeux bandés, Cyradis sembla s'apercevoir du tourment qui agitait celui qu'elle avait appelé son « otage ».

— Tu as fait le bon choix, Kal Zakath, déclara-t-elle. Que Tu le fasses de ton plein gré ou à Ton corps défendant, Tu Te soumettras, car telle est Ta destinée. Parle, maintenant, empereur de Mallorée, ordonna-t-elle en se redressant de toute sa taille, car Ton destin exige que Tu l'acceptes de vive voix. Viendras-Tu à moi à Kell ?

— Je viendrai, croassa-t-il comme si ces mots l'étouffaient.

— Ainsi soit-il, Zakath. Prends la place qui T'était destinée de toute éternité au côté de Belgarion et viens à la Cité Sainte. Là, je T'en révélerai davantage sur Ta tâche et Te dirai pourquoi ce n'est pas seulement Ta vie qui en dépend, mais le sort de la Création tout entière.

Elle se tourna légèrement comme pour regarder Garion bien qu'elle eût les yeux bandés.

— Amène-le moi, Enfant de Lumière, dit-elle, car sa venue fait partie des événements qui doivent se produire avant l'ultime rencontre.

Elle tendit la main vers Toth dans un geste d'infini regret, puis elle disparut.

— Du coup, nous sommes douze, murmura Sadi.

Et leur dernière recrue était plantée, le visage de cendre, au centre de la tente, et Garion vit, avec un étonnement sans borne, les yeux de l'empereur de Mallorée s'emplir de larmes.

CHAPITRE 18

— Le Vide, murmura Essaïon d'un petit ton satisfait. Nous sommes presque au complet, à présent.

— Là, il y a quelque chose qui m'échappe, avoua Sadi.

— Quand Cyradis nous est apparue à Rhéon, elle nous a désigné ceux qui nous accompagneraient à l'Endroit-qui-n'est-plus. Je me demandais qui était Le Vide. Maintenant je le sais.

— Et comment m'a-t-elle appelé ? demanda l'eunuque.

— Vous voulez vraiment le savoir ?

— Vraiment, oui. Ça m'intrigue.

— Elle vous a appelé L'Homme-qui-n'est-pas-un-homme.

— C'est ce qui s'appelle parler sans ambages, commenta Sadi, un peu heurté.

— C'est vous qui l'avez voulu.

— Il n'y a pas de mal, Essaïon, soupira le Nyissien. J'ai été opéré quand j'étais tout bébé, alors je ne sais pas ce que je perds. Je m'amuserais même plutôt du tintouin que l'on fait autour de cette fonction spécifique. Ma vie s'en trouve grandement simplifiée.

— Pourquoi vous a-t-on fait ça ?

— Ma mère était pauvre, répondit l'eunuque en se caressant le crâne. C'était le seul cadeau qu'elle pouvait me faire.

— Vous appelez ça un cadeau ?

— C'était me permettre de trouver un poste au palais de la reine Salmissra. Sans ça, j'aurais probablement fini dans le ruisseau, comme tous les membres de ma famille.

— Ça va, Zakath ? demanda Garion avec compassion.

— Fichez-moi la paix, murmura l'empereur.

— Laisse-moi m'en occuper, mon chou, proposa Polgara. C'est un moment difficile, pour lui.

— J'en sais quelque chose. Si tu crois que ça a été facile pour moi !

— Et encore, nous t'avons expliqué les choses en douceur. Cyradis n'a pas eu le temps de prendre de gants avec lui. Je vais lui parler.

— Comme tu voudras, Tante Pol.

Garion s'éloigna, lui confiant l'empereur au visage de cendre. La tournure des événements ne lui disait rien qui vaille. Il aimait bien l'empereur de Mallorée sur le plan personnel, mais il voyait d'ici les problèmes qu'allait poser son intrusion parmi eux. Il leur était souvent arrivé, dans le passé, de ne devoir la vie qu'à la cohésion de leur groupe, au fait qu'ils poursuivaient tous le même but, or les motifs de Zakath n'avaient jamais été très clairs.

Garion, fit sa voix intérieure, excédée, *n'essaie pas d'influer sur le cours de choses que tu ne comprends pas. Zakath doit vous accompagner, tu ferais aussi bien de t'habituer à cette idée.*

Mais...

Il n'y a pas de mais. Fais ce que tu dois, point final.

Garion égrena mentalement un chapelet d'invectives.

Et ne m'insulte pas, non plus.

— C'est absurde ! éclata Zakath en se laissant tomber dans un fauteuil.

— Mais non, objecta doucement la sorcière. Il va falloir que vous revoyiez votre façon de voir le monde, et voilà tout. La plupart des gens n'y sont jamais amenés. Vous faites maintenant partie d'un groupe trié sur le volet, et des règles différentes s'appliquent à vous.

— Je n'ai pas pour habitude d'obéir aux règles, Dame Polgara. C'est moi qui les impose aux autres.

— Plus maintenant.

— Pourquoi moi ? demanda Zakath.

— C'est toujours la première question qui leur vient à l'esprit, soupira Belgarath en levant les yeux au ciel.

— Et quelqu'un y a-t-il jamais répondu ? s'informa Silk.

— Pas que je sache.

— Allez, Zakath, nous vous expliquerons tout au fur et à mesure, lui assura Polgara. La seule chose importante, pour l'instant, c'est de savoir si vous avez oui ou non l'intention d'honorer la promesse que vous avez faite à Cyradis.

— Evidemment. Je lui ai donné ma parole. J'en suis fort marri, mais je n'ai pas le choix. Comment peut-elle me manipuler ainsi ?

— Elle a d'étranges pouvoirs.

— Vous voulez dire... par magie ?

— Non. Par la vérité.

— Vous avez compris ce qu'elle racontait ?

— En partie, mais sûrement pas tout. Je vous ai dit que nous portions un regard différent sur le monde. Les sibylles le voient selon un autre angle encore. Une personne qui ne partage pas leur vision ne peut pas la comprendre entièrement.

— J'ai l'impression soudaine d'avoir été détrôné, dépossédé de tout, avoua Zakath, les yeux rivés au sol. Et je n'aime vraiment pas ça. Ce matin j'étais l'empereur de la plus grande nation du monde, et cet après-midi je m'apprête à courir les routes tel un vagabond.

— Ça vous fera des vacances, vous allez voir, avança allègrement Silk.

— Fermez-la, Kheldar, fit distraitement Zakath. Vous voulez que je vous dise quelque chose, Polgara ? Une chose assez étrange en vérité ?

— Je vous écoute.

— Même si je ne lui avais pas donné ma parole, je ne pourrais faire autrement que d'aller à Kell. C'est une pulsion irrésistible. J'ai l'impression que quelque chose m'attire là-bas, et ce qui m'y entraîne est une fille aux yeux bandés, à peine sortie de l'enfance.

— Il y a des compensations.

— J'aimerais bien savoir lesquelles.

— Qui sait ? le bonheur, peut-être.

— Le bonheur n'a jamais été mon ambition première, Dame Polgara, fit-il avec un vilain rire sans joie. Pas depuis très, très longtemps, en tout cas.

— Vous serez peut-être obligé de l'accepter quand même. Nous n'avons pas plus le choix de nos récompenses que de nos devoirs, ajouta la sorcière avec un sourire. Ce sont des décisions qui nous échappent.

— Et vous, vous êtes heureuse ?

— Eh bien, oui, Kal Zakath, je suis heureuse. Mais pourquoi ce gros soupir ?

— J'étais à *ça* de devenir le maître du monde, répondit l'empereur de Mallorée en levant la main, le pouce et l'index à peine écartés l'un de l'autre.

— Et pourquoi vouliez-vous dominer le monde ?

— Parce que personne ne l'avait jamais fait avant moi, riposta-t-il en haussant les épaules, et que le pouvoir apporte bien des satisfactions.

— Vous en trouverez d'autres, j'en suis sûre, affirma-t-elle avec un sourire en lui posant la main sur l'épaule.

— C'est arrangé ? s'enquit Belgarath.

— Rien n'est jamais vraiment arrangé, Belgarath, rétorqua Zakath. Pas tant qu'il y a un souffle de vie en nous. Mais vous avez gagné : je vous accompagnerai à Kell.

— Alors, je vous suggère d'envoyer chercher Atesca et de lui dire où vous allez, pour qu'il puisse au moins protéger nos arrières. Si ça pouvait éviter qu'on se faufile derrière notre dos... Urvon a-t-il déjà traversé la Magan ?

— C'est difficile à dire. Vous avez regardé dehors, aujourd'hui ?

— Et vous, vous avez vu comment le pavillon est gardé ? On ne peut pas dire que les soldats d'Atesca encouragent le tourisme.

— Il y a un brouillard à couper au couteau. Urvon peut être rigoureusement n'importe où.

Polgara se leva vivement, s'approcha du rabat de la tente et fit un pas au dehors, s'attirant une admonestation de l'un des gardes plantés devant le pavillon.

— Oh, ça va ! rétorqua-t-elle hargneusement, puis elle inspira profondément, à plusieurs reprises. Ça sent mauvais, Père, dit-elle laconiquement en laissant retomber le rabat de toile. Pour moi, ce brouillard n'est pas naturel.

— Des Grolims ?

— Sans doute même des Chandims. Ils doivent dissimuler les troupes d'Urvon aux bateaux d'Atesca en patrouille sur le fleuve. Ils ne devraient pas avoir de mal à passer la Magan.

— Quand ils seront de ce côté-ci, le trajet jusqu'à Kell risque de tourner à la course de vitesse.

— Je vais parler à Atesca, annonça Zakath. Il arrivera peut-être à les retarder un moment. Dites-moi, reprit-il en regardant le vieux sorcier avec un intérêt soudain, je sais ce que je vais faire à Kell, mais vous ? Pourquoi y allez-vous ?

— Pour lire les Gospels de Mallorée, où est indiqué le lieu de l'ultime rencontre.

— Vous voulez dire que vous ne savez pas où vous allez ?

— Pas encore, non, mais je sais quel nom on lui donne partout : c'est l'Endroit-qui-n'est-plus.

— Enfin, Belgarath, ça ne veut rien dire.

— Allez dire ça à celui qui l'a appelé comme ça. Moi, je n'y suis pour rien.

— Vous auriez dû me le dire quand nous étions à Mal Zeth ! J'ai un exemplaire des Gospels dans ma bibliothèque.

— D'abord, à ce moment-là, je l'ignorais. Je ne l'ai appris que tout récemment. Ensuite, votre exemplaire ne m'aurait été d'aucune utilité. Il paraît qu'ils sont tous différents, et le seul qui contienne cette information est à Kell.

— Tout ça m'a l'air affreusement compliqué.

— Eh oui. Ces choses-là le sont toujours.

L'empereur s'approcha du rabat de la tente, adressa quelques mots à l'un des gardes postés devant et revint.

— J'ai envoyé chercher Atesca et Brador. Je ne serais pas étonné que mon projet leur arrache des protestations véhémentes, ajouta-t-il avec un petit sourire mélancolique.

— Ne leur laissez pas le temps de discuter, lui conseilla Garion.

— Ils sont tous deux melcènes, Garion, riposta Zakath. La discussion est une seconde nature chez ces gens-là. A propos, pourquoi êtes-vous allés à Melcène ? demanda-t-il en fronçant les sourcils. Ça faisait un drôle de détour, non ?

— Nous suivions Zandramas, répondit Garion.

— Et elle, qu'allait-elle faire là-bas ?

— Chercher votre cousin, l'archiduc Otrath.

— Ce sinistre crétin ? Et pour quoi faire ?

— Pour l'emmener à Hemil et le couronner empereur de Mallorée.

— Hein ? s'exclama Zakath, les yeux exorbités.

— Elle avait besoin d'un roi angarak pour aller à l'Endroit-qui-n'est-plus. Et je me suis laissé dire que ce couronnement lui conférait une certaine légitimité.

— Oui, eh bien, attendez que je mette la main sur lui, et je vous garantis qu'il ne la conservera pas longtemps, sa légitimité ! s'écria le Malloréen avec fureur.

— Notre déplacement avait un autre but, mais nous ne l'avons su qu'une fois sur place, reprit Belgarath. Nous y avons trouvé un exemplaire non expurgé des Oracles Ashabènes. J'y ai découvert que l'étape suivante de notre voyage était Kell. Je suis une piste qui a été tracée il y a des milliers d'années.

Atesca et Brador entrèrent sur ces entrefaites.

— Votre Majesté nous a envoyé chercher ? commença Atesca en s'inclinant avec sa raideur coutumière.

— Oui, répondit Zakath d'un ton pensif. Ecoutez-moi bien, tous les deux, et n'essayez pas de discuter.

Et, chose étrange, il ne s'adressa pas à eux d'un ton de commandement, tel un empereur donnant ses ordres à ses subordonnés, mais plutôt comme un homme implorant deux vieux amis.

— J'ai changé mes plans, poursuivit-il. J'ai eu communication de certaines informations, et il serait désastreux que nous entravions la quête de Garion et de ses amis. Leur mission est vitale pour la sauvegarde de la Mallorée.

— Peut-être serait-il judicieux que Votre Majesté m'en dise un peu plus long sur la nature de cette mission ? risqua Brador, les yeux brillants de curiosité. Après tout, je suis en charge de la Défense du territoire...

— Euh... ne m'en veuillez pas, Brador, mais je crois préférable de ne pas vous en dire davantage. Ça exigerait un ajustement de votre mode de pensée auquel vous n'êtes pas préparé. Je ne suis pas sûr, d'ailleurs, de l'être plus que vous. Enfin, Belgarion et ses amis doivent absolument aller en Dalasie. Et, euh... encore une petite chose, ajouta-t-il comme si ces mots lui brûlaient la langue. Je les accompagne.

Atesca regarda son empereur avec toutes les apparences de l'hébétude, mais il parvint à reprendre le dessus au prix d'un effort méritoire.

— Je vais de ce pas dire au commandant de la Garde impériale de se tenir prêt à escorter Sa Majesté, articula-t-il péniblement.

— N'en faites rien. La Garde reste ici. Je pars seul.

— Seul ! s'exclama Atesca. Mais enfin, Majesté, c'est impossible !

— Vous voyez, commenta Zakath en regardant Garion avec un pâle sourire. Qu'est-ce que je vous avais dit ?

— Général, intervint Belgarath, Kal Zakath ne fait qu'obéir à des ordres. C'est une chose que vous pouvez comprendre, j'en suis sûr. Il ne doit pas emmener de troupes avec lui. Ça ne servirait à rien là où il va, de toute façon.

— Des ordres ? répéta l'officier, sidéré. Qui ose donner des ordres à Sa Majesté ?

— C'est une longue histoire, Atesca, répondit le vieux sorcier, et nous n'avons pas le temps de vous la raconter.

— Euh... Pardonnez-moi d'insister, Majesté, fit timidement Brador, mais si vous allez en Dalasie, vous allez être obligé de traverser Darshiva, et je me permets de vous rappeler que c'est un territoire hostile en ce moment. Votre Majesté Impériale risque sa vie, compte tenu des circonstances. Est-ce bien sage, et ne serait-il pas plus prudent de vous faire escorter jusqu'à la frontière au moins ?

Zakath interrogea Belgarath du regard. Le vieux sorcier secoua la tête en signe de dénégation.

— Faisons ce qu'on nous a dit, un point c'est tout.

— Désolé, Brador, répondit l'empereur. Nous ne pouvons emmener d'escorte. J'aurai tout de même besoin d'une armure, et d'une épée.

— Votre Majesté n'a pas tenu l'épée depuis des années, releva le général.

Zakath écarta l'objection d'un haussement d'épaules.

— Belgarion me donnera quelques leçons. Ça me reviendra très vite, j'en suis sûr. Bien, maintenant, Urvon va traverser la Magan. J'ai appris de source bien informée qu'il sera à peu près impossible de l'en empêcher. Les Darshiviens ne devraient pas être loin derrière lui, et ils ont des éléphants avec eux. Faites en sorte que tout ce monde-là me laisse un peu de champ. Retardez Urvon le temps que les Darshiviens le rattrapent et laissez-les s'étriper mutuellement. Nul ne les regrettera. Quand les deux belligérants auront engagé le combat, que vos hommes se désengagent. Inutile d'en faire tuer plus que le strict nécessaire.

— Dois-je en déduire que nous revenons sur la stratégie définie à Maga Renn ? suggéra Atesca en se renfrognant.

— Il faut parfois savoir se remettre en question, décréta le Malloréen avec un soupir désabusé. Rien ne m'indiffère plus que l'issue de ce conflit insignifiant. C'est vous dire l'importance de la mission dont Belgarion est investi. Bon, continua-t-il en interrogeant ce dernier du regard, je pense avoir fait le tour de la question ?

— Les démons, répondit Garion. Il y en a à Darshiva aussi.

— Ils m'étaient sortis de la tête, ceux-là, convint Zakath en fronçant les sourcils. Ils viendront à la rescousse d'Urvon, n'est-ce pas ?

— Ceux de Nahaz, sûrement, répondit Belgarath. Quant aux Darshiviens, ils devraient être épaulés par les hordes de Mordja.

— Que dites-vous ?

— En voyant qu'Urvon s'affichait avec Nahaz, Zandramas a invoqué un Démon Majeur à sa botte, expliqua le vieux sorcier. Je dois dire qu'elle est allée le chercher assez loin : Mordja est le Seigneur des Ténèbres des Morindiens, qui l'appellent Horja. Ils sont de force égale, Nahaz et lui, et ils se haïssent depuis le commencement des temps.

— Les deux camps disposent l'un et l'autre d'une armée et de démons. Ils devraient donc faire match nul.

— L'ennui, c'est que les démons ne sont généralement pas très sélectifs dans le choix de leurs proies, intervint Polgara. Ils tuent tout ce qui bouge, et votre propre armée est ici, à Darshiva.

— Je n'y avais pas songé, concéda-t-il, puis il parcourut les autres du regard. Des suggestions ?

Belgarath et Polgara échangèrent un coup d'œil.

— On peut toujours essayer, répondit le vieux sorcier en se grattant la barbe. Il n'aime pas beaucoup les Angaraks, mais Il aime encore moins les démons. Je pense tout de même que nous aurions de meilleures chances de Le gagner à notre cause si nous sortions du campement.

— De qui parlez-vous au juste ? s'enquit Zakath, intrigué.

— D'Aldur, répondit Belgarath. Pourrions-nous Lui dire que vous vous feriez longuement prier pour nous suivre si votre armée était en danger ?

— Je pense que oui, en effet. Vous voulez dire que vous avez véritablement le pouvoir de susciter un Dieu ? demanda Zakath en ouvrant de grands yeux incrédules.

— On ne suscite pas un Dieu comme on suscite un démon, mais nous pouvons parler avec Lui, c'est vrai. Enfin, nous verrons bien ce qu'Il nous dira.

— Tu ne vas pas tenter de ruser avec Lui, Père ? protesta Polgara.

— Aldur est au courant de tout ce que je fais. Je ne pourrais L'abuser, même si j'essayais. Les tergiversations de Zakath nous fourniront un simple prétexte à discussion. Aldur est assez raisonnable, mais Il a toujours aimé la controverse. Tu devrais le savoir, Pol. Il a contribué à ton éducation, après tout. Voyons si nous pouvons entrer en contact avec Lui.

— Je peux venir ? demanda Essaïon. Il faudrait que je Lui parle, moi aussi.

Belgarath le regarda avec surprise. Il donna un instant l'impression d'être sur le point de refuser, mais il dut se raviser.

— Comme tu voudras, répondit-il en haussant les épaules. Atesca, vous pourriez demander à vos gardes de nous escorter jusqu'au fossé qui entoure le camp ? Nous continuerons seuls, à partir de là.

Le général dit quelques mots aux hommes qui montaient la garde devant la tente et les trois personnages quittèrent le pavillon sans incident.

— Je donnerais cher pour assister à leur entretien, murmura Brador. Avez-vous jamais vu Aldur, Prince Kheldar ?

— Oui, oui, deux fois, répondit Silk d'un petit air blasé. La première au Val, puis à Cthol Mishrak, quand Il est venu avec les autres Dieux chercher le corps de Torak, après que Garion l'eut tué.

— J'imagine qu'Il a dû en retirer une certaine satisfaction, commenta Zakath. Aldur et Torak étaient ennemis jurés.

— Non, objecta Garion avec une certaine tristesse. Personne n'a pris le moindre plaisir à la mort de Torak. C'était le frère d'Aldur. Mais je pense que le plus malheureux était encore UL. Torak était Son fils, après tout.

— La théologie angarake comporte manifestement d'énormes lacunes, nota Zakath d'un ton méditatif. Je crois que les Grolims réfutent jusqu'à l'existence d'UL.

— Il seraient bien obligés de croire en Lui s'ils Le voyaient, rétorqua Silk.

— Est-Il vraiment si impressionnant que ça ? s'enquit Brador.

— Oui, mais pas tant par Son apparence que par Sa présence, répondit le petit Drasnien. Il a un charisme phénoménal.

— Il a été très gentil avec moi, objecta Ce'Nedra.

— Tout le monde est gentil avec vous, Ce'Nedra, rétorqua l'homme au museau de fouine. C'est un pouvoir que vous avez sur les gens.

— Oui, enfin, presque tout le monde, rectifia Garion.

— Nous ferions mieux d'emballer nos affaires, suggéra Durnik. Je ne serais pas étonné que Belgarath donne le signal du départ dès qu'il reviendra. Vous ne pourriez pas nous faire préparer des provisions ? demanda-t-il au général. La route est longue jusqu'à Kell, et je doute que nous ayons beaucoup d'occasions de faire le marché dans la région.

— Certainement, Maître Durnik, acquiesça le général.

— Dans ce cas, je vais vous donner une liste des choses dont nous aurons besoin

Pendant que le forgeron s'asseyait à la table pour écrire, Atesca se tourna vers Silk.

— Je regrette de ne pas avoir eu le temps de m'entretenir avec son Altesse de sa récente incursion sur le marché des biens de consommation courante, fit-il d'un ton insinuant en foudroyant l'intéressé du regard.

— Qu'est-ce donc, Atesca ? Dois-je comprendre que vous envisagez un changement de carrière ? s'étonna Zakath.

— Nullement, Majesté, nullement. La vie militaire m'apporte toute satisfaction. Mais le Prince Kheldar a spéculé sur la récolte de haricots de cette année, et le chef des services de l'Intendance a eu une rude commotion en apprenant le prix qu'il en demandait.

— C'était rudement bien joué, Kheldar, commenta Brador avec un petit rire.

— Votre attitude me surprend, Brador, fit Zakath d'un ton réprobateur. Je me demande comment vous réagiriez si le prince Kheldar s'était enrichi à votre détriment ?

— A vrai dire, Majesté, l'intervention de Kheldar sur le marché n'a pas coûté un sou au Trésor. L'Intendance héberge les plus vils coquins qui aient jamais échappé à la hache du bourreau. Il y a quelques années, alors que vous étiez occupé au Cthol Murgos, ils vous ont fait parvenir un document d'allure anodine concernant la fixation du cours de tous les articles qu'ils achètent pour l'armée.

— Je m'en souviens vaguement. Ils prétendaient que ça leur permettrait de faire des prévisions à long terme.

— La belle excuse ! La vérité, Majesté, c'est qu'en fixant ces prix, ils se réservaient la possibilité de s'en mettre plein les poches. Ils n'avaient plus qu'à acheter en dessous du cours, vendre à l'armée au prix prévu et se partager la galette.

— Quel était le cours fixé pour les haricots ?

— Dix demi-couronnes les cent livres, Majesté.

— Ça ne paraît pas excessif.

— Même quand ils les payaient trois demi-couronnes ?

L'empereur le regarda en ouvrant de grands yeux.

— L'ennui, vous comprenez, reprit Brador en levant la main pour prévenir ses objections, c'est qu'ils étaient tenus, par la loi, de les vendre dix demi-couronnes à l'armée, quel que soit le prix d'achat, de sorte qu'ils ont été obligés de combler la différence sur leur cassette personnelle. Ça explique peut-être la commotion dont parlait le général Atesca.

Zakath se fendit alors d'un sourire carnassier.

— Quel prix demandiez-vous, Kheldar ? demanda-t-il.

— J'ai vendu au Consortium melcène à quinze, répondit le petit homme au museau de fouine en se polissant les ongles sur le devant de sa tunique. J'imagine que ces braves gens ont pris une marge de quelques points. Il faut bien gagner sa vie, que voulez-vous ?

— Et vous aviez fait main basse sur toute la récolte de haricots ?

— J'ai fait de mon mieux, en tout cas.

— Je ne serais pas étonné que Votre Majesté reçoive plusieurs lettres de démission de membres de l'Intendance, reprit Brador. Je lui suggère de ne les accepter qu'après l'approbation des comptes.

— Faites-moi confiance, Brador. Dites-moi, Kheldar, murmura l'empereur, songeur, combien demanderiez-vous pour suspendre vos activités en Mallorée ?

— Je ne suis pas sûr qu'il y aurait assez d'argent dans les caisses de Votre Majesté, répondit platement Silk. Et puis, je suis devenu une sorte de mal nécessaire. L'économie malloréenne était un peu atone avant mon arrivée. Je travaille pour vous, dans le fond.

— Vous y comprenez quelque chose, Brador ? demanda Zakath.

— Oui, Majesté, souffla le Melcène. Il n'a pas tout à fait tort, en un sens. Nos recettes fiscales croissent régulièrement depuis que Kheldar et son peu ragoûtant associé ont commencé à faire des affaires dans l'empire. Si nous les expulsions, ce serait le krach.

— Si je vous entends bien, ils me tiennent à leur merci ?

— Dans une certaine mesure, oui, Majesté.

— Je commence à regretter de m'être levé ce matin, conclut le Malloréen avec un soupir funèbre.

Belgarath et Polgara les rejoignirent au bout d'un moment. Ils avaient l'air troublé. Essaïon, quant à lui, avait sa mine insouciante et dégagée coutumière.

— Qu'a-t-Il dit ? s'enquit Garion.

— Il s'est fait tirer l'oreille, répondit Belgarath, mais Il a fini par accepter. Dites-moi, général Atesca, vous avez beaucoup d'hommes ici, à Darshiva ?

— Plusieurs centaines de milliers. Ils sont dans des camps comme celui-ci, en amont et en aval de la rive orientale de la Magan. Le gros de nos forces est de l'autre côté du fleuve, à Peldane. Nous pouvons les rappeler à bref délai.

— Attendez d'avoir retardé Urvon assez longtemps pour que l'armée darshivienne le rattrape et faites venir tous vos hommes dans cette enclave.

— Elle ne sera jamais assez grande pour eux tous, Vénérable Ancien, objecta Atesca.

— Eh bien, faites en sorte qu'elle le soit, et vite. Aldur a accepté de protéger votre camp retranché mais Il ne nous a rien promis pour les autres. Ramenez vos hommes ici. Il en éloignera les démons.

— Comment ? demanda Brador avec curiosité.

— Les démons ne peuvent supporter la présence d'un Dieu. Ni Nahaz ni Mordja ne devraient approcher à moins de dix lieues de cet endroit.

— Il va vraiment venir ici ?

— D'une certaine façon, très particulière. Quand vous aurez fini d'agrandir l'enclave, votre fossé sera empli d'une lueur bleue. Dites à vos hommes de ne pas s'en approcher. Aldur n'aime pas beaucoup les Angaraks, et des choses désagréables pourraient arriver aux soldats qui entreraient en contact avec cette lumière. Au fait, Zakath, ça vous intéressera peut-être de savoir que pendant un moment toute votre armée, ici, à Darshiva, sera au moins virtuellement en Son pouvoir, ajouta le vieux sorcier avec un sourire impudent. Aldur n'a jamais eu d'armée, et on ne peut pas savoir ce qu'Il décidera de faire de celle-ci.

— Il est toujours comme ça, Garion ? Votre grand-père, je veux dire ? maugréa Zakath.

— Trop souvent, hélas, répondit-il.

Il se leva en agitant discrètement les doigts à l'attention de son grand-père et alla à l'autre bout de la tente comme pour se dégourdir les jambes. Belgarath lui emboîta le pas.

— Que s'est-il passé là-bas ? demanda tout bas Garion.

— Nous avons parlé avec Aldur et Il nous a promis de protéger l'armée de Zakath, répondit évasivement le vieux sorcier.

— Non, objecta Garion en secouant la tête. Il s'est passé quelque chose. Vous faisiez une drôle de tête, tante Pol et toi, quand vous êtes revenus. Et pourquoi Essaïon tenait-il tant à vous accompagner ?

— C'est une longue histoire, éluda Belgarath.

— Je ne suis pas pressé. Et je pense que j'ai bien le droit de savoir ce qui se passe.

— Il vaut mieux, au contraire, que tu l'ignores. Aldur a

bien insisté là-dessus. Si tu savais certaines choses, ça pourrait interférer avec ce que tu as à faire.

— Je pensais en avoir fini avec cette vieille excuse, depuis le temps. Je suis un grand garçon, maintenant. Ça ne sert à rien d'essayer de me tenir dans une bienheureuse ignorance.

— Eh bien, je vais te dire, Garion. Tu es l'Enfant de Lumière, après tout, alors pourquoi n'irais-tu pas en parler avec Aldur ? Il acceptera peut-être de tout te raconter, en fin de compte. En ce qui me concerne, Il m'a dit de la fermer, et ce n'est pas aujourd'hui que je vais commencer à désobéir à mon Maître, que ça te plaise ou non.

Sur ces mots, il tourna les talons et rejoignit les autres.

CHAPITRE 19

— Ce que je ne comprends pas, c'est pourquoi vous tenez tant à ce que j'aie l'air d'un pouilleux, nota Zakath en regagnant le pavillon.

Il portait un pectoral bosselé sur une cotte de mailles piquée de rouille et un casque dépourvu de tout ornement. Il avait jeté sur ses épaules une cape marron, rapiécée, et une épée ordinaire pendait à son côté.

— Expliquez-lui, Silk, demanda Belgarath. C'est vous le spécialiste de la question, après tout.

— Ce n'est pas compliqué, répondit le petit Drasnien. Les voyageurs engagent souvent des mercenaires en guise de gardes du corps, et les mercenaires ne se donnent généralement pas la peine d'entretenir leur tenue. Voilà pourquoi nous avons fait en sorte que vous ayez l'air un peu dans la dèche. Vous n'avez plus, maintenant, Garion et vous, qu'à ouvrir la marche en montrant les dents comme si vous alliez mordre.

— Je n'aurais jamais cru qu'il soit si difficile d'avoir l'air comme tout le monde, commenta l'empereur des Malloréens, et un imperceptible sourire effleura ses lèvres pâles.

— Il est plus difficile, en vérité, de passer inaperçu que de se donner des airs de grand-duc, approuva Silk. Maintenant, Zakath, j'espère que vous ne vous formaliserez pas, mais il va falloir nous abstenir de vous donner du « Majesté ». Il ne manquerait plus que ça échappe à l'un de nous au mauvais moment.

— Rien ne pourrait me faire plus plaisir, Kheldar. Tous ces « Majesté » finissaient par m'écorcher l'oreille, à la longue.

— Vous devriez mettre le nez plus souvent dehors, vous savez, suggéra le petit homme en le regardant sous le nez. Vous êtes pâle comme un linge.

— Laissez-moi faire, intervint Polgara. Je vais lui concocter une mixture qui va lui donner des couleurs.

— Oh, encore un détail, reprit Silk. Il me semble que votre profil orne toutes les pièces de monnaie de Mallorée...

— Vous êtes bien placé pour le savoir. C'est vous qui en détenez la majeure partie, si je ne m'abuse.

— Disons que j'en ai trouvé quelques-unes, par-ci, par-là, convint modestement le petit homme au museau de fouine. Quoi qu'il en soit, il pourrait être plus prudent de masquer ce célèbre visage sous la barbe. Vous allez cesser de vous raser.

— Sachez, Kheldar, que je me fais faire la barbe depuis l'apparition de mon premier duvet. Je ne saurais même pas tenir un rasoir.

— Comment ? Vous laissez des gens vous approcher avec un coupe-chou ? Vous ne trouvez pas ça un peu risqué ?

— Bon, vous avez fait le tour de la question ? coupa Belgarath.

— Disons que nous avons abordé les points essentiels. Je lui donnerai les compléments d'information en cours de route.

— Bien, fit le vieux sorcier en les parcourant du regard. Nous allons forcément faire des rencontres, en chemin. Il se pourrait que certains individus soient hostiles, mais la plupart veilleront probablement à éviter les ennuis et se garderont bien de chercher noise à un groupe de voyageurs parmi tant d'autres. Silk devrait arriver à nous tirer de la plupart des difficultés grâce à son bagout, mais en cas de confrontation plus directe, je vous demande de prendre un peu de recul et de nous laisser régler le problème, continua-t-il en regardant le Malloréen bien en face. Vous n'avez pas l'habitude de manier les armes, et je ne me suis pas donné tout ce mal pour que vous vous fassiez trouer la peau à la première embuscade.

— Je sais me défendre, Belgarath.

— Oh, j'en suis sûr, mais je ne vois pas l'intérêt de courir des risques. Cyradis ne nous pardonnerait jamais de vous amener à Kell en pièces détachées.

L'intéressé acquiesça d'un haussement d'épaules et alla s'asseoir sur un banc, à côté de Garion qui remettait son étui de cuir souple sur la poignée de son immense épée. L'empereur arborait, à vrai dire, un sourire qui le rajeunissait de dix bonnes années, et en le voyant avec cette expression inhabituelle le jeune roi de Riva ne put s'empêcher de songer à Lelldorin, association d'idée qui lui fit froid dans le dos.

— Vous m'arrêterez si je dis une bêtise, mais on dirait que tout ça vous amuse, risqua-t-il enfin.

— Je ne sais pas pourquoi, répondit Zakath, mais j'ai l'impression de retomber en enfance. C'est toujours comme ça, ces déguisements, cette impression de péril imminent suspendu au-dessus de votre tête et cette farouche exaltation ?

— A peu près. Sauf que le péril imminent se change trop souvent en danger immédiat.

— Je survivrai. Mon existence a été mortellement dépourvue de danger jusqu'à présent.

— Même quand Naradas vous a empoisonné au Cthol Murgos ?

— J'étais trop mal en point pour me rendre compte de quoi que ce soit. Je vous envie, Garion. Vous avez eu une vie fabuleusement excitante. Il m'arrive une chose étrange, avoua-t-il en fronçant le sourcil. Depuis que j'ai accepté de rejoindre Cyradis à Kell, c'est comme si on m'avait soulagé d'un poids énorme. Le monde entier me semble paré de couleurs fraîches et pimpantes. Je n'ai rigoureusement aucun contrôle sur ma vie et je suis aussi heureux qu'un poisson dans l'eau. C'est complètement irrationnel, mais je n'y peux rien.

— Je ne voudrais pas que vous vous mépreniez, reprit Garion. Ne croyez pas que je veuille à tout prix aborder le problème sous l'angle mystique, mais je pense que si vous êtes heureux, c'est parce que vous faites ce qu'il faut. On pourrait en dire autant de chacun de nous. Ça relève de cette autre façon de voir les choses dont parlait tante Pol. C'est l'une des compensations, comme elle dit.

— J'avoue que tout ça m'échappe un peu.

— Vous y verrez bientôt plus clair, je vous assure.

Le général Atesca et Brador revinrent sur ces entrefaites.

— Les chevaux sont prêts, Majesté, annonça le général d'un ton neutre, mais Garion voyait bien à son air maussade qu'il en avait gros sur le cœur. Maître Durnik, j'ai rajouté quelques bêtes de somme à votre caravane. Les vôtres étaient déjà lourdement chargées.

— Merci, général, répondit le forgeron.

— Vous ne pourrez pas me joindre là où je vais, Atesca, annonça Zakath, alors je vous confie les rênes du commandement. J'essaierai de vous faire parvenir un message de temps à autre, mais il se pourrait que vous restiez sans nouvelles de moi pendant un moment.

— Oui, Majesté, répondit l'homme avec une répugnance manifeste.

— Enfin, vous savez ce que vous avez à faire. Laissez les affaires civiles à Brador et concentrez-vous sur les problèmes militaires. Ordonnez aux troupes de se replier ici, dans cette enclave, dès qu'Urvon et les Darshiviens auront engagé les hostilités. Et restez en contact avec Mal Zeth. Prenez ça pour le cas où vous devriez sceller des documents officiels, fit-il en ôtant une grosse chevalière de son doigt.

— Ces documents exigent la signature de Votre Majesté, objecta Atesca.

— Brador l'imitera. Il écrit mon nom mieux que moi-même.

— Majesté ! se récria vertueusement le Malloréen.

— Ne faites pas l'innocent avec moi, Brador. Je suis au courant de vos exercices de calligraphie. Prenez soin de ma chatte en mon absence, et tâchez de trouver de bons foyers pour ses petits.

— Oui, Majesté.

— Autre chose, avant que je m'en aille ?

— Euh... oui, Majesté, fit Atesca. Un problème de discipline.

— Vous ne pouvez pas vous en occuper tout seul ? rétorqua l'empereur, un peu agacé et manifestement impatient de partir.

— Sans doute, Majesté, mais comme vous avez en quelque sorte pris cet homme sous votre protection personnelle, j'ai cru bon de vous consulter avant d'ordonner des sanctions.

— J'ai pris un de vos hommes sous mon aile ? releva Zakath, intrigué.

— Un caporal de la garnison de Mal Zeth, Majesté. Un certain Actas qui s'était enivré pendant le service.

— Actas ? Ça ne me dit rien.

— C'est le caporal qui avait été rétrogradé juste au moment où nous sommes arrivés à Mal Zeth, lui rappela Ce'Nedra. Celui dont la femme faisait une scène en pleine rue.

— Ah oui ! Ça me revient. Il était ivre, dites-vous. Eh bien, qu'il cesse de boire.

— Je doute, Majesté, qu'il boive grand-chose avant un bon moment, acquiesça Atesca avec un petit sourire. Il est bestialement ivre.

— Il est dans le coin ?

— Juste devant la tente, Majesté.

— Allez, faites-le entrer, ordonna l'empereur avec un soupir excédé. Ça ne me prendra qu'un instant, ajouta-t-il d'un air d'excuse à l'intention de Belgarath.

Le petit caporal maigrichon entra en titubant dans la tente et Garion se souvint aussitôt. Le bonhomme tenta de se mettre au garde à vous, sans grand succès, puis il essaya de se frapper le pectoral en guise de salut mais ne réussit qu'à se flanquer un coup de poing sur le nez.

— Vot' Mazechté Imp-périale, balbutia-t-il.

— Qu'est-ce que je vais faire de vous, Actas ? demanda Zakath avec lassitude.

— J'chuis qu'un a-*burp !* un abruti, Mazechté, confessa l'ivrogne. Un p-parfait abrut-*hic !*

— Ça, c'est bien vrai. Mais je vous en prie, Actas, ne me soufflez pas dans le nez, fit l'empereur en détournant le visage. Votre haleine pue le charnier. Emmenez-le, Atesca, et faites-le dessoûler.

— Je vais personnellement le flanquer dans le fleuve, Majesté, acquiesça le général en réprimant un sourire.

— Ma parole, on dirait que ça vous fait plaisir ?

— Moi, Majesté ?

— Eh bien, Ce'Nedra ? reprit Zakath en étrécissant les

yeux d'un air rusé. Il est aussi sous votre protection. Qu'allons-nous faire de lui ?

— Pendez-le, répondit-elle avec un geste désinvolte, puis elle regarda sa main plus attentivement. Par Nedra ! s'exclama-t-elle, consternée. Je me suis cassé un ongle !

Le caporal Actas se laissa tomber à genoux en tremblant comme une feuille, les yeux exorbités, la bouche ouverte telle une carpe hors de l'eau.

— Pitié, Majesté ! implora-t-il, tout à coup dégrisé. Pitié, je vous en supplie !

Zakath consulta la reine de Riva du coin de l'œil, mais elle semblait trop affligée par l'accident survenu à son ongle pour s'intéresser à autre chose.

— Emmenez-le, Atesca, ordonna-t-il alors. Je vous dirai plus tard quelles dispositions prendre à son endroit.

L'officier claqua les talons et sortit en entraînant le caporal balbutiant cramponné à ses chevilles.

— Vous ne parliez pas sérieusement, Ce'Nedra ? demanda l'empereur de Mallorée lorsque les deux hommes furent sortis.

— Bien sûr que non, Zakath. Je ne suis pas un monstre. Dites à Atesca de lui faire prendre un bain et de le renvoyer à sa femme. Qu'on érige tout de même un gibet dans la rue, devant chez eux, ajouta-t-elle en se tapotant pensivement le menton. Ça devrait l'inciter à réfléchir la prochaine fois qu'il sera tenté de boire un coup de trop.

— Comment avez-vous pu épouser cette femme ? souffla Zakath à l'oreille de Garion.

— C'était un mariage arrangé par nos familles, vous savez, répondit le jeune roi de Riva, l'air de sucer un bonbon. On ne nous a pas demandé notre avis.

— Silence, la réaction ! fit Ce'Nedra, imperturbable.

Leurs chevaux les attendaient devant le pavillon. Ils mirent le pied à l'étrier, traversèrent le camp et franchirent le pont-levis abaissé sur le vaste fossé hérissé de piques entourant l'enclave vers l'intérieur des terres. Lorsqu'ils furent hors des fortifications, Zakath poussa un énorme soupir.

— Qu'y a-t-il ? demanda Garion.

— Je redoutais qu'un de mes hommes n'aille inventer

encore un prétexte pour me retenir. Dites, nous ne pourrions pas piquer un petit galop ? suggéra-t-il en regardant derrière son dos avec inquiétude. Je n'aimerais pas qu'ils me rattrapent.

— Vous êtes sûr que ça va ? rétorqua le jeune roi de Riva, un peu alarmé.

Il commençait à nourrir certains soupçons.

— Je ne me suis jamais senti mieux — ou plus libre — de toute ma vie, décréta l'empereur de Mallorée.

— C'est bien ce que je craignais, marmonna Garion.

— Comment ça ?

— Continuez tout droit, Zakath, et n'allez pas trop vite, surtout. J'ai quelque chose à dire à Belgarath. Je reviens de suite.

Il retint Chrestien et se laissa rejoindre par son grand-père et sa tante, qui avançaient en discutant avec animation.

— Il est complètement ravagé, leur annonça-t-il. Je ne comprends pas ce qui lui arrive.

— La moitié du monde lui pesait sur les épaules depuis sa naissance ; pour la première fois, il en est débarrassé, répondit calmement Polgara. Mais il va se calmer. Ça ira mieux d'ici un jour ou deux, tu verras.

— Ah, parce que tu crois que nous pouvons nous permettre d'attendre un jour ou deux ? Quand il se met à discourir, j'ai l'impression d'entendre Lelldorin, et parfois même Mandorallen.

— Parle-lui, suggéra Belgarath. Raconte-lui n'importe quoi. Débite-lui le *Livre d'Alorie*, s'il le faut.

— Enfin, Grand-père, je ne connais pas le *Livre d'Alorie* ! objecta Garion.

— Mais si, tu le connais. Tu l'as dans le sang. Tu aurais pu le réciter par cœur quand tu étais au berceau. Allez, vas-y maintenant, avant qu'il ne se mette à faire des bêtises.

Garion repartit en vitupérant vers la tête de la colonne.

— Des ennuis ? lui demanda Silk au passage.

— Je préfère ne pas en parler.

Beldin les attendait au premier tournant de la route.

— Eh bien, fit le grotesque petit bossu. On dirait que ça a marché. Mais pourquoi l'avez-vous emmené avec vous ?

— C'est Cyradis qui a insisté, rétorqua Belgarath. A propos, qu'est-ce qui t'a donné l'idée de faire appel à elle ?

— Je me suis dit que je ne risquais rien à essayer. Pol m'a raconté certaines des choses qu'elle lui avait dites, au Cthol Murgos. Elle avait l'air de s'intéresser à lui. Mais je n'aurais jamais imaginé qu'elle lui demanderait de se joindre à nous. Que lui a-t-elle raconté ?

— Qu'il mourrait s'il ne nous accompagnait pas.

— Là, je comprends qu'il lui ait accordé une certaine attention. Hé, salut, Zakath !

— Nous nous connaissons ?

— Moi, je vous connais. De vue, au moins. Je vous ai vu plusieurs fois vous pavaner dans les rues de Mal Zeth.

— Mon frère, Beldin, commença cérémonieusement Belgarath.

— Je ne savais pas que vous aviez un frère.

— Notre lien de famille est un peu difficile à expliquer, enfin, nous servons le même Maître, ce qui fait de nous des frères dans une acception un peu particulière du terme. Nous étions sept, mais nous ne sommes plus que quatre aujourd'hui.

— Votre nom, Maître Beldin, me dit quelque chose, reprit le Malloréen d'un air songeur. Ne serait-ce pas votre signalement qui est placardé sur tous les arbres à six lieux à la ronde de Mal Yaska ?

— Il me semble, oui. J'ai comme l'impression que je fiche la pétoche à Urvon. Il doit croire, je ne sais pas pourquoi, que j'aimerais le fendre en deux par le milieu.

— Comme ça, sans raison ?

— J'avoue que j'y ai songé une ou deux fois. Mais je pense que je préférerais encore lui arracher les tripes, en décorer un roncier et inviter quelques vautours au festin. A une seule condition : qu'ils me laissent assister à la dégustation. Il faut bien que ces pauvres bêtes mangent, elles aussi, ajouta le bossu en voyant blêmir Zakath. A propos, Pol, tu n'aurais rien de bon à me donner ? Tout ce que j'ai trouvé à me mettre sous la dent, ces derniers jours, c'est un rat étique et un nid d'œufs de corbeau. Je crois qu'il n'y a plus un seul pigeon à Darshiva, et je ne parle même pas des lapins.

— Quel drôle de personnage, souffla l'empereur à l'oreille de Garion.

— Et plus vous le connaîtrez, plus vous le trouverez

drôle, renchérit Garion avec un sourire entendu. J'ai cru qu'Urvon allait avoir une attaque quand il l'a reconnu, à Ashaba.

— Il exagérait, hein, pour ces vautours ?

— Ça, ce n'est pas sûr. Je pense qu'il a vraiment l'intention de saigner le dernier Disciple de Torak comme un cochon.

— Vous croyez qu'il me permettrait de lui donner un coup de main ? rétorqua Zakath avec gourmandise, les yeux brillants.

— Je commence à me demander si vous n'auriez pas du sang arendais dans les veines, par hasard, riposta Garion d'un ton suspicieux.

— Que voulez-vous dire ?

— Oh, rien, soupira Garion.

Beldin s'accroupit dans la poussière, sur le bas-côté de la route, et se mit à déchiqueter un poulet rôti à belles dents.

— Il est beaucoup trop cuit, Pol, fit-il d'un ton accusateur. J'ai l'impression de manger du charbon.

— Ce n'est pas moi qui l'ai cuisiné, mon Oncle, répondit-elle la bouche en cœur.

— Ah bon ? Tu ne sais même plus mettre un poulet à la broche, maintenant ?

— J'ai une excellente recette de nain à la cocotte, riposta la sorcière. Je ne devrais pas avoir de mal à trouver des amateurs pour un plat de ce genre.

— Je t'ai connue plus spirituelle, grommela le nain difforme en essuyant ses doigts graisseux sur le devant de sa tunique en lambeaux. Tu as la cervelle presque aussi ramollie que le postérieur.

— Ne vous en mêlez pas, murmura Garion en retenant le bras de Zakath dont le visage se rembrunissait d'une manière inquiétante. C'est un truc à eux. Il y a des milliers d'années qu'ils échangent ce genre d'aménités. C'est leur façon de se dire qu'ils s'aiment.

— Drôle de déclaration d'amour !

— Ecoutez-les plutôt. Ça pourrait être instructif pour vous. Les Aloriens ne sont pas les Angaraks. Nous avons l'échine un peu trop raide pour nous incliner, et nous dissimulons souvent nos sentiments derrière la dérision.

— Polgara est alorienne ? releva le Malloréen, surpris.

— Servez-vous de vos yeux, voyons. Regardez ses pommettes, sa mâchoire. Elle a les cheveux noirs, je vous l'accorde, mais sa sœur jumelle était blonde comme les blés. Je règne sur un peuple d'Aloriens, et je peux vous dire à quoi ils ressemblent. Liselle pourrait être sa sœur.

— Maintenant que vous me le dites, je leur trouve un petit air de famille, en effet. Comment se fait-il que je ne m'en sois pas aperçu plus tôt ?

— Vous avez embauché Brador pour regarder le monde à votre place, répondit Garion en roulant les épaules sous sa cotte de mailles pour la mettre en place. Moi, je ne me fie à personne pour me dire ce que je dois voir.

— Et Beldin, il est alorien, lui aussi ?

— Personne ne le sait au juste. Il est tellement difforme qu'on ne peut pas savoir d'où il vient.

— Pauvre vieux.

— Beldin n'a que faire de votre pitié, vous savez. Il a six mille ans et pourrait vous changer en salsifis si ça l'amusait. Il peut faire tomber la neige ou la pluie, et il est encore plus intelligent que Belgarath.

— Il est tellement crasseux, objecta Zakath en regardant le petit bonhomme du coin de l'œil.

— Il ne se lave pas parce qu'il s'en fiche. Il est si laid qu'il a renoncé à soigner son aspect extérieur. Mais quand vous verrez son autre forme, vous n'en reviendrez pas.

— Comment ça, son autre forme ?

— Une autre de nos petites particularités. La forme humaine n'est pas toujours la mieux adaptée à ce que nous avons à faire, et comme Beldin aime voler, il passe le plus clair de son temps sous la forme d'un faucon à bande bleue.

— La fauconnerie n'a pas de secrets pour moi, Garion, et je ne crois pas qu'il existe un tel oiseau.

— Allez lui dire ça à lui, rétorqua Garion en indiquant d'un mouvement de menton l'affreux petit bossu qui dépeçait le poulet avec ses dents, sur le bord du chemin.

— Vous auriez pu le découper avant, mon Oncle, protesta Polgara.

— Pour quoi faire ? répliqua-t-il, la bouche pleine.

— C'est plus raffiné.

— Ecoute, Pol, c'est moi qui t'ai appris à voler et à chasser. Tu ne vas pas m'apprendre à manger, non ?

— Vous ne mangez pas, mon Oncle, vous bouffez.

— Chacun sa méthode, rétorqua-t-il avec un rot tonitruant. Toi tu manges dans une assiette de porcelaine, avec une fourchette en argent ; moi, je préfère me servir de mes serres et becqueter dans un fossé, le long de la route. De toute façon, quelle que soit la façon dont on procède, tout ça finit de la même façon. Enfin, c'est mangeable quand même, concéda-t-il en arrachant un lambeau de peau croustillante au pilon de poulet qu'il tenait d'une main. Et puis, ça change de la viande crue.

— Il n'y a rien vers l'avant ? demanda Belgarath.

— Quelques petits groupes de soldats, des civils terrifiés et un Grolim par-ci, par-là, c'est à peu près tout.

— Pas de démons ?

— Je n'en ai pas vu, mais ils peuvent être tapis dans un coin. Tu sais comment ils sont. Tu veux recommencer à voyager de nuit ?

— Je ne pense pas, répondit Belgarath après un instant de réflexion. Ça va trop lentement, et le temps commence à presser. Nous ferions mieux de nous dépêcher.

— Comme tu voudras, conclut Beldin en envoyant promener la carcasse de poulet et en se levant. Je repars en éclaireur. Je te préviendrai en cas de danger.

Le bossu se pencha en avant, écarta les bras et s'éleva dans la grisaille du ciel.

— Par les dents de Torak ! s'exclama Zakath. Un faucon à bande bleue !

— C'est lui qui l'a inventé, commenta Belgarath. Il n'aimait pas les couleurs des autres espèces. Bon, on y va ?

C'était bientôt l'été à Darshiva, mais il faisait un froid de canard. Garion n'aurait su dire si c'était à cause du ciel couvert ou si ce temps glacial avait une autre cause, plus sinistre. La route était bordée d'arbres morts, d'une blancheur spectrale, et un mélange d'odeurs nauséabondes — moisissure, pourriture et eau croupie — planait dans l'air. Ils passèrent devant des villages déserts, ravagés par les flammes. Un Temple isolé en rase campagne semblait veiller les morts. Ses murs étaient envahis par des champignons fétides qui leur donnaient l'air lépreux. Le masque de Torak, qui aurait dû surmonter les portes grandes ouvertes, avait disparu. Belgarath retint sa monture et mit pied à terre.

— Je reviens tout de suite, annonça-t-il.

Il gravit les marches du Temple, jeta un coup d'œil à l'intérieur et revint aussitôt sur ses pas.

— C'est bien ce que je pensais, dit-il.

— Qu'y a-t-il, Père ? demanda tante Pol.

— Ils ont enlevé l'effigie de Torak qui était au-dessus de l'autel et l'ont remplacée par un masque vide. On dirait qu'ils attendent de voir quelle tête aura leur Nouveau Dieu.

Ils s'abritèrent pour la nuit derrière le mur à moitié effondré d'un village dévasté. Ils ne firent pas de feu, montèrent la garde à tour de rôle et repartirent dès les premières lueurs de l'aube, dans une campagne plus sinistre et plus menaçante à chaque lieue.

Beldin revint vers eux avant midi. Il se posa au milieu de la route dans un grand battement d'ailes, reprit forme humaine et les attendit.

— La route est barrée par un détachement de soldats, à une demi-lieue d'ici, annonça-t-il.

— Nous avons une chance de les contourner ? hasarda Belgarath.

— Difficilement. La contrée est plate comme le dos de la main et toute la végétation est morte depuis des années.

— Combien sont-ils ? demanda Silk.

— Une quinzaine. Il y a un Grolim avec eux.

— Tu as pu voir de quel côté ils sont ?

— Ils ne sont pas si faciles à distinguer.

— Vous voulez que j'y aille et que j'essaie de les baratiner ? proposa le petit homme au museau de fouine.

Belgarath regarda Beldin.

— Ils bloquent délibérément la route ou ils ont juste établi un bivouac dessus ?

— Ils ont élevé une barricade avec des branches mortes.

— Autant dire que nous ne nous en sortirons pas avec de belles paroles, conclut le vieux sorcier en se renfrognant.

— Nous pourrions attendre la nuit et passer au large, suggéra Velvet.

— Ça nous ferait perdre la journée, objecta Belgarath. Je

ne vois pas d'autre solution : nous allons être obligés de forcer le barrage. Tâchez de ne pas en tuer plus que nécessaire.

— Ça résume la situation, commenta Zakath en regardant Garion d'un air entendu.

— Je suppose qu'il est inutile d'espérer les prendre par surprise ? insista Belgarath.

— Ils nous verront venir d'une demi-lieue au moins, confirma le nain en secouant vigoureusement la tête.

Il monta sur le talus qui bordait la route, arracha une branche à moitié pourrie à un arbre mort et tapa avec sur une pierre pour en détacher les matières en putréfaction. Le résultat fit une massue tordue assez inquiétante.

— Enfin, je pense que nous n'avons plus qu'à jeter un coup d'œil, conclut Belgarath d'un ton funèbre.

Ils gravirent la colline et regardèrent de l'autre côté. La route était coupée, en effet, par une quinzaine d'hommes retranchés derrière une barricade.

— Des Darshiviens, constata Zakath.

— Je me demande à quoi vous voyez ça. Surtout de si loin, s'étonna Silk.

— A la forme de leur casque, répondit le Malloréen en plissant les paupières. Les soldats darshiviens sont réputés pour leur couardise et leur médiocre entraînement. Nous pourrions peut-être essayer de leur faire abandonner leur poste ?

— A mon avis, on leur a bien recommandé de ne laisser passer personne, objecta Garion. Je vous propose plutôt de charger la barricade puis de changer de trajectoire au dernier moment et d'en faire le tour. Il est probable qu'ils vont courir vers leurs montures. Nous pourrions alors rebrousser chemin et les prendre à revers. J'imagine qu'ils ne s'attendent pas à ce coup-là. Ils devraient tourner en rond comme des mouches dans un bocal. Nous n'aurons plus alors qu'à les acculer contre leur propre barricade et à en coller un certain nombre sur le carreau. Je gage que les autres ne traîneront pas longtemps dans le quartier.

— Excellent plan, Garion. Vous êtes un sacré tacticien. Vous avez reçu une formation militaire ?

— Non. Je me suis formé sur le tas.

Dans cette contrée où tous les arbres étaient morts et leurs branches cassantes comme du verre, il ne fallait pas compter trouver une lance. Garion passa donc son bouclier à son bras gauche et dégaina son épée.

— Enfin, soupira Belgarath, nous pouvons toujours tenter le coup. Ça réduira peut-être d'autant le nombre des victimes.

— Juste un détail, intervint Silk. Je pense que nous devrions faire en sorte qu'aucun d'eux ne monte à cheval. Un homme à pied a moins de chances qu'un cavalier de ramener des renforts en vitesse. Faisons fuir leurs chevaux. Le temps qu'ils réussissent à aller chercher de l'aide, nous serons loin.

— Je m'en occupe, approuva le vieux sorcier. Bon, allons-y.

Ils piquèrent des deux et dévalèrent la colline à bride abattue en brandissant leurs armes. Ils fonçaient sur la barricade lorsque Garion vit Zakath enfiler à sa main droite un curieux demi-gant de cuir hérissé de pointes.

Juste avant de heurter de plein fouet le barrage, au grand affolement des soldats éberlués embusqués derrière, ils obliquèrent brutalement vers la gauche, contournèrent l'obstacle et regagnèrent la route.

— Suivez-les ! beugla un Grolim en robe noire. Ne les laissez pas fuir !

Arrivé devant les chevaux des soldats, Garion fit volte-face et chargea en sens inverse, les autres juste derrière lui. Il rentra de plein fouet dans les Darshiviens pris au dépourvu. Il n'avait pas vraiment envie de les tuer, alors il frappa du plat de sa lame et non du tranchant. Il en terrassa trois tout en fonçant à travers leurs rangs. Des chocs sourds, des cris de douleur retentirent dans son dos. Le Grolim se dressa devant lui et il sentit qu'il bandait son Vouloir. Il n'hésita pas un instant. Il talonna Chrestien, renversa le prêtre et tourna bride à nouveau. Toth faisait tournoyer son énorme bâton tandis que Durnik enfonçait systématiquement tout les casques qui passaient à sa portée avec la tête de sa hache. Zakath, quant à lui, était courbé en deux sur sa selle. Il n'avait pas d'arme à proprement parler, mais il flanquait son poing ganté de cuir dans la face des soldats et ça n'avait pas l'air de leur plaire.

A cet instant précis, de l'endroit où étaient attachés les chevaux des Darshiviens s'éleva un hurlement qui leur cailla le sang dans les veines. Un grand loup au poil argenté fonça, les babines retroussées, sur les bêtes qui se cabrèrent, paniquées, rompirent leurs entraves et prirent la fuite.

— Allons-y ! hurla Garion.

Il mena une dernière charge sur la mêlée des Darshiviens, puis ils rejoignirent au grand galop leurs compagnons restés sur la route. Belgarath les rattrapa en deux bonds, reprit forme humaine et se remit en selle.

— Ça n'a pas trop mal marché, nota Zakath, hors d'haleine et le front ruisselant de sueur, mais je dois avouer que j'ai un peu perdu la main.

— Vous êtes depuis trop longtemps assis derrière un bureau, acquiesça Silk. Mais qu'est-ce que c'est que cette chose que vous avez à la main ?

— Ça s'appelle un ceste, répondit le Malloréen en l'ôtant. Il y a si longtemps que je n'ai pas manié l'épée que je me demande si je saurais encore par quel bout la prendre, alors je me suis dit que ce truc-là ferait aussi bien l'affaire. D'autant que Belgarath ne tenait pas à laisser trop de viande froide sur la route.

— Vous croyez que nous en avons tué beaucoup ?

— Deux, admit Sadi. Il est assez difficile de nettoyer une dague empoisonnée, commenta-t-il en leur montrant son arme.

— Trois, rectifia Silk. J'en ai épinglé un qui se jetait sur Durnik avec une lance.

— Nous ne pouvions pas faire autrement. décréta Belgarath en guise d'oraison funèbre. Bon, ne traînons pas ici.

Ils parcoururent quelques lieues au galop avant de réduire un peu l'allure.

Ils passèrent la nuit dans un bosquet d'arbres morts assez important pour que Durnik et Toth puissent creuser une fosse et faire un peu de feu. Lorsque les tentes furent dressées, Garion et Zakath retournèrent à la lisière du bosquet pour surveiller la route.

— C'est toujours comme ça ? demanda tout bas l'empereur.

— Quoi donc ?

— Vous passez beaucoup de temps à éviter les embûches et à vous cacher ?

— Pas mal, oui. Belgarath fait tout ce qu'il peut pour éviter les problèmes. Il n'aime pas que nous risquions notre vie dans des escarmouches comme celle de ce matin. La plupart du temps, nous réussissons à les éviter grâce à Silk — et à Sadi aussi, je dois dire — et à leurs beaux discours. A Voresebo, Silk a acheté un groupe de soldats pour qu'ils nous laissent passer. Il leur a donné une bourse pleine de demi-sols malloréens en cuivre, fit-il avec un petit sourire.

— Mais ça ne vaut rien !

— Il paraît, en effet. Mais nous étions loin quand les soldats ont ouvert la bourse.

C'est alors qu'ils entendirent un hurlement à leur faire dresser les cheveux sur la tête.

— Un loup ? risqua Zakath. Serait-ce encore Belgarath ?

— Non, ce n'était pas un loup. Retournons auprès des autres. Je crois qu'Urvon a réussi à filer entre les doigts du général Atesca.

— Qu'est-ce qui vous fait dire ça ?

— C'était un Mâtin de Torak.

CHAPITRE 20

Ils revinrent prudemment sur leurs pas, en louvoyant entre les arbres morts, les souches et les branches tombées à terre, et en se guidant sur leur feu de camp. L'ennui, se dit Garion, c'est qu'il attirerait de la même façon les Mâtins de Torak. Zakath avançait avec circonspection, la main sur la poignée de son épée. Il avait l'air beaucoup moins fringant, tout à coup.

Ils retrouvèrent leurs amis assis autour de la fosse à feu, dans la petite clairière où ils s'étaient installés.

— Il y a un Mâtin dans le coin, annonça tout bas Garion. Je l'ai entendu hurler.

— Tu as compris ce qu'il disait ? demanda âprement Belgarath.

— Nous ne parlons pas la même langue, Grand-père, mais j'ai eu l'impression qu'il appelait quelqu'un ou quelque chose.

— Probablement le reste de la meute, grommela le vieux sorcier. Les Mâtins chassent rarement seuls.

— La lueur de notre feu est assez visible, même de loin, remarqua le jeune roi de Riva.

— Problème réglé, répondit aussitôt Durnik en jetant de la terre sur les braises.

— Tu as une idée de la direction d'où il venait ? reprit Belgarath.

— Il était assez loin. Sur la route, je pense.

— Peut-être était-il à notre recherche ? hasarda Silk.

— Tout ce que j'ai compris, c'est qu'il suivait quelque chose.

— Si c'est après nous qu'il en a, je pourrai toujours nous en débarrasser avec la poudre que j'ai utilisée à Ashaba, leur assura Sadi.

— Qu'en penses-tu, Beldin ?

— Ça ne marchera pas, déclara le petit sorcier bossu qui était accroupi par terre et traçait distraitement un diagramme obscur avec un bout de bois. Les Mâtins ne sont pas vraiment des chiens. Ils ne se contentent pas de suivre aveuglément le meneur de la meute. Quand ils nous auront repérés, ils se déploieront en éventail et ils nous attaqueront de tous les côtés à la fois. Nous avons intérêt à inventer autre chose.

— Et vite, ajouta Silk en regardant nerveusement autour de lui.

— Je m'en occupe, fit calmement Polgara en ôtant sa cape bleue et en la tendant à Durnik.

— Qu'as-tu l'intention de faire au juste, Pol ? s'enquit Belgarath d'un ton méfiant.

— Je ne sais pas encore, Vieux Loup. Mais je vais bien inventer quelque chose en route. Comme tu le fais si souvent.

Elle se redressa. Une étrange luminescence entoura brièvement sa silhouette, qui devint floue. La lueur ne s'était pas encore estompée qu'elle s'éloignait déjà à tire-d'aile entre les arbres fantomatiques.

— Je n'aime pas la voir faire ça, maugréa Belgarath.

— Tu le fais sans arrêt, toi, rétorqua Beldin.

— Ce n'est pas pareil.

Zakath contemplait la forme spectrale de la chouette qui disparaissait dans le lointain.

— C'est incroyable ! fit-il en réprimant un frisson. Je dois dire que je n'y comprends rien. Vous êtes tous sorciers, ou du moins plusieurs d'entre vous. Vous ne pouvez pas... ?

Il esquissa un vague geste de la main dans le vide.

— Non, répondit fermement Garion en secouant la tête.

— Et pourquoi pas ?

— A cause du bruit. Un bruit inaudible pour les gens normaux, mais que nous pouvons entendre, et les Grolims aussi. Si nous tentions quoi que ce soit par ce moyen, tous les Grolims de Darshiva nous tomberaient dessus. On en fait tout un plat, Zakath, et il faut bien dire que la sorcellerie nous permet d'effectuer des choses impossibles au commun des mortels, mais elle s'accompagne de tant de restrictions que ça vaut rarement le coup. A moins d'être très pressé, évidemment.

— Je ne savais pas, admit l'empereur de Mallorée. Et les Mâtins, ils sont vraiment aussi gros qu'on le dit ?

— Sans doute même davantage, répondit Silk. Ils sont de la taille de petits chevaux.

— Vous êtes un curieux individu, Kheldar, et je n'ose vous croire. Il faudra que j'en voie un de mes propres yeux.

— Je vous souhaite de ne jamais vous en trouver assez près pour ça.

— Vous ne croyez pas à grand-chose, hein ? commenta Belgarath entre ses paupières étrécies.

— Je ne crois que ce que je vois, acquiesça Zakath en haussant les épaules. Avec le temps, j'ai fini par douter de la plupart des choses auxquelles j'accordais foi.

— Ça pourrait vous coûter cher un jour, soupira le vieux sorcier. Imaginez que nous soyons obligés d'agir vite et que nous n'ayons pas le temps de vous expliquer la situation : vous vous voyez rester planté là, à bayer aux corneilles ? Il serait peut-être temps que nous vous mettions un peu au courant de certains détails.

— Je vous écoute. Je ne vous promets pas de croire tout ce que vous me direz, mais vous pouvez y aller.

— Je préfère laisser ce soin à Garion. Il faut que je reste en contact avec Pol. Si vous retourniez monter la garde à la lisière du bosquet, tous les deux ? Il pourrait commencer à vous expliquer un peu les choses. Tâchez de ne pas faire preuve de scepticisme rien que pour le principe.

— Ça, on verra, rétorqua Zakath.

Le jeune roi de Riva et l'empereur de Mallorée passèrent l'heure suivante accroupis derrière un arbre abattu, à l'orée du bosquet — heure pendant laquelle les certitudes de Zakath furent sérieusement battues en brèche. Garion mit ce temps à profit pour lui parler à mi-voix, tout en gardant les yeux et les oreilles en éveil. Il commença par lui raconter les grandes lignes du *Livre d'Alorie*, il lui énuméra les points saillants du Codex mrin, il lui dit ce qu'il savait de la vie de Belgarath le sorcier puis il passa au principal : les avantages et les limites du Vouloir et du Verbe, comme la faculté de projeter une image de soi à distance, la translocalisation, la métamorphose et bien d'autres possibilités, mais aussi le bruit mystérieux qui accompagne le recours à ce que les gens ordinaires appellent la sorcellerie, l'épuisement du sorcier après y avoir eu recours, et le seul interdit absolu, l'impossibilité de détruire une chose existante.

— C'est ce qui est arrivé à Ctuchik, conclut-il. Il avait une peur affreuse de ce qui arriverait si je mettais la main sur l'Orbe, et il a oublié qu'il violait la règle en essayant de la détruire.

Dans l'obscurité, le Mâtin poussa à nouveau son cri, et d'autres hurlements lui répondirent d'un peu partout.

— Ils se rapprochent, murmura Garion. Pourvu que tante Pol fasse vite...

Mais Zakath ruminait toujours ce que lui avait raconté Garion.

— Vous voulez dire que c'est l'Orbe qui a tué Ctuchik, et non Belgarath ? chuchota-t-il.

— Ce n'était pas l'Orbe non plus ; c'était l'univers. Vous tenez vraiment à entrer dans des considérations théologiques ?

— Je suis encore plus sceptique dans ce domaine.

— Ça, Zakath, c'est la seule chose que vous ne pouvez pas vous permettre. Il *faut* croire. Sans ça, nous échouerons, et si nous sommes vaincus, c'est le monde qui perdra la partie, et il ne s'en remettra jamais.

Un hurlement retentit tout près d'eux, cette fois.

— Ne faites pas de bruit, souffla âprement Garion. Les Mâtins ont l'ouïe fine.

— Les chiens ne me font pas peur, Garion, aussi gros soient-ils.

— Là, vous commettez peut-être une erreur capitale. La peur est une bonne assurance sur la vie. Enfin... Si j'ai bien compris, voilà comment les choses se sont passées : UL a créé toutes choses.

— Je croyais que l'univers était juste sorti du néant.

— D'accord, mais c'est UL qui l'en a fait sortir. Puis Il a uni Sa pensée à la conscience de la Création et les Sept Dieux ont vu le jour.

— Les Grolims disent que c'est Torak qui a tout fait.

— C'est ce qu'Il leur avait raconté. C'est l'une des raisons pour lesquelles il a fallu que je Le tue. Il Se croyait au-dessus d'UL et de la Création. Il se trompait. La Création n'est à personne. Elle n'appartient qu'à elle-même, et c'est elle qui fait les règles.

— Elle ?

— Evidemment. C'est la mère de toutes choses — de vous, de moi, de cette pierre, de l'arbre mort derrière lequel nous nous abritons. Tout est lié au sein de la Création, et elle ne laissera rien défaire qui aura un jour été créé.

Garion ôta son casque et se gratta la tête. Il transpirait là-dessous.

— Je suis vraiment désolé, Zakath, soupira-t-il en remettant son couvre-chef, je sais que ça vous tombe dessus un peu brutalement, mais nous n'avons pas le temps de tourner autour du pot. Nous sommes tous embarqués dans la même galère, et nous n'y pouvons rien, ni vous ni moi. Nous sommes affreusement peu faits pour cette tâche, tous les deux, ajouta-t-il avec un pauvre sourire, mais notre mère a besoin de nous. Etes-vous prêt à la servir ?

— Je suis prêt à tout, ou à peu près, répondit le Malloréen d'une voix atone. Quoi que Cyradis ait pu dire là-bas, je ne m'attends pas à revenir de là vivant, de toute façon.

— Vous êtes sûr de ne pas être arendais ? rétorqua Garion d'un ton soupçonneux. Notre but, c'est la vie, Zakath, pas la mort. Mourir, c'est échouer. Ne faites pas ça. Il se pourrait que j'aie besoin de vous pour la suite. La voix m'a dit que vous aviez un rôle à jouer dans ce qui nous attend. Je pense que nous approchons de l'horreur ultime. Vous serez peut-être amené à me soutenir le moment venu.

— Quelle voix ?

— Celle que j'ai là-dedans, fit Garion en se tapotant le front. Je vous expliquerai plus tard. Je crois vous avoir donné assez de sujets de réflexion comme ça.

— Vous entendez des voix ? Ça porte un nom, vous savez.

— Je ne suis pas fou, Zakath, répliqua-t-il avec un sourire. J'ai parfois des moments d'égarement, mais je ne perds jamais mon emprise sur la réalité.

Un vacarme épouvantable oblitéra soudain toute pensée et il crut que sa tête allait éclater.

— Qu'est-ce que c'est que ça ? s'exclama Zakath.

— Vous avez entendu quelque chose ? riposta son compagnon, stupéfait. Vous n'auriez dû vous rendre compte de rien !

— Ça a fait trembler le sol, Garion. Regardez par-là, fit Zakath en tendant le doigt vers une trombe de feu qui montait vers le ciel noir, au nord. Qu'est-ce que ça peut bien être ?

— Ça, c'est un coup de tante Pol. Mais elle ne fait pas tant de bruit, d'ordinaire. Ecoutez !

Les hurlements du Mâtin, qui se rapprochaient de façon si inquiétante pendant qu'ils parlaient, avaient laissé place à des jappements de douleur.

— Ça a dû lui casser les oreilles, commenta le jeune roi de Riva. Je peux vous dire que les miennes ont rudement trinqué !

Le chien de Torak se remit à hurler, bientôt imité par ses congénères. Le vacarme s'éloigna vers le nord et la colonne de flammes.

— A mon avis, nous n'avons plus besoin de monter la garde, conclut Garion. Nous pouvons retourner auprès des autres.

Belgarath et Beldin étaient tout pâles. Ils avaient dû en prendre un coup. Même Durnik avait l'air un peu ébranlé.

— Elle n'a pas fait un tintouin pareil depuis son seizième anniversaire marmonna le petit sorcier bossu, les yeux papillotants. Vous ne l'auriez pas engrossée, des fois ? hasarda-t-il en regardant le forgeron.

Les étoiles étaient cachées derrière les nuages et il faisait très sombre, mais Garion vit son ami piquer un fard.

— Je ne vois pas le rapport, objecta Belgarath.

— Ce n'est qu'une théorie, répondit Beldin. Je ne peux rien prouver, puisque Polgara est la seule sorcière de ma connaissance et qu'elle n'a encore jamais été enceinte.

— Je suis sûr que tu nous expliqueras tout ça un jour.

— Ce n'est pas compliqué, écoute : la gestation entraîne un profond bouleversement dans l'organisme féminin. Elle s'accompagne inévitablement d'effets secondaires sur ses émotions et son processus de pensée, or contrôler son Vouloir exige une concentration, une maîtrise de soi dont une femme enceinte peut ne plus être tout à fait capable. Ce qui se passe, tu comprends, c'est que...

Il leur décrivit par le menu les conséquences physiques, émotionnelles et intellectuelles de la grossesse, ceci dans des termes si crus, d'un réalisme tel que Ce'Nedra et Velvet finirent par battre en retraite, emmenant Essaïon avec elles. Un instant plus tard, Durnik les rejoignait.

— Tu as inventé ça tout seul ? s'informa Belgarath.

— J'ai eu le temps de cogiter pendant que je montais la garde devant la grotte où Zedar avait caché Torak.

— Alors il t'a fallu cinq cents ans pour échafauder cette hypothèse ?

— Au moins, je suis sûr d'avoir fait le tour de la question, décréta Beldin en haussant les épaules.

— Tu aurais pu demander à Pol, elle t'aurait renseigné tout de suite.

Le petit sorcier bossu accusa le coup.

— Tiens, je n'y avais pas pensé...

Belgarath s'éloigna en secouant la tête avec accablement.

Quelques instants plus tard, un cri strident ébranlait la nuit, vers l'ouest.

— Couchez-vous ! s'écria Belgarath. Et taisez-vous !

— Que se passe-t-il ? s'écria Zakath.

— Chut ! lança Beldin. Elle va vous entendre.

Un formidable battement d'ailes ébranla les nuées, un nuage de flammes d'un orange sale creva les ténèbres et l'énorme bête passa au-dessus d'eux dans un hurlement strident.

— Qu'est-ce que c'était que ça ? demanda l'empereur de Mallorée en claquant des dents.

— Zandramas, murmura Garion. Taisez-vous. Elle est peut-être encore dans le coin.

Ils attendirent.

— On dirait qu'elle est allée voir ce qui a fait ce bruit, supputa Belgarath à voix basse.

— Au moins, ce n'est pas après nous qu'elle en a, nota Silk avec soulagement.

— Pas pour le moment, en tout cas.

— Alors ce n'était pas un vrai dragon ? reprit Zakath.

— Pas vraiment, confirma le vieux sorcier. Garion avait raison. C'était Zandramas. Enfin, sous son autre forme.

— Elle manque un peu de discrétion, non ?

— Elle a une fâcheuse tendance à l'ostentation. Elle ne peut pas rester deux minutes sans faire quelque chose de spectaculaire. Ce n'est pas une femme pour rien.

— Je vous ai entendu, Belgarath, grinça Ce'Nedra, de l'autre côté de la clairière.

— Hum... disons que je ne me suis peut-être pas tout à fait exprimé comme je voulais, fit-il en manière d'excuse.

La chouette aux ailes de neige revint silencieusement entre les arbres morts. Elle plana un instant près du feu, puis son image se brouilla et elle reprit forme humaine.

— Je voudrais bien savoir ce que tu as fait là-bas, commença aussitôt Belgarath.

— J'ai réveillé un volcan éteint, répondit-elle en récupérant la cape que Durnik tenait toujours et en la drapant autour de ses épaules. Les Mâtins sont-ils allés voir ?

— Oui, et ça n'a pas traîné, lui assura Garion.

— Zandramas y est allée aussi, ajouta Silk.

— Je l'ai vue, acquiesça la sorcière avec un petit sourire. Je dois dire que c'est assez inespéré. Une fois sur place, elle tombera probablement sur les Mâtins en train de rôder dans le coin et il se pourrait qu'elle décide d'en nettoyer la région. Je doute qu'ils reviennent nous ennuyer de sitôt. Elle serait sûrement désolée d'apprendre qu'elle nous a été utile à quelque chose.

— Ce que je voudrais savoir, c'est pourquoi tu as fait autant de bruit, s'informa Beldin.

— C'était voulu. Je voulais être sûre que le bruit attirerait tous les Mâtins et éventuellement les Grolims qui pouvaient être dans la région. Zandramas n'était que la cerise sur le gâteau. Si tu ranimais le feu, mon Durnik ? Je pense que nous pouvons tranquillement nous occuper du dîner, maintenant. Nous ne devrions plus être dérangés.

Ils démontèrent les tentes dès les premières lueurs de l'aube. Le volcan de Polgara vomissait encore des tourbillons de fumée et de cendres qui s'ajoutaient à la couverture nuageuse. La lumière était sinistre et l'air sentait le soufre.

— Ça va être agréable de voler là-dedans, remarqua aigrement Beldin.

— Il faut pourtant que nous sachions ce qui nous attend le long de la route, insista Belgarath.

— Je sais bien. Je ne suis pas stupide. C'était une simple observation.

Il se pencha légèrement en avant, se métamorphosa et prit son envol.

— Je ne sais pas ce que je donnerais pour avoir un faucon comme ça, commenta Zakath d'un air rêveur.

— Vous risqueriez d'avoir des problèmes de dressage, nota Belgarath. Ce n'est pas un oiseau facile à vivre.

— Et celui qui tenterait de lui mettre un chaperon aurait de fortes chances d'y laisser un doigt, ajouta Polgara.

Il était près de midi lorsque Beldin revint à tire-d'aile.

— Préparez-vous ! hurla-t-il avant même d'avoir achevé sa métamorphose. Il y a une dizaine de Gardes du Temple juste derrière la colline et ils viennent par ici avec un Mâtin !

Garion portait la main à la poignée de son épée lorsqu'il entendit un sifflement caractéristique. Zakath avait dégainé son arme.

— Non ! lui ordonna-t-il sèchement. Ne vous mêlez pas de ça.

— Vous pouvez toujours dire ce que vous voulez, rétorqua le Malloréen.

— Je m'occupe du chien, annonça Sadi en cherchant dans la bourse qu'il avait à la ceinture la poudre qui avait démontré son efficacité à Karanda.

Ils se déployèrent, l'arme au poing, tandis qu'Essaïon menait les femmes à l'arrière.

Le Mâtin apparut en haut de la colline et s'arrêta en les voyant. Puis il rebroussa chemin et disparut.

— Ça y est, commenta Belgarath. Nous sommes repérés.

Les Gardes arrivèrent à leur tour au sommet de la butte. Garion remarqua que les hommes en cottes de mailles n'étaient pas armés de lances mais d'épées et de boucliers. Ils marquèrent un temps d'arrêt, comme s'ils évaluaient la situation, puis ils chargèrent, le Mâtin en tête. L'énorme bête se jeta sur eux de sa souple démarche, un grondement sourd retroussant ses babines selon un rictus démoniaque qui dévoilait ses terribles crocs. Sadi talonna sa monture et se précipita à sa rencontre. Quand le Mâtin se redressa sur ses pattes de derrière pour l'arracher à sa selle, l'eunuque lui jeta froidement une poignée de poudre en pleine face. Le Mâtin secoua la tête, éternua une fois, puis il écarquilla les yeux et son grognement se mua en un gémissement apeuré. Il poussa soudain un cri aigu, terrifiant, à moitié humain, fit volte-face et détala en hurlant de terreur.

— Allons-y ! s'écria Garion en fonçant sur les Gardes qui dévalaient la colline.

C'étaient des adversaires autrement plus redoutables que les soldats darshiviens, et ils avaient l'air décidés à ne pas faire de quartier. La charge était menée par le plus corpulent des membres du groupe, qui montait un gigantesque destrier. Garion lui fit vider les étriers d'un seul coup de son énorme épée.

Il entendit un cliquetis métallique sur sa gauche, mais il n'osait détourner le regard des Gardes qui fondaient sur lui. Il en fit encore tomber deux à terre et Chrestien rentra de plein fouet dans le cheval d'un troisième, le projetant au sol avec son cavalier. Puis Garion se retrouva de l'autre côté des rangs ennemis. Alors il fit volte-face.

Zakath avait apparemment réglé le compte d'un premier assaillant, seulement il était pris en tenailles par deux autres. Garion talonna Chrestien afin de voler à son aide, mais Toth le devança. D'une de ses vastes mains il cueillit l'un de ses adversaires, l'arracha à sa selle et l'expédia la tête la première contre un gros rocher sur le bas-côté de la route. Ceci permit au Malloréen de s'occuper de son autre ennemi. Il esquiva habilement quelques coups d'épée et l'embrocha sans autre forme de procès.

Pendant ce temps, les dagues de Silk faisaient œuvre de mort. Le cheval de l'un des Gardes tournait en rond, affolé. Son cavalier était plié en deux, les mains crispées sur la poignée d'un poignard fiché dans son estomac. Le petit Drasnien fit un bond acrobatique et retomba en croupe, derrière un autre Garde qui, pris au dépourvu, ne put rien faire pour l'empêcher de lui trancher le cou d'un ample mouvement du bras. L'homme cracha un flot de sang et tomba à la renverse.

Les deux derniers Gardes tentèrent de prendre la fuite, mais Durnik et Beldin étaient déjà sur eux. Ils les frappèrent à coups redoublés, l'un avec sa hache, l'autre de son gourdin. Les hommes en cottes de mailles tombèrent à bas de leurs montures et se tordirent dans la poussière de la route comme des vers coupés en deux.

— Ça va, Zakath ? appela Garion.

— Ça va, Garion, répondit le Malloréen, un peu essoufflé quand même.

— On dirait que la technique revient, dites-donc.

— C'est une question de motivation, commenta le Malloréen en regardant d'un œil songeur les cadavres épars sur le sol. Dès que tout ça sera fini, je ferai démanteler ces organisations. La notion de milice privée commence à me hérisser.

— En avez-vous vu fuir ? s'enquit Silk avec un regard circulaire.

— Pas un seul, lui assura Durnik.

— Bien. Au moins, nous n'avons pas à craindre de voir arriver des renforts. Ce que je me demande, c'est ce qu'ils faisaient si loin au sud, réfléchit tout haut le petit homme au museau de fouine.

— Pour moi, ils étaient chargés de fomenter des troubles de façon à éloigner une partie des troupes darshiviennes du gros de l'armée d'Urvon, répondit Belgarath. Nous avons intérêt à faire attention, à partir de maintenant. Je ne serais pas étonné que la région grouille de soldats d'ici peu. Tu sais ce que j'aimerais, Beldin, c'est que tu ailles jeter un coup d'œil aux alentours. Essaie de voir ce que prépare Urvon et où sont les Darshiviens. Il ne manquerait plus que nous nous retrouvions pris entre les deux.

— Ça va prendre un moment, répondit le bossu. Darshiva est un endroit assez vaste.

— Raison de plus pour t'y mettre tout de suite, hein ?

Ils passèrent la nuit dans un village abandonné. Belgarath et Garion explorèrent les ruines et confirmèrent qu'ils étaient bien seuls. Le lendemain matin, les deux loups partirent en éclaireurs mais ne rencontrèrent pas âme qui vive.

Le faucon à bande bleue revint en fin de journée.

— Urvon a réussi à forcer votre barrage, Zakath, annonça-t-il. Il faut croire que l'un de ses généraux, au moins, connaît son affaire. Ses troupes sont déjà dans les montagnes de Dalasie et redescendent vers le sud à marche forcée. Atesca a dû rester près de la côte pour retenir les Darshiviens et leurs éléphants.

— Tu as vu Urvon ? s'enquit Belgarath.

— Oui, répondit le petit sorcier bossu avec un vilain rire caquetant. Ce fou délirant se fait trimbaler sur son trône par deux douzaines de soldats et les gratifie de tours de passe-passe pour leur prouver sa divinité. Pour moi, il n'aurait même plus le pouvoir de faire faner une fleur.

— Et Nahaz est avec lui ?

— Tout à côté, acquiesça Beldin. Il passe son temps à lui parler à l'oreille. Sans doute pour l'empêcher d'échapper à son contrôle. Si son jouet favori se mettait à donner des ordres anarchiques, son armée pourrait tourner en rond dans ces montagnes pendant une génération.

— Ça ne colle pas, fit Belgarath en fronçant les sourcils. D'après tout ce qu'on nous a dit, la seule chose qui intéressait désormais Nahaz et Mordja c'était de régler leurs comptes personnels.

— C'est peut-être déjà fait, répondit le bossu en haussant les épaules. Dans ce cas, Mordja aurait perdu le combat.

— Ça, j'en doute. Une explication de ce genre aurait fait du bruit. Nous aurions entendu quelque chose.

— Qui peut dire pourquoi agissent les démons ? rétorqua Beldin en grattant vigoureusement sa tignasse feutrée. Regardons les choses en face, Belgarath : Zandramas sait qu'elle doit aller à Kell, Nahaz aussi. Ça tourne à la course de vitesse. Nous essayons, tous autant que nous sommes, d'arriver en premier auprès de Cyradis.

— J'ai l'impression d'oublier quelque chose, marmonna Belgarath. Quelque chose d'important.

— Ça te reviendra. Ça prendra peut-être des mois, ou des années, mais ça finira bien par te revenir.

Belgarath se dispensa de répondre.

Les tourbillons de fumée et de cendres commencèrent à se dissiper en fin de journée, mais la lumière filtrant sous l'épaisse couverture nuageuse demeura tout aussi lugubre. Darshiva était vraiment le royaume des arbres morts, des champignons pourris et de l'eau croupie. L'eau commençait d'ailleurs à poser un sérieux problème. Ils en avaient depuis longtemps épuisé les réserves qu'ils avaient emportées en quittant le campement malloréen du bord de la Magan. Aussi, à la tombée de la nuit, Belgarath et Garion laissèrent-ils leurs compagnons continuer le long de la route pour repartir en éclaireurs sous leur forme de loup. Seulement, ils étaient moins à l'affût des ennuis que de l'eau fraîche, à présent. Leur flair exercé repérait aisément l'odeur nauséabonde des mares d'eau stagnante et ils passaient devant sans ralentir.

Dans une forêt maudite, plantée d'arbres morts depuis des lustres, Garion rencontra un autre loup. Ou plutôt une louve, une femelle étique, au poil terne, qui se traînait péniblement sur ses pattes avant. Elle le regarda avec méfiance et releva les babines dans un grognement menaçant.

Il s'assit sur son derrière pour exprimer ses intentions pacifiques.

— Que vient-on faire en ces bois ? lui demanda-t-elle dans le langage des loups.

— Je vais d'un endroit à un autre, répondit-il civilement. Mon intention n'est pas de chasser sur ce territoire. Je cherche seulement de l'eau propre pour me désaltérer.

— Il y a de l'eau claire de l'autre côté de cette hauteur, reprit-elle en lui indiquant du regard une colline, plus loin dans la forêt. L'on peut y boire jusqu'à plus soif.

— Je voyage en compagnie, annonça-t-il alors.

— En meute ?

Elle s'approcha de lui avec circonspection et le flaira.

— Je sens l'odeur des deux-pattes, fit-elle d'un ton accusateur.

— Certains dans ma meute sont des deux-pattes, admit-il. Où est la meute de celle-ci ?

— Partie. Quand toutes les proies ont fui la région, ceux de ma meute sont allés dans les montagnes. Je n'ai pu les suivre, continua-t-elle en léchant sa patte blessée.

— Où est le compagnon de celle-ci ?

— Il ne court plus, il ne chasse plus. Je retourne parfois voir ses ossements, dit-elle avec un tel calme, une telle dignité que Garion en eut la gorge serrée.

— Comment celle-ci chasse-t-elle avec sa patte blessée ?

— J'attends sans bouger que passent à ma portée des êtres sans méfiance. Ils sont bien petits et je n'ai pas mangé à ma faim depuis plusieurs saisons.

— Grand-père ! appela mentalement Garion. J'ai besoin de toi.

— Des ennuis ? répondit la pensée du vieux sorcier.

— Ce n'est pas ce que tu pourrais croire. D'abord, j'ai trouvé de l'eau. Mais fais attention en venant. Ne cours pas. Tu lui ferais peur.

— Peur ? A qui ça ?

— Tu comprendras en venant ici.

— A qui celui-ci parle-t-il ? lui demanda la louve.

— Vous avez entendu ? répliqua-t-il, surpris.

— Non, mais l'on avait l'air de parler à quelqu'un.

— Nous pourrons en discuter après qu'un certain temps aura passé. Le chef de ma meute va venir ici. Il lui revient de prendre certaines décisions.

— C'est bien ainsi.

Elle se coucha sur le ventre se remit à lécher sa patte.

— Comment celle-ci a-t-elle été blessée ?

— Les êtres humains cachent des choses sous les feuilles. J'ai marché sur l'une de ces choses. Elle m'a mordu la patte et elle avait de très fortes mâchoires.

Belgarath arriva au petit trot entre les arbres morts. Il s'arrêta et s'assit pour la regarder, la langue pendante.

La louve posa son museau sur le sol dans une attitude de soumission et de respect.

— Quel est le problème ? demanda silencieusement Belgarath.

— Elle s'est pris la patte dans un piège, répondit Garion. Sa meute l'a abandonnée et son compagnon est mort. Elle est blessée et elle a faim.

— Ce sont des choses qui arrivent.

— Je ne l'abandonnerai pas à la mort.

Belgarath le regarda longuement, sans ciller.

— Non, répondit-il enfin. Ça ne te ressemble guère, et je n'aurais que mépris pour toi si tu faisais une chose pareille.

Il s'approcha de la louve et la flaira.

— Comment va notre petite sœur ? demanda-t-il dans la langue des loups.

— Pas très fort, vénérable chef, répondit-elle dans un soupir. Je ne chasserai sans doute plus longtemps.

— Tu vas te joindre à ma meute et nous nous occuperons de ta blessure. Nous t'apporterons la viande dont tu as besoin. Où sont tes jeunes ? Je sens leur odeur sur ton pelage.

Garion laissa échapper un petit jappement de surprise.

— Il ne m'en reste qu'un, répliqua la louve. Et il est très faible.

— Emmène-nous vers lui. Nous allons le remettre sur pattes.

— Tu ordonnes et j'obéis, vénérable chef, acquiesça-t-elle, subjuguée.

— Pol, viens ici, appela mentalement Belgarath. Prends la forme de ta mère, ajouta-t-il avec une autorité beaucoup plus proche de celle du *canis lupus* que de l'homme.

— Oui, Père, répondit Polgara, le premier instant de surprise passé.

Elle arriva peu après. Garion la reconnut à la strie blanche qui ornait son pelage, au-dessus de son œil d'or.

— Qu'y a-t-il, Père ? s'enquit-elle.

— Notre petite sœur, que voici, est blessée, répondit Belgarath. Elle a mal à la patte. Peux-tu la soigner ?

L'arrivante s'approcha de la louve et flaira sa blessure.

— La plaie est infectée, répondit-elle mentalement. Mais l'os n'a pas l'air cassé. Quelques jours d'emplâtre et elle devrait être rétablie.

— C'est bien. Tu vas t'en occuper. Elle a un jeune. Nous allons le chercher. Elle va se joindre à notre meute, ainsi que son petit, ajouta-t-il comme Polgara l'interrogeait du regard. Ils vont venir avec nous. C'est l'idée de Garion, ajouta-t-il en esprit. Il refuse de l'abandonner ici.

— Noble décision. Mais est-ce bien raisonnable ?

— J'en doute, mais il ne veut pas en démordre. Il croit que c'est son devoir et je suis plus ou moins d'accord avec lui. Mais il va falloir que tu lui expliques certaines choses, à elle. Elle a toutes les raisons de se méfier des hommes, et je ne tiens pas à ce qu'elle panique quand nous rejoindrons les autres. Tout ira bien, désormais, petite sœur, reprit-il à l'intention de la louve. Allons chercher ton jeune, maintenant.

CHAPITRE 21

Le louveteau était déjà à moitié adulte, mais tellement affaibli qu'il n'avait pas la force de se tenir debout, aussi, pour le sortir de la tanière, Polgara fit-elle comme toutes les louves depuis le commencement du monde : elle le prit par la peau du dos, entre ses dents.

— Va au-devant des autres, ordonna-t-elle à Garion. Dis-leur d'attendre pour approcher que j'aie eu le temps de parler à notre petite sœur. Remplis un sac de nourriture, mets-en autant que tu pourras en transporter, et reviens ici.

— Oui, Tante Pol.

Il retourna vers la route de sa démarche souple, reprit forme humaine et attendit ses amis.

— Nous avons un petit problème, leur annonça-t-il quand ils l'eurent rejoint. Il y a une femelle blessée par-là, dans les bois. Elle meurt de faim et elle a un jeune avec elle.

— Un bébé ? s'exclama Ce'Nedra.

— Pas tout à fait, répondit-il en s'approchant des chevaux de bât et en fourrant hâtivement de la viande et du fromage dans un solide sac de toile.

— Mais tu as dit...

— C'est un louveteau, Ce'Nedra. La femelle est une louve.

— *Hein* ?

— Une louve. Elle s'est pris la patte dans un piège. Ça l'empêche de courir, donc de chasser. Elle va venir avec nous, au moins jusqu'à ce que sa patte soit guérie.

— Mais...

— Il n'y a pas de mais. Nous l'emmenons avec nous, un

point c'est tout. Durnik, tu pourrais trouver un moyen de la transporter sans que les chevaux deviennent fous ?

— Je vais bien inventer quelque chose, répondit le forgeron.

— Vous croyez vraiment que c'est le moment de voler au secours de la veuve et de l'orphelin ? demanda doucement Sadi.

— Oui, répondit Garion en refermant le haut du sac. Je le crois vraiment. Il y a une colline, au milieu de ces bois. Restez de ce côté-ci jusqu'à ce que nous ayons réussi à la persuader que nous ne lui voulons aucun mal. Il y a de l'eau, là-bas, mais elle est trop près de sa tanière. Il va falloir que nous attendions un peu pour abreuver les chevaux.

— Pourquoi es-tu en pétard comme ça ? s'étonna Silk.

— Si j'avais le temps, je rechercherais l'homme qui a tendu ce piège et je lui casserais la jambe. En plusieurs endroits. Il faut que j'y retourne, maintenant. Ils ont très faim, son petit et elle.

Il jeta le sac par-dessus son épaule et repartit à grands pas. Il savait que sa colère était irrationnelle et s'en voulait d'avoir envoyé promener Ce'Nedra et ses amis, mais il n'y pouvait rien. La résignation avec laquelle la louve acceptait la mort de son compagnon — et la sienne — lui brisait le cœur, et seule la hargne l'empêchait de fondre en larmes.

Il eut toutes les peines du monde à transporter le sac, une fois qu'il eut changé de forme. Il était obligé de lever très haut la tête, sans quoi son fardeau aurait traîné par terre et l'aurait déséquilibré, mais il poursuivit vaillamment son chemin.

Il retrouva Polgara et Belgarath en train de bavarder avec la louve blessée, auprès de sa tanière. Elle les écoutait docilement, mais son regard trahissait son scepticisme.

— Elle ne peut accepter cette idée, déclara Polgara.

— Elle vous prend donc pour des menteurs ? demanda Garion en laissant tomber le sac à terre.

— Les loups ne connaissent pas ce mot. Mais elle pense que nous nous trompons. Il va falloir que nous lui montrions. Elle t'a rencontré en premier, alors elle a peut-être plus confiance en toi. Reprends forme humaine. De toute façon, tu auras besoin de tes mains pour dénouer le haut du sac...

— Très bien.

Il évoqua son image humaine et se métamorphosa.

— Comme c'est remarquable, fit la louve, stupéfaite.

Belgarath lui jeta un regard acéré.

— Pourquoi as-tu dit ça ? demanda-t-il sèchement.

— Le vénérable chef ne trouve pas ça remarquable ?

— Moi, j'y suis habitué. Mais pourquoi notre petite sœur a-t-elle choisi cette expression entre tous ?

— C'est la première qui m'est venue à l'esprit. N'étant pas chef de meute, je n'ai nul besoin de choisir mes mots avec soin pour préserver ma dignité.

Garion ouvrit le sac et déposa la viande et le fromage par terre, devant elle. Elle se mit à dévorer. Il s'agenouilla à côté du louveteau affamé et lui donna à manger, en faisant attention à ne pas se faire mordre les doigts par ses dents pointues comme des aiguilles.

— Donne-lui de tout petits morceaux, qu'il ne se rende pas malade, l'avertit Polgara.

Lorsque la louve fut rassasiée, elle se traîna jusqu'à la source qui murmurait entre deux pierres et but longuement. Garion prit le louveteau dans ses bras et l'y emmena pour qu'il puisse se désaltérer à son tour.

— Celui-ci n'est pas comme les autres deux-pattes, observa la louve.

— Non, acquiesça-t-il. Pas tout à fait.

— Est-il apparié ? demanda-t-elle.

— Oui.

— A une louve ou à une deux-pattes ?

— A une femelle de cette espèce, répondit-il en se tapotant la poitrine.

— Ah. Et elle chasse avec lui ?

— Nos femelles n'ont pas pour coutume de chasser.

— Ces créatures doivent être bien inutiles, commenta la louve avec un reniflement dédaigneux.

— Pas toujours.

— Voilà Durnik, annonça Polgara. Les autres membres de notre meute vont venir en cet endroit, petite sœur, dit-elle à la louve. Ce sont les deux-pattes dont je parlais. N'aie pas peur d'eux, car ils sont comme celui-ci, fit-elle en pointant le nez vers Garion. Notre chef, que voici, et moi-même allons nous aussi changer de forme. Les bêtes qui sont avec nous ont peur des loups, or il faudrait qu'elles boivent de ton eau. Serais-tu d'accord pour suivre celui qui t'a donné à manger afin que nos bêtes puissent s'abreuver ?

— Faites à votre convenance, répondit la louve.

Garion s'éloigna de la source, la louve blessée sur les talons, le louveteau dans les bras. La petite bête leva la tête, lui donna un coup de langue sur le nez et s'endormit.

Durnik et Toth dressèrent les tentes près de la source pendant que Silk et Essaïon faisaient boire les chevaux, les emmenaient un peu plus loin dans les bois et les attachaient à des piquets.

Au bout d'un moment, Garion ramena la louve méfiante vers le feu.

— Il est temps que notre petite sœur fasse connaissance avec les autres membres de notre meute, lui annonça-t-il, car c'est maintenant la sienne.

— Tout ceci n'est pas naturel, dit-elle nerveusement en traînant la patte à côté de lui.

— Notre petite sœur n'a rien à craindre de ceux-ci, lui assura-t-il. Et vous, ne bougez surtout pas. Elle va vous flairer l'un après l'autre afin de pouvoir vous reconnaître par la suite. N'essayez pas de la toucher, et quand vous parlerez, n'élevez pas la voix. Elle est encore très craintive.

Il mena la louve parmi ses amis assis autour du feu pour qu'elle puisse les humer à tour de rôle.

— Comment s'appelle-t-elle ? demanda Ce'Nedra comme la louve reniflait sa petite main.

— Les loups n'ont pas de nom.

— Enfin, Garion, il va bien falloir que nous lui en donnions un. Je peux prendre son petit dans mes bras ?

— Elle préférerait sûrement que tu n'y touches pas pour l'instant. Attends d'abord qu'elle s'habitue à nous.

— C'est la compagne de celui-ci, fit la louve. Elle porte son odeur.

— Oui, confirma Garion.

— Elle est toute petite. Je comprends maintenant pourquoi elle ne peut chasser. Est-elle adulte ?

— Oui, elle est adulte.

— A-t-elle déjà mis bas ?

— Oui.
— Combien de petits ?
— Un.
— Un seul ? releva la louve avec un reniflement. J'en ai eu jusqu'à six, une fois. Tu aurais dû choisir une compagne plus forte. Je suis sûre que c'était la petite dernière de sa portée.
— Que dit-elle ? demanda Ce'Nedra.
— Oh, c'est intraduisible, mentit Garion.
Lorsque la louve se fut un peu habituée à eux, Polgara fit bouillir des herbes dans un petit chaudron, les mélangea avec du savon et du sucre pour en faire une sorte de pâte, appliqua cette mixture sur sa blessure et lui enveloppa la patte dans un linge blanc, propre.
— Essaie, petite sœur, de ne pas y toucher. Ça n'a pas bon goût et il faut que ça reste sur la plaie pour qu'elle guérisse.
— Grande est notre reconnaissance, répondit la louve. Et voilà qui est bien réconfortant, observa-t-elle en regardant les flammes qui dansaient dans le feu.
— C'est aussi notre avis, approuva Polgara.
— Ceux de cette race sont très habiles avec leurs pattes de devant.
— Nous en sommes assez contents, en effet.
Elle prit le louveteau qui dormait dans les bras de Garion et le nicha à côté de sa mère.
— Nous allons dormir, maintenant, décida la louve.
Elle posa le museau sur le dos de son petit dans une attitude protectrice et ferma les yeux.
Durnik fit signe à Garion de le suivre un peu à l'écart.
— Je crois avoir trouvé un moyen de les emmener avec nous sans que les chevaux meurent de peur, annonça-t-il. Je vais leur faire une sorte de litière que nous attacherons au bout d'une corde assez longue pour que leur odeur ne parvienne pas à nos montures, et je leur mettrai dessus une vieille couverture de cheval. Ces pauvres bêtes ne seront peut-être pas très rassurées au début, mais elles finiront bien par s'y habituer. Maintenant, Garion, reprit-il en le regardant gravement, dis-moi pourquoi nous faisons ça ?
— Je ne pouvais pas supporter l'idée de les laisser ici, tous les deux. Ils seraient morts avant la fin de la semaine.

— Tu es bon, Garion, fit simplement le forgeron en lui mettant la main sur l'épaule. Tu es aussi droit que brave.

— Je suis sendarien, répondit-il avec un haussement d'épaules. Nous sommes tous comme ça, nous, les Sendariens.

— Tu n'es pas vraiment sendarien, tu sais bien.

— J'ai été élevé comme ça, et c'est tout ce qui compte, pas vrai ?

Le lendemain matin, Durnik fabriqua pour la louve et son petit une litière dotée de longs bras et très basse sur le sol, afin qu'elle ne risque pas de se renverser.

— L'idéal aurait été de la munir de roues, avoua-t-il, mais je n'en ai pas sous la main, et c'est trop long à faire.

— Je passerai le prochain village au peigne fin, lui promit Silk. J'y trouverai peut-être une voiture.

Ils repartirent, d'abord au ralenti, puis, quand ils furent sûrs que la litière suivait sans problème sur la terre humide de la route, ils pressèrent l'allure.

— Il y a une assez grande ville droit devant, annonça Silk qui consultait une carte tout en avançant. Je pense que nous ferions bien de réactualiser nos informations. Qu'en dites-vous, Belgarath ?

— J'en dis que je voudrais bien savoir pourquoi vous ne pouvez pas vous empêcher d'entrer dans toutes les villes que nous voyons, rétorqua le vieux sorcier.

— Je suis un oiseau des villes, répliqua le petit Drasnien d'un ton grandiloquent. J'ai besoin de mettre les pieds de temps en temps sur le pavé, c'est viscéral. Et puis, nous aurons besoin de provisions. Les loups de Garion mangent comme quatre. Je vous suggère de faire le tour du patelin. Nous vous rattraperons un peu plus loin, sur la route.

— Comment ça, nous ? souligna Garion.

— Je pensais que tu venais avec moi, non ?

— Ben voyons, soupira-t-il. Enfin, ça vaut peut-être mieux. Tu n'arrêtes pas de t'attirer des ennuis quand tu es livré à toi-même.

— Moi, des ennuis ? se récria vertueusement Silk.

— Je vous accompagne, décréta Zakath en se grattant les joues à deux mains. Je ne dois plus beaucoup ressembler à l'homme dont le profil orne les pièces de monnaie. Comment pouvez-vous supporter ça ? demanda-t-il en regardant Belgarath d'un œil noir. J'ai l'impression que je vais devenir fou tellement ça me démange.

— Vous vous y ferez, répondit le vieux sorcier. Moi, si ça ne me grattouillait pas la figure, j'aurais l'impression qu'il me manque quelque chose.

La ville se révéla n'être qu'une foire qui avait été un jour entourée de murailles. Elle était juchée en haut d'une colline et ceinte d'épais remparts aux angles parés de tours de guet. L'endroit paraissait gris et sinistre sous les nuages qui ne se levaient jamais à Darshiva. Les portes n'étant pas gardées, Silk, Garion et Zakath entrèrent sans plus de façon et suivirent une rue déserte, les sabots de leurs chevaux claquant sur les pavés.

— Voyons s'il y a quelqu'un, suggéra Silk. Et s'il n'y a personne, voyons quels magasins nous allons piller.

— Vous ne payez jamais rien, Silk ? demanda Zakath, un peu sèchement.

— Pas quand je peux faire autrement. Quel honnête marchand laisserait passer une occasion de voler un confrère ?

— Vous saviez, Garion, que ce petit bonhomme était pourri jusqu'à la moelle ? s'informa l'empereur de Mallorée.

— C'est un soupçon qui nous effleure parfois.

En tournant au coin d'une rue, ils virent un groupe d'hommes en blouse de toile qui chargeaient une voiture sous les ordres d'un gros bonhomme ruisselant de sueur.

— Où sont passés tous les habitants, l'ami ? lui demanda Silk en retenant sa monture.

— Ils sont partis. Ils ont fui vers Gandahar ou la Dalasie.

— Tiens donc ! Et pourquoi ça ?

— D'où sortez-vous, étranger ? Vous ne savez pas qu'Urvon arrive ?

— Ah bon ? Première nouvelle !

— Tout le monde sait ça, à Darshiva.

— Zandramas va l'arrêter, décréta Silk avec confiance.

— Zandramas n'est pas là. Hé, faites attention à cette caisse ! aboya soudain l'obèse. C'est fragile, ces trucs-là !

— Où est-elle, alors ? demanda Silk en s'approchant. Zandramas, je veux dire ?

— Ça, j'en sais rien, et je m'en fous, rétorqua le gros

plein de soupe en s'essuyant le visage avec un mouchoir crasseux. Elle n'a apporté que des problèmes à Darshiva depuis qu'elle a pris le contrôle de la région.

— Vous n'avez pas intérêt à parler comme ça devant les Grolims.

— Les Grolims ! éructa l'obèse. Ils ont été les premiers à détaler. L'armée d'Urvon en fait des feux de joie, de vos Grolims !

— Et pourquoi Zandramas serait-elle partie au moment où on envahissait son pays ?

— Bien malin qui pourrait le dire. Entre nous, étranger, reprit l'homme un ton plus bas, en regardant autour de lui d'un air méfiant, je pense qu'elle est folle. Elle a tenu une drôle de cérémonie à Hemil. Elle a planté une couronne sur le crâne de je ne sais quel archiduc melcène et elle a décrété qu'il était empereur de Mallorée. Que Kal Zakath lui mette le grappin dessus et je vous parie qu'elle perdra la tête pour de bon, et en vitesse.

— Pari tenu, acquiesça tout bas Zakath.

— Il paraît qu'après elle a fait un discours, au Temple de Hemil, reprit l'obèse. Elle a proclamé que le jour était proche. Les Grolims de toutes les obédiences racontent les mêmes sornettes depuis que j'ai des oreilles pour entendre, ajouta l'homme avec un sourire entendu. L'ennui, c'est qu'ils parlent tous d'un jour différent. Enfin, elle est passée par ici, il y a quelque temps, et elle nous a annoncé qu'elle allait à l'endroit où le Nouveau Dieu des Angaraks devait être choisi. Elle a levé la main et elle a dit comme ça : « Et voilà le signe que je l'emporterai ». Ça m'a drôlement secoué, sur le coup, je vous prie de le croire : elle avait des lumières qui tournicotaient sous la peau. J'ai d'abord cru que c'était du sérieux, mais mon ami l'apothicaire qui tient l'échoppe juste à côté de la mienne, m'a rappelé que c'était une sorcière et qu'elle pouvait faire voir ce qu'elle voulait aux gens. Ça expliquerait tout.

— Elle n'a rien dit d'autre ? insista Silk.

— Seulement que son Nouveau Dieu apparaîtrait avant la fin de l'été.

— Eh bien, espérons qu'elle dit vrai. Peut-être qu'après les choses se tasseront.

— Ça, j'en doute, répondit le gros bonhomme d'un air mélancolique. Pour moi, nous ne sommes pas sortis de la mouise.

— Elle était seule ? demanda Garion.

— Non, elle était avec son empereur bidon et ce Grolim aux yeux blancs du Temple de Hemil. Celui qu'elle traîne partout comme un singe dressé.

— Personne d'autre ?

— Non. Ah si, elle était accompagnée d'un petit garçon. Je ne sais pas où elle l'a pêché, celui-là. Juste avant de partir, elle nous a dit que l'armée d'Urvon le Disciple arrivait. Elle a ordonné à toute la population de quitter la ville pour lui barrer la route, puis elle est partie par là, fit-il en indiquant le couchant. Eh bien, on s'est regardés un moment, mes amis et moi, et chacun s'est jeté sur ce qu'il avait de plus précieux avant de filer comme l'éclair. On n'est tout de même pas assez bêtes pour essayer de se mettre en travers d'une armée en mouvement, quelle que soit la personne qui en donne l'ordre.

— Comment se fait-il que vous soyez encore là ? s'étonna Silk.

— C'est ma boutique, geignit le bonhomme. J'ai travaillé toute ma vie pour monter mon petit commerce. Je n'allais pas fiche le camp en me laissant dépouiller par la racaille. Maintenant que les autres sont loin, je peux m'en aller l'esprit tranquille avec ce que j'arriverai à emporter. Une bonne partie de ce que je serai obligé d'abandonner ne se gardera pas, de toute façon, alors je n'ai pas grand-chose à regretter.

— Tiens donc, fit Silk, et Garion vit frémir son nez pointu. Et de quoi faisiez-vous commerce, l'ami ?

— Un peu de tout. Hé, chargez-moi ces caisses comme il faut, beugla-t-il en regardant ses hommes d'un œil réprobateur. On pourrait en mettre le double dans cette voiture !

— Que vendiez-vous au juste ? insista le petit Drasnien.

— Oh, des articles de ménage, de l'outillage, des coupons de tissu, de l'alimentation, ce genre de choses.

— Eh bien, reprit Silk, l'appendice nasal agité de mouvements frénétiques, nous pourrions peut-être faire des affaires ensemble. Nous avons une longue route devant nous, mes amis et moi, et nous commençons à manquer de certaines choses. Vous avez parlé de produits alimentaires. Quel genre de denrées ?

— Du pain, du beurre, du fromage, des fruits secs, du jambon, récita le marchand en étrécissant les paupières. J'ai même un bœuf équarri. Mais je vous préviens que ce n'est pas donné. Les vivres sont rares dans cette partie de Darshiva.

— Oh, reprit Silk d'une voix atone, je serais étonné que ça me coûte si cher que ça. A moins que vous n'ayez l'intention d'attendre qu'Urvon pointe le bout de son nez dans le coin. Vous voyez, l'ami, poursuivit-il comme le marchand le regardait avec consternation, vous êtes obligé de partir, et en vitesse, je crois. Votre voiture ne pourra jamais contenir tout ce qu'il y a dans votre échoppe, et votre attelage ne pourra pas aller très vite, compte tenu de la façon dont cette voiture est chargée. Alors que nous avons des chevaux rapides, mes amis et moi, de sorte que nous pourrons attendre un peu plus longtemps. Après votre départ, nous n'aurons qu'à fouiner un peu dans votre boutique et y prendre ce qu'il nous faut.

— C'est du vol ! hoqueta l'obèse, le visage blême.

— Si ça peut vous faire plaisir, concéda platement Silk.

Il s'interrompit un instant pour laisser le temps au marchand de bien se représenter la situation. La face du gros poussah exprima peu à peu une profonde détresse.

— Malheureusement, soupira le petit Drasnien, je suis victime d'une malédiction : une conscience exigeante. Je ne puis supporter l'idée de flouer un honnête homme. A moins d'y être absolument obligé, bien sûr.

Il souleva la bourse qu'il avait à la ceinture, l'ouvrit et jeta un coup d'œil dedans.

— Je dois avoir huit ou dix demi-couronnes d'argent sur moi. Je vous en offre cinq en échange de tout ce que nous pourrons emporter, mes amis et moi. Que dites-vous de ça ?

— C'est un scandale ! balbutia le marchand.

Silk resserra les cordons de sa bourse et la remit à sa ceinture en affichant un air chagrin assez convaincant.

— Eh bien, nous allons attendre. Vous pensez que vos hommes en auront encore pour longtemps ?

— Vous m'écorchez vif ! se lamenta le marchand.

— Mais non, l'ami, mais non. C'est la loi de l'offre et de la demande, voilà tout. Je vous ai fait une proposition : cinq demi-couronnes d'argent. A prendre ou à laisser. Nous allons attendre votre décision là-bas, de l'autre côté de la rue.

Il tourna bride et mena ses compagnons vers une grande maison située sur le trottoir d'en face. Zakath mit pied à terre en s'efforçant de réprimer un fou rire.

— Attendez, marmonna Silk, nous allons rajouter la touche finale.

La porte de la maison étant verrouillée, il pêcha une longue tige dans le haut de sa botte et farfouilla un moment dans la serrure. Elle finit par céder avec un déclic.

— Trouvez-moi une table et trois chaises, ordonna-t-il à ses compagnons. Sortez-les et mettez-les ici, devant la maison. Pendant ce temps-là, je vais faire un tour. J'ai encore quelques petits détails à régler.

Ils entrèrent dans la maison. Garion et Zakath prirent une table de belles dimensions dans la cuisine, la traînèrent au-dehors et retournèrent à l'intérieur chercher les chaises.

— Que mijote-t-il ? demanda Zakath tout en exécutant les manœuvres exigées par le petit Drasnien.

— Il s'amuse, répondit Garion d'un air un peu dégoûté. Il joue parfois avec ses relations d'affaires comme un chat avec une souris.

Ils portèrent les chaises au-dehors. Silk les attendait devant la table, avec des bouteilles de vin et quatre gobelets.

— C'est parfait, Messieurs, leur dit-il. Mettez-vous à votre aise et servez-vous. Je reviens tout de suite. J'ai quelque chose à vérifier derrière la maison.

Il revint quelques minutes plus tard avec un immense sourire. Il s'assit, se versa un gobelet de vin et mit ses pieds sur la table comme s'il prévoyait de rester là un bon moment.

— Je lui donne cinq minutes, pronostiqua-t-il.

— A qui ? Et pour quoi faire ? demanda étourdiment Garion.

— A notre ami, là-bas, et pour partager ma vision des choses. Il ne va pas supporter plus de cinq minutes de nous voir installés devant chez lui comme ça.

— Vous êtes sans pitié, Prince Kheldar, commenta Zakath en riant.

— Les affaires sont les affaires, et puis il n'en mourra pas, riposta Silk.

Il sirota une gorgée de vin et leva son gobelet pour en admirer la robe.

— Qu'es-tu allé faire derrière ? s'enquit Garion.

— Il y a une remise, de l'autre côté, avec un énorme cadenas sur la porte. On ne fiche pas le camp de chez soi en fermant la porte à double tour quand il n'y a rien d'intéressant derrière, pas vrai ? Et puis, je ne sais pas, les portes verrouillées ont toujours eu le don d'exciter ma curiosité.

— Et alors ? Qu'y a-t-il dans ta remise ?

— Un assez joli cabriolet, en vérité.

— Un cabriolet ?

— Une voiture à deux roues.

— Et tu vas le voler.

— Evidemment. J'ai dit au marchand là-bas que nous ne prendrions que ce que nous pourrions emporter. Je ne lui ai pas dit comment nous l'emporterions. Et puis Durnik avait besoin de roues pour trimballer ta portée de loups. Cette petite voiture lui évitera de bricoler quelque chose. Il faut toujours s'entraider, entre amis, tu es bien d'accord ?

Ainsi que l'avait prédit Silk, le spectacle des trois amis attablés devant sa boutique fut vite insupportable au marchand. Il laissa ses hommes achever le chargement de la voiture et traversa la rue.

— Ça va, dit-il d'un ton funèbre. Cinq demi-couronnes. Mais pas plus que vous ne pourrez en emporter, hein ?

— Comptez sur moi, promit le petit homme au museau de fouine en posant les cinq pièces sur le coin de la table. Vous voulez un verre de vin ? Il est rudement bon, vous savez.

Le marchand ramassa son butin et s'éloigna sans répondre.

— Nous fermerons derrière nous en partant, brailla Silk, dans son dos.

Le gros homme ne se retourna pas.

Lorsque le marchand et ses hommes eurent disparu au coin de la rue, Silk mena son cheval derrière la maison pendant que Garion et Zakath traversaient la rue et allaient vider la boutique de l'obèse.

La petite carriole à deux roues était dotée d'une capote mobile et d'un gros coffre gainé de cuir à l'arrière. Le cheval de Silk eut d'abord l'air fort mécontent de se retrouver entre les bras de la voiture, puis il manifesta une vive inquiétude en voyant que la chose le suivait.

La boîte placée derrière le cabriolet se révéla d'une contenance stupéfiante. Ils la remplirent à ras bord de fromage, de mottes de beurre, de jambons fumés, de flèches de lard et de sacs de haricots, après quoi ils comblèrent les vides avec des miches de pain. Garion tenta alors de mettre un gros sac de farine sur le siège, mais Silk opposa un veto formel à cette manœuvre.

— Non, dit-il d'un ton sans réplique.

— Mais pourquoi ?

— Tu sais ce que Polgara fait avec la farine de gruau. Je ne me laisserai pas délibérément bourrer de cette saleté au petit déjeuner, tous les matins qu'UL fait, pendant un mois. Prends plutôt ce quartier de bœuf.

— Nous n'arriverons jamais à manger tout ça. Ce sera pourri avant, objecta Garion.

— Tu oublies que tu as deux bouches de plus à nourrir. J'ai vu dévorer ta louve et son petit. La viande n'aura pas le temps de se gâter, fais-moi confiance.

Ils sortirent de la ville, Silk se prélassant nonchalamment sur le siège du cabriolet, les guides négligemment passées autour du poignet gauche, une bouteille de vin dans la main droite.

— C'est comme ça que je comprends la vie, décréta-t-il avec jubilation en vidant la moitié de la bouteille.

— Eh bien, je suis content que tu prennes bien les choses, rétorqua un peu aigrement Garion.

— Ça ne va pas trop mal, en effet. Mais après tout, il faut être juste : c'est moi qui ai volé ce truc-là, à moi d'en profiter, non ?

CHAPITRE 22

Leurs compagnons les attendaient dans la cour d'une ferme abandonnée, à une lieue de l'autre côté de la ville.

— Eh bien, vous n'avez pas perdu votre temps, on dirait, lança Belgarath alors que Silk descendait de son trône ambulant.

— Nous n'allions pas rapporter toutes ces provisions dans nos poches, rétorqua celui-ci.

— Ben tiens.

— J'espère que vous avez trouvé autre chose que des haricots, lâcha Sadi. Je commence à en avoir jusque-là, du rata.

— Silk a plumé un épicier, commenta Garion en ouvrant le coffre de cuir à l'arrière de la voiture. Nous nous en sortons assez bien, tout compte fait.

— Plumé ? se récria Silk.

— Ce n'est pas vrai peut-être ? reprit Garion en déplaçant le quartier de bœuf pour permettre à Polgara de jeter un coup d'œil dans le coffre.

— Eh bien... peut-être, en effet, mais je trouve que c'est une façon assez désobligeante de décrire une négociation rondement menée.

— C'est absolument *parfait*, Prince Kheldar, ronronna Polgara en inventoriant leur butin d'un œil appréciateur. Je dois dire, pour être tout à fait honnête avec vous, que je me soucie peu de savoir comment vous avez *trouvé* tout ça.

— C'était un plaisir, Polgara, répondit le petit homme au museau de fouine en se fendant d'une de ses révérences outrancières.

— Ça, je n'en doute pas, murmura-t-elle distraitement.

— Et à part ça, vous rapportez des informations ? s'enquit Beldin.

— Eh bien, d'abord, Zandramas a de nouveau repris la tête, répondit Garion. Elle est passée par ici il y a quelques jours et elle sait que l'armée d'Urvon descend des montagnes. Il se pourrait même qu'il aille un peu plus vite que nous ne pensions parce qu'elle ordonne aux populations civiles de lui barrer la route. Cela dit, les populations en question ne donnent pas l'impression de lui obéir avec beaucoup de zèle.

— Les gens ne sont pas fous, grommela Beldin. Autre chose ?

— Elle leur annonce que tout serait réglé avant l'automne.

— Ça colle avec ce que Cyradis nous a dit à Ashaba, convint Belgarath. Bon, nous savons quand la rencontre doit avoir lieu. La seule chose qui nous reste à découvrir, c'est *où*.

— C'est pour ça que nous sommes tous si pressés d'arriver à Kell, commenta le petit sorcier bossu. Cyradis couve cette information comme une poule qui niche.

— Mais qu'est-ce que ça peut bien être ? tempêta Belgarath.

— Quoi donc ?

— Il y a quelque chose qui m'échappe. Une chose importante, que tu m'as toi-même dite.

— Je t'ai dit tant de choses importantes, Belgarath, et tu m'écoutes si rarement !

— C'était il y a déjà un moment. J'ai l'impression que nous étions dans ma tour, en train de bavarder...

— Ça nous est arrivé un paquet de fois, au cours des derniers millénaires.

— Non, ça ne fait pas si longtemps. Essaïon était avec nous, et il était tout petit.

— Ça ferait donc une dizaine d'années.

— C'est ça.

— Oui, alors, que faisions-nous il y a dix ans ?

Belgarath se mit à tourner en rond, le sourcil froncé.

— J'aidais Durnik. Nous retapions la maison de Poledra. Tu étais venu ici, en Mallorée.

— Ah oui, ça me revient, acquiesça Beldin en se grattant la panse d'un air méditatif. Essaïon récurait le sol et nous vidions un tonnelet de bière que tu avais fauché aux jumeaux.

— Bon. Est-ce que tu te souviens de ce que tu m'as dit ?

— Je venais de rentrer de Mallorée, marmonna Beldin avec un haussement d'épaules. Je t'ai décrit la situation dans la région et je t'ai parlé du Sardion, dont nous ne savions pas grand-chose à l'époque, en fait.

— Ce n'est pas ça, grommela Belgarath en secouant la tête. Tu m'as parlé de Kell.

— Ça ne devait pas être bien important puisque aucun de nous deux ne s'en souvient, reprit le petit sorcier difforme d'un ton songeur.

— Non, c'était une remarque comme ça, en passant.

— Je dis un tas de choses comme ça, en passant. Ça bouche les trous de la conversation. Qu'est-ce qui te fait dire que c'est si important ?

— J'en suis sûr, décréta Belgarath en opinant vigoureusement du chef.

— Bon, bon. Alors, essayons de retrouver le fil de la conversation.

— Ça ne pourrait pas attendre, Père ? protesta Polgara.

— Non, Pol, je ne crois pas. Je l'ai sur le bout de la langue et je ne veux pas le perdre à nouveau.

— Voyons un peu, fit Beldin, son visage hideux crispé par la réflexion. Je suis entré. Vous étiez en train de mettre de l'ordre, Essaïon et toi. Tu m'as proposé un peu de bière que tu avais chipée aux jumeaux. Tu m'as demandé ce que j'avais fait depuis le mariage de Belgarion et je t'ai dit que j'avais tenu les Angaraks à l'œil.

— C'est vrai, acquiesça Belgarath. Je me souviens.

— Je t'ai dit que la mort de Taur Urgas avait plongé les Murgos dans le plus grand désarroi et que les Grolims du Ponant ne se remettaient pas de la mort de Torak.

— Et puis tu m'as parlé de la campagne de Zakath au Cthol Murgos et de la façon dont il avait ajouté *Kal* à son nom.

— C'était une idée de Brador, intervint Zakath, un peu penaud. Il voyait là un moyen d'unifier la société malloréenne. On ne peut pas dire que ç'ait été un grand succès, ajouta-t-il avec une grimace comique.

— Il est vrai que la situation paraît un peu désorganisée dans la région, confirma Silk.

— Bon, après, de quoi avons-nous parlé ? reprit Belgarath.

— Eh bien, continua Beldin, je crois me souvenir que nous avons raconté à Essaïon l'histoire de Vo Mimbre, et puis tu m'as demandé comment ça allait en Mallorée. Je t'ai répondu qu'il ne se passait pas grand-chose en fait, que la bureaucratie était comme la peau de la vache, qu'elle maintenait les choses ensemble. Ensuite, je t'ai dit qu'il y avait plus de complots et d'intrigues que jamais en Melcénie et à Mal Zeth, que Karanda, Darshiva et Gandahar étaient au bord de la rébellion ouverte et que les Grolims...

Il s'arrêta net et ouvrit de grands yeux.

—... que les Grolims avaient toujours aussi peur d'approcher de Kell ! compléta Belgarath avec un cri de triomphe. Voilà, c'est ça !

Beldin se frappa le front du plat de la main.

— Comment ai-je pu être aussi bête ? s'exclama-t-il, puis il se roula par terre en hurlant de rire et en martelant le sol avec ses talons dans sa jubilation. Nous la tenons, Belgarath ! Nous les tenons tous, Zandramas, Urvon, et même Agachak ! Ils ne *peuvent pas* aller à Kell !

— Qu'est-ce qui nous a pris d'oublier une chose pareille ? renchérit Belgarath en rugissant de rire.

— Vous commencez à m'énerver, tous les deux, intervint Polgara d'un ton menaçant. L'un de vous pourrait-il se donner la peine de m'expliquer cette crise d'hystérie collective ?

Beldin et Belgarath ne cessèrent de danser sur place que pour se prendre par la main et entamer une ronde grotesque et joyeuse.

— Ce n'est pas bientôt fini ? pesta la sorcière.

— Oh, ma petite Pol, de tels instants sont trop rares ! hoqueta Beldin en la serrant contre son cœur à l'en étouffer.

— Arrêtez un peu, mon Oncle ! Vous allez me rompre les côtes ! Expliquez-moi, plutôt !

— Très bien, Pol, fit-il en essuyant les larmes de joie qui

lui striaient les joues. Kell est la ville sainte des Dals, le centre de toute leur culture.

— Oui, mon Oncle, je sais.

— Quand les Angaraks ont occupé la Dalasie, les Grolims sont venus éradiquer la religion dalasienne et lui substituer le culte de Torak, comme au Karanda. Lorsqu'ils ont découvert l'importance particulière de Kell, ils ont fait mouvement vers la ville pour la raser. Les Dals ont chargé leurs mages d'empêcher ça. Ils ont jeté des sorts sur toute la région de Kell. Enfin, des sorts... disons plutôt des enchantements, reprit-il en fronçant le sourcil. Bref, ça revient au même. Et comme c'étaient les Grolims qui constituaient le danger pour Kell, les sortilèges sont dirigés contre eux. Tout Grolim qui tente d'approcher de Kell est frappé de cécité.

— Et pourquoi ne nous l'avez-vous pas dit plus tôt ? fit-elle d'un ton acerbe.

— J'avoue que j'y ai prêté si peu d'attention sur le coup que ça m'était carrément sorti de la tête. Je n'avais aucune intention d'aller en Dalasie ; les Dals sont tous des mystiques et le mysticisme m'a toujours énervé au plus haut point. Les sibylles ne savent parler que par énigmes et pour moi la nécromancie n'est qu'une vaste perte de temps. Je ne savais même pas si les enchantements marchaient pour de bon. Les Grolims sont parfois d'une telle crédulité... Une suggestion de malédiction ferait probablement le même effet qu'une vraie.

— Tu sais, fit Belgarath d'un ton rêveur, je pense que si ça nous a échappé, c'est que nous étions obsédés par le fait qu'Urvon, Zandramas et Agachak sont tous des sorciers. Nous avons perdu de vue qu'ils étaient aussi des Grolims.

— Ces enchantements, ces sorts ou quel que soit le nom que vous leur donnez sont-ils dirigés contre les Grolims uniquement ou bien risquent-ils d'agir sur nous aussi ? demanda Garion.

— Ça, c'est une bonne question, remarqua Beldin en se grattant pensivement la barbe. Il ne manquerait plus que nous tombions tête baissée dans le piège.

— Senji ! s'exclama Belgarath en claquant des doigts.

— Quoi, Senji ?

— Il est allé à Kell, rappelle-toi ? Ce n'est peut-être pas une lumière, mais c'est tout de même un sorcier.

— Conclusion : nous pouvons aller à Kell et pas eux. Il vont se retrouver à la traîne, pour changer.

— Bon, et les démons ? demanda sobrement Durnik. Nahaz est déjà en route vers Kell et pour ce que nous en savons, Zandramas a toujours son Mordja. Les laisserait-on entrer à Kell, eux ? Vous comprenez, si Urvon et Zandramas ne peuvent pas y mettre les pieds, ils pourrait leur suffire d'y envoyer leurs démons afin qu'ils y récupèrent l'information à leur place.

— Ça ne les mènerait pas loin, objecta Beldin. Cyradis ne laissera jamais un démon approcher de ses sacro-saints Gospels de Mallorée. Les sibylles ont peut-être des défauts, mais au moins elles se sont toujours refusées à fricoter avec les agents du chaos.

— D'accord, mais Cyradis aurait-elle le pouvoir d'empêcher un démon de les prendre de force ? insista Durnik. Regardons les choses en face, Beldin. Les démons sont des créatures redoutables.

— Ne vous en faites pas pour elle. Elle est de taille à se défendre.

— Voyons, Maître Beldin, objecta Zakath, ce n'est qu'une enfant désarmée, avec ses yeux bandés.

Le petit sorcier contrefait éclata d'un rire affreux.

— Désarmée, Cyradis ? Mon vieux, vous êtes complètement à côté de la plaque. Elle pourrait arrêter le soleil si elle en avait envie. Elle dispose de pouvoirs dont nous n'avons même pas idée.

— Comment ça ? balbutia l'empereur de Mallorée.

— Cyradis est le point focal de tous les pouvoirs de ses pareils, lui expliqua Polgara. Et non seulement de tous les Dals en vie, mais encore de tous ceux qui ont jamais vu le jour.

— Ou qui vivront jamais, pour ce que nous en savons, ajouta Belgarath.

— Ça, c'est une idée intéressante, commenta Beldin. Je serais heureux de la développer une autre fois. Enfin, Cyradis dispose de moyens à peu près illimités pour faire en sorte que la rencontre finale ait lieu à l'endroit voulu, au moment voulu. Les démons ne sont pas de la partie, alors il est probable qu'elle les ignorera. Et s'ils l'embêtent vraiment, elle les renverra là d'où ils viennent, comme ça, fit-il avec une chiquenaude.

— Vous seriez capable de faire une chose pareille ?

Beldin secoua la tête en signe de dénégation.

— Et elle, elle peut le faire ?

— Je crois que oui.

— Il y a une chose qui m'échappe, intervint Silk. Si les Grolims ne peuvent pas approcher de Kell sans perdre la vue, si les démons ne peuvent rien en ramener — dans l'hypothèse où ils pourraient y aller — pourquoi tout le monde y va-t-il ventre à terre ? Qu'est-ce que ça leur rapportera ?

— Ils s'apprêtent à nous suivre lorsque nous en repartirons, répondit Belgarath. Ils savent que nous pouvons y aller et que nous découvrirons le lieu de la rencontre. Ils envisagent vraisemblablement de nous suivre dès que nous en ressortirons.

— Eh bien, ça va être joyeux si nous devons continuer le voyage avec la moitié des Grolims du monde à nos trousses.

— Tout s'arrangera, Silk, vous verrez, déclara Belgarath avec assurance.

— A ce stade, chère vieille branche, il me faudrait autre chose que des vœux pieux, lança aigrement le petit Drasnien.

— Faites-moi confiance, répliqua le vieux sorcier d'un air absolument béat.

Silk le regarda un instant, leva les bras au ciel et s'éloigna en vitupérant.

— Il y a des années que j'attendais l'occasion de lui faire ce coup-là, fit le vieux sorcier en ricanant, ses yeux bleus lançant des éclairs. Eh bien, je suis récompensé de ma patience ! Bon. Rassemblons nos affaires et partons d'ici.

Pendant qu'ils transféraient une partie des provisions contenues dans le coffre de cuir sur les chevaux de bât, Durnik examina attentivement le cabriolet.

— Ça ne marchera jamais, dit-il d'un ton pensif.

— Et pourquoi ça ne marcherait pas ? rétorqua Silk comme s'il allait le mordre.

— Le cheval doit être attaché entre les brancards ; si nous mettons la louve sur le siège de la voiture, elle sera juste derrière lui et je vous prédis qu'il va sauter au plafond. On ne pourra plus l'arrêter.

— Je n'avais pas pensé à ça, avoua Silk d'un ton endeuillé.

— C'est l'odeur du loup qui panique les chevaux, n'est-ce pas ? risqua Velvet.

— L'odeur, et puis le fait qu'ils grognent et qu'ils claquent des dents, ajouta Durnik.

— Belgarion devrait arriver à lui expliquer qu'elle ne doit ni grogner ni montrer les dents.

— Et l'odeur ? objecta le petit homme au museau de fouine.

— Je m'en occupe.

Elle s'approcha des chevaux de bât et prit un petit flacon de verre dans l'un des paquets.

— Je compte sur vous, Prince Kheldar, pour m'offrir une pleine bonbonne de *ça* quand tout sera fini, dit-elle fermement. Vous n'avez pas volé la bonne voiture, aussi vous appartient-il de remplacer ce dont nous avons besoin pour réparer votre gaffe.

— Qu'est-ce que c'est ? demanda-t-il d'un ton soupçonneux.

— Du parfum, Kheldar. Un parfum très coûteux. Dites, Garion, reprit-elle avec un de ses sourires pleins de fossettes, vous pourriez faire la traduction ? Je n'aimerais pas que votre amie au magnifique râtelier se méprenne sur mes intentions lorsque je vais l'en asperger.

— Evidemment.

Lorsqu'ils revinrent vers le cabriolet, ils trouvèrent Ce'Nedra confortablement installée sur le siège.

— Je vais être vraiment très bien, Prince Kheldar, dit-elle gaiement. Je ne saurais jamais assez vous remercier.

— Mais...

— Il y a un problème ? fit-elle en ouvrant de grands yeux.

Silk tira un nez de six aunes et s'éloigna en marmonnant dans sa barbe.

— Rude journée pour le prince Kheldar, observa Zakath.

— D'abord, il n'en mourra pas, comme il dit toujours de ses victimes, ricana Garion. Ensuite, il s'est assez amusé à entuber ce pauvre marchand et à voler la voiture. On ne pourrait plus le tenir si ça marchait toujours comme sur des roulettes, pour lui. Une chance que Ce'Nedra et Liselle le fassent assez régulièrement descendre de son piédestal.

— Vous croyez qu'elles ont combiné ça toutes les deux ?

— Oh, ce n'est même pas sûr. Elle ont tellement bien rodé leur numéro, depuis le temps, qu'elles n'ont plus besoin de comploter quoi que ce soit.

— Vous croyez que le parfum de Liselle va marcher ?

— Ça, il y a un bon moyen de le savoir.

Ils transportèrent la louve blessée de la litière sur le siège de la voiture et frottèrent un peu le nez du cheval avec le parfum. Puis ils firent trois pas en arrière et regardèrent l'animal tandis que Ce'Nedra tenait fermement les rênes. La bête eut l'air un peu étonnée mais pas autrement inquiète. Garion retourna chercher le louveteau et le posa sur les genoux de Ce'Nedra. Elle eut un petit sourire, tapota la tête de la louve et imprima une secousse aux rênes.

— Ce n'est vraiment pas juste, geignit Silk comme ils repartaient tous en procession derrière la voiture.

— Tu aurais aimé partager le siège avec la louve ? risqua Garion.

— Je dois admettre que je n'y avais pas songé, avoua-t-il. Enfin, elle ne m'aurait pas mordu, tout de même.

— Je ne crois pas, mais on ne sait jamais, avec les loups.

— Alors je crois que c'est aussi bien, dans le fond.

— Je pense que ça vaut mieux, en effet.

— Tu n'es pas inquiet pour Ce'Nedra ? Cette bête n'en ferait que deux bouchées.

— Elle ne lui fera pas de mal. Elle sait que Ce'Nedra est ma compagne et je crois qu'elle m'aime bien.

— Ce'Nedra est ta femme, rectifia Silk en haussant les épaules. Enfin, même si la louve en fait deux morceaux, Polgara pourra toujours la rabibocher.

Une pensée passa tout à coup par la tête de Garion. Il talonna Chrestien et s'approcha de Zakath qui menait la marche.

— Vous êtes l'empereur de Mallorée, je crois, fit-il.

— Vous êtes bien aimable de vous en aviser au bout de tout ce temps, répondit sèchement l'intéressé.

— Alors comment se fait-il que vous n'ayez pas été au courant de la malédiction dont parlait Beldin ?

— Comme vous l'avez peut-être remarqué, Garion, je ne m'intéresse guère aux Grolims. Je savais qu'ils évitaient généralement cet endroit, mais je pensais que c'était encore une de leurs superstitions.

— Un bon chef d'Etat doit s'arranger pour tout savoir sur son royaume et ses ressortissants, objecta Garion.

Il n'avait pas plus tôt prononcé ces paroles qu'il fut consterné par leur insupportable suffisance.

— Pardon, Zakath, s'excusa-t-il. Mes paroles ont dépassé ma pensée.

— Vous savez, Garion, fit patiemment Zakath, comme s'il parlait à un enfant, votre royaume est une toute petite île. Je ne serais pas étonné que vous connaissiez la plupart de vos sujets par leur nom.

— Il est vrai que j'en connais un certain nombre, ne serait-ce que de vue.

— C'est bien ce que je pensais. Vous êtes au courant de leurs problèmes, de leurs rêves, de leurs espoirs, et vous vous intéressez personnellement à eux.

— Eh bien... je pense que oui, en effet.

— Vous êtes un bon roi — sans doute l'un des meilleurs du monde — mais c'est plus facile quand on règne sur un petit royaume. Vous avez vu mon empire, ou du moins une partie, et je suis sûr que vous avez une idée, même vague, du nombre de gens qui le peuplent. Je ne pourrais jamais être un bon roi pour eux. C'est pour ça que je suis plutôt leur empereur.

— Et leur Dieu ? releva sèchement Garion.

— Non. Je laisse cette illusion à Urvon et Zandramas. Ceux qui aspirent à la divinité ont vite fait de perdre la tête, et je vous prie de croire que j'ai besoin de toute la mienne. C'est ce que j'ai découvert en apprenant que j'avais gâché la moitié de ma vie à tenter de détruire Taur Urgas.

— Garion, mon amour, appela Ce'Nedra depuis la voiture.

— Oui ?

— Tu pourrais venir un moment ? La louve pousse des petits gémissements et je voudrais savoir ce qui ne va pas.

— Je reviens tout de suite, fit Garion en tournant bride.

Ce'Nedra caressait le petit ventre duveteux du louveteau qui était couché sur ses cuisses, les pattes en l'air, dans une attitude parfaitement extatique.

La louve était à plat ventre à côté d'elle. Elle remuait les oreilles, l'air mal à l'aise.

— Notre petite sœur souffre-t-elle ? lui demanda Garion.

— Cette femelle parle-t-elle toujours autant ? gémit-elle.

Il était impossible de mentir, et presque aussi inenvisageable d'éluder la question.

— Oui, admit-il.

— Ne pourrait-on lui demander d'arrêter ?

— Je peux toujours essayer... La louve est très fatiguée, dit-il en regardant Ce'Nedra. Elle aimerait dormir.

— Eh bien, je ne l'en empêche pas.

— Tu n'arrêtes pas de lui parler, dit-il avec tout le tact dont il était capable.

— J'essayais seulement de m'en faire une amie, Garion.

— Vous êtes déjà amies. Elle t'aime bien. Alors maintenant, laisse-la dormir.

— Je ne l'importunerai plus, fit-elle d'un ton boudeur. Je parlerai à son petit, à la place.

— Il est fatigué, lui aussi.

— Comment peut-on avoir envie de dormir en plein jour ?

— Les loups ont coutume de chasser la nuit et de dormir le jour.

— Oh, je ne savais pas. Eh bien, c'est d'accord, Garion. Dis-lui que je me tairai pendant qu'elle dort.

— Elle a promis de ne point parler tant que notre petite sœur aura les yeux clos, reprit Garion. Elle la croira endormie, ajouta-t-il en réponse au regard intrigué de la louve.

La louve parvint à prendre l'air offusqué.

— Le langage des deux-pattes aurait-il le pouvoir d'exprimer des choses autres que la vérité ?

— Ça arrive parfois.

— Comme c'est remarquable... Bien. Si telle est la loi de la meute, je le ferai. Mais c'est parfaitement contraire à la nature.

— Oui. Je sais.

— Je fermerai les yeux, décréta la louve. Je les garderai fermés toute la journée si ça peut l'empêcher de bavarder.

Elle poussa un profond soupir et baissa les paupières sur son regard doré.

— Elle dort, là ? souffla Ce'Nedra.

— Je crois, répondit Garion sur le même ton.

Alors il tourna bride et reprit sa place à la tête de la colonne.

La contrée devint plus vallonnée, sinon accidentée, au fur et à mesure qu'ils allaient vers l'ouest. Le ciel était toujours couvert, mais vers la fin de l'après-midi, il leur sembla que l'horizon s'éclaircissait devant eux.

Ils franchirent un torrent écumant sur un pont de pierre où les sabots de leurs chevaux firent un vacarme retentissant.

— L'eau a l'air pure, Belgarath, constata Durnik. Elle doit descendre des montagnes.

— Vous pourriez peut-être aller voir de quoi il retourne, suggéra le vieux sorcier en jetant un coup d'œil vers le goulet d'où jaillissait le ruisseau. Regardez si nous aurions la place de dresser les tentes. L'eau potable est difficile à trouver ; autant en profiter.

— C'est aussi ce que je pensais, rétorqua le forgeron en remontant le courant, suivi de son ami muet.

Ils établirent le campement à quelques centaines de toises en amont du goulet, à un endroit où le cours d'eau décrivait une courbe enserrant une sorte de plage jonchée de gravillon. Ils firent boire les chevaux et dressèrent les tentes pendant que Polgara préparait le dîner. Elle trancha quelques côtes dans le quartier de bœuf, fit une bonne soupe de pois au lard et plaça une grosse miche de pain noir près du feu pour le réchauffer, tout cela en fredonnant, selon son habitude. Faire la cuisine semblait satisfaire un profond besoin en elle.

Le dîner qui sortit de ses chaudrons ce soir-là fut encore un véritable festin. Après s'être régalés, ils se prélassèrent un moment autour du feu pendant que le soir tombait.

— Très bon — *brool* ! — Pol, rota Beldin. Allons, tu n'as peut-être pas complètement perdu la main, après tout.

— Merci, mon Oncle, fit-elle en souriant. Ne t'installe pas trop bien, Essaïon, ajouta-t-elle. Il y a encore la vaisselle à faire.

Le jeune homme poussa un soupir et descendit vers le torrent avec un seau.

— C'était toujours moi qui faisais ça, avant, confia Garion à l'oreille de Zakath. Je suis bien content qu'il y ait un plus jeune que moi pour s'en occuper, à présent.

— Ce n'est pas le travail des femmes, d'habitude ?

— Essayez d'aller lui dire ça à *elle*.

— Euh... maintenant que vous m'y faites penser, ce n'est peut-être pas une bonne idée, en effet.

— Vous comprenez vite, Zakath.

— Je crois n'avoir jamais lavé une assiette de ma vie.

— J'en ai suffisamment torché pour nous deux, et à votre place, je me garderais bien de le dire trop haut. Ça pourrait lui donner l'idée de vous montrer comment faire. Allons plutôt donner à manger à nos protégés, suggéra-t-il après un regard en coulisse vers sa tante Pol. On dirait que rien ne l'agace autant que de voir des gens inactifs, et elle a un chic fou pour leur trouver des occupations.

— Garion, mon chou, fit la douce voix de Polgara au moment où ils se levaient. Quand la vaisselle sera finie, nous aurons besoin d'eau pour nous laver...

— Oui, Tante Pol, répondit-il machinalement. Vous voyez ? marmonna-t-il à l'intention de l'empereur de Mallorée. Je savais que nous perdions un temps précieux.

— Vous faites toujours tout ce qu'elle vous demande ? Et... vous croyez qu'elle voulait parler de moi aussi ?

— Oui, soupira Garion. Oui aux deux questions.

Le lendemain matin, ils se levèrent, prirent leur petit déjeuner, démontèrent les tentes et sellèrent les chevaux pendant que Beldin décrivait des cercles dans le ciel de plomb afin de repérer les éventuelles embûches. Le froid humide et déprimant qui semblait ne jamais se lever sur la contrée reculait à présent devant des bourrasques de vent frais et sec qui dévalaient les flancs des montagnes de Dalasie. Garion s'enroula dans sa cape et talonna son grand étalon gris. Ils avaient à peine parcouru une lieue que Beldin redescendait vers eux.

— Vous feriez mieux d'obliquer vers le sud, dit-il aussitôt. Urvon est droit devant, avec toute son armée.

Belgarath lâcha un juron.

— Attends que je t'aie dit le plus beau, reprit le sorcier bossu. Les Darshiviens ont dû réussir à échapper à Atesca ou à le massacrer. Ils arrivent derrière nous. Ils ont de très jolis éléphants. Ce sont eux qui mènent la marche. Nous sommes entre les mâchoires de l'étau.

— A quelle distance est Urvon ? s'enquit Belgarath.

— Six ou huit lieues. Il est au pied des montagnes.

— Et les éléphants, ils sont loin ?

— A cinq lieues, je dirais. Pour moi, ils tentent de couper la colonne d'Urvon. Il n'y a pas à tortiller, Belgarath, nous allons être obligés de foncer ventre à terre. Il faut que nous nous tirions d'ici avant le commencement des hostilités.

— Et Atesca ? Vous avez vu s'il poursuivait l'armée de Zandramas ? demanda Zakath d'une voix étranglée.

— Non. Il a dû suivre vos ordres et se barricader dans le camp retranché sur la Magan.

Belgarath ne cessa de jurer que pour marmonner une question dans sa barbe.

— Comment Urvon a-t-il réussi à descendre si loin au sud ?

— Il ne ménage pas ses hommes, répondit Beldin. Ils tombent comme des mouches. Il les fait courir, et les démons de Nahaz s'y connaissent pour stimuler l'ardeur des plus timorés.

— Bon, j'imagine que nous n'avons pas le choix, conclut Belgarath. Nous allons descendre vers le sud. Toth, vous saurez nous mener jusqu'à Kell si nous nous enfonçons dans les montagnes, près de la frontière de Gandahar ?

Le géant muet acquiesça d'un signe de tête et regarda Durnik en gesticulant.

— Il dit que ce sera plus difficile, traduisit le forgeron. Les montagnes sont assez hostiles par là, et il y a encore beaucoup de neige sur les hauteurs.

— Nous allons perdre un temps précieux, Grand-père, objecta Garion.

— Pas tant que si nous nous retrouvons au milieu d'une bataille rangée entre les démons et les éléphants. Bien. Direction : le sud.

— Juste un instant, Père, coupa Polgara. Ce'Nedra, vous pouvez venir ici ?

La petite reine imprima une secousse aux guides et mena la voiture vers l'endroit où ses compagnons tenaient conseil.

Polgara lui expliqua rapidement la situation et ajouta :

— Il faudrait maintenant que nous sachions exactement ce que font les deux armées et ce qu'elles projettent de faire. C'est le moment où jamais d'utiliser l'amulette de ma sœur.

— Pourquoi n'y ai-je pas songé plus tôt ? pesta Belgarath en levant les yeux au ciel comme pour le prendre à témoin de sa stupidité.

— Tu devais être trop occupé à te rappeler tous les jurons que tu avais pu entendre de par le vaste monde, susurra Beldin.

— Vous pensez pouvoir y arriver tout en menant la voiture ? reprit Polgara.

— Je peux toujours essayer, Dame Polgara, répondit la petite reine, un tantinet sceptique.

Elle ôta le louveteau endormi sur ses genoux et le déposa à côté de sa mère.

— Allons-y, ordonna Belgarath.

Ils quittèrent la route et s'engagèrent tant bien que mal à travers champs, dans l'herbe haute. Au bout d'un certain temps, Ce'Nedra appela Polgara.

— Ça ne marche pas, Dame Polgara, dit-elle. J'ai besoin de tenir les rênes de mes deux mains pour maintenir la voiture sur ce terrain accidenté.

Ils s'arrêtèrent.

— Ce n'est pas un problème, déclara Velvet. Je vais mener la voiture, comme ça Ce'Nedra pourra se concentrer sur ce qu'elle a à faire.

— Ça risque d'être dangereux, Liselle, objecta Belgarath. Si le cheval qui mène la voiture bronche, il va vous projeter à terre et la voiture vous passera sur le corps.

— M'a-t-on jamais vue vider les étriers, Vénérable Ancien ? Ne vous en faites pas, tout ira bien.

Elle s'approcha du cheval attelé à la voiture et prit les brides des mains de Ce'Nedra. L'équipage repartit lentement puis gagna de la vitesse. Polgara s'approcha de la petite reine qui paraissait très absorbée.

— Toujours rien ? demanda la sorcière.

— Que des conversations sans queue ni tête, Dame Polgara, répondit la petite reine, la main crispée sur l'amulette qu'elle portait autour du cou, au bout d'une chaîne. Il y a tant de gens, là-bas. Hé, attendez un peu... Je crois que j'ai repéré Nahaz. Ce n'est pas le genre de voix que l'on oublie facilement. On dirait qu'il parle aux généraux d'Urvon, ajouta-t-elle en se rembrunissant. Ils ont lâché les Mâtins et ils savent que les éléphants arrivent.

— Vous pourrez revenir sur eux ? s'informa Belgarath.

— Je crois. Une fois que j'ai repéré quelqu'un, j'arrive généralement à le retrouver assez vite.

— Très bien. Essayez de savoir si les généraux darshiviens savent qu'Urvon est juste devant eux. S'il doit y avoir une bataille, j'aimerais autant savoir ce qui se prépare.

Ce'Nedra se tourna légèrement, ferma les yeux et les rouvrit au bout d'un moment.

— Si seulement ils pouvaient arrêter un peu de papoter, fit-elle d'un ton grincheux.

— Qui ça ? s'informa Silk.

— Les cornacs. Ils sont plus bavards que de vieilles pies. Attendez... Ça y est ! Je les tiens !

Elle écouta encore quelques instants pendant que la voiture tressautait sur le sol inégal.

— Les officiers darshiviens sont très inquiets, annonça-t-elle. Ils savent que l'armée d'Urvon est quelque part dans les montagnes mais ils ignorent où exactement. Aucun de leurs éclaireurs n'est revenu le leur dire.

— Les Mâtins y ont veillé, fit Silk d'un air entendu.

— Que préparent les Darshiviens ? insista Belgarath.

— Ils ne savent pas très bien. Ils vont avancer avec précaution et envoyer d'autres hommes en reconnaissance.

— Très bien. Vous pourriez revenir sur Nahaz, maintenant ?

— Je vais essayer.

Elle ferma les yeux un moment et les rouvrit brusquement.

— Oh, c'est horrible ! s'exclama-t-elle, indignée.

— Qu'y a-t-il, mon chou ? s'inquiéta Polgara.

— Les Karandaques veulent attirer les éléphants dans un défilé et leur faire tomber dessus des blocs de pierre et des broussailles enflammées.

Elle écouta encore quelques instants.

— Quand ils auront éliminé les éléphants, la troupe n'aura plus qu'à descendre du pied des collines et écraser le reste de l'armée darshivienne.

— Urvon est-il là ? demanda Beldin, les yeux brillant d'une vilaine lueur.

— Non, il est terré quelque part. Il délire.

— Je pense que tu ferais mieux de trouver ce défilé, suggéra Belgarath au nain qui était son frère. C'est là que la bataille va éclater, et j'aimerais autant être sûr que ça va bien se passer derrière nous et pas droit devant.

— Très juste, acquiesça Beldin en s'accroupissant et en écartant les bras. Restons en contact, fit-il tout en changeant de forme.

Ils repartirent à une allure circonspecte. Garion passa son bouclier à son bras gauche.

— Vous pensez vraiment que ça servira à quelque chose si nous tombons sur une armée entière ? ironisa Zakath.

— Je doute que ce soit très efficace, en effet, mais ça ne peut pas faire de mal.

Belgarath avançait maintenant le visage levé vers le ciel couvert. Garion sentait la pensée du vieux sorcier monter vers les cieux.

— Pas si fort, Père, l'avertit Polgara. Je te rappelle que le coin grouille de Grolims.

— Tant mieux, répondit-il. Comme ça, aucun ne pourra dire qui fait ce bruit. Chacun mettra ça sur le compte du voisin.

Ils poursuivirent leur chemin pendant quelques instants, les yeux braqués sur le vieux sorcier.

— Au nord ! s'exclama-t-il enfin. Beldin a trouvé le défilé où doit avoir lieu l'embuscade. Il est derrière nous. Maintenant, une petite pointe de vitesse, et nous devrions échapper aux deux armées à la fois.

— Eh bien, je suggère que nous nous tirions de là sans perdre une seconde, conclut Silk.

CHAPITRE 23

Ils filèrent à bride abattue vers le sud, dans les plaines désolées de l'ouest de Darshiva. Velvet menait à nouveau le cheval de Ce'Nedra, la petite reine tenant toujours son amulette d'une main tandis qu'elle se cramponnait à la voiture de l'autre.

— Les Darshiviens ne savent pas encore qu'Urvon leur a tendu une embuscade, déclara-t-elle.

— Ils ne vont pas tarder à s'en apercevoir, rétorqua Silk.

— Nous sommes encore loin de la frontière de Gandahar ? demanda Garion.

— A une vingtaine de lieues environ, répondit Zakath.

— Grand-père ! appela Garion. Nous sommes vraiment obligés de descendre tellement au sud ?

— Probablement pas, répondit le vieux sorcier. Beldin nous guide de là-haut. Dès que nous aurons dépassé les éclaireurs d'Urvon, il nous mènera dans les montagnes. Je n'ai pas spécialement envie de visiter Gandahar. Et toi ?

— Pas vraiment, non.

Le ciel s'assombrissait de plus en plus, au fur et à mesure qu'ils avançaient, et Garion sentit bientôt les premières gouttes d'une pluie glaciale lui piqueter le visage. En arrivant au sommet d'une colline, Belgarath se dressa sur ses étriers pour voir ce qui les attendait de l'autre côté.

— Là-bas, fit-il en tendant le bras. Il décrit des cercles.

Garion suivi la direction qu'il lui indiquait. Un oiseau isolé, petit point minuscule dans le lointain, planait presque paresseusement, au gré des courants aériens, au-dessus de la vallée. Comme ils dévalaient la pente au grand galop, l'oiseau prit vers l'ouest en battant lentement des ailes. Ils tournèrent bride et le suivirent.

La bruine devint une averse glaciale qui nimba la contrée environnante dans une sorte de gaze translucide.

— Ah, que j'aime me balader à cheval sous la pluie ! s'exclama Silk avec une ironie mordante.

— Compte tenu des circonstances, je ne trouve pas ça si déplaisant, rétorqua Sadi. Le brouillard est de loin préférable, bien sûr, mais la pluie réduit sensiblement la visibilité, et avec tous ces gens qui nous courent après...

— Là, vous marquez un point, grommela Silk en remontant sa cape jusqu'à ses oreilles.

L'uniformité du paysage fut bientôt rompue par des surrections rocheuses, des blocs de pierre érodée par les intempéries qui jonchaient le sol tels des osselets abandonnés par un enfant géant. Au bout d'une demi-heure de chevauchée, Beldin les mena dans une gorge dont les parois escarpées se relevèrent peu à peu, si bien qu'ils se retrouvèrent au bout d'un moment dans un ravin étroit où ils avançaient à deux de front, sous la pluie battante.

Vers le milieu de l'après-midi, Garion essuya son visage ruisselant et tenta de percer le rideau de pluie. Le ciel, à l'ouest, semblait s'éclaircir, comme si le temps devait enfin se lever. Il comprit à quel point le ciel perpétuellement bouché de Darshiva le déprimait inconsciemment. Il talonna Chrestien et repartit au galop. Il lui semblait que lorsqu'ils auraient retrouvé la lumière du soleil tout s'arrangerait.

A un détour du défilé, il vit Beldin debout au milieu de la piste, juste devant eux. Ses cheveux feutrés étaient plaqués sur son crâne d'où ils pendaient lamentablement sur ses épaules et une véritable cascade dégoulinait de sa barbe.

— Vous feriez mieux de ralentir, fit-il d'un ton hargneux. On vous entend à une lieue à la ronde, et nous ne sommes pas seuls dans le coin.

Garion calma à regret les ardeurs de son grand étalon gris.

— Où mène cette ravine au juste ? demanda Belgarath.

— Elle tournicote un peu, mais elle débouche sur une corniche orientée nord-sud. Vers le nord, elle mène à la grande route des caravanes. C'est le meilleur moyen d'entrer en Dalasie.

— Seulement, ça, tout le monde le sait.

— C'est vrai. Mais nous aurions au moins un jour d'avance sur eux et ils n'ont pas fini de régler leurs comptes.

— Tu vas repartir en éclaireur ?

— Pas tant qu'il pleuvra comme ça. J'ai les plumes tellement mouillées qu'il faudrait un treuil pour me faire quitter le sol. Oh, encore une chose : vous ferez attention quand nous arriverons à cette corniche. Elle passe juste à quelques lieues au nord de l'endroit où Nahaz a tendu son embuscade.

— Je trouve ton itinéraire assez discutable, ronchonna Belgarath. Si quelqu'un là-bas a l'idée de lever le nez, nous aurons la moitié de l'armée d'Urvon sur le dos.

— Pour ça, il faudrait qu'ils aient des ailes. Un tremblement de terre a ébranlé la région, il y a quelques milliers d'années, faisant tomber un pan entier de la montagne. Le flanc de la corniche est maintenant une paroi verticale.

— De quelle hauteur ?

— Suffisante, rassure-toi. Un millier de pieds, au moins.

— Et à quelle distance de la route des caravanes ta corniche passe-t-elle ?

— Une quinzaine de lieues à partir de l'endroit où nous la rejoindrons.

— Donc au nord de l'armée d'Urvon.

— Assez au nord, oui.

— Pourquoi Nahaz ne l'a-t-il pas prise ? Pourquoi n'a-t-il pas tout simplement tourné vers l'ouest ?

— Sans doute pour éviter que les Darshiviens et leurs éléphants le prennent à revers. Et puis, c'est un démon. L'occasion était trop belle de provoquer un massacre de masse et il a sauté dessus.

— Possible. Tu penses que la bagarre va éclater cet après-midi ?

— Ça m'étonnerait. Les éléphants n'avancent pas vite et les Darshiviens font bien attention où ils mettent les pieds. Ils vont s'arrêter pour la nuit. Mais il y a des chances que nous soyons réveillés par un drôle de tintamarre, demain matin.

— Nous pourrions peut-être dépasser l'endroit de l'embuscade pendant la nuit.

— Je te le déconseille vivement. Tu ne pourrais pas allumer de torches et cette falaise tombe à pic. Si tu tombais de là-haut, tu roulerais tout du long jusqu'à la Magan.

— Tu es sûr que tu ne peux pas voler ? grommela Belgarath.

— Rien à faire. Dans l'état où sont mes plumes, tu ne m'enverrais pas là-haut avec une catapulte.

— Et si tu te changeais en canard ?

— Et si tu t'occupais de tes fesses, pour changer ?

— Ça va, ça va. Garion ! appela le vieux sorcier, résigné, il paraît que c'est à nous de jouer.

Il se laissa glisser à bas de sa monture et s'éloigna un peu vers l'avant. Garion poussa un soupir, mit pied à terre et le suivit.

Ils partirent à nouveau en éclaireurs, explorant le sol détrempé avec leur nez et leurs oreilles. Vers le soir, les parois du défilé commencèrent à s'évaser et la fameuse corniche se découpa sur le ciel, devant eux. Une fois dessus, ils poursuivirent leur chemin à petits bonds, vers le nord. Et la pluie tombait toujours, inlassable.

— Grand-père, appela mentalement Garion, on dirait qu'il y a une grotte par là, fit-il en pointant le museau vers une anfractuosité de la roche.

— Allons voir ça.

Ce n'était qu'une faille dans la paroi, et elle ne s'élargissait guère à l'intérieur, mais elle était profonde et s'enfonçait loin dans la muraille. Plus qu'une grotte, c'était un long couloir obscur.

— Qu'en penses-tu ? demanda Garion

Les deux loups étaient plantés devant l'entrée du boyau et tentaient d'en percer les ténèbres.

— Au moins, nous serions à l'abri de la pluie, et ce serait un bon endroit pour passer la nuit. Va chercher les autres. Pendant ce temps-là, je vais faire du feu.

Garion repartit le long de la corniche vers le défilé. La pluie tombait moins fort, à présent, mais le vent se levait et il faisait de plus en plus froid.

Lorsqu'il rejoignit ses compagnons, ils sortaient de la gorge et s'engageaient sur la corniche avec méfiance.

— Encore une grotte ? fit plaintivement Silk quand

Garion leur expliqua quel genre d'abri ils avaient trouvé, son grand-père et lui.

— Je vous tiendrai la main, Kheldar, proposa Velvet.

— J'apprécie cette délicate attention, Liselle, mais ça ne changera rien. Je déteste les grottes.

— Il faudra que vous me racontiez pourquoi, un jour.

— N'y compte pas. Je déteste en parler. Le seul fait d'y penser m'est une torture.

Garion les mena le long de la piste étroite qui suivait la corniche. La voiture de Ce'Nedra rebondissait sur le sol jonché de pierres. Le petit air supérieur avec lequel elle avait pris possession du cabriolet s'était effacé et elle encaissait chaque secousse en réprimant une grimace.

— Vous appelez ça une grotte ? maugréa Beldin lorsqu'ils arrivèrent à la faille dans la paroi.

— Tu peux dormir dehors si tu veux, rétorqua Belgarath.

— Il va falloir mettre des œillères aux chevaux si nous voulons qu'ils nous suivent à l'intérieur, nota Durnik. S'ils voient seulement l'ouverture ils refuseront obstinément de mettre un pied dedans.

— C'est assez mon sentiment personnel, avoua Silk. Il y a des moments où je m'émerveille de l'intelligence de ces bêtes.

— La voiture n'entrera jamais là-dedans, commenta Sadi.

— Nous pourrons la camoufler sous des toiles de tente et jeter de la terre dessus, suggéra Durnik. Elle ne devrait pas être trop visible, surtout de nuit.

— Bon, ne perdons pas de temps, coupa Belgarath. Il vaudrait mieux que nous soyons à l'abri quand il fera noir.

Il leur fallut une bonne demi-heure pour convaincre les chevaux récalcitrants de s'insinuer dans le boyau. Puis Durnik masqua l'entrée avec de la toile de tente et ressortit pour aider Essaïon et Toth à camoufler la voiture.

La louve avait fait le tour de la grotte sur trois pattes, suivie par son louveteau folâtre. Maintenant qu'il mangeait à sa faim, le petit animal jusque-là apathique était devenu très joueur. Garion remarqua que sa mère commençait à reprendre des forces et que son poil était luisant et plus fourni.

— Quel bel antre, observa-t-elle. La meute en fera-t-elle sa tanière ?

— Non, petite sœur, répondit Polgara en touillant son petit chaudron d'herbes sur le feu. Nous avons à faire en un autre endroit. Laisse-moi regarder ta blessure.

La louve s'étendit docilement près du feu et tendit sa patte blessée. Polgara lui ôta doucement son bandage et examina la plaie.

— Ça va bien mieux, dit-elle. C'est presque guéri. Cela te fait-il encore mal ?

— Il faut savoir souffrir, répondit la louve avec résignation. C'est sans importance.

— L'intensité de la douleur est une indication précieuse du temps que mettra le mal à disparaître.

— C'est vrai, admit la bête. J'ai moi-même observé ce phénomène à plusieurs reprises déjà. Je souffre moins. Je pense que le mal s'en va.

Polgara bassina la patte blessée dans le liquide astringent contenu dans son chaudron, puis elle malaxa une nouvelle fois les herbes écrasées avec du savon et du sucre, appliqua la pâte obtenue sur la blessure et remit le bandage en place.

— Il ne sera plus nécessaire de recommencer, petite sœur, annonça-t-elle. La plaie est en bonne voie de cicatrisation.

— Sois-en remerciée, dit simplement la louve. Pourrai-je marcher quand reviendra le jour ? La chose aux pieds ronds est peu confortable, et celle qui la fait marcher parle beaucoup.

— Il vaudrait mieux que tu remontes dedans pendant un autre jour, lui conseilla Polgara. Accorde encore ce temps au mal pour passer.

La louve soupira et posa son museau sur ses pattes.

Ils allèrent chercher de l'eau à une source voisine et Polgara prépara le dîner. Après avoir mangé, Belgarath se leva et fit signe à Garion.

— Allons jeter un coup d'œil aux environs, suggéra-t-il. J'aimerais bien savoir ce qui se passe.

Les deux hommes quittèrent la grotte et apportèrent un casse-croûte à Silk. Garion avait remarqué avec amusement que le petit Drasnien ne s'était pas fait prier pour monter la garde.

— Où allez-vous ? demanda-t-il en s'asseyant sur une pierre pour déguster son souper.

— Nous allons fouiner un peu aux alentours, répondit Belgarath.

— Bonne idée. Vous avez besoin de moi ?

— Non. Vous serez plus utile ici. Ouvrez l'œil et avertissez les autres si vous voyez approcher quoi que ce soit.

Le vieux sorcier et son petit-fils suivirent la corniche sur quelques centaines de pieds et se métamorphosèrent. Garion s'était si souvent transformé au cours des derniers mois que la distinction entre ses deux formes commençait à s'estomper pour lui, et il s'était plusieurs fois surpris, alors qu'il était sous sa forme humaine, à penser dans le langage des loups. Il songeait à cette étrange dépersonnalisation tout en courant derrière le grand loup argenté lorsque celui-ci s'arrêta net.

— Pense à ce que tu fais, grogna-t-il. Tes oreilles et ton nez ne te serviront pas à grand-chose si tu es dans la lune.

— Oui, vénérable chef de meute, répondit humblement Garion.

Les loups n'avaient pas souvent besoin d'être rappelés à l'ordre et se sentaient tout penauds quand ça leur arrivait.

Ils s'arrêtèrent à l'endroit où le bord de la corniche s'était effondré lors du tremblement de terre. Les collines qui descendaient des montagnes vers la plaine étaient invisibles dans le noir. L'armée d'Urvon avait manifestement reçu l'ordre de ne pas faire de feu. Mais dans la plaine proprement dite, une multitude de feux de camp vacillaient telle une constellation de petites étoiles oranges.

— Zandramas dispose d'une énorme armée, projeta silencieusement Garion.

— Oui, acquiesça son grand-père. Le combat de demain matin risque de durer un moment. Même les démons de Nahaz auront besoin d'un certain temps pour exterminer autant de gens.

— Plus longtemps ça durera, mieux ça vaudra. Ils peuvent y mettre la semaine si ça leur chante. Avec un peu de chance, nous serons à mi-chemin de Kell avant qu'ils en aient terminé.

— Montons encore un peu, fit Belgarath après un coup d'œil circulaire sur les environs.

Beldin les avait bien mis en garde contre les éclaireurs des deux armées qui pouvaient se trouver dans le haut des collines, mais les deux loups ne rencontrèrent personne.

— Ils doivent être au rapport, fit la voix de Belgarath dans l'esprit de Garion. Ils ressortiront demain matin à la première heure. Allez, on rentre. Il est temps d'aller dormir.

Ils se levèrent avant l'aube et prirent leur petit déjeuner en silence. Ils ne comptaient que des ennemis dans les deux armées qui avaient pris position en dessous d'eux, mais l'idée du bain de sang qui se préparait ne leur inspirait aucun plaisir particulier. Après avoir mangé, ils traînèrent leurs affaires hors de la grotte et firent sortir les chevaux.

— Vous êtes bien silencieux, Garion, remarqua Zakath alors qu'ils sellaient leurs montures.

— Je me demandais seulement s'il n'y avait pas moyen d'empêcher cette boucherie.

— Je ne vois pas comment, répondit l'empereur de Mallorée. Les deux camps sont trop fermement ancrés sur leurs positions. Il est trop tard pour y changer quoi que ce soit. Les Darshiviens vont avancer et l'armée d'Urvon va tendre son embuscade. J'ai organisé assez de batailles pour savoir qu'à partir d'un certain moment, les choses deviennent inéluctables.

— Comme la bataille de Thull Mardu.

— Thull Mardu était une erreur, admit Zakath. J'aurais dû prendre l'armée de Ce'Nedra à revers au lieu d'essayer de l'enfoncer. Les Grolims m'avaient convaincu qu'ils pourraient maintenir ce brouillard pendant toute la journée. J'aurais dû me méfier. Et j'ai eu tort de sous-estimer les archers asturiens. Comment peuvent-ils tirer leurs flèches aussi vite ?

— Ils ont un truc. Lelldorin m'a montré comment ils faisaient.

— Lelldorin ?

— Un de mes amis asturiens.

— J'ai toujours entendu dire que les Arendais étaient d'une sottise qui frisait la débilité profonde.

— Ça, ils sont un peu lourdingues, je vous l'accorde. C'est peut-être ce qui fait d'eux de si bons soldats. Ils n'ont pas assez de cervelle pour avoir peur. Il ne viendrait jamais à l'esprit de Mandorallen qu'il pourrait perdre un combat, ajouta-t-il en souriant dans le noir. Il affronterait votre armée entière à lui tout seul.

— Le baron de Vo Mandor ? J'ai entendu parler de lui, fit Zakath avec un petit ricanement. Si ce qu'on m'a dit est vrai, il serait fichu de l'emporter, qui sait ?

— Ne lui dites jamais ça. Il s'attire déjà assez d'ennuis comme ça. Enfin, j'aimerais bien qu'il soit là, soupira Garion. Et Barak, et Hettar, et même Relg.

— Relg ?

— Un mystique ulgo. Il a le pouvoir de traverser la pierre. Ne me demandez pas comment il fait, je n'en ai aucune idée, continua-t-il en réponse au regard intrigué du Malloréen. Une fois, je l'ai vu enfoncer un Grolim dans un énorme rocher. Il n'en a laissé dépasser que les mains, et on voyait ses doigts qui remuaient...

Zakath réprima une grimace de dégoût.

Ils se mirent en selle et gravirent lentement la ravine, la voiture de Ce'Nedra cahotant derrière eux Comme le jour se levait, Garion constata qu'ils approchaient de l'endroit où la falaise surplombait le théâtre de la bataille imminente.

— Belgarath, souffla Zakath, je peux faire une suggestion ?

— Je suis toujours intéressé par les suggestions.

— C'est probablement le seul point d'où on peut voir ce qui se passe en bas. Vous ne pensez pas qu'avant d'aller plus loin nous ferions mieux de vérifier que les armées sont bien engagées dans la bataille ? Si les Darshiviens échappent à l'embuscade d'Urvon, ils seront à quelques lieues à peine derrière nous et nous n'aurons pas intérêt à musarder.

— Vous avez raison, acquiesça le vieux sorcier, le sourcil froncé. Autant en profiter pour nous faire une idée exacte de la situation. Très bien, vous autres, annonça-t-il à la cantonade en descendant de cheval. Nous allons continuer à pied. Le bord de la falaise devrait nous offrir un abri suffisant pour que nous puissions observer sans nous faire repérer.

— Nous vous attendons ici, ces dames et moi, décréta Polgara. Nous avons vu assez de massacres comme ça pour nous dispenser de ce spectacle. Tu restes avec nous, Essaïon, ajouta-t-elle fermement.

— Oui, Polgara.

Les hommes allèrent s'accroupir au bord de la corniche, derrière la lèvre hérissée de pierres. Les sombres nuages qui pesaient sur Darshiva plongeaient la plaine maudite dans un crépuscule de fin du monde. De minuscules silhouettes se déplaçaient lentement, telles des fourmis perdues dans l'immensité.

— Je viens de déceler une faille dans un plan par ailleurs remarquable, murmura Zakath avec un drôle de petit sourire. Ils sont si loin que les détails nous échappent.

— Ce n'est pas un problème insoluble, grommela Beldin. Les yeux du faucon sont dix fois plus perçants que ceux de l'homme. Un vol de reconnaissance au-dessus d'eux et je vous garantis que vous serez au courant de tout.

— Tu es sûr que tes plumes sont sèches ? demanda Belgarath.

— C'est pour ça que j'ai dormi près du feu, cette nuit.

— Très bien. Tiens-moi au courant.

— Evidemment.

Le petit sorcier bossu se pencha en avant et sa silhouette devint floue. D'un bond, le faucon se posa sur un rocher. Il parcourut la plaine de son regard farouche, déploya ses ailes et plongea la tête la première dans le vide.

— Et vous, vous avez l'air de trouver ça normal, murmura Zakath.

— Personnellement, ce n'est pas que je sois blasé, c'est plutôt que j'en reste complètement baba, rectifia Sadi. La première fois que je l'ai vu faire, mes cheveux se sont dressés sur ma tête, ce qui n'est pas rien, ajouta-t-il en passant la main sur son crâne rasé.

— L'armée d'Urvon est cachée dans des creux, en haut des parois, de chaque côté de ce long défilé, annonça Belgarath, leur répétant le message silencieux du faucon qui planait dans le ciel gris, loin en dessous d'eux. Et les éléphants avancent droit sur ce même défilé.

Zakath se pencha au bord de la corniche et scruta l'abîme.

— Attention, fit Garion en le retenant par le bras.

— Vous avez raison, ça ferait un beau plongeon... En attendant, je comprends pourquoi les Darshiviens ont décidé d'emprunter ce défilé. Il se divise en deux, au pied de cette falaise, et l'une des branches va vers le nord, probablement vers la route des caravanes. Ce n'était pas une mauvaise idée, reprit-il d'un ton méditatif. Si Nahaz n'avait pas crevé ses troupes, les Darshiviens seraient arrivés à la route en premier et ils auraient pu tendre à l'ennemi une embuscade de leur cru. C'est l'une des raisons pour lesquelles je n'aime pas opérer en terrain accidenté, soupira-t-il en s'éloignant du bord. J'ai essuyé de sérieux déboires, au Cthol Murgos.

— Les éléphants se mettent en colonne, annonça Belgarath, et le reste des Darshiviens s'étirent derrière eux.

— Ont-ils envoyé des hommes en reconnaissance ? s'enquit le Malloréen.

— Oui, mais ils n'explorent que le fond du défilé. Quelques-uns avaient escaladé les parois pour jeter un coup d'œil d'en haut, mais les Mâtins leur ont réglé leur compte.

Ils attendirent pendant que Beldin décrivait des cercles au-dessus des deux armées.

— L'issue est inéluctable, déclara tristement le vieux sorcier. Les éléphants s'engagent dans le défilé.

— Ça m'ennuie pour ces pauvres bêtes, soupira Durnik. Elles n'ont fait de mal à personne, elles. Si seulement ils ne leur balançaient pas de buissons enflammés dessus...

— C'est la tactique habituelle, commenta calmement Zakath. Le feu est la seule chose dont ces mastodontes ont vraiment peur. Ils vont foncer aveuglément vers le fond du défilé.

— Droit sur les Darshiviens, ajouta Silk d'un air désabusé. Nahaz devrait avoir sa dose de sang, aujourd'hui.

— Nous sommes vraiment obligés de regarder ça ? reprit le forgeron.

— Nous devons attendre le début des hostilités, décréta fermement Belgarath.

— Bon, eh bien, vous regarderez pour moi. Je retourne auprès de Pol.

Il battit en retraite et redescendit la corniche, Toth sur ses talons.

— Il a l'air très doux, hein ? constata Zakath.

— C'est un bon et brave homme, acquiesça Garion. Mais quand il estime qu'une chose est nécessaire, il ne recule devant rien.

— Tu te rappelles le jour où il a pourchassé ce Murgo

dans les sables mouvants et l'a regardé s'enfoncer ? fit Silk en s'ébrouant comme pour chasser une idée désagréable.

— Ça ne devrait plus traîner, maintenant, reprit Belgarath d'une voix tendue. Le dernier éléphant vient d'entrer dans le défilé.

Ils attendirent. Garion eut tout à coup l'impression qu'il faisait très froid.

Ils étaient à plus d'une lieue du théâtre des opérations, mais ils eurent l'impression qu'un orage venait d'éclater au-dessus de leurs têtes lorsque les troupes d'Urvon firent rouler les premiers rochers sur les éléphants. Ils perçurent les barrissements, étouffés par la distance, des énormes bêtes terrorisées, puis ils virent des flammes et des tourbillons de fumée remonter de la gorge quand les brutes karandaques commencèrent à projeter sur les animaux impuissants d'immenses masses de buissons embrasés.

— Je crois que j'en ai assez vu, annonça Sadi.

Il se releva et redescendit la corniche à son tour.

Aux barrissements affolés des éléphants se mêlèrent tout à coup des hurlements humains, et Beldin expliqua aux autres que les pachydermes survivants, pris de panique, avaient fait volte-face et chargé les soldats darshiviens prisonniers au fond du défilé.

Puis le faucon remonta de l'abîme et se posa sur le rocher d'où il avait pris son envol.

— Qu'est-ce qui se passe ? demanda Silk. Là-bas, à l'entrée du défilé ?

C'était comme si une vaste zone de perturbation était apparue dans le lointain grisâtre, à la limite de la plaine. L'air vibrait de lumières changeantes, de toutes les couleurs de l'arc-en-ciel, et d'éclairs de chaleur livides. Puis, d'un seul coup, l'étrange impression lumineuse se condensa en un véritable cauchemar.

— Par Belar ! jura Silk. C'est plus grand qu'un hangar !

C'était une abomination, un être immonde doté de trois yeux luisants d'une lueur maléfique, d'une gueule monstrueuse, hérissée de crocs démesurés, et de douze bras agités de mouvements sinueux, qui fouettaient l'air comme des serpents. Le monstre s'ébranla, faisant trembler le sol à chaque pas, envoya promener sans ménagement, de ses immenses pattes griffues, les éléphants pas plus gros que des souris pour lui, et s'engagea dans le défilé, indifférent aux flammes et aux rochers qui glissaient tels des flocons de neige sur ce qui lui tenait lieu d'épaules.

— Qu'est-ce que c'est que ça ? demanda Zakath d'une voix étranglée.

— Mordja, répondit Belgarath. J'ai fait sa connaissance chez les Morindiens. Là-bas, ils l'appellent Horja. Il a le genre de faciès qu'on n'oublie pas facilement.

Le démon plongea ses ignobles pattes griffues dans le fond du défilé, en ramena des bataillons entiers de Karandaques et les lança négligemment, avec une force terrifiante, sur les roches environnantes où ils s'écrasèrent comme des fruits trop mûrs.

— On dirait que le sort de la bataille vient de tourner, soupira Silk. Bien, je vous propose un référendum sur la question suivante : on se barre d'ici, et en vitesse, d'accord ?

Le Démon Majeur Mordja leva son mufle hideux et poussa un hurlement évoquant des paroles proférées dans une langue trop ignoble pour l'entendement humain.

— Restez là ! ordonna Belgarath en retenant Silk par le bras. La partie n'est pas encore jouée. C'était un défi, et Nahaz ne pourra pas le laisser passer.

L'air s'emplit de reflets colorés, miroitants, à l'autre bout du défilé, et une seconde abomination émergea au centre de ce chatoiement. Garion ne le voyait que de dos, ce dont il se réjouit, mais il constata que de ses épaules massives surgissaient aussi de longs bras écailleux grouillants comme des reptiles.

— Tu oses me défier, Mordja ? rugit le démon d'une voix qui fissura la roche.

— Je ne te crains pas, Nahaz ! beugla Mordja en retour. Notre haine se perpétue depuis mille fois mille années. Qu'elle prenne fin ici, pour jamais ! J'annoncerai ta mort au roi des Enfers et lui apporterai ta tête comme preuve de mes dires !

— Ma tête est à toi, rétorqua Nahaz avec un rire effroyable. Viens la chercher — si tu l'oses !

— Et tu remettrais la pierre du pouvoir entre les mains du Disciple fou de Torak le mutilé ? ironisa Mordja.

— Ton séjour au pays des Morindiens t'a privé de raison ! La pierre du pouvoir sera mienne. Je règnerai sur les fourmis qui grouillent à la face de ce monde, je les élèverai tel du bétail et m'en repaîtrai quand j'aurai faim.

— Comment feras-tu, Nahaz, pour te nourrir sans tête ? C'est moi qui établirai mon règne sur ce monde et m'en rassasierai, car la pierre du pouvoir sera à moi.

— C'est ce que nous allons bientôt voir, Mordja. Viens et battons-nous. Luttons pour la tête l'un de l'autre et pour la pierre que tous deux nous convoitons.

A ces mots, Nahaz fit volte-face et ses yeux embrasés de haine fouillèrent le haut de la falaise où Garion et ses amis étaient embusqués. Un sifflement volcanique surgit de ses lèvres difformes.

— L'Enfant de Lumière ! rugit le démon. Cent et mille fois loué soit le roi des Enfers qui l'a mené à ma portée ! Je le déchiquetterai et lui ravirai sa pierre. Tu es perdu, Mordja. Cette gemme, entre mes mains, sera ta condamnation.

Avec une vitesse stupéfiante, le Démon Majeur Nahaz franchit l'éboulis rocheux amassé au pied de la falaise et entreprit d'escalader la paroi abrupte en se cramponnant avec ses monstrueuses pattes griffues, hissant son énorme torse écailleux vers la corniche.

— Il grimpe là-dessus comme une mouche ! hoqueta Silk. Fichons le camp d'ici !

Le Démon Majeur Mordja resta un moment interdit, puis il courut lui aussi vers le roc à pic et en entama l'ascension.

Garion se redressa et plongea le regard dans le gouffre, vers les deux monstres infernaux agrippés à la paroi abrupte. Il tendit la main par-dessus son épaule, dégaina son épée et ôta, avec un détachement surnaturel, l'étui de cuir souple qui couvrait la poignée. L'Orbe se mit à luire. Il prit son arme à deux mains et la flamme bleue familière embrasa la lame.

— Garion ! s'exclama Zakath.

— C'est l'Orbe qu'ils veulent, fit âprement le jeune roi de Riva, eh bien, qu'ils viennent la chercher. Seulement ils risquent de tomber sur un bec !

Durnik s'interposa avant. Il était torse nu et tenait dans la main droite un marteau monstrueux qui luisait de la même lueur bleue que l'épée de Garion.

— Excuse-moi, Garion, dit-il d'un ton calme, presque désinvolte, mais c'est ma tâche.

Polgara était venue avec lui. Le visage de la sorcière ne trahissait aucune crainte. Elle portait sa cape bleue et la mèche blanche qui striait sa chevelure d'ébène brillait d'un éclat éblouissant.

— Que se passe-t-il ? demanda Belgarath.

— Ne te mêle pas de ça, Père, lança Polgara. Ça devait finir par arriver.

Le forgeron avança au bord de la falaise et regarda les deux horreurs qui montaient vers lui, tels des insectes monstrueux accrochés à la paroi verticale.

— Je vous conjure de retourner là d'où vous venez ou vous mourrez ! leur ordonna-t-il.

Une autre voix parlait en même temps que lui, une voix calme et douce, mais chargée d'un tel pouvoir que Garion fut secoué comme un arbre pris dans une tornade. Il connaissait cette voix.

— Allez-vous-en ! tempêta Durnik en ponctuant son ordre d'un prodigieux coup de marteau qui réduisit un rocher en poussière.

Les démons qui escaladaient la falaise marquèrent une hésitation.

Ce fut à peine perceptible au début. Garion crut d'abord que son plus vieil ami bandait ses muscles en prévision d'un impossible combat. Il eut l'impression que sa poitrine et ses épaules gonflaient, puis il le vit grandir. Arrivé à dix pieds de haut, il offrait une vision terrifiante. A vingt, elle devint inconcevable. L'immense marteau qu'il tenait à la main augmentait en même temps que lui, et le halo bleu qui l'entourait devenait plus intense, et il continuait à monter et à se dilater, écartant la grisaille du ciel avec ses épaules massives. Les roches mêmes semblaient reculer devant lui, alors que son marteau étincelant décrivait d'immenses moulinets au bout de son terrible bras.

Le Démon Majeur Mordja se figea, collé à la paroi. Sa face bestiale exprima tout à coup une indicible épouvante. Et la roche tombait toujours, par pans entiers, sous le marteau sonore du forgeron.

Nahaz, pendant ce temps, poursuivait son escalade, les

yeux embrasés d'une haine insane, sa gueule immonde, écumante de bave, crachant des imprécations dans l'effroyable langue que seuls connaissent les démons.

— Ainsi soit-il, tonna Durnik.

Seulement sa voix n'était plus la sienne mais l'autre, la voix grave et sèche qui retentissait aux oreilles de Garion tel l'écho même de la destinée.

Le Démon Majeur Mordja leva les yeux vers le haut de la paroi et son terrible faciès s'emplit de terreur. Puis, brusquement, il relâcha sa prise sur la paroi rocheuse, tomba, roula et dégringola sur les roches éboulées amassées au pied. Il s'enfuit alors en hurlant, ses bras innombrables levés comme pour la protéger au-dessus de l'abomination qui était sa tête.

Nahaz, lui, grimpait toujours, les yeux lançant des éclairs démentiels. Il continua à enfoncer ses griffes dans la roche jusqu'à ce que ses immenses épaules arrivent au niveau de la corniche.

Alors Durnik noua ses deux énormes mains sur le manche étincelant de son marteau et recula de quelques pas, presque courtoisement.

— Non, Durnik ! s'écria Silk. Ne le laissez pas prendre pied sur la corniche !

Un léger sourire effleura le bon visage honnête du forgeron. Il fit à nouveau tournoyer son énorme marteau dans l'air, comme pour s'exercer, et le vent de sa course rugit à leurs oreilles.

Nahaz hissa sa masse immonde par-dessus la lèvre de la falaise, se redressa en griffant le ciel de ses membres écailleux et se mit à rugir tel un dément dans la langue hideuse des démons.

Durnik cracha dans ses mains, l'une après l'autre, et les fit glisser sur le manche de sa gigantesque cognée afin d'assurer sa prise, puis il administra un coup énorme, prodigieux, de son arme, en plein dans le torse du Démon Majeur.

— Va-t'en ! rugit le forgeron d'une voix de tonnerre.

Il frappa encore, et encore, inébranlablement.

A chaque coup, son marteau arrachait des étincelles farouches au corps du démon, un jaillissement de flammèches orange, ternes, qui crépitaient et rebondissaient sur le sol, tels des cafards de feu.

Et Durnik frappait toujours.

Garion reconnut alors le rythme de ses coups. Son ami ne se battait pas. Il assenait ses coups avec la précision ancestrale de l'homme dont les outils ne font que prolonger les bras. Et le marteau flamboyant s'écrasait sans trêve ni relâche sur le Démon Majeur, lui arrachant à chaque fois une gerbe d'étincelles. Et Nahaz se recroquevillait, tentait de protéger son corps de ces impacts effroyables, qui eussent ébranlé une montagne. Et chaque fois que Durnik abattait son marteau, il rugissait : « Va-t'en ! » Et peu à peu, comme il aurait fait voler la roche en éclats, il détachait des fragments du démon. Et les pythons grouillants qui étaient ses bras tombèrent dans le gouffre, et d'énormes trous pareils à des cratères s'ouvrirent dans son torse.

Garion ne put supporter plus longtemps cette effroyable vision et détourna les yeux. Tout là-bas, dans la plaine, il vit le trône d'Urvon. Ses porteurs avaient pris la fuite et le Disciple fou faisait des bonds sur l'éboulis rocheux, au pied de la falaise, en poussant des cris insensés.

Et Durnik frappait encore.

— Va-t'en !

Et encore.

— Va-t'en !

Et toujours, inlassablement.

— Va-t'en !

Nahaz recula d'un pas incertain, toute résistance vaincue, puis le bord de la falaise céda sous sa masse. Il bascula et s'abattit dans le vide avec un hurlement de rage et de désespoir. Il tomba comme une pierre, environné d'une luminescence verte qui s'étirait derrière lui telle la queue d'une comète, et il s'enfonça dans le sol. Mais avant de disparaître, il détendit spasmodiquement un de ses bras reptiliens, emprisonnant le dernier Disciple de Torak dans une étreinte mortelle. Alors, comme se referme l'eau autour de la main qu'on en ôte, la terre engloutit le Démon Majeur Nahaz et les cris stridents de sa proie.

Quand Garion regarda à nouveau Durnik, il avait retrouvé sa taille normale. Sa poitrine, ses bras ruisselaient de sueur et il était à bout de souffle. L'éclat du marteau qu'il n'avait pas lâché devint éblouissant, puis la lueur incandescente reflua peu à peu et le forgeron se retrouva la main crispée sur une médaille d'argent dont la chaîne était enroulée autour de ses doigts.

— Sachez, vous tous, fit, dans un murmure, la voix qui s'était superposée à celle de Durnik pendant son terrible affrontement avec le Démon Majeur, sachez que cet homme de bien est lui aussi mon Disciple bien-aimé, puisque de vous tous il était le mieux à même d'accomplir cette tâche.

Belgarath s'inclina en direction de la voix.

— Ainsi soit-il, Maître, dit-il, la gorge nouée par l'émotion. Nous l'accueillons parmi nous et le prenons pour notre frère.

Polgara s'approcha de Durnik avec un sourire extatique et lui écarta doucement les doigts pour regarder son amulette.

— Evidemment, murmura-t-elle.

Elle passa tendrement la chaîne autour du cou de son mari et l'embrassa avec amour en le serrant très fort contre elle.

— Je t'en prie, Pol, se récria-t-il, les joues en feu. Je te rappelle que nous ne sommes pas seuls.

Elle éclata de ce rire de gorge, chaleureux et grave, qui lui ressemblait tant et resserra encore son étreinte sur lui.

— Beau boulot, mon frère, commenta Beldin avec un sourire indéchiffrable. Mais j'imagine que tu as eu chaud !

Il tendit la main, tira du néant une chope de bière mousseuse et la tendit au nouveau Disciple d'Aldur. Lequel Disciple la vida avec reconnaissance.

— Il y avait longtemps, bien longtemps, que nous n'avions eu de nouveau frère, s'exclama Belgarath en lui flanquant une grande claque sur l'épaule, puis il lui donna une rapide accolade.

— Comme c'est beau ! fit Ce'Nedra d'une petite voix étranglée.

Velvet lui passa discrètement son petit mouchoir arachnéen.

— Qu'y a-t-il sur son amulette ? demanda-t-elle avec une retenue inhabituelle.

— Un marteau, lui répondit Belgarath. Que vouliez-vous qu'il y ait d'autre ?

— Si vous me permettez une suggestion, Vénérable Ancien, intervint respectueusement Sadi, les armées qui s'affrontent dans la plaine semblent en plein désarroi. Vous ne pensez pas qu'il serait judicieux de partir avant qu'elles ne reprennent leurs esprits ?

— Vous m'ôtez les mots de la bouche, approuva chaleureusement Silk en lui mettant la main sur l'épaule.

— Ils ont raison, Belgarath, renchérit Beldin. Ce pour quoi on nous avait envoyés ici est accompli — grâce à Durnik, souligna-t-il en se penchant pour jeter un coup d'œil dans l'abîme. Je ne sais pas ce que j'aurais donné pour tuer Urvon de mes propres mains, mais c'est peut-être aussi bien comme ça. J'espère qu'il appréciera son séjour aux Enfers, soupira-t-il en guise d'oraison funèbre.

Un rire éclata tout à coup au-dessus d'eux. Un rire strident, triomphal. Garion fit volte-face puis se figea, paralysé par la stupeur. Au sommet de la crête se dressait la silhouette noire de la sorcière de Darshiva. Un petit garçon blond était debout à côté d'elle. Il avait beaucoup changé depuis plus d'un an qu'il avait été enlevé, mais Garion reconnut aussitôt Geran.

— Tu me sers mieux qu'aucun de mes serviteurs ! s'exclama Zandramas. Je n'aurais pu trouver meilleure fin pour le dernier Disciple de Torak. Toi seul, Enfant de Lumière, te dresses dorénavant entre Cthrag Sardius et moi. J'attendrai ta venue à l'Endroit-qui-n'est-plus. Là, tu me verras donner un Nouveau Dieu aux Angaraks, un Nouveau Dieu qui règnera sur le monde jusqu'à la fin des âges !

Lorsqu'ils disparurent, Zandramas et lui, Geran tendit la main vers Ce'Nedra dans une attitude implorante.

— Comme c'est remarquable, fit la louve, sidérée.